贾平凹文选

长篇小说卷

河山传

19

贾平凹／著　｜　作家出版社

目　录

一　前言

　　二〇二〇年入秋不久，网络上就有了流言：一个农村的小伙进西安给老板打工，老板是大老板，在城南的秦岭里为自己建了别墅，派小伙去做保安。别墅里还派去了一个保姆。老板在城里的公司里忙，平日不大去别墅，保安和保姆便在那里生活。他们每天商量着想吃什么饭就做什么饭，要干什么活了，也一起干。日久生情，两人结为夫妻，并生下一女。后来，老板因故去世，其儿子从海外留学回国，继承家业，成了新的老板。新的老板却娶了他们的女儿。保安和保姆做了岳父岳母，依旧住在别墅，名正言顺是了主人。

　　网络上的流言，多仇官仇富仇名，舆情起来，星星之火可以燎原，常常就演变成了一种暴力：诋毁、诽谤、造谣、谩骂。那可是山崩地裂，洪水猛兽。多少被网暴的人如一棵苗子正蓬勃生长，突然被掐掉尖儿，委顿而不再能分枝散叶，甚或有的从此抑郁，精神崩溃，跳楼上吊，一死了之。

　　所幸的是这段流言因为不是真名实姓所指，没有发展成暴力，但传播迅速，蔓延广泛，人人似乎都有兴趣，认作是当世的笑话，惹爆了一场社会狂欢。

　　到了八月，天还是没有下雨。连续六个月不下雨即是灾年啊。西安城

1

里依然赤日炎炎，沿街两旁的树木叶子枯萎，草坪全干了，裸露着土尘，到处是浮浮袅袅像水草摇曳般的光气。有人放在三轮车座上的打火机啪地炸了，有人拿了生鸡蛋在马路上煎，生鸡蛋真的就煎熟了。洗河在南大街二道巷走着，燥热难耐，几次想指尖蘸了唾沫伸进上衣里去涂抹在乳头，这是他祛热的秘方，可稠人广众不可能这样，就每走到一个路灯杆下了便站住，路灯遮不住阳光的照射，那投下的巴掌大的阴影，心里总有一丝凉意。终于看到一家商铺子卖饮料，走过去。"来一瓶矿泉水呀，"他说，"要冰冻的。"

柜台内一男一女也正在议论着这段流言。女子一额头的热疹，笑得花枝乱颤，说："噫！那他不是给老板打工，是老板一直在给他打工嘛！"男的肥胖，像是从河里才捞出来，衣服贴在身上，汗还是流个不停，把肚皮抱起来放在柜台上了，没有笑，拿指头敲玻璃台面，"瞧这世道！大棚菜乱了季节，小三乱了辈分，医美店乱了年龄，啥怪事都有啊！"忿忿不平，就啊嚏一个喷嚏，唾沫星子溅到了洗河的脸上。

洗河看着那女子和胖子，不去擦脸，还直挺挺地把头伸过去，身后的阳光照着他的后脑，两只耳朵通红透亮。他说："你们说的那人就是我。"

"是你？"

"是我。"

"就是你？！"

"就是我。我叫洗河。"

洗河掏钱，故意从口袋里拉出厚厚的一沓票子，从中取出一张放在了台面上，再把那沓票子塞进口袋，拿起一瓶水离开了。女子的表情还凝固着，说："是他？啊？现在的骗子太多了，连这事都有人冒充？！他说他叫什么来着，洗河，这是啥子鬼哟！"

二　洗河

（一九七八年——一九九六年）

　　洗河是西安城北二百里外的崖底村人。他出生的时候，村前的淤泥河涨水。淤泥河平常水浅，河滩乱石杂草的，沿岸人家还都往那里倒垃圾。这一次水涨得大，河里装不下，把两岸的堤全决了。村人都说这是河洗了。他爹就给他起名叫洗河。

　　洗河长得丑，是他一双脚十二个指头，每个脚多长了一根。他娘给他做的鞋前宽后窄。他没安静过，爬高蹿低，一双新鞋十天半月就穿坏了，所以他赤脚的时间多，脚底有一层死肉。

　　一九七八年，国家实行改革开放政策，公社的土地要分给各家各户。棋盘镇街上放火铳、唱大戏，崖底村也敲锣打鼓。洗河在村巷里大呼小叫。有人说："洗河，洗河！你爹又打你啦？"洗河说："没打，三天都没打。"他点着了一串鞭炮到处跑，引燃了打麦场上的麦秸垛子，他爹这回是当众打他，但村里人却都不去救火，远远地看着火光冲天，说是火烧财门开，倒热议起那些水田和坡地该怎么个分法。村小学教师文丑良也在人群中看热闹，说："就那么些土地么，收上来，分下去，再收上来再分下去，分一次就一次革命，中国的革命永远都是土地革命。"

洗河家分得三亩水田、五亩三分坡上的旱地。

所有的人家都在院门墙上修个龛，敬上了土地神。三四年里，人精心耕种，也是风调雨顺，庄稼丰收。洗河家的屋里挖了地窖，仅仅是红薯，储了两千斤，不仅蒸吃煮吃，还切片晒干磨粉，摊煎饼，炸丸子，压饸饹，吊起粉条。

温饱解决了，农民就想着兜里能有钱，卖些瓜果，贩些豆干，等着鸡沟子下蛋了去换些油盐。终于允许进城开作坊或做劳务工了，崖底村有八人，都是胆大的，用草绳捆了铺盖就要去西安。洗河爹就是其中之一。

临走时，家里要买些棉花纺线织布，洗河娘又有胃病需要看病抓药，洗河爹去向文丑良借钱。声明借三元，将来还五元。洗河爹当天光脚穿双黄胶鞋，脚出汗，鞋里边和了泥，咕叽咕叽响。文丑良说："就穿这破鞋进城呀？"洗河爹说："回来穿双皮鞋给你看！"

洗河爹其实是一表人才，大半生都懊丧自己没生在战争年代，否则他会是战士、将军，革命的大英雄。那么，他会背枪，在村里、镇街，甚至县上，挨家挨户地寻找谁是他的新娘。不至于现在的老婆又矮又黑，生下的洗河还是个六趾。

洗河从来不照镜子，他见不得他。他爹更是见他脚上的鞋撑破了，或者他赤着脚，不是骂便是打，手里有什么东西就拿什么东西打，没东西了扇耳光。但洗河挨了打不哭，任鼻血流着，站在那里也不躲。他奶那时候还活着，过来拉开他，他说："我恨你！"他奶说："我不拉开你，让你爹打死去，你恨我啥？"洗河说："恨你生了你儿！"

那些年，都传说西安城里的钱好挣，即便在建筑工地上搬砖铲沙和水泥，一天管待吃喝还能落下十元。洗河爹第一次回来，人果然焕然一新，穿了有四个兜的中山装，还穿了皮鞋。在下雪天去给文丑良还钱，把皮鞋脚印就留在学校院子里。

洗河爹每三个月半年回来一次，都会带一卷钱，说是攒着，攒够了翻修房呀。洗河娘把钱用塑料纸包了，藏在红薯窖里。红薯窖里潮，钱发霉，洗河娘要关了院门，把钱一张一张摊在席上晒一晌午。

后来，洗河爹再回来，在家里的炕墙上贴了许多挂历，挂历上都印着影星头像。又在土炕靠墙处垫上砖，用木板支起一个铺。洗河爹夜里要单独睡在铺上。想做那事了，从铺上翻下来，事毕了，再爬上铺去。洗河爹知道挂历上影星的名字，做那事时就叫唤着某个名字。在家待五天，每晚轮换了名字叫唤。

洗河已经是镇初级中学的住宿生，一星期回家一次。见娘在院子里的席上晒钱，一边晒一边哭。洗河撕那些挂历，挂历用糨糊贴上的，撕不干净，他用锨把整个墙皮铲了。

洗河劝娘离婚。他娘说："你胡说啥呀，哪有儿子劝父母离婚的？！"

暑假里洗河回来，发现他家中堂墙的上方挂着一辆崭新的自行车，问娘这是哪儿来的，怎么挂得那么高？娘说是你爹前几天回来了买的，将来了给你订婚备的，挂得早，不让你现在骑，也不借给别人骑。那时候，农村订婚的彩礼必须有三大件，一是手表，二是缝纫机，再就是自行车。洗河说："我要他给我买呀？！"

崖底村有风俗，出门在外的人久无音讯了，要人回家，就在井壁上吊一双那人的旧鞋。洗河娘晒一回钱，都要把洗河爹的旧鞋吊在了院子里的水井壁上。洗河就看着娘，看上好久，弄不懂这是娘让爹去打工呢还是让爹压根就待在村里。

*　　　*　　　*

一九八九年，崖底村人在西安打工的第六个年头，五月里遇到了沙尘暴。其实每年风从新疆戈壁滩刮来都有几天沙尘，但从中旬起断断续续了二十天，黄天灰地的，出门不能多说话，张嘴便钻进沙，偶然落些小雨，躲不及，泥点子把白衬衣变成花衫子。到了六月，老板宣布工地停歇，民工一律不准出工区。洗河爹当然不晓得这是怎么啦，他本该和别的打工者一样就在工棚里玩扑克，玩累了睡大觉，可洗河爹要看稀罕，工区的大门锁了不能出去，他就爬到正建着的一座大楼的脚手架上要居高望远。没想，在脚手架上一脚踏空掉了下来。掉下来落在一间塑料板棚上。以为这有个缓冲，人可能骨折，命可以保住。偏偏他把塑料板棚撞破，棚里又偏偏有个和白灰的铁盆，一头扎进铁盆，脑袋就像西瓜一样爆了。

洗河爹死得还不是最惨。崖底村去西安打工的先后死过四人，有架线时被电打死的，有过马路被汽车撞死的，有掮着一捆钢管小跑着突然倒地死的。还有李建社给立交桥的桥墩浇灌水泥浆，自己头晕跌下去，浇灌的水泥浆还在继续，他永远凝固在了桥墩里，连尸首都没拉回村。

爹还没有死的时候，洗河就不想再上学，娘劝说不听，他和万林干脆从镇上拿回了铺盖，把课本塞到灶膛里烧了。万林是老万的儿子，老万在村里开了个诊所，号脉、针灸，治些头疼脑热，老万让万林背诵《汤头歌诀》，将来也能行医。洗河娘就骂洗河："你回来能做啥？我治不了你，让你爹回来了打你！"但洗河爹的尸首被运了回来，灵柩停放在院里，洗河觉得再也挨不上爹打了，呜儿呜儿地哭。

埋葬了爹，娘是一夜白了头。这年秋天里胃病加重，而且经常心慌，一心慌就冒冷汗。老万用偏方给她治，就是把他老婆的一枚银镯子煮了喝汤。这办法真起作用，洗河娘每三四个月就去借银镯子，老万的老婆说："我这银镯子都被你煮细了！"洗河娘再借银镯子，就给老万家端一升面粉，或者提一笼红薯。

万林也不喜欢背诵《汤头歌诀》，和洗河整日不沾家，在树上砍枝杈子做弹弓夹子。他们做了各种弹弓夹子，收集皮筋，热衷瞄准着打这家的烟囱，打那家厕所墙头的瓦，打树梢上的软柿子，打空中飞着的麻雀、朴鸽。

后来，练习着不用弹弓夹子，把皮筋直接套在大拇指和食指上，指哪打哪，弹不虚发。

洗河终于把高挂在墙上的自行车取下来，在打麦场上骑，在坑坑洼洼的巷道里骑。他的技术已经高超，双手撒把能骑到镇街，到淤泥河两岸的村子。万林常坐在车后架上，有时也坐在车前梁上，两人撵鸡追狗，欢笑不已。村里谁要去镇街、县上，来借自行车，洗河都慷慨答应。半年里，自行车除了铃不响外，浑身都响。巷里有人开始弹嫌洗河没个正形，他娘拿洗河没了脾气，又不爱听闲言碎语，见了邻居，说："唉，我娃没念下书啊。"

一九九一年春节过后，窖里的红薯开始生疤，娘让洗河把红薯翻腾一遍，分出好坏，免得都传染了。洗河把娘的话当耳边风，骑了自行车去逛庙会。娘只好自己把红薯翻腾了，生疤的放一堆儿，还没生疤的放一堆儿。吃红薯时娘俩的意见不合，娘要先吃生了疤的红薯，把疤剜了，清洗干净，或蒸或煮，洗河要先吃还没生疤的。娘说："你尽好的吃，那生疤的疤越来越多，就全坏得吃不成了。"洗河反嘴："你先尽生疤的吃，那还没生疤的也就生疤了，就一直吃坏的？"趁娘不在家，洗河把生了疤的红薯全扔了。

种土豆的时候，娘说："洗河，晌午了你去把沤的那堆粪挑到坡地。"洗河说："知道。"洗河把他爹留下的那件羊皮袄，还有一双皮鞋、一条牛皮裤带卖给了村里的马三，用钱买了一袋化肥，把化肥撒在了土豆地里。

水田里的稻子长到半人高，有了虫害。那种螟绣着稻叶做卵成虫，没有农药，只能用手去挑。而天热浑身是汗，稻叶划得胳膊上满是红印，又痛又痒。更令人惊慌的是站在稻田水中，蚂蟥常趴在腿上吸血，抓是抓不出来，即便抓断了，蚂蟥头还钻在肉里，只能用手拍打，它才会掉下去。洗河从炕席下拿了娘攒的钱，雇人去挑。河畔那块稻田雇人钱花了二百元。娘说："儿呀！那块田收了稻米才能值几个钱，你用肉价买萝卜呀？！"

洗河让娘不省心，娘想着把洗河认给灶神。灶神是上天言好事，下界保平安，让灶神管了，没个病灾，能顺听顺行。选在七月十二日，洗河生日的头一天，娘给灶神献了一只烧鸡、三个蒸馍和一盅米酒，等着洗河回来磕头。洗河却是天都黑严了才进的家门。

洗河是和万林骑了自行车去东王村逛庙会，庙会上有风筝比赛。从崖底村到东王村要翻一道沟，沟畔上的路又窄又陡，洗河骑着车子扭头给万林说话，车头突然向左拐，一时控制不住，喊："快下快下！"万林人瘦，两条胳膊特别长，像个猴子，从车后架上跳下来，伸手就抓洗河后襟，把洗河抓下来倒在路沿上，自行车却冲出去，掉下沟去了。沟很深，下面尽是乱石，自行车断了梁，轮子也掉了一个。两人生气了半天，万林说："这得大修了。"洗河说："还修个屁！"抱起一个石头朝自行车砸去，再砸坏了齿轮和链条，拿回镇街卖了废铁。

晚上回来，娘知道了这件事，什么话都没吭声，给洗河说："明日是你生日，你能不能静静在家待着，我给你擀长面。"洗河说："行，长面里还要卧荷包蛋，卧三颗荷包蛋！"夜里，洗河睡在西厢房，娘在东厢房的炕上，点了灯给洗河纳鞋底，灯里的油干了才睡下。第二天晴朗，阳光透过窗玻璃，把屁股都晒烫了，洗河起来。院子里的鸡嘎嘎地叫，洗河说："啊娘，这母鸡咋打鸣的?！"没有回应。揉着眼睛去厨房吃饭，案板上已经擀好了面，还没有切，娘竟然在地上，面朝下，双腿屈着，一只手歹得多高。洗河说："娘你干啥？"娘还是不作声。近去把娘的那只手一拉，娘整个身子翻过来，嘴脸乌青，没得气息，人都僵硬了。

*　　　*　　　*

爹死的时候，洗河哭得鼻涕一把眼泪一把，娘死了，洗河却没有哭。他要给娘料理后事。爹当年挣回来的钱，给爹买棺拱墓花去了一半，再给娘买棺拱墓，正好把剩下的钱花完。全村人都来埋葬洗河娘，按规矩，得答谢一顿饭，洗河把所有的稻子都托人去碾了，再枭了三斗麦置了酒肉，拢共摆了五十席。村里没有那么多桌子板凳，就在院里院外，整个巷道，在地上用粉笔画了一个圆圈就算一席。饭是米饭，菜有八道，一道条子肉外其余都是豆腐、丸子，炒的土豆丝，熬的腥油萝卜。每一桌的条子肉都是有数的，不论男女老少每人一片，可肉碟端来，碟子还没放稳实，七八双筷子就抢起来，场面混乱，有的多夹了一片，有的一片没有夹上，又哭又骂，接着还动了手脚。马西来的爹八十岁，是村里的老者，吼了吼，秩序才安顿。席吃了两个小时，吵吵闹闹了两小时。席间有人吃饱了，又盛了一碗饭菜，离开席说站着吃，连碗带饭菜却回了家。有的来时就带了小塑料桶，嚷嚷着给猪装些泔水，竟把整碗整盘的饭菜倒进去提走了。好多人喝醉，要纸烟，嘴上叼着一支，再拿一支别在耳朵上。肖吉民是个光棍，说是感冒了吃不动呀，吃了三碗，散席时掖着怀从院门里出去。隔壁王福成给洗河说："肖吉民怀里揣了瓶酒，你也不管？"洗河说："让拿去！"

三天后的下午，洗河到镇街去。当日刮大风，吹得人趔趔趄趄，走到镇街的石拱桥上，已经是夜里。他坐在桥头上，突然心酸，想不来他怎么就来镇街，来镇街又能做什么，眼泪流着流着，人就困，睡着了。再醒来，听见说："啊呀，这么大的风，你能在风里瞌睡？"睁开眼，面前站着一个老汉，背着一个篓，篓里装着爆米花机子。

这老汉就是楼生茂。

*　　*　　*

楼生茂一脸的松皮，只要一拽他的腮，整个五官就变形了。楼生茂这一天在桥头一家仓库的山墙后爆米花，洗河就坐在不远处。楼生茂生了一堆火，把机子架上去，不停地摇转着装了苞谷的铁筒子锅炉烧，烧到时候了，拿口袋套住锅炉，猛地去踩开关销子，嘭的一响，锅炉打开，半口袋的苞谷花。洗河看着楼生茂爆了一锅苞谷，又爆了一锅米，觉得这比手扶拖拉机还刺激，就过去帮楼生茂吆喝："爆米花啰，爆米花啰，爆一锅——"他歪头问楼生茂："多少钱？"楼生茂说："两毛。"他就又喊："爆一锅两毛啊！"楼生茂夸洗河是好小伙，洗河却要求他能来开锅炉。楼生茂教了他动作，他趁围观的人都不注意的时候踩了开关销子，嘭，吓得鸡飞狗跳，人群都闪远。

在镇街爆了两天米花，楼生茂再要到别的村，洗河也要跟着去。楼生茂说："喜欢？"洗河说："喜欢！"楼生茂说："喜欢了咱走村串庄去，挣下钱分你一半。"洗河就背了装爆米花机子的篓。

两人顺着川道，每一个村庄都不错过。村庄里都有狗，就各拿着一根棍。饥了给某一家爆三锅米花不收钱，求管一顿饭。累了也是给人家爆一筐苞谷花，在人家的柴棚里钻到麦草里睡一夜。半个月差不多经过三十个村庄，出了川道，楼生茂说："还有哪个村没走到？"洗河说："箭沟垴上有个村，也仅七户人家，不用去了。"楼生茂却坚持要去。去了挨家挨户问爆不爆米花，看院屋里是什么摆设，有几口人。但七户人家没一户肯爆米花。楼生茂坐在垴上，给了洗河十二元。洗河说："咋这个时候就分钱？"楼生茂说："我得走呀。"问怎么就走呀，走哪里去？楼生茂顿时眼泪长流，才告诉了他是甘肃人，十年前就去西安收废品，那时收废品人少，倒是赚了钱，就租了屋，把老婆和小女儿也叫去给他做饭。小女儿慢慢长大，也想着自己能挣钱，碰上一个骗子，以招工的名义，将她拐卖了。为了寻女儿，已经三年了，他是收废品赚到三千元就出来一趟。为了不引起注意，他以爆米花为掩护。这次出来了一个月，带的钱也花完了，还得回西安再收废品。洗河可怜了楼生茂，给他擦眼泪。他脸上的皱褶横斜着，泪水就流到耳朵下。洗河说："你走，钱我不要，能把爆米花机子留下？"说完了，又补充："我再到别的川道，也能帮你再寻找。"楼生茂看着洗河。洗河说："不是白给呀，你应付我十二元，我用十二元买的。"楼生茂破涕而笑，说："你这碎尻鬼！"两人分手，楼生茂把爆米花机子给了洗河，他们顺川道要先返回镇街，再搭班车去西安。洗河说："有了这机子，我会想你的。"楼生茂已经走出十米远，又折过来，从怀里掏出一张小照片给了洗河，说这是他女儿，照片背面写着他在西安出租屋主的电话号码。洗河看了一眼照片和照片背面的电话号码，便把照片还给了楼生茂。楼生茂说："你说话不算话呀？"洗河说："咋不算话？"楼生茂说："你就那么瞥了一眼？！"洗河说："是不是叫楼小英，一米六二的个头，圆脸，细眼睛，右腮上有一颗痣？"再把电话号码背了一遍。楼生茂吃惊得张着嘴，洗河说："我过目不忘！"

洗河背着机子，去了黄牛川，去了淤泥河两岸，挨着村庄爆米花。他感觉自己是个生意人了，可以走呀走，走遍黄土塬的沟沟岔岔，自食其力。

几个月后，转回崖底村，万林抱住哭，接着就骂，洗河把一沓钱掏出来甩得啪啪响，说："请你去镇街吃火锅！"这一顿火锅，万林吃了四盘牛肉，洗河也吃了四盘牛肉，晚上回来，洗河肚子胀得睡不着，起来在院里拿肚子撞水井上的辘轳。老万给万林服了一包泻药，不但把吃下的牛肉排泄了，还拉出了许多黄水。

洗河在崖底村给人爆米花，宣布不收钱。来爆米花的家数多，一群孩子也就老围着他。但洗河只收了万林做徒弟。他教万林如何在火堆上转动锅炉，如何观察机子上的仪表，如何用脚快速有力地踩开关销子。爆米花的时候，先是洗河操作机子，万林生火，吆喝人，人来了让排好队。洗河爆上四锅五锅了，万林让洗河歇着吸纸烟，他来操作。那时洗河学会了吸烟，而且是买来的纸烟，就在一边吸着，还能皱着嘴吹烟圈。两人合作得非常美好，但是，机子竟出现了故障。那是村东口龚双明家给孙子过满月，行情的人多，洗河和万林要显摆就背了机子去了龚家。龚双明端了一筛子的苞谷来爆，他们烧好了锅炉，该开锅时，怎么踩开关销子都打不开。洗河俯下身检查，正检查着，万林偏再一次踩开关销子，没想锅炉突然就打开了，嘭的声如炸雷，洗河躲闪不及，被烟气喷倒，爬起来，脸熏成了黑脸，只有一双眼睛还白着，白的特别白，而头发全蓬奓开，像个刺猬。

返回在巷道碰着文丑良，文丑良说："咦！这是咋啦？"洗河说："烟气熏的。"文丑良说："咋就被烟气熏了？"洗河说："机子爆炸啦。"

*　　　*　　　*

一九九四年，和洗河爹一块去西安城里打工的马西来、曾五、邓家先、刘长为年纪都大了，陆续返回崖底村。农村人一生得干三件大事：盖一院庄宅，给儿子娶上媳妇，为父母送终。马西来、曾五、邓家先挣了钱先是拆除了歇山式旧屋，盖成了水泥板两层小楼，木门换作了有钉泡的铁皮包裹的门，窗子还是格子窗，但装了玻璃。刘长为的父母过世早，一直光棍，他出了重彩礼娶下村里的王桂香。王桂香是同镇街的曾去过西安三个女的之一，嫁给刘长为后还是爱打扮，给家里添置了新式三斗立柜，还让从县上过来的匠人用弹簧做了沙发床。刘长为也想盖新屋院，谋着王桂香能帮他，王桂香却说她没攒下钱，那些彩礼她爹拿去给她弟定了个媳妇。两人还住在旧屋里，天下雨的时候，用砖头在屋顶上压油毛毡。

崖底村新盖的三座水泥板小楼看上去非常气派，村里人差不多都去参观，可楼里还是柴火灶，大土炕，没有空调，天热了它特别热，天冷了它特别冷。没有下水道，晚上起夜，光着身子从楼上跑下来去厕所。参观的人嘴上啧啧着，一口一个有本事呀，给崖底村长脸了，出来却说："就这？！"议论着去了城里土狗还真成了狼狗？啊呸！瞧他们还穿了西服，也就一件在假货市场上买的吧，西服里边仍是那粗布褂子，领黑得像抹布一样。敢脱裤子看那裤头吗，破烂不堪，上面缝个口袋，装上钱了，再别上别针。而结婚后的王桂香倚在院门框和人说话，时不时要夹杂些普通话，就又嘀咕她肯定在城里从事那种营生的，什么好吃好穿的都吃过穿过，什么样的男人都经过，几年光景下来，小姐被唤作了姨，姨回来了，一切都无所谓了，就胡乱嫁人，嫁给刘长为了。

刘长为去城里打工前就是崖底村的憨人，心里没廊场，饭量大，就是有力气，他能去城里全靠马西来承携。他在西安，总是操心不下自己地里的庄稼，每到阴历清明和十月初一的寒衣节就嘟囔着说去祖坟上祭奠，不然别人会以为刘家绝后了。汪承被电打死后，他送汪承的尸首回来，就没再去城里，但他仍戴一个塑料壳的手表，时不时卖派西安的街道平，走路脚不用抬高，楼房高得很，仰头看帽子就掉了，没有白天和黑夜，都是灯火通明，不戴表不知道时间么。洗河说："长为叔，几时还去城里呀？"刘长为说："我有老婆了么。"洗河说："有了老婆就不打工啦？"刘长为嘿嘿嘿地笑。

洗河看不起刘长为，有空了就到马西来、曾五、邓家先那儿去，但那个冬天，马西来、曾五、邓家先又多去找文丑良。文丑良和崖底村人都熟，他那学校宿舍里有木炭火，能煮茶，而且话能说到一块儿，十月后夜长，马西来、曾五、邓家先都喜欢在那里聚集闲谝。在他们的印象里，文丑良之所以热情，成半夜地招呼人，就是要在大家的闲谝中获取些写作的素材。洗河就和万林也去热闹，而他们去没座位，只能生炭火，到井里汲水，煮出茶了，给各人的碗里续茶，然后站在一旁听闲谝，不得插嘴。闲谝原来没有主题的，常常是从谁的毡帽说到另一个人在集市上买到了假酒，又从假酒说到村长和镇长，说到西安，甚至就争执联合国是个什么国，这其中是怎么过渡的、转换的，全不理会，似乎像河水一样，自自然然便流过来了。

这个晚上，文丑良的宿舍里有马西来、曾五、邓家先，有刘长为，有村前巷的巩有泉，会计闫贵，还有没去过西安的李伯奇、张洪、柳长富。闲谝到半夜，火盆里的炭火由赤红慢慢变成白灰，万林又取了木炭架上去，刘长为把他的脚一直深搭在火盆架沿上烤鞋底。烤煳了，刘长为竟然不觉，发出了呛鼻的酸臭味。闫贵骂刘长为，刘长为站起来跺脚，庆幸着他多亏穿的不是那双旧皮鞋。文丑良把自己最后半盒纸烟给了洗河让给大家散，洗河自己先叼了一支开始散，散到邓家先、巩有泉和张洪，洗河说："哎哟，没了！"把纸烟盒一握，扔到墙角。张洪说："你碎屄吸啥？"从洗河嘴上把那支烟拿走了。文丑良倒了瓦盆里的残茶，重新抓了三把茶叶，提了坐在火盆上的铁皮壶把滚水浇上，吩咐万林用长把木勺舀了茶水给每一个人的碗里。一时喝茶水的吸溜声、咳嗽声、擤鼻声、笑声、呵斥声、屁声，在腾起的热气和烟雾中哄哄嗡嗡。好像是马西来在说农村人和西安人的差别，并不是在智慧上而在经见上，如果都一样的经见，那农村人比西安城里人聪明得多。于是许多人感叹，生在哪儿，哪儿就决定了你，同样的瓷片，有的砌在了灶台上，有的砌在了厕所里，人过日子是今日不知明日，这农村往后又该怎么个发展？巩有泉半截子纸烟还沾在嘴唇上，他叫了声"老文"，接着改口叫"老师"，叫"作家"，说："你读书念报写文章的，知道的事多，你不给大伙说说？"

文丑良看着所有人都扭过头来，灯光里脸都泛白，眼睛像钩子一样，他蓦地想到了佛，读过许多佛经，其实都是记录着佛在某年某月某日的演讲，便激动起来，说："今儿是几月几日？"有人说："十月十七日。"文丑良要让大伙都记着这个日子，又问："几月几日？"众人齐声说："十月十七日。"文丑良微笑着，他有些驼背，挺挺腰，坐到火盆前，清理嗓子。

文丑良说："我本来只听你们说话，可话赶话到这儿了，我说几句。"

文丑良说："故乡是血地，生在哪儿，就决定了你。咱们崖底，天荒地僻，县地图上都没有标出个点来，活该微不足道，孤陋寡闻，因循守旧。我是教师，当然比你们有知识，多读些报刊，我更是作家，作家的天职必须得通晓天下事，眼观六路，耳听八方。长期以来，我就是从全国的大局上观察和认识崖底村，又立足于崖底村来关注和思考中国。"

　　文丑良说："我们的时代已经天翻地覆。其中最大的变化，是城市和农村的堡垒打开，农民可以进城。虽然崖底村还不明显，进西安城打工的人不多，可在外地，大量的民工如潮水一般涌向了城市。农民进城，离开了土地，背井离乡，为的是讨好日子，城市由此扩张，扩张了又如一张血盆大口，一个城市在方圆数百里的大锅里，把资源、人才、资金、技术的一层油珠珠全尽吸去。城市不是了以前的城市，农村、农业、农民也已不是过去的农村、农业、农民。社会旧的平衡破坏，新的秩序还在混乱中形成。可以说，这是最好的时候，人人都可能出人头地，人人都可能发家暴富，黑猫白猫能逮住老鼠的都是好猫。但也是最坏的时候，崇尚权力，追逐金钱，是非混淆，正邪难辨，好人或是坏人，坏人或是好人。"

　　文丑良说："什么是改革？道理千条万条，我给你们说，改革就如同睡觉，睡觉翻过来翻过去，不停地折腾为的要把整个身子放舒服了，才能安然入梦。以中国今日之趋势看，终有一天，要走城市化道路，农耕文明将急剧蔫微，以至消亡。这是农村真正摆脱贫困的唯一出路啊。但是，这一进程不是一天两天的事，也不是十年二十年所能完成，至少得牺牲两代三代农民的利益，而遗憾的是，我们正活在当下。"

　　文丑良说："第一代农民进城，那都是大胆人，冒险者，也都是英雄。多年下来，有的人是发财了，不管他什么手段，成了新的城市人。有的扑腾了一阵又行囊空空地回来。有的则丢了性命。马西来、曾五、邓家先你们呢，是穿上了皮鞋，戴上了手表，盖了新屋院，可你们到了西安，越是热闹不是越觉得自己寂寞吗，越是挣钱不是越觉得自己穷困吗，越是经见多不是越觉得自己卑微吗？"

　　文丑良说："这是你们的苦恼，同样是我的苦恼。"

　　文丑良说："我，文丑良，一直在讴歌国家的改革，农村土地私人承包后，我发表了那么多受欢迎的作品，才被文坛冠以农村题材写作的高手。可我老实说，我现在对于农村题材的写作感到迷茫，不知道该唱赞歌还是唱挽歌。新兴的东西和传统的东西惨烈地争斗、对抗、厮杀，人性之恶全都出来，生活是了一堆垃圾。我作品中揭露、批判的元素是越来越多，而受到的非议和指责也越来越多。可我有什么办法呢，社会已经是这样品种的社会，在这样品种的社会中造就了这样品种的作家，我也只能写出这样品种的作品啊。"

文丑良说："中国的地势是西高东低，我们无法把握一条河流过会转多少弯，会有多少滩，会翻多少浪，但河是一直要往东的，要到海里的。兄弟们，我是教师、作家，你们是农民，我们都正面临了困境，摆在我们面前的就是再找出路。"

洗河听着文丑良讲话，好像能听懂，又好像没听懂。他举了手，就像在学校课堂要提问时习惯的举动，可这时正讲话的文丑良却啪地打了一下嘴，一看手掌，手掌是一只带血的蚊子。天这么冷，怎么还会有蚊子？或许是文丑良的宿舍暖和就真的存活了一只蚊子。而他两片嘴唇在不停翻动，蚊子又怎么就叮了上嘴唇呢?！上嘴唇很快就有些肿。文丑良说："×！这是不让我说话呀？"伸长舌头舔了舔肿处，唾沫能祛痛消肿的。洗河把手放下来，说："蚊子可能也是来听你讲话哩，它耳朵小，落在嘴唇上听得清。"众人哄哄笑。马西来说："你碎屍也是个老鼠耳朵，蚊子被打死了，也该打你！"拳头过来要敲洗河的头，洗河一拧身往屋外跑。跑出屋了，又返回来，猫腰从屋角地上捡了那扔掉的纸烟盒。

万林见洗河跑出屋，也跟着跑出来。洗河从握瘪了的纸烟盒里竟然取出了一支纸烟点着了吸。万林说："纸烟盒不是扔了吗，里面咋还有一支？"洗河说："散烟时还剩一支了，我故意扔了给我留的。"万林说："文老师真能讲！"洗河说："你记住了？"万林说："一句都没记住。"

　　＊　　　　＊　　　　＊

　　到了十一月，崖底村一些人在巷道里见了面，嚷嚷着也到西安城里打工去，可说着激动，回到各自家了，想着快进腊月了，天寒地冻的出远门？又都无声无息。而镇街的黄广秀这时候来崖底村招工，领走了樊康和樊宁。黄广秀和樊康、樊宁是表亲。黄广秀当年和洗河爹他们一块到西安打工，在城南郊区做了上门女婿，其妻哥开了家饭馆，需要清洁工和洗碗工，他回老家招了樊康、樊宁。走时樊康、樊宁把家里猪也卖了，狗也送了人，高高兴兴地说："哈，过年就在城里过呀！"可才二十多天，樊宁却回来了，说是在饭馆打工了十天，城里卫生部门要求从事餐饮行业人员必须体检持健康证上岗，他查出患有乙型肝炎，就被辞退了。乙型肝炎也算是绝症，没查出来时，樊宁还好好的，一查出来，樊宁一下子精神垮了。回来粜了两斗麦，吃老万的中药，什么也不干，见谁都不说话，人干瘦得脱相。

　　＊　　　　＊　　　　＊

　　一九九六年春节一过，县上开始实施低保政策，崖底村就评定缺乏劳力、生活没依靠、鳏寡孤独的贫困户。初定了十户，其中有残疾人李巴子，中了风半身不遂的张回，没儿没女已八十岁的林菊花，患了乙型肝炎的樊宁，还有刘长为。因为刘长为结婚后，王桂香大多时间在娘家不回去，他自己饥一顿饱一顿，那件西服前有拉链后有兜的，他是正面穿，反面穿，已经穿烂了，看着恓惶。但好多人不同意，说刘长为不是残疾，也没大病，他能娶媳妇，还有一辈子没碰过女人的，他日子没过好，是王桂香不好好

17

过么。村长就取消了刘长为，补上了洗河。补上洗河，又有人反对，认为洗河虽是孤儿，但洗河是个浪荡鬼，低保是保穷不保懒呀。把洗河也取消了，村长仍还念及洗河。崖底村到镇街之间的北塬上有上万亩的梢林，一直有个护林员，三月份护林员去世，镇政府让崖底村派一名新的护林员，村长说让洗河去干。村长问洗河："去不去？"洗河说："我不去，那么大的林子，转一圈得几天，我跑不过来。"村长说："你爹生前和我有交情，我才让你去的。去了谁让你绕着林子跑呀，那里有个瞭望台，你只须在瞭望台上看哪儿有火了报警，而这么多年了，还没有过火的。"洗河说："那一月补多少钱？"村长说："镇上给三百，和低保户一样多。"洗河说："那我去，你不能别人一提意见就再变卦啊。"村长说："那我也警告你，林子交给你了你就给我看护好，如果发生火灾，毁了林子，那就得法办你！"林子那儿原来有个庵屋，能在里边睡觉做饭，洗河在那里生活了七天。又七天，他不在那里睡觉做饭了，早上在家吃过饭，带上熟红薯去，晚上回来。再到第三个七天，他给万林说："我雇你去看护吧，每月二百元。"万林同意，也是早晨去晚上回。一切安然无事。

到了清明节这天，早晨起来似乎还要下雪，但没有下，刮起冷风。洗河到父母坟上烧了纸，背上爆米花机子去镇街石拱桥北头的铁匠铺修理。修好后，正坐在隔壁饭馆里吃羊汤饸饹，外边有人喊："起火啦！起火啦！"洗河跑出来，桥上站了好多人都朝东北方向看，东北方向的天空上有着黑烟。人们在说："肯定是谁祭坟时引起的火！""哎呀！火这么大，该不会是烧了北塬林子？"洗河心头一紧，站在桥栏杆上看，还是看不清楚。石拱桥南有个崖，上面有个亭子，是镇街的一处景点，洗河再跑上崖亭，远远看着就是北塬林子，火光红通通的，如同晚霞，顿时腿软，坐在了地上。这么大的火，估摸林子全烧起来了，即便没全烧，也烧到一半了。洗河高声骂万林。骂过了，想他擅自雇的万林，如果一查，那是自己责任，毁了林子要追究责任，责任人要法办的啊！洗河害怕了。洗河在崖亭里急得打转，他不敢回崖底村，决定了逃跑。洗河从崖亭上下来，故意不仓皇，一边回头看着，一边过了崖南边的一条街道。街道口有许多人在上一辆班车，洗河一溜烟地跑近去也上了车。上了车，才知道班车要开往骆坊沟。

骆坊沟就骆坊沟吧。洗河没有争到座位，把装着爆米花机子的背篓放下来，用双腿夹紧。旁边座位上一个人一直拿眼睛盯他，他也就对着盯那人。那人把目光避开了，他就环视了一下，车上没有他认识的，就出了一口气，脸朝着车窗外。车速很快，路边的杨树都往后闪。

骆坊沟路途八十里，以前洗河爆米花来过，知道沿途大大小小的村庄。天黑的时候，班车到了沟垴栗树坪村头，车下了乘客再返回镇街去。洗河一下车，不知道该怎么办。村头三四个孩子却认出了他，锐声喊："爆米花来喽！爆米花来喽！"洗河不敢停留，顺着一条土路便走。孩子们竟还要跟着他，喝退不了，他掏出皮筋，套在指头上，一颗石子射过去，射中了孩子身边一块石头上的麻雀，说："再跟我，就打死你们！"孩子们站住了，他闪过三棵核桃树，土路往后坡去的，就上了坡。

到了坡顶，天上有了星星，原本坐下来歇歇，回头看坡下栗树坪村里有许多火把，人声狗声纷乱，担心是不是崖底村寻不到他，电话给了镇政府，镇政府又四处追捕他，而栗树坪村的孩子告发了他的行踪？洗河就再不敢歇，再朝坡南的沟里跑。

这条沟洗河没来过，沟比骆坊沟深，土路也窄。走到半夜，也不知走了多少里。路畔有一户人家，月光下瞧见房檐墙上挂着十几串柿饼，近去要卸几颗柿饼吃，没想弄出动静，屋里有人说："谁？"灯忽地亮了。洗河赶紧从房檐下离开，瞧见门前磨盘上有一双草鞋，拿了草鞋就跑了。

娘生前留给了他十双布鞋，洗河脚上穿的就是最后一双，走沟道费鞋，他把偷来的草鞋套在布鞋上，再往前走。天上有了鱼肚白。他走出了沟口，沟外却是一条河。

河面很宽，水白花花的。洗河给自己说："过河就好了。"就脱了衣服，用裤带绑在头上，扑哩扑咚便下了河。没想水浑，一下子没在脖项。篓子装着爆米花机子在水里并不觉得沉，但水凉得像是里边有无数的刀子，游起来刀子在刮他的肉。过了河，天都亮了，就倒在了岸上，牙花子磕得哗哗地响，说："这下谁也寻不着我了。"

河岸上有一条公路，驶来一辆装着芹菜的拖拉机。司机停下到路边小便，发现了洗河，问："你是从河里过来的？"洗河说："游过来的。"司机说："你狠啊，这么冷的天你能游过来？！"洗河问这是啥河，司机说是渭河。洗河说："渭河？"洗河听马西来说过，他们去西安城打工，坐着班车要经过渭河的，没想这就是渭河，而且自己就游过了渭河。他再一次说："啊，是渭河！"就往拖拉机上爬。司机说："你去哪儿呀，坐我的拖拉机？"洗河说："你往哪儿去？"司机说："我到西安呀。"洗河又愣住了，说："到西安多少路？"司机说："一百二十里。"洗河说："那我就去西安！"

*　　　　*　　　　*

稀里糊涂的，洗河来到了西安，身上除了三十二元七角钱，再就是一个篓子，篓子里装着爆米花机子。

洗河饥肠辘辘的，去买了一只烧鸡。切，要吃就吃一顿好的。他坐在过街桥上把整只鸡都吃了。捡起桥面上的几片荷叶擦了手上油，看着桥下东西南北的行人，车辆川流不息，说了句："我这就是城里人啦？"

经过一段很短的时间，洗河否定了马西来他们来西安打工的经验，并不愿意沿街吃喝着收集废品，也拒绝到建筑工地上搬砖、铲泥子、卸水泥袋子。他每日三顿只买蒸馍吃。晚上缩蜷在立交桥的桥洞里。他在吃着蒸馍，一只流浪狗就看着他。这是一只黑色的土狗，伸长舌头，眼睛放光。他掰下一块蒸馍给狗扔过去，狗把那块蒸馍吃了。此后每到他吃蒸馍的时候，这狗就出现了，而且靠近来，钻在他的怀里。白天里他出去跑，狗跑得没踪影，一到晚上他回来了，狗也回来了。夜里他和狗一同睡在桥洞里不受冻，他给狗起了个名字叫"我来"，意思是我来就来了，我没来我也在。

街巷里，有无数的小饭馆、杂货铺、理发店和洗脚屋，也有摆了地摊卖袜子裤头鞋垫的，支张桌子卖琼锅糖炒栗子烤红薯的，还有耍猴的，发了气功用拳破石的。洗河就烧炉子爆米花。爆米花在农村能待见，没想在城市里更是受欢迎。农村人家家有苞谷，可以把苞谷拿来爆，城市里人家没有苞谷，洗河在粮站买了一大袋的苞谷现场爆了，一搪瓷缸一搪瓷缸地卖。前三天，一搪瓷缸一元钱，三天后涨了，一搪瓷缸二元钱。

更多的孩子围着他，快乐地看着机子和他在机子上操作，他也在掌声和叫好声中感到了快乐。

街巷里新来了一个乞丐，在路边坐下，面前铺着一张纸，写了他的父亲是精神分裂者，三年前失踪了，下落不明。他的母亲又患了脑溢血，瘫痪在床。他不说话，就那么坐着，过往的人驻足读纸上的文字，就掏出五分一角，甚至一元丢在了纸上。洗河说："喂，要饭的！你就这样要饭呀？"乞丐说："你不也那样要饭吗？"洗河收拾了爆米花机子，离开这条街巷，去了另外的街巷。

西安的大街是端直的，街巷也是端直的，纵纵横横交叉着都是井字形。洗河不清楚西安城里有多少这样的井字，觉得天的尽头都在井字里。但他发现了每隔五个六个这样的大井字区内就有一个劳务市场，日夜集聚着从农村来打工的人群。这些人大多拿着工具，比如电锯、铁锤、瓦刀、涂料桶和长杆刷子，小半什么工具也没有，背一个挎包，双手抱在胸前，在等待着雇主来招领。他们似乎好几天没有洗脸了，头发蓬乱，面色憔悴，在等待着那种眼巴巴的样子，像饲养场前爪子搭在圈墙头上待食的猪。雇主一来，又像鸭塘里扔了石头，所有的鸭子涌动，呷呷声乱。永远有幸运的和不幸运的，能被招领的跟着雇主走了，嬉皮笑脸，没被招领的又很快安静了，委顿着，疲惫着，蹲在地上咳嗽，擤鼻，啃吃着干馍，低声咒骂。

洗河凡是经过这些市场，总要在那里爆上一锅两锅苞谷、白米或黄豆，锅炉爆开的声响巨大，让他们为之一震，然后他不要钱，一把半把地分给他们吃，听他们说着各地的家乡话。洗河觉得这些各地的家乡话比普通话好听。但这些人竟然瞧不起洗河，还在说："噢，爆米花的，送爆米花了，吃得喉咙干，咋没有矿泉水呢？"

洗河在问一个人，这人长着豁牙嘴，"没有被招领呀咋办？"那人说话漏气，字音含糊，"明天再来么。"洗河说："明天没被招领呢？"那人说："后天再来么。"洗河说："后天还没有被招领呢？"那人说："还没有被招领你以为我也爆米花？"洗河生了气，说："你以为我就只爆米花？！"

*　　　　*　　　　*

洗河背着爆米花机子走街串巷，一想起那个豁牙嘴，就恨恨地用脚踢路上的树叶子。树叶子腾起来，也腾起来尘土和许多名片。名片什么颜色的都有，顺手捡了，有的上面写着能办各种证件的，留着电话号码，没有姓名。有的有电话号码，有姓，没有名，只是某小姐。有的有名有姓有电话号码，还有公司和职务，是什么负责、主管、经理。竟然就有了一张，纸质洁白，柔软又有弹性，背面印着六个厂、矿和公司的名称，正面仅两个字：罗山。

街上的车辆，凡是轮壮、排气管粗、漆色起光的都是高档车，而高档车从来干干净净，只有那些便宜的车，车侧车后才喷着怪异的图案和写着调侃的话。洗河把别的名片扔了，就留下罗山的，他觉得罗山肯定是大老板。在城里混，如果能结识到这样的大老板，那就大树底下好乘凉了。

洗河在晚上回到了桥洞，狗已经早到了，但那里又坐着一个人。那人在逗狗，狗远远站着不动。洗河叫了一声："我来！"狗跑过来摇尾。那人说："这是你的狗？"洗河说："这地方是我的。"那人说："这地方是你的？天底下都是共产党的！"洗河就笑了，坐过去，他说："你说得对！咱夜里一块儿睡。"这个夜里，洗河和那人缩蜷在一起，狗就卧在他们中间。他们说了好多话，洗河拿出了那张名片，问知道不知道罗山，那人说不知道。洗河说："这可是个大老板！"那人说："我在老家时认得村长，或者是镇长，谁想过县长省长国务院总理啊？！"洗河坐起来，说："我就要结识这罗山！"

第二天醒来，那人不见了，篓子里少了一个蒸馍。洗河赶紧脱鞋，左脚鞋壳里的二十元还在，右脚鞋壳里的二十元也还在。洗河倒笑那人笨。

洗河当天买了一块白布，宽两尺二，长一丈五，就去了南城门里的书画一条街。沿街正规的字画店、装裱店、笔墨纸砚店，洗河没有进去，直奔当街摆了桌子现场书写的那些摊位。摊主说："店里的贵，多是赝品，我货真价实，给你便宜，十元五元的，要什么写什么。"洗河说："我不买，借你笔在我布上写几个字。"摊主是个男的，却一头长发，油腻腻的，在脑后束成一撮，说："我借你机子给我爆米花？！"洗河说："我付钱的，你来写，一个字多少钱？"摊主说："一个字五角。"洗河说："一个字就五角？"摊主说："我写的是字吗，是书法艺术！"洗河想了想，让写了八个字：到了西安，就找罗山。

洗河再去街巷爆米花，把白布挂在身后的墙上或树上。这样挂了白布招摇过市，能碰上罗山了就是好运，碰不上罗山也好玩么。

差不多在十几个街巷里都爆过米花，人都围观着好奇白布上的话，却没人知道罗山是谁。一天在子午路的劳务市场上待了整晌午，爆了三锅米花，要撤离时，一辆小车和一辆卡车停在了路边，小车下来了三个人。走在前面的两个年轻，西装领带的，皮鞋锃亮，后边的是个大肉脸，鼓肚子，拿着个小皮包，穿件中式褂子，褂子就没系扣子，走过来，呼呼啦啦张风。聚集的民工，有人说了声："来主儿了！"坐着的蹲着的全站起来，耸肩直腰。这三人果然是来招工的，那两个穿西装的在叫喊着："过来！过来！"旁边树下一个人正吃方便面，跑过来的时候，盆子里的面汤洒在了胸前。人都过来了，大肉脸就把小皮包夹在胳膊下，点着了纸烟，看着每一个人。有的人他看了一眼，一摆手就让过去了。有的多看几眼，被看的人就低下头，他让对着他的眼睛看他，再让转三圈，走几步，然后勾着手叫站过来。站过来了十几个人，两个穿西服的就逐一询问叫什么名字，多大年龄，家住哪里，查验身份证，开始讲话。讲了很久时间的话，让那些人都上了卡车。而大肉脸在这时候看到了远处的洗河，也看到了洗河身后树上挂着的白布，走了过来。大肉脸脚步很重，胳膊长，在身后甩动。洗河觉得这人走路像老家的县长，他在镇街上看见过镇长陪着县长去包子店里吃包子，包子店的掌柜说县长是猿臂虎步。

　　洗河还发着怔，他已到了面前。他说："啊这是谁写的？"洗河说："我写的。"他说："你找我？"洗河说："你是谁？"他说："我是罗山。"洗河愣住了，说："你是罗山？！"但洗河很快在迟疑，他连西服都没穿，脚上还是布鞋，世上有重姓名的，他是不是名片上的那个罗山？洗河再说："罗山是大老板，领导着六个公司。"他拿眼睛看着洗河，眼睛像点了漆，发着亮光，说："你找我干啥？"这时候身后的树上落下一片叶子，正好砸在洗河的头上，洗河觉得这应该是名片上的罗山了。于是，洗河双腿并立，扬了头，对着天，说了一串成语："你功成名就，财大气粗，扶贫解困，义薄云天，还有……"一时再想不出新的，卡住了，接着又补充一个："慧眼识珠。"他哈哈哈哈地大笑起来，笑得腮帮子都在颤，说："这话是假话啊，但我爱听！说，找我啥事？"洗河说："想跟着你。"他说："咦，你会干啥？"洗河说："你需要我干啥我都会干啥！"他说："好，那我就慧眼识一下珠。"

　　穿西装的两人把招领的民工安置在卡车上了，忽然其中一个拿着一个电话听筒跑过来给罗山嘀咕什么，罗山接过了听筒好像发了火，连声追问，后来声音低下去，边说边踱步，一只手不停地在面前挥动。洗河问那个穿西装的："这电话怎么没线？"穿西装的说："那是手机！"洗河说："没见别人用过。"穿西装的说："你能见过几个大老板？！"洗河不说话了。穿西装的却问："你是哪儿来的？"洗河说："老家来的。"再问："你老家情况怎么样？"洗河说："就那样。"又问："你来西安多长时间了？"洗河说："有些日子吧。"再又问："你给我老板说什么了？"洗河说："说些话。"穿西装的生了气，说："啥也问不出来，是不是？！"洗河嘿嘿一笑，说："你们招这么多人去干啥呀？"穿西装的说："去溪口煤窑上挖煤。"洗河说："挖煤？"万林的姨父住在镇街上，曾经去煤窑干了半年跑回来，给人讲种庄稼是活着已死了的人，下煤窑是死了还活着的人。洗河就说："来西安了去挖煤？！"穿西装的说："挖一天煤三十元，一个月九百元，在城里工地上当小工，一天十五元，一月四百五十元，在农村种庄稼一年才一二百元。"洗河说："你一月多少钱？"穿西装的说："八百元。"洗河说："你能八百元，我为什么不能八百元？"穿西装的说："哼，你还是爆你的米花吧！"

罗山通完电话，走过来给穿西装的说："白庆，把他也招了你觉得怎样？"白庆说："他说他还要爆米花的。"罗山说："好呀，老爷子肯定想吃爆米花了。"白庆还要说什么，罗山一摆手，白庆不作声了。罗山吩咐用卡车把招来的人带回公司，不要管他了，留下小车他自己来开。就对洗河说："上车！"洗河就上了小车。小车先开动，经过卡车时停住，给白庆交代："回去先让吃一顿羊肉泡馍啊，然后安排都洗个澡！"

一路上，罗山问洗河的姓名、籍贯、年龄、学历、父母状况，如何来西安的，爆米花多久了，洗河一一如实回答。罗山说来西安都去哪些地方了？洗河说去过鼓楼下，听到鼓响，真是声闻于天。去过北大街的大剧院门口，红的绿的灯光闪烁，人好像在梦里。去过西城门，碰见过列队的武警。去过西安大厦，门口那么多的人往里进，全都是黑西服、白衬衣啊。罗山说："那是开人民代表大会吧，要求统一着正装。"洗河说："去过城河沿，一簇一簇的人在扭秧歌，唱秦腔。去过西大街，有烤鸭店、羊肉泡馍馆、电影院和澡堂。去过文庙那儿，嘿，见到洋人了，洋人真的是黄头发、蓝眼睛，还有一排十几个的女人，已经是一米八九的个子了，还都穿高跟鞋。"罗山说："那是模特。"洗河说："去过南大街，是晚上去的，那么高的楼，窗子都亮着，如果城里的楼算作城里的山，那山是空空山。去过城墙，城墙上有灯展。去过环城大道，遇到过自行车比赛，选手拿着矿泉水不往嘴里喝，往头上浇。去过西二路，那里有法国梧桐树，叶子巴掌大。去过地方蛮多的，我还要去咖啡吧、酒吧、烟吧，明明都是店铺为什么叫'吧'呢？还要去夜总会，看里边到底都有些啥。"洗河说："哎呀，城里的色彩和农村的色彩不一样啊，风吹过来的味道也不一样。"罗山说："西安好吧？"洗河说："好呀好呀，我现在就想西安。"罗山说："你就是在西安了呀。"洗河说："在西安了还想西安嘛！"

洗河还在激动着，车突然在一座高楼前停下来，罗山说："下车。"洗河说："到地方啦，这是哪儿？"罗山先下了车，洗河也就拿着装爆米花机子的篓子下了车。罗山说："我去楼上见一个人，你等着，一会儿就下来。"罗山进了楼，洗河便蹲在小车跟前。他想吸纸烟，一支纸烟点着了，一边用眼睛数起高楼的楼层，噗噗地喷着烟圈。过来个人，说："哦，现在能爆米花吗？"洗河说："不爆啦，再不爆啊！"但约莫过了半个小时，罗山没有下来。一个小时后还是没有下来。洗河说："见什么人呀，这么长时间？"一直瞅着那楼门口，蓦地起了疑惑：会不会不下来了？！这么一想，就觉得今天发生的事情有点不真实，一个大老板怎么就对他这般好呢？如果真要他等，为什么不在车里等，就让他下了车？他就觉得罗山在戏弄他，要把他甩了。洗河知趣，开始收拾篓子和爆米花机，却又琢磨：不至于吧，一个大老板何必戏弄他呀，真要甩，用得着还带他到这里？就再蹲下来继续等，倒谴责自己是人穷心思多。这时候天黑下来，往常是该回到立交桥洞的，狗估计也早在那里卧下了。洗河自己给自己说：罗山可能真有事一时下不来，那就还等吧。可是，又过去了一个多小时，洗河把纸烟盒里最后一支纸烟吸完了，罗山仍是没有下来。难道自己又错了，太相信罗山了，去见一个人哪里就需要三个小时？洗河绝望，决定离开。背起了装着爆米花机的篓子离开了八米，十米，愤怒充满了胸膛，扭头再回到小车前。哼，罗山就是要甩，迟早都得下来，倒要看看大老板怎么是这样的一个大老板？！洗河说："我偏不走，就等你！"

街灯全部亮起来了，罗山从楼门口里出来，说："哦，你还在啊！"洗河说："你让我等，我就等着，我言而有信！"罗山说："好！我要的就是忠诚！"原来罗山在考验他。洗河坚硬的身子软下来，使劲儿地踢着篓子。罗山过来摸他头，笑着说："哈，你也是双旋呀！"

洗河重新拿了装爆米花的篓子上车，车就一路呼啸，去了罗山爹的住处。

＊　　　　＊　　　　＊

罗山爹有八十多岁，脸也是大肉脸，皮肤酱色，住在一个大杂院的平房里。他们一来，老爷子说："得是又给我这儿塞个过夜的？"罗山说："梅青不在，让他先住下。"老爷子说："得是你还是忙就走呀？"罗山说："是得走。"果然他就走了。

老爷子问："你叫个啥？"洗河回答："我叫洗河。"老爷子问："你爹就给你起这个名？"洗河回答："我没有爹。"老爷子问："没有爹，你是石头缝里蹦出来的？"洗河不说话了。老爷子问："黑来吃了没？"崖底村人把晚上说成"黑来"，老爷子也说"黑来"，洗河回答："我不饥。"老爷子不问了，从厨房里拿了两个蒸馍、一碟盐、一根青辣椒，说："不饥就是没吃么。"洗河就把辣椒在盐里蘸了，咬一口辣椒吃一口蒸馍，把两个蒸馍都吃了。老爷子说："吃饱了？"洗河说："饱了。"老爷子说："估摸你也饱了。"

洗河觉得老爷子蛮好的，就是话多。老爷子又问："你是爆米花的？"洗河再回答："以前爆过。"老爷子问："那现在不爆了？"洗河回答："也能爆，你想吃了，我就爆。"

洗河在这个夜里爆了一锅米花，老爷子不歇气吃了一碗，噎住了，沏了茶一边喝一边吃。洗河说不敢多吃了，吃多了肚子胀。老爷子把剩下的米花拿给了左邻右舍，对洗河说："咱每天就爆一锅，我只吃一碗。"

洗河就这样在罗山爹这儿住下来。

洗河知道了老爷子有个保姆叫梅青，梅青在这里待过两年，是前三天因父亲去世请假回老家了。洗河承担着梅青的责任，但洗河是能做饭，做出的饭少盐缺醋的不合老爷子口味，尤其他擀个面条，不是薄了就是厚了。老爷子说："你只能爆个米花？！"老爷子自己擀。

大杂院有十七八户人家，家家都在屋前屋后搭一个棚子，里面堆放煤块、烂壶破藤椅、纸箱子、麻袋包，原本规规整整的院落变得曲里拐弯，混乱无序。而且还有谁家养了一群鸡。洗河出出进进的时候，鸡群也不让路，相互鸹起来，鸡毛鸡屎乱飞。

老爷子习惯在晚上喝几杯烧酒，就咕囔梅青不在，多日不吃肉了，要洗河去街上给他买卤锅子卤出的猪蹄猪耳朵。洗河一到街上看见华灯初上，就想起了他那只叫"我来"的狗。他没有再去过立交桥洞，狗是不是还去那里呢？洗河两次趁机搭公交车到了立交桥洞，没有见到别的人，也没有见到狗，他站在风地里很久，怅然若失。

洗河纳闷：罗山招收他是可怜了他睡在桥洞才把他送到老爷子这儿，还是就让他来陪伴老爷子，专门给老爷子爆米花的？爆米花成了他从农村到城里的身份标识，他正是为了摆脱这种身份的标识，在白布上写字找到的罗山，而现在还是个爆米花的！洗河就悄悄地破坏着爆米花机子，给老爷子说观察温度的仪表坏了，有两天就没再开机。

但梅青没有回来，罗山也不闪面，洗河又恢复了每天爆一锅米花。老爷子已经热惦了洗河，吃过一碗爆米花了，就让洗河陪他说话，要说些农村的事。洗河这才得知老爷子籍贯在陕南，也是农民。十年前罗山就要父母到西安生活，老爷子不肯，嫌城里的高楼住着不舒坦，又没有能说话的人。直到三年前老伴过世，老爷子被接来，却不愿和儿子儿媳住在一起，罗山就租了这杂院的平房。两人说起农村的红白过事，说起春种秋收，说起犁耙糖耧，兴趣高涨。但陕南和渭河北的风俗习惯有别，方言土语不一，他们就又争执起来。老爷子说："阿家就是阿家，咋能是婆婆子？跟我说，是阿家！"洗河说："你们那儿是阿家，我们那儿是婆婆子，其实都是儿媳对丈夫娘的称谓，普通话是公婆。城里人都说普通话，咱也该学着说普通话哩。"老爷子唬了眼，说："毛主席就不说湖南话啦？罗山也说普通话啦？"洗河年纪小，不知道毛主席当年说的是湖南话，而罗山这样的西安城里大老板，确实说的不是普通话，洗河就说："哦，普通话是普通人说。"跟了老爷子学陕南口音。

老爷子又要洗河下象棋。老爷子说："咱带上彩。"洗河说："我没钱。"两人就下白棋。洗河赢了，老爷子执意再下一盘，再下一盘，直到赢了。洗河后来故意输。但老爷子赢了更来兴致，往往连赢五盘才能作罢，骂洗河是臭棋篓子。

这样待了七天，洗河怨恨了罗山，要离开。老爷子给罗山打电话，"你给洗河开工钱啊，不能让他走。"罗山说："他走不了！我这几天太忙，你垫上五百元给他，过后我再还你。"老爷子给了洗河三百元，说："你碎尿福大，在我这儿吃住还发工钱。从来没见过这么多钱吧？那咱下棋，就得一盘一元啊。"此后，洗河保持着每次输五盘，赢三盘，让老爷子高兴，自己也不多吃亏。

三　罗山
（一九九六年—一九九八年）

煤窑经理白庆带着新招的十七名民工去了溪口，罗山在下午就安排办公室周兴智和阴阳先生到彬县石槽沟村。

石槽沟村是老板陈会员的老家，距西安二百里，离县城也三十里。十多年前，陈老板还在县城卖蒸馍，他有一招秘不示人，蒸出的馍用硫黄熏了，馍就特别白，卖得多，攒了一笔钱。后来贷款收购了县上一座镍矿，人都说他是胡整，把钱像石头一样扔到湖里，估计只能听个响声。没料，连续几年镍价疯涨，日进斗金，他摇身成了县里首富。这期间，他常到西安游玩，为了方便，在西安买了一块地，圈起围墙，盖了一座砖混结构的八层楼，设有食堂、客房、歌厅、台球间。当镍矿价格再次跌落，一蹶不振，矿山又发生了一次大的泥石流，他转卖了镍矿，一家人搬到西安，完全成了城里人。以开矿赚来的钱消费，只坐着吃，山也要空。他曾经捣鼓着收废铁炼成铁锭再卖给钢厂，没有做成。而城里的地价也翻了几番，就又打算把八层楼推倒盖高层商品楼。但一是资金不够，还得贷款，二是当初买地是工业用地，若更变为商品房用地，手续难办。还在筹划中，去年自己患了肠癌，而且到了晚期，心劲一下子塌了，什么事都放下来。他一共结过三次婚。第一个农村老婆给生了一儿一女。第二个娶的是西安某幼儿园的教师，也生了一儿一女。第三婚是他的秘书，生了一对龙凤胎。还在外包养了一个卖服装的年轻女子，生了一个儿子。家庭关系复杂，儿女一直不和。他手术后，几经化疗，人虚弱不堪，最操心的是自己死后七个儿女必会为遗产争斗，尤其怕小儿子什么都得不到，就有意在活着时能把这地方连同八层楼出手，钱财由他分配。

市工商银行的邱行长与陈老板熟，邱行长把这信息透露给罗山。罗山去察看了那块地方，虽然面积不大，地段好，若拆掉旧楼，可以盖三栋高层公寓。和陈老板交涉了，陈老板报价要八千万，罗山当然觉得价太高，自己没再露面，派周兴智隔三岔五去看望，每次都带了人参、灵芝粉、石斛、冬虫夏草。

周兴智给罗山汇报，说陈老板第四次住院化疗了，已松口，价钱由八千万降到七千五百万。罗山说："人家化疗着，就不要再说价钱。"却派了助理肖光全打听陈老板的前妻、二妻和那卖服装的女子，见到了她们，劝说着能去照看陈老板，不经意地放出陈老板要卖地的心思。又派周兴智请了从甘肃来的一位阴阳先生，在陈老板的家里念咒作法，门口置了石狮，重新摆放家具，又夜里到医院，包了除邪祛病的灵符，让陈老板装在身上。

陈老板的前妻、二妻和卖服装的女子陆续去了医院，在陈老板的病床前哭哭啼啼，出了病房门，现任的妻子就骂前妻、二妻，前妻、二妻和现任妻子又共同骂卖服装的女子。

化疗出院的时候，罗山和周兴智、肖光全、阴阳先生一块儿去医院接陈老板。罗山建议让周兴智陪阴阳先生再能去老家祖坟上禳治禳治，陈老板说："罗总，兄弟，你咋对我这般好啊！"他行动困难，就叫大儿子带路去石槽沟村。

护送着陈先生出院，病房在住院楼的十六层，乘了电梯下到八层，突然电梯失控，急速往下掉，掉到六层，才停住。所有人都吓得脸色煞白。

罗山却想，莫名其妙，怎么电梯就失控了，又怎么失控了两层恢复了正常，由八降到六，这是价钱能谈到六千万吗？罗山没有说话。

周兴智他们去石槽沟村了两天，第三天回来，先去见了陈老板，从陈老板家出来又到公司，给罗山说："那地方真苦焦，山上草木不长，能出个陈老板都是奇迹。"罗山说："山上草木不长却有镍矿么！他家祖坟上有问题？"周兴智说："坟顶上是长了一蓬酸枣刺，坟左侧一个老鼠洞，都处理了，烧了纸，念了咒。刚才见了陈老板，他又是作揖又是流泪，揖是给阴阳先生作的，泪是感激你的，自动说那价钱不说七千五百万了，就算七千万吧。"罗山说："咱不急。"周兴智说："这降了一千万啦，我看他病越来越重了。"罗山说："他要和你谈，咱心目中是六千万，但你从五千万起价。"

周兴智去石槽沟村还带了媳妇，媳妇没去过山村，在旁边说道着那里农家饭好吃，买了两个粽子给了罗山。罗山说："柜子里有几个包包，都是名牌的，你给你挑一个。"罗山平常爱买些包包、手表之类，高兴了就送朋友，但不高兴了，送了朋友又生气要回来。周兴智媳妇说："罗总你真送我呀？！"挑了一个，喜欢得不得了。

只过了三天，陈老板给周兴智打电话，周兴智去了，陈老板问七千万行不行，怎么没个回音。周兴智就说那块地方面积小，一般房地产老板是不会买的，罗总之所以肯接手，也只是把那里做货场用，只能出五千万。陈老板说："这是杀我呀！我要不是害病，八千万谁出手啊！是这样吧，我再降三百万。"周兴智说："我做一回主，我们再往上涨一千万，你再往下降七百万，咱都诚心把买卖做成，就六千万。"陈老板闷了半天，说："做买卖我比不了你们呀！六千万就六千万。四千九百万给我开七个存折，一千一百万必须是现金。"

罗山加紧办理了七个存折，每个存折上七百万，再用六个麻袋装了一千一百万现金，提到了陈老板家。陈老板坐在床上看着三个人点钱，点了两个小时。然后把现金锁进柜子里，钥匙就挂在脖子上，突然流下眼泪，说："从明日起，谁来伺候我一天，我就给五万。花完了还没死，我就喝老鼠药。"

*　　　　*　　　　*

这天，罗山一觉睡到了中午，起来，给邱行长打电话说晚上请吃饭。

凡是西安城里有了新的餐馆，或是某个餐馆又添了新的菜肴，罗山都会请邱行长去吃一顿。邱行长给人说："西安城这么多老板，要说美食家呀，还就是罗总！"其实，罗山能发现好餐馆好菜肴，但他自己爱吃的就是面。每每宴请，饭桌上他陪着喝酒，说话，很少动筷子。待到宴毕客人都走了，他便让厨师给他做面，一定要油泼湿，辣子多，盐重醋出头，坐在那里大声吸溜着吃，脖脸通红，头上冒气。

约定好的是下午六点半到银行接人，而三点钟公司的会计阚有余拿来几张报表签字。阚有余业务精通，但为人谨慎，又一直有胃寒病，人总发蔫，说话偷声换气。字签完了，阚有余还不走，罗山说："还有事？"阚有余说："我思考来思考去，不知该不该对你说。"罗山说："说。"阚有余说："头一季度，除房地产部的两处楼盘还在建着，煤业部、运输队、印刷厂、酒厂的效益非常好，只是塑料制品厂新添了设备，情况应该不错吧，但从去年起，每个季度的收入都差不多持平。我看了厂里的财务表，账面上又看不出什么。"罗山听着，一直闭着眼，听完睁开了，说："你的意思是？"阚有余说："我没意思，只是让你知道这事。"罗山闷想了一会儿，说："我知道了。"阚有余起身要走，罗山随手拿了桌子上一盒茶叶给阚有余。阚有余不收，罗山说："拿上！这是红茶，暖胃哩。"阚有余刚要出办公室，周兴智进来，他贴身在门上。周兴智说："门这么宽的，你倒像粘壁的老鼠！"

33

周兴智说："福兴门的酒楼我订好房间了，那里菜有特点，绝对让邱行长吃了忘不掉！按点我去接人？"罗山说："啥饭还能吃了忘不掉？退了。"周兴智说："不请了？"罗山说："吃饭的事你不管，你去人事部把塑料制品厂桂小六副厂长的有关材料拿来放到我办公室桌上。"周兴智有些莫名其妙。

本月十六日下午，罗山到塑料制品厂检查生产状况，桂小六陪着。收购站有人拉了一架子车废塑料管，那人是桂小六的远门亲戚，一口一个哥地叫。过秤的时候，那人偷着踩了捆废塑料管的绳头，罗山看到了，让重新称，先称的二百六十斤变成了二百二十斤。罗山拿胳膊下夹着的小皮包就打桂小六，桂小六说："我冤。"罗山说："知道你冤，不打你打谁？"

到了六点半，罗山拿了一筒茶，自己开车到了市工商银行。银行大楼员工都下班了，邱行长还在办公室。一推门，邱行长说："今日要请我什么？"罗山说："请你饿一顿！"邱行长说："哪有请人饿一顿的？你是大老板，我也是大行长！"罗山说："就是呀，咱们不是一般人么！"邱行长一脸懵懂，罗山说："我不想我们的关系仅仅是利益交换，交换完了就刀割水洗。往常你想吃什么咱们就去吃什么，你想喝什么了咱们就去喝什么，我在任何地方任何时候碰着了好吃好喝的，我首先就想到你，想着一定要你也来吃喝。这次你提供信息，并牵线做成生意，我请你吃喝，显得我太利益了吧？之所以请你饿一顿，我是想，我肚子大，血糖血脂血压高，你也肚子大，血糖血脂血压高，咱晚上饿一顿对身体好。我陪你喝茶！"邱行长说："你个罗山，不请吃倒说得天花乱坠！我就信了你，咱饿一顿。哈哈，这只有你才这么请吃啊！饿一顿，倒比真正吃一顿让我能记住。"罗山说："也只有你，我才这么请吃啊！泡茶泡茶，这可是顶级老白茶哩。"

他们就在办公室里烧水，泡茶，一边喝着，一边聊天，还说的是陈老板的事。邱行长说陈老板没文化，从小连名字都没有，村里人只叫是"陈家娃"，在县城卖蒸馍要加入蒸馍协会，发会员证时写了个"陈会员"，从此陈会员就是他的名字。两人笑了笑，又说到陈会员给三个妻子和儿子分了那么多钱，肯定落不好。邱行长说："他快死了，他一死，怎么骂他也听不见了。"

三个小时后，两人不喝了，说回，就起身离开办公室。进了电梯，邱行长说："咦，不吃晚饭不感到饥么。"站了半天，电梯没有动，后来发现没有按电梯键钮，邱行长说："这把它的，没人给咱按呀！"两人又是笑了一回，罗山说："今晚清静是清静，可惜没人传播请吃的佳话了。"他按了键钮，下到一层。

*　　　　*　　　　*

到了月初，公司例行召开各部门负责人会，汇报上一月的工作，安排下一月的任务。会议要召开两天。以往开会溪口煤窑经理白庆会带了他的女朋友，地址在东郊的印刷厂厂长康有祥会带了他的女朋友，都是白庆、康有祥在开会，两个女朋友去城里逛商场。这次白庆和康有祥依然带了，运输队的队长马兆先、房地产部的经理罗闻涛也带了，罗山都送给了她们一个名包。助理肖光全问酒业部经理武西康，武西康说才谈了一个，成不成还说不定，就没带。肖光全对塑料制品厂厂长许从阳说："你还是没谈上呀？"许从阳的母亲脑子有病，许从阳小时候发过一次高烧，他母亲没及时抱他去看病，落下面部不停抽搐的后遗症，年龄四十了，婚姻问题一直没解决。许从阳说："我已经有了。"肖光全说："哄我吧。"许从阳说："你也认识的。"从钱包里取出照片。肖光全看了，说："是咱俩去歌厅见的那个小訾?！"许从阳说："她人挺好的，早离开了那里，我们已经同居了。这事我只告诉你，你先保密着。"

白天开会，早餐午餐在公司灶上吃，晚上肖光全和白庆、康有祥、马

35

兆先去酒吧喝酒，肖光全却把许从阳的事说给了大家，大家谑笑道："许从阳多精明的人，怎么就找了个小姐？！"

第二天下午，会没开前，白庆、马兆先、康有祥、罗闻涛、武西康、肖光全、许从阳正说说笑笑，马兆先突然说："许从阳，你不就一紧张脸面抽搐，可你是厂长啊！啥人找不下，你找个小姐？找小姐玩玩就是了，过日子嘛，兄弟我负责给你找个正经人！"许从阳当下变了脸，看着肖光全，说："你给他们说了？"肖光全说："纸包不住火么，迟早还能不知道？"许从阳骂道："×你娘！你答应给我保密，你嘴是屁眼儿呀？"扑过去就打了肖光全一拳。肖光全还用手摸着下巴拔没刮净的胡子，过来的拳头打在下巴上，下巴就不能动了，也一拳打过去。许从阳顺手抓起了一把椅子，照着肖光全砸，肖光全倒在地上，头上冒血。别的人全都愣住，反应过来，赶紧拉架，许从阳手里的椅子还在抢，抢到谁谁倒。罗闻涛跑出会议室，喊周兴智："报警，报警，打110！"罗山从他办公室出来正要去会议室，在过道里说："报什么警！死人啦？！"罗山进了会议室，一片狼藉，场面混乱，吼了一声："给我住手！"许从阳不抢椅子了，椅子已经没了腿。他看着罗山，脸抽搐着像触了电，说不出话来。罗闻涛和武西康把肖光全扶起来，肖光全一条胳膊折了，头上四指长的伤口，血流得糊了一只眼睛，手指着嘴。罗闻涛明白，就在地上找，在墙根处找到了一副假牙，吹了吹上面的土，给肖光全安上。肖光全却一翻白眼，又倒在地上。

肖光全被掐人中醒过来后，罗山让办公室的人送去医院。许从阳能说话了，罗山一摆手，又让周兴智把许从阳拉到会议室旁边的厕所去，谁也不上厕所了，把门锁起来。然后看着马兆先半个脸是青的，白庆腿上三个血包，康有祥嘴肿得像猪拱，还在地上找一颗门牙。罗山问："咋回事？"马兆先说了原由。罗山说："打他肖光全不亏，打你马兆先、白庆、康有祥也不亏！人活着不是说多难多苦就活不下去，人活着都要脸面，脸面就是尊严，没了尊严让他怎么活？饱汉子不知饿汉饥，你们有女朋友了，有老婆了，有情人了，嘲笑奚落人家干啥，瞧不起许从阳啦，看笑话啦，揭人短啦？当年我创业的时候，十几个老板聚餐，有个老板给大家散纸烟，别人都给散了，就是不给我散，我当下把饭桌子掀了，和那个老板结了仇，至今都不见他。许从阳今日手上没刀，有刀就捅死你们！"

下午的会无法再开。罗山给周兴智指示：把肖光全、许从阳的工资、奖金、补贴算一下账，该发的发，一分都不要少，再多发两个月的。去医院告诉肖光全，治伤的钱公司掏，治好了伤就不要再回公司，公司没他这个人了。再去塑料制品厂，提拔副厂长桂小六当厂长。许从阳关着，不给吃，不给喝，明天了让他走人。周兴智说："罗总，你不生气。"罗山说："我没生气。"

周兴智去医院向肖光全转达了罗山的指示，肖光全骂了一通资本家，凶恶的资本家！说："哼，我还不想干了呢，哪里寻不到金主?！"而第二天放许从阳离开公司，许从阳嚷着要见罗山。罗山去见了，许从阳说："罗总，他们在欺负人，你倒开除我，我可是辛辛苦苦兢兢业业给你干事啊！"罗山说："许从阳！是你打伤了人，我之所以不让报警打110，打了110警察来了，你现在是待在看守所，以肖光全的伤势，判你两年三年都算轻的。你当初来公司在办公室打杂，市上领导来公司视察，你跑着去大门口迎接，肖光全不让你去，嫌你脸抽搐形象不好，我批评了肖光全。你干了两年，我瞧你精明能干，让你去塑料制品厂当厂长。我待你不薄吧？我罗山起根发叶到现在，再难忍的人我可以忍，再难过去的事，我可以让过去，但我不是个傻子，我有我的底线！公司六个部门，用的不是我的家族人，我用的是能干事能干成事的，我心里清亮，知道水清不养鱼，可以允许贪污，如果不贪污，就不会扑着身子干，可贪污得有个尺度！昨天晚上，我把桂小六叫来谈话，谈了整整一夜，你明白了吧？"说完，许从阳坐在了地上，还要说话，罗山转身就走了。

＊　　　　＊　　　　＊

　　进入二季度，安徽一家化工厂爆炸，死十五人，伤二十八人。河北一地在建桥梁倒塌，死十人，伤四十二人。山西一列火车脱轨，死六人，伤一百四十四人。还有福建发生的货船相撞事件，广州发生的体育场踩踏事件，宁夏发生的校车坠河事件。国务院下发通报，要求全国安全大检查，西安市也就召开各部门各行业负责人大会。年前市商会换届，罗山和兰久奎当选为副会长，他们也接到了会议通知。

　　会议在市政府大会堂召开，罗山一去，兰久奎已经早到，西装领带，还戴了副金丝眼镜，正在大会堂前厅的沙发上喝茶。一见面，兰久奎说："你就穿成这样了？"罗山说："我这褂子六千元，名牌呀！我底版不行，穿啥也穿不出你的儒雅么。"兰久奎说："不是你衣服名牌不名牌，政府开会都得正装，穿西服。"罗山说："咱又不是官场人。"兰久奎说："你开的是官场会！"罗山给周兴智打电话，让他把办公室那身西服拿来。兰久奎提醒："还要带上笔和笔记本。"罗山又打电话交代，说："三点钟的会呀，快，速度！"兰久奎从前台给罗山要了一杯茶，说他去解个手，就进了前厅的厕所。

　　兰久奎多年来便秘，上厕所成了艰难的事，每次差不多一个小时。罗山和人通电话，拿着手机在前厅来回走动，不停地发出笑声。见兰久奎出来了，说："成功啦？"兰久奎低声说："把它的，活成羊了，尽是些粪蛋儿。"问和谁电话哩高兴成那样，罗山说："李铭义么。"兰久奎说："李铭义？"罗山说："他约饭局，这一月已三次饭局了。哈，我问可以不可以带个人去，他说带呀，他们都带一个别人的媳妇，我说那我也带别人的媳妇啊！"兰久奎说："哦，真聪明。"罗山说："咋啦？"兰久奎说："是我介绍他认识你的，你瞧瞧，他已经撇开我，和你热火了，怕是想要你再认识市政府秘书长吧？"罗山说："这我心里明白，吃喝就吃喝，我可不会给他引见秘书长的。"

周兴智把西装和笔、笔记本拿来，但罗山脚上穿的板儿皮鞋，让回去再取，来不及了。一群人往会场走，人多了不注意鞋，兰久奎和罗山就紧跟着他们。

会议先集体学习了国务院三十二号文件，接着是市长作学习贯彻落实国务院三十二号文件精神推进西安市安全生产的报告。报告里列举了市近期出现的安全事故。比如北二马路一建筑工地翻了塔吊，摔死了塔吊工，砸塌旁边饲养场的围墙，围墙又压死一只母猪。比如唐华路西巷有锅炉爆炸，引起火灾，而巷道里堆满了装修房的沙石，垒着的水泥包，消防车进不去，烧毁了十二间房。比如夜间的运渣土车，野蛮装卸，车速太急，十天里三次车祸，撞死三个人，一个是环卫工，一个是凌晨去菜场贩菜的，一个是老人在人行道上跑步，运渣土车驶过时，路面一个坑，车一颠，蹦出来的石子击中了老人的头。比如白吉堡，那是城中村，老住户为了增多出租间，在原有的平顶水泥板房上加盖，一层的，两层的，甚至四层的，有一户在盖到三层时倒塌。比如，建丰路有了二手自行车市场，东城墙下有了夜里三四点聚起六七点消散的"鬼市"，而东郊姜庄一带据说有了专偷自行车的村子，专偷钢管、电线、水泥、下水井盖的村子。在报告里，反复强调了抓安全的重要性，动员全市开展为期三个月的安全大宣传、大检查。并宣布了市政府制定的三十条安全规则，实行严厉问责。

会一散，罗山没让兰久奎坐他的车回去，而要拉到自己车上。兰久奎说："我可不和你去吃面呀！"上了车，兰久奎提出顺路去书店买《道德经》，说他那本已经翻烂了。罗山说："你到底是商人还是文人？"兰久奎说："商人就不看书啦？给你也买一本吧。"罗山说："我肚里没墨水，你在书上学了，我向你学。"买了《道德经》，罗山在车上脱西装，又换上了褂子，说："请你到我公司去，你不吃面了，公司有灶，你想吃啥给你做啥，吃了我再找个按摩师给你推推肚子，对便秘好。再是，你帮我出些主意，制定些公司安全生产的措施。"兰久奎说:"我能出啥主意?溪口煤窑和运输队肯定有制度,只是以往抓得不严,现在要严些。这两处不出事就不会有事,别的部门多搞些宣传,把气氛搞起来就是。至于房地产方面,你朱雀路那个楼盘已经销售了,用不着再做什么,而翠华路咱那两个正建的楼盘连着,我做宣传展板的时候,也给你做上。"罗山说:"这就好!你做宣传展板,我给咱定制一批横幅标语。"当下给媳妇打电话,说这几天忙,得吃住在公司,就不回家了,并且强调了一句:"我和兰总在一起。"打完电话,兰久奎说:"别不回家了就说和我在一起。"罗山说:"郭岚谁都不信,就信你么。她总是要我学你,可萝卜是萝卜,白菜是白菜,萝卜变不成白菜么!"兰久奎说:"那你自由啦。"罗山说:"自由啦!起码把每天要泡脚和刷牙的毛病戒几天。"自己先笑起来,司机回头也笑。罗山说:"你笑啥?看路!"

*　　　　*　　　　*

自从翠华路的楼盘封顶后,因为距离不远,老爷子隔三岔五要洗河陪他去工地上转转。老爷子在农村做过泥水匠,不懂得扎钢筋浇灌水泥浆,不懂得搭脚手架,但对于那些做小工的民工,不是指责谁偷懒了,就是骂沙子没有筛净,用水浸砖没有浸透。

一日,洗河和老爷子再到工地,工地四周全是展板。老爷子不识字,问展板上都写的啥。洗河说:"说安全生产的。"老爷子说:"要安全!我总担心这么高的楼墙不敢砌歪了。"又让洗河念那些横幅标语,洗河一条一条看着念,念到一条:"防水防盗防姜庄人"。老爷子说:"姜庄是哪里?"洗河说:"不知道。"老爷子说:"为啥要防姜庄人?"突然好多人都往工区大门口跑,老爷子就骂不到吃饭时间咋就收工啦?!洗河拦住一人问:"跑啥哩？"那人说："不好啦，大门外汽车撞死人啦！"老爷子说："大门外出了车祸，叫交警处理呀，你们倒往出跑？"那人说："现在制度严得很，谁的辖区里有了伤亡，那是要严厉问责的。早不死晚不死，偏偏死在这风头上，这是害咱罗总啊！"老爷子拉了洗河也往出跑。老爷子腿脚不利索，跑了几步跑不动，让洗河背他。洗河背着，跑一阵就停下喘气，老爷子急得嘴唇哆嗦，"谁害我儿？谁要害我儿？！"

　　罗山楼盘工区和兰久奎的楼盘工区紧挨着，中间路上画着一条白色界线，偏不偏尸体就躺在白线上，头朝着东边罗山的楼盘工区，脚朝着西边兰久奎的楼盘工区。肇事车停在西边的路上，司机被控制了。罗山楼盘工区的负责人和兰久奎楼盘工区的负责人在那里争执着这应该算是谁工区里的事故。一个说："人是在咱两家的分界线上，肇事车停在你们西边，这肯定是车把人撞到了分界线上的。"一个说："出了事故司机慌张，胡乱停在那里的。尸体虽然说在白线上，这头在白线东，脚在白线西，事故应该算是你们工区里。"争执不休，老爷子倒不知说什么，走过去骂司机是咋开的，开的是车呀还是老虎，活生生的人就没啦，没啦？！问："你是哪里人？"司机说："我给人开车的。"老爷子说："我问你是哪里人？"司机说："姜庄的。"老爷子说："姜庄的，防火防盗防姜庄人，你是姜庄的？！"司机说："我就是看了那标语，一走神没刹住车。"老爷子在围观的人群里寻洗河，他想让洗河去把那横幅标语取下来，但洗河蹲在那里看着两个负责人争执。一个说："哪有这种理，人是整体的，你分什么头和脚？"一个说："你说头重要还是脚重要，这人就是把头撞了死的，如果撞了脚能死吗？"一个说："你逃避责任，胡搅蛮缠！"一个说："你强词夺理！"两人的唾沫星子溅在洗河脸上，洗河说："二位领导，能不能我说个话？"老爷子过来，踢了一脚，说："你说啥话？"罗山楼盘工区的负责人也没理洗河，洗河就对兰久奎楼盘工区的负责人说："你们只顾在这儿争论哩，那人真的是撞死了？"兰久奎楼盘工区负责人说："是撞死了。"洗河说："人有时是死了，其实是一种假死，过一会儿若能缓气，还有救的。"兰久奎楼盘工区负责人怔了一下，就去查看，用手在尸体上的口鼻前试试，又往起扶头，一时扶不起，尸体往前移了半尺才扶起来。头一扶起来，尸体整个身子就都在了白线的西边，即便再把尸体放平了，还就都在了白线的西边。洗河对罗山楼盘工区负责人说："那是他们的事故，咱走！"罗山楼盘工区的负责人猛地会意，挥了一下手，说："走喽！"和手下的四五个人就走。兰久奎楼盘工区负责人大声叫喊，罗山楼盘工区负责人头不回，也在大声叫喊："认了吧，人又不是你们撞死的，只是负个辖区责，也就罚些款，评不上优秀工区么。"兰久奎楼盘工区负责人骂："流氓！流氓！"扭头找洗河，洗河已经溜了，老爷子还在，弯着腰只是咳嗽。

到了下午，罗山来老爷子住处，一见洗河就大笑不已，说："事情我知道了，洗河，你碎尿咋就能想出那一招来？"洗河说："你说翠华路工区的事？"罗山说："是呀。"洗河说："我也是急中生智。"倒有些不好意思，又说："咱是不是赖了人家，听说辖区里出了伤亡事故都要问责罚款的？"罗山说："是赖了。兰总是我最好的朋友，罚他些款就让他认了吧。"又是大笑，洗河也就笑了。

罗山说："在我爹这儿怎么样，老爷子嫌弃吧？"老爷子说："人家还嫌弃我呼噜大。"洗河说："我现在估计是不听呼噜倒睡不着了。"罗山说："梅青给我打电话了，她明日从老家过来，你现在走。"洗河说："不要我啦？！"罗山说："到我公司去，以后跟着我，跑个小脚路。"洗河就收拾爆米花机子，罗山让他把机子就放这儿，老爷子想吃米花了就过来爆一锅。洗河说："那让我尿泡尿。"老爷子说："啊这白眼狼，吃我的喝我的，说走就走，把尿尿留在这儿，就走呀？！"

42

两人穿过大杂院，鸡群不避他们，又鸽起了架。罗山说："我现在带你去买身衣服。你想要夹克还是西服？"洗河想西服贵，说："要西服。"罗山说："刚才我就瞧着你鞋前头开了口，再给你买双皮鞋？"洗河说："我没穿过皮鞋，但我不要。"罗山说："白给你鞋你不要，多少码？"洗河说："四十二码吧。"罗山说："你穿那么大的鞋？！"洗河说："我是六趾。"罗山让洗河脱了鞋看，罗山说："你小子乃是个奇人！"

＊　　　＊　　　＊

洗河在公司打杂，被安置到食堂吃饭，睡到门房，跟曾老汉搭铺。公司并不临街，大门外的两边都是别单位的院墙，凹进来一个几十米长的巷子，巷子里长着一棵大杨树。曾老汉原籍是广西人，晚上公司楼上、院里没人了，巷道里也没了人，他就在炉子上支了烙锅煎辣椒吃、煎茄子吃，说这叫酿，任何瓜瓜菜菜都能煎的，当然有肉就好了，把肉酱裹在瓜菜里煎了更香。洗河说："我给你弄肉。"曾老汉说："你能几个工钱？"洗河拿出一截皮筋，一头套在左手的大拇指上，一头套在食指上，夹颗石子，瞄准着杨树上的麻雀，竟打下来了两只。曾老汉很惊奇，两个指头就能做弹弓架子？把两只麻雀剥了皮，剁成肉酱，喜欢地说："有腥味了，有腥味儿！"

杨树上落的麻雀多，他们每晚不多打，就打两只。只说那是肉铺子，会一直算吃了算打的，可连着打过了五个晚上，杨树上就不再落麻雀了。洗河几个晚上坐在那里往天上看，天上是有星星，偶尔还有亮着灯掠过的飞机。洗河问曾老汉坐没坐过飞机，曾老汉回答没坐过。洗河说："你连飞机都没坐过？"曾老汉说："你坐过？"洗河说："我将来肯定坐。"就让曾老汉把硬纸片往空中抛，他用弹弓打。抛一片，打下来，再抛一片，再打下来。

这一个晚上，曾老汉抛了五次，突然不抛了，说："是不是飞过去一只鸟？"洗河四下察看，并没有鸟的踪影，说："你老眼昏花了，哪里有鸟？"

就发现真的有鸟，已经站在隔壁小区的院墙头上。洗河一弹弓打过去，鸟被打中了，却掉到院墙里边。两人遗憾着没有口福，巷口就有了骂声："谁把我鸽子打死了？谁把我鸽子打死的？！"接着一个人咚咚地跑过来，指着曾老汉和洗河要赔他的鸽子。曾老汉给洗河使眼色，两人都不承认。那人说："巷道里再没别人，不是你们是谁？"曾老汉说："你鸽子是咋死的？"那人说："是用弹弓打死的。"曾老汉说："我们给公司看门的，哪里会有弹弓？"那人凶恶，就搜曾老汉身，曾老汉身上只有个旱烟锅子。又搜洗河，从上衣口袋搜出了一截皮筋，认定就是洗河打的。曾老汉说："这只是一截皮筋，没有架子，咋能就是弹弓？"那人再搜洗河的裤兜，没有搜出什么，那人骂骂咧咧就走了。洗河还大声说："搜呀，搜呀，搜出截皮筋就说我有弹弓，那裤子里还有×哩，我就成了强奸犯？！"关了门，得意地笑。可一揣裤兜，里边的二百元钱没了。洗河说："叔，我二百元钱被他偷走了！"两人开了门就出去撵，巷道里没了那人，巷口外也没了那人。

*　　　*　　　*

白天里，先是周兴智说："洗河！去把走廊的地板拖拖。"洗河提了水桶和拖把，把走廊地板拖得干干净净。周兴智说："洗河！去街上买个烧水炉。"洗河买回来了，满头大汗。周兴智说："洗河！把这份材料送给印刷厂康厂长。"洗河说："我还不知道印刷厂在啥地方。"周兴智说："鼻子底下没长嘴？！"洗河打问着送去了材料，回来公司食堂过了饭时，只剩下蒸馍，他用筷子插了两个蒸馍。后来，财务室的出纳说："洗河，我的自行车前轮漏气，你去修理部补补胎。"洗河去补了胎。人事科长说："洗河，给我去买包纸烟。"洗河去买了。后勤室的小王说："洗河，钥匙锁在房间了，你来，从门上的斜窗翻进去。"谁都在叫洗河，洗河全答应，让干什么就干什么。公司的杂活，一半都是洗河干的。罗山说："惯下毛病了，不要听他们使唤。"从此，罗山每次出门了，就把洗河带上。公司的各部门领导都是骑自行车的，洗河跟了罗山能坐小车。

罗山一上车就让关了车窗，开始瞌睡，瞌睡中还时不时放屁。洗河想笑，司机沙武不笑，他就不笑了。沙武不开窗子，他也就不嫌臭。车到了该到的地方，沙武留下，罗山下来，把洗河也叫下来，说："去了，天聋地哑啊。"洗河说："啥是天聋地哑？"罗山说："不该听的不要听，不该说的不要说。"

如果是参加会议或约人谈生意，洗河拿了那个小皮包，把罗山送到会议室或茶室门口，自己就到大门外去吸纸烟。估摸会议或约谈要结束了，到会议室或茶室门口接了罗山的小皮包。如果是饭局或打麻将，洗河便进去，倒茶、散纸烟、敬酒，帮着罗山看牌。这样的事常常半夜才会散场，沙武一直就候在车上。洗河有些可怜了沙武。

洗河问沙武："你到公司几年了？"沙武说："五年了。"洗河说："哦，五年，五年一直开车？"沙武说："没出息么，不像你初来乍到就是罗总的助理了。"洗河说："罗总没宣布，这话不能说。"

有时，车开到一个地方，罗山让洗河和沙武都留在车上。沙武说："知道为啥不带了你吗？"洗河说："为啥？"沙武说："不方便。"洗河还要问为啥不方便，沙武就不再说话。等到罗山几个小时后回到车上，罗山的身上有一股香水味。罗山从袖子上捏了根什么东西，丢到鞋底了，说："咦，我还以为是根长头发哩。"洗河看沙武，沙武面无表情，他偏歪了头在脚底下瞅，说了句："咦，我还以为不是根长头发哩。"罗山却已经闭上眼，又瞌睡了。

当罗山再一次让洗河和沙武都留在车上的时候，洗河坐不住，要沙武教他开车。沙武说："这可是技术活！"洗河说："去！狗趴在方向盘上都能开。"沙武就教怎么发动，怎么加油，怎么刹闸。讲完了，洗河说："我坐了这么长时间车了，这些看都看会了，你讲讲踩油门如何能拿住适度，踩刹闸又如何把握与前边障碍物的距离？"沙武说："这得感觉。"洗河说："我感觉感觉。"坐到驾驶位上，发动了，一踩油门，就在楼前的场地上开出了一百米。沙武让停下，洗河不停，绕楼转了一圈，竟一扭方向盘开到街上。沙武吓得脸都煞白，连声叫喊着停下，快停下，洗河鸣着喇叭越开越快。突然巷口有孩子踩着轮滑出来，沙武赶紧扑过去把方向盘往右拧了一下，车是躲开了孩子，却冲上了路沿，咚的一声撞在了一棵槐树上。一搂粗的槐树猛地一抖，几片树皮就蹦起来砸在了车窗上。车一停，沙武开门先跳下去，洗河还在车上傻着。在车撞上树的瞬间，洗河的身子扑前去，方向盘顶在了胸口，而头却往后甩，感觉是头被甩走了，待用手摸头时，头还在，脖子就钻心地疼。沙武站在车头前，腿软得哗哗颤，见洗河还在车上捂着个脖子，说："你没事吧？"洗河说："我没事。"沙武愤怒地吼道："你没事，车有事啦！"

车盖朦起来，前保险杠上的漆皮脱落，窝进去一个大坑，左灯全碎了。

是沙武重新开车去了修理站。但修理好也得两天。两人一路无话，走到了原地。罗山已经站在了那里，大声责骂到哪儿去了，为什么不在楼下等他。沙武说出了车祸，罗山问怎么出了车祸，沙武说了经过。罗山拿眼睛瞪着洗河，洗河一直蹴在地上，用手揉脖子，不敢抬头。罗山说："你是老司机了，要给他教就好好教么。"沙武说："他还开车呀？"罗山说："出一次车祸就不敢开呀？！"沙武说："他要开车，就让他报驾校去。"罗山说："我当年就没去过驾校！"回头喊："洗河！"洗河还没应声，罗山就躁了，骂道："你立了功啦喊不动？！瞧你那个熊样，蹴在那里是王八呀？"洗河站起来，说："我在哩。"罗山说："挡个出租车去！"搭了出租车，三人回到公司。

　　　　　＊　　　＊　　　＊

　　半个月后洗河已经能熟练驾驶，出外送材料或给公司买东西，沙武常让洗河自己开。而罗山问起来，洗河却总是说："还不行，在学哩。"他怕罗山从此辞退了沙武。

　　罗山精力旺盛，要去溪口煤窑，要去印刷厂、酒厂、塑料制品厂，要去运输队，而翠华路楼盘还没有完工，就再筹备在陈老板的那块地皮上要建公寓。三更半夜的回来了，第二天早晨六点，又准时出现在公司。他进公司员工都问候："罗总好！"却只点头，不说话，待坐到办公室的高背皮椅上，叫这个喊那个，发号施令。门房的曾老汉见到沙武眼圈发黑，又在院子里更换车轮胎，说："最近又忙呀！"沙武说："忙么。"曾老汉说："罗总费人费车啊！"洗河是公司配上了一部手机，洗河不觉得累，他给沙武说："你要打电话了，就吭声。"沙武说："我不用，你忙工作么。"洗河也就说："是呀是呀，忙得上厕所都来不及尿净，这裤裆老是湿的。"沙武说："你能成大人物。"洗河说："啥意思？"沙武说："大人物都是工作狂么。"

　　新公寓楼的各种手续终于办齐，设计方案也出来，罗山宣布放一天假，要请公司人吃饭。几十号人一块去顺峰饭店吃火锅，男员工坐了两桌，女员工坐了一桌。女员工把罗山拉到她们的桌上，推杯换盏，觥筹交错，都带了酒劲，罗山啥话都说，妇女们也口无了遮拦，异常热闹。她们说："罗山，我们大家都对你好！但你记住，如果你只对一个人好，我们就不理你了！"罗山哈哈大笑，说："都好都好！"就喊洗河："去我办公室柜子里拿八个包包来，给美女们一人发一个！"顿时满桌一片欢呼。

　　聚过餐，罗山说："让我也放松放松啦！"罗山的放松就是又去那个枫叶大厦了，车开到楼下，当然洗河和沙武都留在车上。

洗河给沙武说:"你想不想喝咖啡?我请你。"沙武说:"我喝不惯。"洗河说:"要喝的,喝多了就惯了。"沙武便坐在了后座,洗河开了车往子午路一家叫"新时光"的咖啡店去。在那里罗山带他喝过。

但去子午路要经过一座立交桥,车一到桥上,洗河有些迷糊,转了半天又转回原处。沙武在后座打盹,睁开眼了问:"咋还在桥上?"洗河说:"我想多看看这里风景。"后来寻着下桥的出口,驶过下坡的弯道,桥栏杆下却躺着一只狗。车速太快,一闪就过去了,洗河问:"刚才那狗是不是身上有血?"沙武说:"好像是受伤了,这狗能在桥上,是流浪狗在夜里跑上桥了,也像你一样寻不到出口?"洗河剜了沙武一眼,说:"你说它会不会被撞死?"沙武说:"白天里桥上车那么多,它下来必死无疑。"洗河把车开下了立交桥,掉头从另一条道上又往立交桥去。沙武说:"去救它?"车再次经过有狗的地方,洗河一刹闸,沙武就跳下去,后边的车辆立即停下来一长串,全都鸣喇叭,沙武一手抱了狗一手摇摆着致歉,人狗都上了车,然后向东驶去。沙武说:"人家救美哩咱救狗。"洗河一路上让沙武瞧着路北面的店铺,他瞧着路南面的店铺,终于把车停在了一家宠物店门前。

这是只土狗,体形大,脸特别长,眼睛发黄,一条后腿裂开了个大口子,嘴里也流着血。问店主能不能给狗看病,店主说能是能,这狗受了重伤,得拍片子还得打针,需要五百元。洗河说:"便宜些吧。"店主说:"你到医院看病讨价还价过?"洗河说:"这是狗。"店主说:"狗是不是命?"洗河在身上掏遍了,掏出四百二十元,向沙武要,沙武只有九十元,给了八十元。沙武说:"你是请我去喝咖啡的,现在倒是我给了你钱。"

咖啡是喝不成了,沙武说还有十元钱,他理个发去,洗河就在店里等待着给狗治病。拍过了片子,虽有内伤,但没有大碍,注射了消炎针,后腿包扎后也能站起来了,洗河牵着狗到理发店来找沙武。沙武说:"你没让它走?"洗河说:"往哪儿走?"沙武说:"它就是流浪狗,咱给治了病,它再去流浪啊。"洗河说:"我把它带回去。"沙武说:"你养呀?养一只狗多一张口，有养狗的钱也能谈个对象啦，你养狗？！"洗河说："你不管！"

狗被装在车后备厢，没让罗山知道。回公司后，洗河把狗牵到了门房，曾老汉说："这么丑的！"但狗可以陪伴，又能看门护院，曾老汉也乐意。洗河把这只狗还叫"我来"，每日从食堂里拿些剩菜剩饭喂它。

门房里有了狗，罗山知道了没说什么，但公司的女员工都说狗样子凶，上班下班时就锐声喊："曾师曾师快把狗拴住！"有一个女员工上街买了个西瓜回来，刚到门口，狗突然蹿出来，吓得跌了一跤，西瓜烂了一地。周兴智就让洗河和沙武把狗送到印刷厂去，印刷厂在郊区，那儿有仓库，养狗合适。洗河说："罗总知道这事不？"周兴智说："这是罗总指示的。"既然是罗总的指示，洗河就去门房抱狗。狗在门房里正吃食，听到外边人说话，就不吃了，顺门跑去了院里，几个人去撵，撵着撵着竟然没了踪影。洗河喊："我来！我来！"周兴智说："谁是'我来'？"洗河说："狗叫'我来'。"周兴智说："咋不也叫个洗河？！"洗河再喊了几声，狗从垃圾箱跳了出来，看着洗河流眼泪。洗河抱了它说："你去吧，给你寻个好地方，我有空了就去看你。"把狗装上了车，沙武开着去了印刷厂，洗河没有去。

*　　　*　　　*

洗河脚上的皮鞋大了两个码，脚指头是舒服了，脚后跟却空出一指，他一直塞着棉花。罗山说："我带你去定制鞋吧。"洗河跟着去了开发区的一座大楼，大楼并不是皮鞋厂，而七层到十层都是一个公司，一进老总的办公室，老总竟然是兰久奎。洗河在年初送罗山去市商会开会，沙武远远给他指点过兰久奎，而现在跟着罗山已经进了兰久奎的办公室，自己心怯了，低头站在罗山身后。兰久奎正在读《道德经》，眼睛从花镜的上沿看到罗山，放下书说："哎呀！罗总，你这是要去溪口煤窑呀路过我这里才上来的？"罗山说："是专门到你这里的呀，是不是见我带的人脸黑，脸黑不都是挖煤的呀！"就介绍了洗河，并让洗河问候兰久奎。洗河腼腆地说："兰总好！"兰久奎说："慢，慢，你叫什么名字，洗河？"罗山说："叫洗河，小伙子是渭河北边人，在城里爆米花，现在跟着我。"兰久奎说："是翠华路工区那次车祸出鬼点子的洗河？"罗山直拍脑瓜子，说："噢噢，这事我都忘了，你还记着？"兰久奎说："事后我那刘经理给我说了，我倒兴趣你罗总收了个啥人，还有这脑瓜子？！"洗河忙赔不是，说："兰总，我那是小聪明。"兰久奎说："是小聪明。要不是罗总是我的兄弟，我让刘经理把事情揽了，要是别人，那点小聪明不起作用啊。"罗山说："洗河，快给兰总作个揖！"洗河就作揖。兰久奎说："作什么揖？我问你，你肯定知道那个工区是我兰久奎的，你给我出幺蛾子还敢来见我？"洗河说："我自投罗网。"洗河说这话时，头是低着，翻着眼睛看着兰久奎，眼睛像两颗豆儿。兰久奎说："跟罗总几年啦？"洗河说："两三年。"兰久奎说："罗总的公司好不好？"洗河说："好。"兰久奎说："公司的小伙子谁最帅？"洗河说："谁最帅我不知道，知道最丑的是我。"兰久奎哈哈笑起来，说："罗总，洗河咋样？"罗山说："腿脚勤快，脑子够数，眼里有活。"兰久奎说："你发现了没有，凡是光眉豁眼的，都干不了事，长得拙拙的，看着迷迷的，往往倒是人才。"罗山说："他是用着称手。以后我那儿和你这儿，公事私事，我就让洗河两头跑着，你要觉得还行，我就给了你。"兰久奎说："你是旧社会给我送丫鬟呀？！"罗山皱皱鼻子，笑了说："他是员工，权当是咱的孩子么。"兰久奎说："这话可以说。"罗山说："那你认是孩子了，你就得关心他。"兰久奎说："听你这话，你今日来让我给洗河办事？"罗山说："你得给他定制双皮鞋。"兰久奎说："洗河，瞧瞧你这老板，我憨是憨不过他，奸也奸不过他啊！"

　　兰久奎在下海经商前是市第二制鞋厂后勤干部，至今和那厂里都有联系。当下问了情况，并让洗河脱了鞋看脚，立即叫办公室人带了洗河去东新街鞋厂门市部找吴经理，给洗河量脚尺码。说："要定制先定制三双，开个发票，回来罗总报销！"洗河说："钱我掏，钱我掏。"喜欢地和办公室人去街上了。

洗河在鞋厂门市部量了脚的尺码，想着兰久奎人好，自己无以回报，就开车去了老爷子住处拿火盆和爆米花机子。老爷子说："洗河，你咋瘦了，公司的伙食不好？"洗河说："没瘦呀，每天能吃一顿肉的。"老爷子说："你嘴上都留胡子了？"洗河说："嘴上没毛，说话不牢么。"老爷子说："你一走就不来看我了，前十天我还梦到你，你回来了就多爆些米花。梅青，梅青！"他喊叫着梅青，梅青去街上买菜了。洗河就在火盆子里生火，架上了机子，拿出以前还剩余的苞谷，开始爆米花。爆毕了，梅青还没回来。洗河告诉说公司有个聚会，罗总让去爆米花，就把火盆、木炭、爆米花机子拿出院子装到车上，老爷子一直跟出来，还在问："你啥时还回来？"洗河说："你想我了给我打电话，我立马就来看你。"洗河把手机号说给了老爷子，老爷子说："你有手机了，罗山给买的？他那么大手大脚的，啥人都给买手机？！"洗河就把车开走了，又去街上粮店里买了五斤苞谷二斤大米二斤黄豆，两个小时后返回到兰久奎公司楼上。

还没到兰久奎办公室，就听见兰久奎和罗山在里边大声嚷嚷。洗河吓了一跳，问走廊站着的一个姑娘："这是怎么啦？"姑娘笑着说："他们下象棋哩，兰总输了就要复盘，研究是哪儿输了，而罗总一输就气得把棋盘翻了。"洗河松了一口气，姑娘说："两个老板风格不一样。"

*　　　*　　　*

运输队在陕南平利县拉货，给公司食堂购进了一批土猪腊肉。罗山说："给兰总他们匀一半吧。"洗河就拿了十二吊猪后腿，跟着罗山再次去兰久奎的公司。兰久奎和王立仓、熊启盘在办公室里喝茶说话。

熊启盘六十岁了，面容清癯，却长了一对长眉。市里第一批私营企业家，比如朱小玉、王天冠、金百林，包括罗山和兰久奎，起身的时候，他就开了个典当铺，开始借贷，从三十万五十万，到一百万二百万，直至千万几千万。他会观人，自诩"见碟下菜"，能认清谁是能干事的，也能干成事，他就借贷，百分之十五的利息，果然借贷的这些人都发达了，按时按利地还钱。几十年来，从不需要催款或雇了打手去索账。大老板们谁都少不了挫折呀失败呀，起起伏伏，他却一直旱涝保收，稳稳当当，成了真正有着黄金白银的有钱人。他五十岁后，性情柔和，说话幽默，讲究低调奢华。常年穿黑色粗布大褂，这大褂既不是汉服式样也不是唐装式样，而是台湾的一个大师设计的，又从香港托人买回的。他也每日中午煎一条小黄鱼，吃一碗米饭，但早晚都是苞谷面或荞麦面菜糊糊，菜糊糊里却必须撒些人参粉和灵芝粉。有人说起他好，好得是春风化雨，有人说起他坏，坏得是老奸巨猾。大老板们见面了都叫"盘哥"，背后又叫他是"算盘"。

兰久奎爱收藏些玉器，熊启盘也爱收藏些玉器，熊启盘就常来兰久奎这里，拿些玉壶、玉牌或原石籽料赏玩。兰久奎也把一些急需用钱又在银行贷不下款的小老板介绍给熊启盘，再就是邀人来打麻将。

罗山一见熊启盘，"盘哥""盘哥"地叫着，洗河心想，噢，这就是传说中的那个算盘啊，也就不停地打量着熊启盘，不理会那个叫王立仓的。熊启盘说："好了！罗总一来，就能支麻将桌子了！"罗山说："盘哥，这可是有半年没见你了，气色好啊！"熊启盘说："凡是说我气色好的，就是说我老了嘛！你现在是大老板了，也不照顾照顾我了嘛！"罗山说："这话杀我！知道年初你带人去了澳门，前次约我打麻将，我又在溪口。上个月我不是写了条子，介绍李铭义去找你吗？"熊启盘说："我就是雪里送炭的命，享不了锦上添花的福。那个李铭义呀，嘿嘿。"罗山说："你们没谈成？"熊启盘说："那小伙呀，没有王立仓有出息，你瞧瞧王立仓，头顶上有红光嘛！"洗河听不懂他们的话，感觉罗山并不热惦熊启盘，往王立仓头顶看，也没看出有什么红光。熊启盘就嚷嚷着不说了不说了，咱打麻将去，罗山满口应承了，说打呀打呀，给盘哥输些钱。熊启盘和王立仓先去了麻将室，罗山给兰久奎交代拿来的都是土猪腊肉，留着自己吃，不要送人。兰久奎笑着说："现在娶媳妇找女人都要洋的，吃东西却要土的。"罗山说："算盘咋还来你这儿？"兰久奎说："王立仓在银行贷不了款，我把他们叫来见见面。"罗山说："前年我也介绍了刘计成，听说年初他和人去澳门，其中就有这姓的。"兰久奎说："鸡不尿尿，各有各的道。咱把自己做好就是。"罗山说："那还打麻将呀？"兰久奎说："你没事么，就转几圈吧。"罗山给洗河耳语了几句，和兰久奎就进了麻将室。

打了三圈，洗河出来上厕所，给罗山拨了电话。罗山说："真烦！市工商局又去检查工作了，电话催我回公司。"熊启盘说："你一走，三缺一，这咋打呀？"罗山说："对不起呀，盘哥，我让我手下的支个腿。"就大声喊洗河。洗河跑进来，罗山说："我得赶回公司，你来替我。"洗河说："我打得不好，怕给你输了。"罗山从口袋掏出一万元放在桌上，说："输了算我的，赢了是你的！"

洗河有些怯场，一上来就输了两盘，后来极力沉住气，认真出牌，但还是不停地输。再后来发起狠，越是要往回捞，越是捞不回来。一万元便全没了，还欠兰久奎五百元。兰久奎说："先欠着，赢了再说。"熊启盘说："我的原则，不上牌桌，都是哥儿弟兄，我可以给你千儿八百，上了牌桌，六亲不认，那是一分钱都不能欠的！"洗河就掏自己身上的钱，他身上只有两千元，抽出五百给了兰久奎。熊启盘说："好小伙，我喜欢！把你的电话给叔留下。"

熊启盘的牌气顺，赢了许多，话也就多，先是讲了男人么，要能吃能喝能嫖能赌但不能偷，要能坑能蒙能拐能骗但不能抽，突然问起："洗河，成家了没？"洗河说："没。"又问："有对象啦？"洗河说："也没。"熊启盘说："你是……那个不行？"洗河说："这倒不是。没钱么。"熊启盘说："没钱寻钱呀！一个人混达吃饱穿暖了是啥都不想，而有个家了，就想着寻找的。我在你这个年龄，比你还穷，我看上了我现在的老婆。我老婆可是原装货啊，不像朱小玉、金百林这些大老板喜欢二手货三手货的。我现在的老婆和我住一个巷里，我看上了，她娘不同意，我就天天蹲在巷口等她，有时送一枝花，有时给买个烧鸡，我把她带到我家，把生米做成熟饭。她娘还是不同意，我带她跑了，跑去了郑州，租了个房子住下来。我们摆地摊卖过袜子。卖袜子不赚钱呀，她整天和我吵，我就打她，打得鼻青眼肿的。打过了，可我得寻钱呀，我整夜在街上走，发现了街上还有五六个孩子，都是新疆过来的，在垃圾箱里找吃的，浑身脏得像蛆一样，有时小偷小摸被城管追着打。我保护了他们，晚上让睡到我的出租屋。他们认我是叔，是领导，我就教他们干活。"王立仓认真听着，说："你教他们干什么活？"熊启盘一边说话一边不误牌局，摸了一张，叭地在桌上一拍，竟然就自抠了，大声嚷着交钱交钱。把钱收了，又继续讲他的故事。他说："王立仓！我说话时你不要插嘴。我记得那个秋季雨特别多，我给他们每个都买了高筒子雨鞋和铁棍儿雨伞，那年代能穿高筒子雨鞋打铁棍儿雨伞是时髦啊！早晨，我放他们去火车站、长途汽车站、公交车停靠站，晚上都回来了，我统一分配。我就是有了一笔钱，回西安办了典当铺，慢慢才到了今天。你得想法寻钱呀！"洗河说："我可偷不了人。"熊启盘说："你这小伙！我在启发你智慧，你倒说你不偷，我让你偷人了吗，我偷人了吗？小偷小偷，偷人的都是小，一辈子发不了的。"洗河说："你领的是小偷呀。"熊启盘说："你能说咱们打麻将是偷钱吗？有本事你在牌桌上赢呀，不是从他人口袋里偷，而是要让他从口袋里掏钱给你！"洗河说："我知道啦。"

　　这场麻将，洗河输了罗山的一万元，又输了自己的两千元。晚上回来，翻来覆去睡不着。曾老汉问："咋啦，翻烧饼呀？"洗河说："我想我娘了。"曾老汉说："你娘不是死了吗？"洗河说："与其就这样把钱没了，真不如买了纸给娘坟上烧。"曾老汉说："你说啥的我听不懂。"洗河就不再说话。

第二天一早，洗河给崖底村打电话，他知道村长家的座机号码，打过去让把万林叫来接。等了半天，万林接了，说："洗河！洗河你还活着？你该不是鬼吧？！"洗河骂道："你才是鬼！"万林就问洗河在哪儿，洗河说他在西安城，现在西安城里站住脚了，穿的西服，也穿的皮鞋。洗河问万林你呢，你过得好不好？万林在电话那头却哭了，说那场火灾，他蹲了八个月的牢房，出来他爹再也不让他在外瞎逛，在家他爹看病，他抄药方子包药哩。洗河说："万林，哥对不住你。"万林说："说那话有啥用。"洗河说："那你也到西安城来，来了我给老板说情，把你能留下。"万林说："听说西安城是花花世界，我去能干啥，饿死啊？"洗河说："你要不来，我给你寄一千元。"万林说："我不要你一千元，你那钱有毒哩。"洗河说："这钱不是给你的，是我要你每年十月初一、清明、春节和正月十五了，去买纸替我去我娘坟上烧一烧。"万林说："替你上坟行，那花不了那么多钱。"洗河说："花不完的算个基金。"万林说："什么是基金？"洗河说："基金你都不懂！就是你把剩下的钱都攒着，一年买纸花不了，攒到第二年第三年么。"中午洗河去邮局给万林汇去了一千元。

以后，凡是熊启盘来找兰久奎，都要打麻将。一打麻将，兰久奎就要约罗山，熊启盘说："不叫罗总了，叫洗河。"洗河给罗山汇报，罗山为了维持关系，也就让他去，有时给装上一万元，有时给装上五千元。洗河还是赢的少输的多，恨自己没有赌命。每每输到自己身上钱了，就想起他娘，便要给万林汇上千儿八百。

55

*   *   *

一九九七年五月，西安开展卫生城市工作检查，市委书记到城南区时，秘书长就有意安排书记去了一趟罗山的公司。罗山提前接到秘书长电话，前一夜便组织人在公司里清理打扫，他是亲自戴着白手套擦拭楼梯、桌台和门窗，不允许有一点灰尘。又填补院子里的坑坑洼洼，俯下身看了还觉得不平坦，在楼门口铺上块红地毯。书记到来，陪同的除了秘书长郑万泉，还有区委书记迟浩、区长李光楚、街道办主任巩跃民。全体员工在大楼前列队欢迎了，罗山引领着书记楼上楼下参观，边参观边汇报公司几个楼盘的进度，溪口煤窑的生产，以及运输队、塑料制品厂、印刷厂、酒厂的状况，重点讲了去年提供了多少人就业，上缴了多少税，比前年提高了多少点，又为社会公益事业捐赠了多少款。书记很高兴，秘书长就提议："书记，你给他们留言簿上留几句话，鼓励鼓励吧。"罗山却说："我听说书记能书法。"一招手，周兴智和洗河就抬出案子，案子上铺了毛毡，早准备好了笔墨纸砚。书记真的是爱好书法，也就高兴地写了一幅"全民创业发展是第一要务，富民强市是永恒主题"，落款了自己名字。罗山说："我们的书记，让人敬重又深感亲切，大家鼓掌！"掌声响起来，罗山又说："书记，我还有个请求，你能再写三个字吗？"书记说："嗯？"罗山说："就三个字，东凤酒。"书记说："酒名字呀？"罗山说："是酒名字，这是我们酒厂要新推出的一款酒。"书记说："西凤酒是咱省的名牌，你们出东凤酒？"罗山说："我们也想再创一个名牌么。"书记提笔写了"东凤酒"，大家又是鼓掌，书记说："这三个字还真是写好了。"放下笔，要离开。罗山说："没有款，书记。"书记说："不落款。落款了印在酒瓶子上不好，那成了我给酒做广告了。"罗山说："不印在酒瓶子上。落上款了，原件我裱了挂在我们公司办公室，是我们的一份光荣，也是对我们的一种激励啊！"书记再次提笔落了款，扭头给秘书长说："我的名字不能印在酒瓶子上呀！"

书记离开公司，罗山一一和各位领导握手告别，和秘书长握手时，秘书长用指头抠罗山手心，低声说："行呀，罗总，让书记题了词，还写了酒名！"罗山嘿嘿嘿地笑，说："这多谢你么！"

当天下午，罗山就把酒厂经理武西康叫到了公司。

酒厂是五年前收购来的。原本南郊蔺家堡的一个小酒坊，因院子里有一口古井，村人称"龙井"，所产的酒就叫"龙井酒"。龙井酒是苞谷酒，产量不大，质量一般，基本上靠周围十几个村子的人买，每瓶售价十元钱。公司收购后，罗山并没有扩张厂址，也没有增建酒窖，龙井酒牌仍继续龙井酒牌，价格不变，而一部分叫了"龙井古酿"，定价一百五十元。市场上买高不买低，龙井古酿竟然销量很好。罗山就又想做一款高档酒，就从西凤酒厂购买了一批原浆，请技师勾兑了，准备贴牌上市。定价都定好了是四百九十九元，却迟迟起不了个好酒名。后来还是兰久奎说了句"有西凤酒就该有东凤酒"，罗山就拍了板。"东凤酒"三字选了仿宋体，武西康去了一趟景德镇让设计定制酒瓶子和装酒瓶的盒子、箱子。

拿到了书记题写的酒名，得赶紧带着原件再去景德镇重新设计定制。而武西康又忙着勾兑酒，又要在报纸上、广播电视上推广宣传，一时走不开，罗山就派了副厂长张顺和洗河去。

洗河第一回出远差，坐的是飞机。在飞机上，张顺一直在睡觉，洗河兴奋，趴在舷窗上往外看。洗河知道了云层之上一派阳光，并不存在阴晴雨雪。看见了一条河，问乘务员这是什么河，乘务员说是渭河，洗河就寻找渭河边哪一座山是家乡的虎头岭，而岭下哪里是崖底村，哪里是他家的老屋，但他寻找不着。

到了景德镇，见了定制厂方的设计师，设计师当然进行变更。但在看了书记题写的原件，主张把落款也用上，张顺说："书记交代了不能用他名字的。"设计师说："用上好呀，这利于销售啊。"张顺说："洗河，罗总能派你来，你代表着罗总，你觉得呢？"洗河说："这也是给书记扬名，书记谦虚，才不让用他名吧。"设计师就把落款保留了。事情顺利完成，张顺和洗河趁机在景德镇游玩了一天，第三天返回，罗山问："都办妥了？"洗河说："妥了！月底这一批瓶子、盒子、箱子就能运来。"罗山报销了机票、住宿和吃饭的发票，还发了三天按五天的出差补贴。

一个月后，酒厂出品了五百箱东凤酒，罗山首先给秘书长送去十箱。秘书长又给书记家里拿去了五箱，当场开封，取出一瓶，秘书长说："一看这瓶子就是高档酒，书记的字印出来漂亮啊！"书记把那瓶酒放在桌上，近看，退出五步远看，说："不错！这个罗山，看着是个粗人，审美水平倒行。"再戴上花镜细细察看时，突然脸色变了，说："这上边怎么还有我的落款？"秘书长说："不可能吧。"书记说："怎么不可能？你来看，你看！"秘书长凑来看了，落款的字很小，但就是书记的名字。书记说："什么意思，拿我做广告啊？！名字就印在这烂酒瓶上，让群众骂我拿了厂家几百万几千万？让政敌以此来攻击我丧失原则性？酒喝完了，酒瓶乱扔，我的名字也就让踢过去踩过去？"越说越气，抓起酒瓶子就砸在地上，吼了起来："奸商！奸商！为了自己赚钱，什么事都干得出来，无耻之徒！"秘书长慌忙劝书记息怒。书记说："我能息怒吗，咹？咹？！"秘书长喊叫楼下的司机来把酒箱全部搬走，一边清扫着地板上的玻璃碴子和酒渍，承认是自己工作失误，要追究罗山的责任，一定会把事情处理好。书记不吼了，坐在沙发上喘气，一摆手，让秘书长走。秘书长倒一杯水放在书记面前，难堪地走了。

秘书长直接来公司，对着罗山劈头盖脸一顿骂，甚至骂出了日娘捣老子的话。罗山也是没仔细看酒瓶子上的小字，看了以后把溅在脸上的唾沫星子擦了，不还嘴。等着秘书长骂得没词了，骂累了，他开始赔不是。秘书长说："你知道书记发火吗，从来没见书记发过火，发起火那是能用刀杀了我！"罗山说："是我们错了，狗日的洗河坏的事！可话说回来，用上就用上了，我们秃子沾月亮光，这也是给书记的书法扬名嘛。"秘书长说："书记要你扬名？书记是全市的书记，你让他推销你的酒，你知道这会给书记产生多么严重的不良影响？！"罗山说："我给你保证，下一批酒瓶子就不用了。"秘书长说："没有下一批，这一批都不行！"罗山说："那咋办呀？"

秘书长说："销毁！必须销毁！"罗山说："爷呀，这五百箱的，就销毁？！"秘书长说："你算经济账，我算政治账，必须销毁！销毁完了我来检查！"

罗山在这个晚上让司机沙武通知洗河到他办公室去。洗河已经知道出事了，吓得早早上床蒙被子睡了，沙武来说罗总叫他去办公室，他穿衣服，把衣服的扣子系错了，一个襟长，一个襟短。进大楼时，一脚踏空了台阶跌倒了，连下意识地用手撑地都没有撑，头就磕在水泥地板上，弹了两弹。也就是这弹了两弹，已经停止了，他趁势陆续弹，三下四下，咚咚地响。沙武扑过去扶他，扶起来了，那额颅上皮裂开了三指长一道口子，血把眼睛都糊了。

自那以后，洗河额颅上留下一个疤。疤是竖状，像是开封府包拯额上的月牙斑。洗河从不提及此事，公司所有人也都不议论。只是兰久奎见了，笑着说："噫！洗河天眼开了。"

四　董事长和助理

（一九九八年—二〇〇一年）

这一年，北京派来了新的市长。据说这位市长在浙江、湖南任职的时候，搞过大型山水实景演出，对广场艺术颇有研究。新市长到任的第二个月里就举办了市有史以来最大的经贸招商活动。声势极其浩大，开始搭彩楼挂红灯。不是一条街上搭彩楼，而是所有大街小巷都搭彩楼，不是一条街的路灯杆上挂红灯，而是全城路灯杆上十万个红灯全点亮。体育场里连续七天都有文艺演出，万人合唱，三千人的锣鼓敲响，当十多万只气球一齐放飞，遮天蔽日。一切都讲究着要大，要多，豪华和排场，营造着盛世气象。

罗山的公司升格，六个部门负责人统一称为经理，罗山也就成了董事长。兰久奎说："罗山，你公司成立了董事会？"罗山说："没有。"兰久奎说："那你叫什么董事长？"罗山说："谁追究这个呀！现在不是要煽起、弄大、懂匀吗？"

公司里的人，其实都明白，把猫叫个咪，过去是什么现在还是什么，只是洗河有了名分，是董事长的助理。洗河就新置了一套西装，又定制了三双皮鞋，不再和曾老汉在门房里搭铺，公司大楼上腾出一间房做了宿舍。

洗河出外办事，沙武老远喊："助理，助理！"洗河不答应，坐上车了，说："那是个外衣，我还不是我？"沙武说："那不一样，交警穿了交警服我就得听他的。"又说："你现在要代表公司形象哩，得说普通话，也得有墨镜。"洗河说："去！"但罗山这几年头发脱得厉害，干脆剃了光头，洗河头发茂密，也剃了个光头。

公司的业务做得越大，应酬就越多。罗山带着洗河去见一些领导和在公司接待一些领导，陪同有关人士去饭馆、歌厅、酒吧、洗浴中心，以及网球场、高尔夫球场，见多识广了，人也不再猥琐。

一天，阳光灿烂，罗山说："咱喝茶去！"去了两来风茶舍，洗河从此就认识了两来风茶舍的老板呈红。

呈红是陕北赤碛镇人，长得漂亮，被镇政府招去在社会综合治理办公室做临时工。六年前，西安农林研究所的巩丁俭到赤碛指导苹果栽培技术，就住在镇政府院子里。三个月后，巩丁俭要返城，带走了好多土特产，竟然还带走了呈红。两人年龄相差二十一岁，要命的是巩丁俭相貌丑陋，刮刀脸，嘴噘着如吹火状。这事在赤碛镇哗然一时，但呈红成了专家夫人，有了城市户口，而且不久开办起茶水店。

茶水店门面不大，一个厅堂，五个包间。若是喝茶，一壶茶有三十元的、五十元的，可以一人或几人喝一晌午，无限续水。若是喝茶还要打麻将，除了茶钱外，得按时间收费，一小时十元钱。呈红妆容精致，说话热情，去喝茶打麻将的人是不少，但利润微薄。茶水店先后招员工十多个，都是因工资的事，不是她炒了人家，就是人家炒了她。最后仅保留下两个。老板李铭义去买过茶，给罗山推荐有个茶水西施，罗山去了几次也感觉不错。罗山就给呈红建议：店的位置好，老板这么漂亮，不能浪费了资源呀。如此卖茶水，不如专卖茶，卖高档茶，他能介绍一批大老板来促烘生意。这些大老板除了自己喝，更要送礼，每年的用茶量非常大的。如果能把二楼也盘下来，摆上书画案，成为一个活动点最好。他来牵线组织有关领导、大老板、书画家不定期来，大老板出钱给书画家，书画家给领导书法绘画，领导给大老板办事，茶店从中拿回扣，四方共赢。呈红感激涕零，认了罗山是贵人。果然租了二楼两间房子，布置了沙发茶几、大的书画案，笔墨纸砚齐全。店名也改成"两来风茶舍"，不卖水，只卖茶，号称是全市最好的茶。

茶舍表面上没往日热闹，但呈红很快就有了自己的小车，人也越来越时尚，贴很长的睫毛，涂口红，爱穿各种短裙，露着一双橡一样的长腿。

洗河第一次去茶舍，罗山半路上给兰久奎打了电话，邀请也来喝茶，兰久奎来时还带了个戴着吊链眼镜的人。他们四人直接上了二楼喝茶，喝了一会儿，兰久奎买了六筒特级龙井茶，罗山买了十饼一提的福鼎白茶送给戴吊链眼镜的人。三人似乎在谈起孩子出国留学考雅思的事，洗河就起身到一楼去看看。罗山说："洗河，去买单！"呈红说："罗董，这单不买了，虽然是小本买卖，但这些茶叶还是能送得起。"罗山说："这不行！这一壶茶水算你的，茶叶得买！"呈红笑着，跟洗河下了楼。单买了，一共是两万三千一百元。厅堂里有服务员在擦拭架子上的茶罐茶壶，呈红说："阿秀，给这位先生沏一杯茶。"阿秀把茶水端了来，洗河就坐在一张桌前喝着，翻看手机。听见呈红在和阿秀说话。呈红说："田丽咋没来上班？这几天不是迟到就是早退，你把时间记着，得扣工资的。"阿秀说："还不是为她儿子上小学的事，去寻那个骗子了。红姐，你说现在人咋这么坏的，答应能给办入学的，拿了钱就消失啦，那三万元的，是我我都要疯了！"呈红说："上小学么，就近的学校就是了，偏要上名校？别人说能办，没脑子，咋能就把钱先给了人家？！"阿秀说："红姐，你说那钱还能回来不？"呈红说："回不来。"阿秀说："为啥？"呈红说："见鳖不捉，那是罪过。"

呈红后来就过来，坐在了洗河的桌子对面，掏出小镜子照着补妆，说："给你沏的花茶，味道不错吧？"洗河说："有些太香，没刚才二楼上喝的醇厚。"呈红说："咦，嘴还刁，你是兰总公司的还是罗董公司的？"洗河说："我是罗董的助理。"呈红说："哎呀，难怪哩！你要喜欢喝醇厚的，阿秀，再给助理沏一杯大红袍！"呈红又说："这西服精神！"洗河说："人本来精神嘛！"呈红笑起来，说："你蛮风趣哟，听口音，不是西安人？"洗河说："老家在农村。"呈红说："噢，看不出来。穿西服系上领带是标配。"洗河说："董事长穿西服从来都不系的。"呈红说："大老板咋舒服咋来，那是一种范儿！"洗河说："我不系领带，让长胸毛的。"呈红说："这啥话，做狗熊呀？"呈红的眼睛乜斜起来，朝着阿秀喊："你小心点啊！上边那三个茶盅都是名家手绘作品，一个五千元的！"洗河知道呈红有些看不起他了，偏就讲外国人设计的西服领口敞着，领带是护胸的，他们并不是每天都系领带，所以胸口上长毛，是身体本能御寒的。呈红说："你还知道这些？！"这些都是洗河琢磨的，他想说他还琢磨了他前世是城里人，因为这么多年了他从未在城里迷过路，他能熬夜，能喝咖啡，汽车喷过漆了，他闻着有一股清香味。甚至还琢磨了他前世去过外国或者就是个老外。但他咽了口唾沫，不愿意再说出来。

后来，洗河多次去过两来风茶舍，那里有领导、大老板、书画家，其中一次来了秘书长。秘书长好像已经和罗山重归于好，说说笑笑，但洗河不敢见，坐在了一楼厅堂里。罗山下来拉他，说："大人不记小人过，或许领导把你早忘了。"洗河上去，果然秘书长看见了，并没有说什么。洗河就殷勤地给秘书长端茶。秘书长不吸纸烟，他给削苹果。秘书长要上厕所，他引到了，拿着手纸，就站在厕所门口。

活动结束了，把属于秘书长的书画作品和几盒茶叶拿到停在大门外的小车上，洗河再开车门，手遮着门顶，大家把领导送走。洗河还在埋怨秘书长的司机不称职，"双方手都摇着说再见，他车还不开，而车启动了也得是徐徐开出，他怎能忽地一下就跑了？！"

等到客人们各自满足地散去，只剩下罗山和洗河，呈红还激动着，特意又沏了茶，三人来喝。呈红说："那个跛子也是大老板？"罗山说："北郊的红光家居建材城都是他的，还有两个洗浴中心，钱多得很，给我说过几次要拿出一千万弄成政协委员哩。"呈红说:"天呀,拿出一千万?有那一千万还要个政协委员干啥?!"罗山说:"富了就要贵么。"呈红说:"这我无法想象!秘书长能给他?"罗山说:"领导不是高高兴兴收了六张字画吗?"呈红说:"前几天我去区政协找我一个老乡,门卫凶得很,死活不让进。秘书长那么大的官,人挺温和的。"罗山说:"大人物管自己,小人物管别人么。"呈红说:"你咋和秘书长这熟的?"罗山说:"都是人,人是有感情的么。我们还是在县上认识的,我修过涵洞,揽过县城南街的改造工程,收购了煤窑,他关照着,我也长了脸。修县河堤的时候,他让我出钱建个安澜楼,我建了,五层高,漂亮得很,现在是县上地标建筑!你几时去看看?"呈红说:"我知道了,他进市里当了秘书长,你也就在市里搞房地产了。"罗山和呈红说话,洗河不插嘴,只是喝茶,头上却出了汗。呈红问洗河:"喝得咋样啦?"洗河说:"喝透了。"呈红说:"我也估摸你喝透了。"罗山说:"喝透了咱就走。"呈红说:"罗董,我给你带些茶?"罗山说:"茶还多着哩。给洗河拿条纸烟。"呈红说:"拿一条?"在柜子里翻了半天,拿出一条省产的"好猫",说:"洗河,我这里是有中华,可罗董吸中华,你也吸中华不合适。"

离开了茶舍,罗山在车上说:"这呈红!再多的钱到了她手里,甭想拿出来一分!"接着就笑,说:"别的寡妇是只出不入,她这寡妇,哼哼,只入不出。"洗河说:"她是寡妇?"罗山说:"离婚了。"

洗河过后见了兰久奎,说起这事,才知道呈红和那个农林研究所的巩丁俭在半年前就离婚了,正恋爱着一个健身房的教练。

64

*　　　*　　　*

洗河第一次去罗山家,是洗河到公司的第二年。那天罗山带洗河在延安参加全省企业家座谈会，延安产苹果，会上发给代表每人两箱，一箱约四十斤。返回西安，车到了罗山家住的小区前，那里正补修路，罗山提了一箱，洗河提了一箱，到小区大门口了，是星期天午后两点，罗山就不提箱子了，点了一支雪茄叼在嘴上，背着手在前边走。洗河一手提一箱，趔趔趄趄跟在后边。进了家，罗山的妻子正叫着儿子起床，儿子不起来，她从卧室出来，说："回来啦，咋买这么多苹果？"罗山说："送的。"妻子说："送的？只有你给别人送东西，还有别人给你送的？！"罗山说："就是送的。"妻子看着洗河，洗河脸黑红黑红的，冒着汗，双手被捆箱的绳子勒出红印，就闪了个笑，让洗河歇下，要去沏茶。罗山说："他是跟我的。"罗山的妻子就不沏茶了，说："你去叫你儿子！三点钟要去辅导班上课，吃完饭让他先睡一会儿，到现在叫了一遍叫不醒。"罗山说："你又给报辅导班了？"妻子说："数学成绩那么差，星期天就得去学呀。每天早上起床叫不醒，午休也叫不醒，不叫上三遍就醒不来！"罗山说："他习惯了要叫三遍的，那头遍二遍装睡了能叫醒？！"妻子说："我遭什么罪了，生了这样的儿子！当初我说慢慢生，你偏选了个日子提前要剖腹产，他这是没走人道！自私，死犟活犟，不爱学习。我说他不好好学习，将来能干了啥呀，他竟然说他去农村放牛呀，我说你放牛连牛群都数不清，他说放一只！"罗山却笑了，妻子说："你还笑，你还笑？"洗河就退到门口去了。罗山说："孩子叛逆期么。"妻子说："别人的孩子叛逆期，一年两年就过去了，他从小学四年级到初中了还这样？我听广播了，说孩子性情古怪，都是缺乏父爱，你啥时候陪过他、关心过他？！"罗山和妻子吵了一阵，罗山便进了卧室，一声吼，把儿子吼起来了。儿子起来，还要去上厕所。罗山的妻子说："你今天去送他，我还得去看看我娘。你去不去？你要去了我在家等你，一块儿去。"罗山说："不逢年过节的，咋想着去看你娘？"妻子说："老两口离婚啦。"罗山说："离婚啦，都八十了还离婚？"妻子说："昨天下午我娘打电话来，说终于离婚了，她刚从民政局出来一个人在公园里转哩，她觉得天是蓝的，草是绿的，空气都是甜的。"罗山说："吵吵闹闹了一辈子，到底还是离婚了。嘿，离婚了也好。那她是从家里搬出来了，还是你爹从家里搬出来了？"妻子说："我娘还在永明路那房子里，我爹搬出来到长乐街那套旧房子。"罗山说："行吧，去看了你娘，再去看你爹。人家离婚了是解脱，你倒脾气大，唠叨孩子弹嫌我？！这样吧，让洗河送他去辅导班，你先给我擀一碗面，几天都没吃到面条了。"

洗河送罗山的儿子去辅导班，给背了大书包，还提了一个保温水杯。路上，洗河嘴里嘀咕，他是在说罗山这么大的老板，人上人么，应该过的神仙日子，咋家里也有难念的经？罗山的儿子说："你吃口香糖？"洗河说："啥是口香糖？"罗山的儿子让洗河张嘴，洗河张了嘴，嘴里什么都没有。罗山的儿子走路喜欢走路沿，手又要不停地拽路边绿篱的树叶子。洗河说："你叫啥名字？"儿子说："你问大名还是小名？"洗河说："都问。"儿子说："大名罗洋，小名圆圆。"洗河说："罗总是长脸，你圆头圆脑的，是圆圆叫着叫着就长圆了？"罗洋说："以后谁叫我圆圆我就不理了。"洗河说："叫罗洋好，将来漂洋过海到外国去。罗洋，学习怎么样？"罗洋说："我最烦你们做大人的说学习！"

罗洋走得慢慢腾腾，一会儿要吃酱鸭脖，洗河去买了一包酱鸭脖，一会儿说肚子胀，要吃果丹皮，洗河又去买了一卷果丹皮。洗河问辅导班在什么地方，还远不远，得走快些。罗洋一看手表，说："已经三点十分了，赶过去超二十分钟，肯定挨老师批评，就不去了吧。"洗河说："那不行，我背你咱跑着去。"罗洋抱住了路灯杆，说："我不告诉地址，你背？你连我和路灯杆一块儿背？！"洗河没了办法，返回吧，怕罗山和他妻子责备，罗洋已经跑到街头公园里去捉蝴蝶了，在说："蝴蝶蝴蝶，你静静，我不捉你。"却一下子捉住了蝴蝶的一只翅膀。洗河这时候想到了罗山的爹，如果和罗洋去了老爷子那儿，罗山和他妻子事后就是埋怨，也埋怨不到哪儿去吧。于是，洗河说："罗洋，想你爷爷不？"罗洋说："不想。"洗河说："你爷爷你不想？"罗洋说："他身上有味。"

前边的十字路口，东西南北往来的车辆是那么多呀！东西通行的绿灯亮了，南北的车辆还没过完，南北通行的绿灯亮了，东西的车辆又在抢道。节奏快速而急迫，所有的车辆都堵在了那里，如水聚起的漩涡，这漩涡是山洪后的河里漩涡，里面拥挤着翻腾着泡沫、杂物、树枝、柴草和死猪烂猫。喇叭乱鸣，叫骂一片，警察在吹哨子，但大盖帽在车辆之间忽隐忽现，哨音淹没在人声鼎沸之中。公园的对面，又是一条老巷，巷道里有集市，肉类鱼类水果蔬菜、各地美味特产和干货应有尽有，旁边众多小吃店里，卖着米饭面条饸饹小笼包子烧鸡烤肉串，人还是熙熙攘攘，买东西的人，吃饭的人，挤过了运货的三轮车、板车，摩托车又撞了什么人，那人在追撵着逃走的摩托车，狼一样地叫喊。

到了黄昏，洗河要送罗洋回家，罗洋说："没去辅导班，你不能给我爹我娘说！"洗河说："我小时候也逃学过。"

*　　　*　　　*

翠华路楼盘开始安装水暖管道，承接工程的是明丰公司，经理叫明岛。罗闻涛发现管道并不是市场上最好的，线路走向又不合理，给明确提出来，但明岛已安装了一栋楼，就是不改。罗闻涛汇报给罗山，罗山说："你摆一桌饭，好好和他说。"罗闻涛在烤鸭店请客，明岛来了六个人，自己倒提了一箱子白酒。明岛喝酒，酒盅子是不沾嘴唇的，满盅的酒举起来直接往嘴里一倒，滴点不洒。酒喝过三瓶，全都晕晕乎乎，罗闻涛再次提出管道材质和线路走向的事，明岛就说："你不懂！"罗闻涛说："我没吃过猪肉，我还没见过猪走路？"明岛倒认为是罗闻涛骂他，当场就把饭桌子掀了。饭后，明岛没有来道歉，手下人却到处排说起明岛的身世。

明岛是兰田县明家堡人，三岁上死的爹，娘带他改嫁到了南塬安氏村。在安氏村，他从不把后爹叫爹，他要啥若是不给，他就拿头撞树，头上老是有瘀青疙瘩。五岁时，独自跑回明家堡老宅里自己过活。到了十六岁，他娘去世，安家的孩子将他娘埋葬在安家祖坟，拱的是双合墓，等他们的爹去世后葬在一起。他却要把他娘和他亲爹一块埋，连夜去挖他娘墓。打开了棺材，背了尸体要走，安家人闻讯聚集了三十人来撵打。他被撵到南塬沿，塬高十多丈，他就跳下去，一条腿都骨折了。

罗闻涛给罗山说："这人是二货！我想不通这样的人咋还是公司经理？"罗山说："英雄不问出处，鸡没鸡巴自有出尿的道儿，咱不管这些。"罗闻涛说："我说不动他，咱是不是吃些亏，把安装过的钱给他赔了，把他们公司换掉？"罗山说："这是土管局局长介绍的，换不得啊！"罗闻涛说："那咋办，你去收拾他？"罗山说："我是董事长，我也不懂技术上的活，他要胡搅蛮缠起来，就没有回旋余地了。"

洗河在一旁剔牙。几天了右边一颗槽牙一直疼，那颗牙上有一个洞，含了酒还疼，塞上花椒也疼，自己就动手往出拔，竟然就拔出来了，满口是血。罗山说："洗河你干啥哩，不过来听听。"洗河说："我拔牙哩。"拿了牙要往高处撂，就撂到近旁的一座二层楼的顶上。罗闻涛说："吃屎的把屙屎的顾住了？！"洗河说："我知道这号人越是要狠其实越是脆弱，三愣子没碰上四愣子。"罗山说："你去打他呀？"洗河说："我不打他，我举报你呀。"罗山说："你举报我？"洗河说："你是公司董事长，是法人，联合预售过的业主实名举报你的楼盘是豆腐渣工程，是把大楼盖成了鸡窝。"罗闻涛说："你胡说啥，咱的楼盘哪里是豆腐渣工程？"罗山怔了一会儿，突然手拍着大腿说道："啊好，这好！安监局来寻我的事，我当场再追究明岛，土管局局长也就怪罪不了我么。"洗河说："这我就成恶人了，明岛会不会报复我？"罗闻涛说："你举报的是罗董，要恨就是罗董恨你，让罗董当着明岛的面骂你吃里扒外，开除你！"洗河说："你是不是让罗董趁机开除我呀，你可是一直忌恨我哩。"罗闻涛说："我忌恨你？"洗河说："你给没给沙武说过我来公司时间短，又长得丑，当助理不利于公司形象？"罗闻涛说："我没说。"洗河说："你说了！"罗山就笑起来，说："丑就丑么，我就专门寻个丑的，丑能避邪！"

当天下午，洗河就让周兴智起草了一份举报信，他先签名按了手印，再去寻到了三十四位预售过的业主，也签名按了手印，就分别投递给了市委书记、市政府、市纪检委、市安监局。七天后，安监局来了人，罗山、周兴智、罗闻涛、承接楼盘施工的建筑公司经理韦长河、安装公司经理明岛全部到场。经过整整三天的检查，查出了管道材质、线路走向一系列问题，勒令返工，并罚了明丰安装公司六十万元。明岛先还梗着脖子，不服气，在给土管局局长打电话，土管局局长骂了他一顿，他就蔫了，倒请罗山和周兴智、罗闻涛吃饭，问罗山："罗董，那个带头告状的洗河是你公司的，你咋能有这么个叛徒、内奸？"罗山说："我眼瞎了，没认清人，已经开除了！"明岛说："罗董，听罗经理说，你们想重换安装公司？"罗山说："安监局有这么个建议，但我们研究了，念及土管局局长当初推荐的你，咱们合作总体还是愉快的，有一点问题，知错改过就好么，所以就不换了，你们继续干吧。"明岛就站起身，说："感谢罗董，我先喝为敬！"拿起一瓶酒，牙咬开瓶盖，仰头往嘴里灌。灌完了，去厕所半天不出来，罗闻涛去看，已经趴在便池边睡着了。

*　　　　*　　　　*

罗山很得意，带了洗河去兰久奎公司，要请兰久奎一块儿到城河沿听王常香的秦腔戏。城河沿每天下午都有一些戏班子在那里唱戏，王常香是那里模样最俏的，唱的又是老腔，特别有味。罗山去过几次，最让他惬意的是他一去，班主特意搬过一个藤椅，还沏上一壶茶，让他坐在场子前排。王常香一出场，唱一段《荒山泪》，他就鼓掌，让洗河把桌上的玫瑰送上一枝，一枝是一千元，要求再唱一段《游西湖》。每次都是连唱三段，送三枝玫瑰，付三千元。演出完毕，他就能带着王常香在附近的酒楼上吃一顿湘菜，说："任何国营剧团的戏都不看，就喜欢听你的，听着过瘾。"看着王常香喝了酒脸如满月，白里透红，他也就把自己喝高了，下酒楼的时候，脚底下拌蒜，得洗河搀着。

但到了兰久奎公司，兰久奎正眉头紧锁，一根接一根地吸纸烟，直接拒绝了去听戏吃饭。罗山说："你别瞧不起野班子，王常香真的是色艺俱佳！"兰久奎说："你好那一口你去，我没那心绪。"罗山问这是咋啦，兰久奎说："你知道不知道范重九？"罗山说："知道，政协原主席，现在开发区副主任范炜的爹么。"兰久奎说："我当年下海经商，范主席关照过我，我一直认他是贵人，老领导现在遇到麻烦事啦。"

老领导早已退休，老伴去世后，他不愿和范炜一块生活，仍独自住在永松路小区的旧屋里。半月前，屋的浴盆下水不利，老领导从街上请了个水工修理，发现了浴盆下塞着一塑料袋，打开了，见是五十万美金。老领导吓了一跳，明白这是范炜藏的，赶忙拿去卧室装在柜里。修完了浴盆，第二天老领导才要打电话问范炜那钱是怎么回事，水工却来向老领导借钱，说是他几个月没交房租了，能否借给一万元。老领导说他没钱，水工说："你有钱，那么大一包美元么。"老领导没敢说儿子，说那是女儿要给孩子筹备的出国留学钱，但还是给了水工两千元。水工拿出身份证，说他叫祁志宝，就住在高家寨小区的七号院，要给打个借条。老领导说："一万元我借不了，这两千元就算我资助你，不用还了。"老领导的意思是那水工看着也恓惶，打发走了就算了。没想水工一星期后又来了，说房租交了，冬天快来了，那房子里没暖气，想买个空调，能否再借一万元。老领导说："你咋没够数啊？！"水工说："你家有五十万美金的，听说一美金兑换十二个人民币的，你牛身上拔一根毛不算啥，对我就是搭屋的一根柱子哩。"老领导又给了两千元。才过了两天，水工又来了，让上一颗纸烟，冲着老领导笑，说还得借一万元。老领导就生气了，说："你这是勒索我呀？！"水工说："不是勒索，就是借钱。"老领导不借了，让水工走，水工不走，袖着手就蹴在门口。老领导说："你要不走，我就报警！"水工说："警察来了你先说说那五十万美金是哪儿来的。"老领导从来没经过这样的事，只好话又软下来，说那些钱女儿已经拿走了，人又出差，三天后下午五点你来，"我再让她给你借些钱。"

老领导把这事告诉了范炜，范炜也慌了，来向兰久奎诉说。兰久奎和范炜去见老领导，老领导大骂范炜，让范炜三天后在家等着水工，看怎么个解决。兰久奎出主意，这事不能报警，范炜也不能露面，他到时过来见水工，请吃一顿饭，再给五千，感化水工，息事宁人。

罗山说："还有这事！你觉得这能感化他吗，能封住他口，不再来纠缠吗？"兰久奎说："我为啥烦躁，就是这。那一次给他一万元？"罗山说："他惦记的是五十万美元，你得给他十万二十万。"兰久奎说："这是要范炜的命还是要老领导的命？！"罗山说："所以说你们有文化的人处理不了这事，你交给我，我来解决。"兰久奎说："你咋解决？"罗山说："你等着吧，屎沟子会给你擦净的。"当下要了祁志宝的住址，又叮嘱兰久奎和范炜按原计划去订饭店，就和洗河走了。

下了楼，洗河对罗山说："前边有个洗脚屋，你去洗脚吧。"罗山说："你要去办？"洗河说："刚才你们说话，我全听着，知道该咋办了。这祁志宝不比明岛，他能拿出身份证，能告诉住址，也算是个可怜人，死皮赖脸，能要一点是一点，我能吓唬住！"罗山真的就去了洗脚屋，说："要快，我洗完脚你就得回来，晚上咱让范副主任请咱吃龙虾！"

洗河知道高家寨是个城中村，那里路熟，就和沙武开车去了。正在巷道里寻找七号院，见一人拉着架子车，呆然然地往这边瞅，于是硬着头皮去打招呼，这人竟是楼生茂。洗河喊了一声："师傅！"两人抱住互相拍脊背。洗河先说师傅呀，我一直没碰到过你女儿啊。老头告知，女儿后来是找着了，但已经给人家生了孩子，这事就算了，各人有各人的命，他也让她过自己的日子吧。便问起洗河怎么到的城，瞧这一身行头，出息成有钱人啦！洗河大致说了自己情况，说碰着了师傅，一定要请师傅吃顿饭喝场酒的，但今日有任务，得到七号院来找一个叫祁志宝的水工。师傅说这祁志宝他认识，和他都租住在七号院。洗河问起祁志宝这人咋样，师傅说："不会过日子，自己是打零工的挣不了几个钱，却爱去灭灯舞场。"洗河说："这里还有舞场？"师傅说："有呀，前边那个老仓库就是舞场，门票十元，进场发一瓶矿泉水、两张纸。每一场舞中间要灭三次灯，可以搂搂抱抱，揣揣摸摸，也可以打飞机，矿泉水和纸就是冲洗的。听说那地板上滑，稍不注意能使人滑倒。"洗河说："你能去舞场看看他在不？"师傅说："我看见他刚才领了个女的回屋了。"洗河就让师傅领着去七号院租屋，师傅却不肯，说："我去了不好。是四楼东头那间房子，你们去。"

进了院子，一座土建的五层楼，明显的是在原来的平层水泥屋上加盖的。沙武一边上楼一边说："可不敢咱正上着，来个地震啊！"上到四层过道，东头那间房里却有了喊叫："你不给钱不行！""我弄了吗，给你钱？""你看了！""我看了才恶心哩！"接着争吵起来："你得付我钱！""你得赔我钱！"洗河一脚把门踢开，里边一个眯眼男人和一个大屁股女人，都吓住了。眯眼男人说："你们这是？"洗河横眉立眼，说："来抓嫖娼卖淫的！"眯眼男人说："我们哪里嫖娼卖淫了，这是我老婆，我和我老婆还不能吵架吗？"大屁股女人开始哭，用手擦眼泪，右手却一直攥着拳头。洗河把大屁股女人拉出来，在过道说："把拳头展开！"拳头展开了，里边是一个避孕套。洗河说："你叫什么名字？"大屁股女人说："尤萍。"洗河反身再进了房间，把避孕套摔在眯眼男人的脸上，说："她是你老婆，你老婆叫啥？"眯眼男人支支吾吾说不出来。洗河说："扭到派出所去！"沙武扑上去，将眯眼男人扳倒，一脚踩在后背上，反扭了胳膊。眯眼男人这下承认了，那大屁股女人不是他老婆，是他从舞场那里带回来的，但他确实没嫖，"她脱了裤子，我发现她那地方长了几个红疙瘩，怕是性病，就让她走，她却要钱。"洗河给沙武说："去把那妓女叫进来，双方对证，看到底是谁对谁要钱的。"沙武出去，回来说："那女的跑了。"眯眼男人说："我没说谎，是她向我要看钱，我才说是她让我白忙了一场，得赔我的钱。"洗河说："你叫啥名字？"眯眼男人说："我叫祁志宝。"洗河说："打！"沙武拽住了祁志宝领口，左右开弓，抽了四个耳光，祁志宝用手护脸，沙武又一脚踹在裆下，祁志宝倒在地上缩成一团，洗河和沙武就你踢过来，我踢过去。踢累了，坐下来歇气，祁志宝爬起来，满脸是血。洗河说："狗日的，当嫖客还敲诈人！"祁志宝说："她不先要钱，我不会说那话的，这不能算敲诈呀。"洗河说："你没有敲诈？那我问你，你敲诈没敲诈过永松路小区的一位老人？"祁志宝看着洗河，张大了嘴，说："没。"洗河说："舌头捋顺，再说！"祁志宝还是说："没。"但裤裆湿了，往出渗尿。洗河说："沙武，把狗日的脚筋挑了，看他说不说！"沙武在房间里寻东西，灶台有一把菜刀，过来用刀拍祁志宝的腿，说："挑了脚筋，再挑了他卵子！"祁志宝赶紧求饶："我说，我说。"交代了他三次去借钱的事，末了说："见鳖不捉，那是过错。那老汉害怕五十万美元被人知道，我才鬼迷了心，向他借钱的。"洗河说："你是个鳖，你还说别人是鳖！还在哪儿敲诈过？"祁志宝说："没了，我要隐瞒，你把我杀了。"洗河要他的身份证，他把身份证给了洗河。洗河让拿出钱包来，他没钱包，从床下拉出一只破雨鞋，鞋壳里掏出一卷钱，说："就这些。"沙武说："穷成这样子了，还嫖娼哩！"祁志宝说："我也恨我长了个×么。"洗河再踢了一脚，说："走！你是先跟我们去派出所，还是先去给那老人谢罪呀？"祁志宝说："哪儿我都不愿去，你饶了我吧，我再不敢了行不行？"洗河说："不去行，你写个交代书。"沙武从口袋掏出一张纸，一支笔，让祁志宝写，祁志宝问咋写，洗河说："我说你写！"然后，

73

说一句，写一句，有时洗河说了，祁志宝不同意用这个字眼，洗河说："照我说的写！"写好了，让祁志宝念。祁志宝念道："交代书，我叫祁志宝，身份证号码×××135702089747，住高家寨小区七号院四楼十三号。我嫖娼不付钱，敲诈过妓女。更严重的是我敲诈过永松路小区一位老人，我见老人独自一人过活，第一次以借钱为名敲诈一万元，得手两千元。第二次又以借钱为名敲诈一万元，得手两千元。第三次再去敲诈，没有得手。我犯了罪，罪该万死！我再不敢了，在此保证，如若再犯，我就不是人，是猪是狗，任杀任剐。祁志宝。一九九九年九月二十四日。"洗河让按上手印，祁志宝说："没印泥么。"洗河说："你没有血?！"祁志宝手摸头，在头上蘸了血按了。洗河说："我警告你！这份交代书，我们给你存着，你若再犯罪，要么去坐牢，要么你就……"拿起桌子上一只碗，哗地摔碎在地上。祁志宝说："那是我的饭碗。"沙武说："那是你的脑袋！"洗河把那卷钱扔在了地上，说："敲诈老人的钱就不让你返还了，但身份证得拿走！你记一下我的手机号，三个月后，如果你老老实实，安分守己，你打我电话，我把身份证还你。"祁志宝记了手机号，趴在地上磕头，洗河和沙武出了房间，脚步在过道里咚咚地响。

两人返回来，罗山在洗脚屋的铺上睡着了，还没有醒来。

＊　　　＊　　　＊

范炜是请兰久奎和罗山吃了一顿龙虾，但并没有叫洗河、沙武。罗山傍晚回公司的时候，给了洗河一瓶路易十三。洗河说："哇，名酒！啥意思？"罗山说："啥意思你知道。"洗河说："那你得在上边写几个字。"罗山在酒瓶上写了：两万元的洋酒，给洗河，喝去！

洗河把酒在他办公兼睡觉的房间里放了三天，公司的人都知道了，才思谋着该和谁喝。想到了周兴智，又打消了念头，周兴智是办公室主任，老端个架子，让他喝酒还得请吃饭。也想到了罗闻涛，让他心生忌妒吧，最后还是决意不让他喝，倒骂了一顿罗闻涛是小人。只好叫了沙武。沙武说："还真喝呀？咱是啥嘴么？！"洗河说："啥嘴，肉嘴，怎么不能喝，喝！"沙武说："我建议，要么保存，一直保存下去，要么拿去烟酒店让人家回收变现。"洗河说："喝！"没备什么菜，也没在公司，买了一袋饼干，两人在城河沿亭子的石桌上把酒喝了。

洗河是一盅接一盅喝得香，沙武说："你觉得这酒咋样？"洗河说："你觉得咋样？"沙武说："味道怪怪的，不如咱中国酒顺口。"洗河说："是不顺口，但这酒一瓶顶十瓶中国酒哩，大老板才能喝上的。"喝下了半瓶，沙武不喝了，看着洗河喝完一盅，他就给倒上，没想倒得太满，溢流在石桌上，洗河皱了嘴就在石桌面上吸。沙武说："人常说美人有一丑，也就是丑人也有一美，你这嘴唇厚厚的，长得好！"洗河说："嘴长得不好，能喝上路易十三？"沙武说："也是！明岛多横行，你使一个招他就倒灶了，那祁志宝算什么东西，哼！"伸出个小拇指头，还往小拇指上呸了一口，给洗河竖了个大拇指头。洗河说："你说，你说！"沙武说："我琢磨了，一个国家，一个集团，就是一个公司，凡是能存在，能发展，都是有道理的，肯定有一把子能行的人。这就如房子，房子盖起来必定有四梁八柱啊。你来西安太晚，如果公司初建时你在，你现在要不是办公室主任，也是一个经理！"洗河说："你是这样认为的？"沙武说："我认为的！"洗河说："喝酒！喝酒！"沙武又给洗河连倒了三盅，洗河喝了，说："我醉啦！"沙武说："说自己醉了的都是没醉，我给你再满上！"沙武再倒满了一盅，而洗河却掏出了手机打起了电话。

洗河是每每酒喝多了就给人打电话，公司里的袁克明、杨家齐、白庆、许从阳、康有祥，甚至罗山事后都说："晚上九点洗河来了电话，那十有八九就喝高了，烂话多得很！"现在，洗河没有给公司人打电话，他看着沙武说："公司人知道我和你在喝罗董的路易十三，那会恨死你的！"就开始翻动着手机，拨通了楼生茂的电话。楼生茂很激动，说啊洗河呀，我只说在城里咱们就见那么一面了，你能还来电话。洗河说："师傅师傅，你永远都是我的师傅！师傅你是泡了脚要睡下呀，还是在分拣收来的废品？你女儿呢，那天我没来得及问清你女儿是否带着孩子也来西安给你做饭？啊他们一家三口都来了，这好么。你徒弟是活出头了，你来公司找我呀，你就是还喜欢干你老本行，那小英和她丈夫愿意不愿意到我们公司上班呢？让来呀，我给罗董说。以前上学课本上有什么高瞻远瞩、雄才大略的话，我不理解，自从跟了罗董，我知道了。我给罗董说。师傅，我告诉你，罗董重用我，我介绍小英两口，他会同情，会安排好的。万一，我说的是万分之一，罗董顾不上了，公司的办公室主任，各个经理，都有实权的，也都是我的兄弟朋友，我给他们任何一个说，都肯定能伸出援助之手的。我现在是和同事喝酒，是罗董奖赏的路易十三，这你可能不知道，是洋酒，狗日的洋酒是好喝，只是比咱们的白酒还冲！"

给楼生茂打完了电话，洗河又在手机上翻寻着电话号码，发现了文丑良的，就拨过去，大声地说："我是洗河！我是洗河！"文丑良在电话里迟疑了半天，说你是洗河？你不是失踪几年了吗，你现在哪里？洗河说他在西安，大略地介绍了他来西安的经历，就问文丑良在干啥，晚上不上课，没打麻将吗？文丑良说我在写小说。洗河说："你写的啥小说？"文丑良说："还是农村人的生活么。刚写成了一段话，我给你念念。"文丑良一念文章就说的普通话，他念道："这些人，因为生活的摧残，命运的重捶，苦难，不幸，一次次死而复生，使他们变得沧桑，憔悴，甚至丑陋。但他们在创伤和泪水中，又活得皮实，顽强，生命厚重。"洗河说："哎呀，文老师，你也写写我呀，我洗河从崖底村走出来啦，到城里来啦！在城里，有人说它朝气蓬勃，有人说它肮脏混乱，但我就是兴奋，莫名地兴奋啊！我给你说，我不爱听'农民工'这个词，进了城就是城里人，就是在城里工作的人，为什么前边要加个'农民'二字呢？"文丑良说："洗河你是混出来了！"洗河说："你猜我现在干啥，我在喝酒哩，喝的是名酒，我也住过了豪华宾馆，也见过许多大领导、大老板……"文丑良却在电话那头笑起来。洗河问："你笑什么？"文丑良说："你是不是喝高了？"洗河说："是喝高了，可我说错话了吗，哪一句是说错了吗？我洗河从崖底村到西安，有幸遇上了罗山董事长，罗山董事长是大鱼，我就是蛤蟆蝌蚪，蝌蚪跟着鱼浪啊！"文丑良说："哦，我倒是操心浪着浪着尾巴就没有了。"洗河说："你是说最后还是蛤蟆？！"亭子外起了风，树叶唰啦啦响，一张废纸吹过来猛地贴在亭柱上，再无声无息落下去，软在地上。文丑良那边却没了言传，洗河就拿着手机也再没了话。

沙武一直看着洗河打电话，待听见手机发出忙音，说："打完了？"洗河没有回答，坐到石桌前了，神情落寞，目光暗淡。沙武说："咋能了这样？"洗河突然流眼泪，呜呜呜地哭了。

也就是从这次开始，洗河但凡喝酒喝高了，不再拿手机给这个那个打电话，也不蒙头去睡，就是哭，流眼泪。

*　　　　*　　　　*

转过年的四月，溪口煤窑发生了一起命案。

煤窑死人是难以避免的事。罗山的观点，凡是大的工程都会死人，这是以人做奠祭的。溪口煤窑以前死了人就不上报，也不对外声张，赔偿些钱自行处理。一般赔偿八千元至一万元，如果家属闹事，可以给三万元。也有过已经给过三万元了，家属里有文化人，或有参加工作的，教唆着尸体不埋，以上访告状要挟，钱花到十万。四月五日清明节发生的事故，死者叫焦三辈。罗山在得到白庆的汇报后，带洗河去窑上。窑工李立军、王胡山、刘黑成以焦三辈同乡身份和罗山、白庆谈赔偿金问题。念及焦三辈没有结婚，又是独子，父母年迈有病，答应给九万元，要求将尸体连夜着人送回老家，并写下保证书，不能上访，不能散布消息，不能见报社、电视台记者，事情刀割水洗，就此结束。处理完后，罗山和洗河离开了溪口，晚上要住在县城。黄昏时进的县城，罗山要让洗河和沙武去看看他当年经手改造的县河堤，又去看自己出资修建的安澜楼。

安澜楼就建在县河堤公园里，青砖白灰砌成的方形基座上，楼身木质结构，深、广各三间，翘檐斗拱，画栋雕梁，椽顶高耸，华丽庄严。洗河说："这像西安城里的钟楼啊！"罗山说："就是按钟楼的样式建的。"安澜楼下遇到了几个在那里锻炼的人，认出了罗山，都过来打招呼，有的说："哎呀，这不是罗老板么，发福了，一脸的佛相呀！"有的说："你瘦了，要会休息的，世上的钱能赚够？要吃好些，你又不是买不起山珍海味、人参燕窝的。"有的说："这么多年了咋还是没变，逆龄啊，精气神好得很嘛！"洗河和沙武在一旁嗤嗤笑，沙武说："到底是胖了还是瘦了？"洗河说："见面顺嘴的，哪有个定数。"罗山却热情地和他们交谈，说过去如何改造县河堤，如何一木一石地修建安澜楼，那些年是县城发展最好的时期啊。一个打太极拳的老者就说："罗总，罗总！"洗河说："罗总现在是罗董，罗董事长！"老者说："罗董大还是罗总大？"洗河说："当然罗董大。"老者说："那就好，要越做越大！当年你对县上有大贡献，你把你弄到西安去了，也把县委郑万泉推到西安去了。"罗山说："郑秘书长是靠政绩上去的。"老者说："你那时还不是他的钱袋子！"罗山哈哈大笑，说："这话不敢说啊，咱照相，照个相！"大家都围过来合影。

离开了安澜楼，罗山还激动着，一住进县宾馆，说要喝酒吃烧鸡。天已经麻麻黑，洗河从宾馆出来去街上买酒和烧鸡，发觉宾馆外有人鬼鬼祟祟地在看他，他走，也跟着他走。洗河回过身，问："你是谁，跟踪我？"那人说："你是不是罗董的秘书？"洗河说："啥事？"那人说："你们是不是给焦三辈赔了九万元？咋不让我也死了，一下子能给老婆孩子赚那么多钱！"洗河说："你去死呀！"那人说："我还不死，你们给我一万元，我说个秘密。"洗河说："你给我一万元，我也给你说一个秘密！"那人说："不给一万元了，你们就得花去一百万。"洗河说："滚！"那人不滚，却说他也是窑工，那焦三辈压根就不是李立军一伙的同乡，肯定是他们弄死的，骗了你们九万元。洗河吓了一跳，揪住了那人领口，说："你敢胡说，我就报警啊！"那人瘦小，提起领口脚就离地了，说："你们要不理我，我才要报警哩。"

洗河把那人拉回宾馆，罗山询问到底是怎么回事，那人到洗手间的水龙头上先喝了几口水，告诉说前七天，李立军、王胡山、刘黑成才领来了个人叫焦三辈，焦三辈衣衫褴褛，蓬头垢面，给白经理说是他们同乡，也想下窑。窑上正缺人手，白经理就同意了。而只过了几天，焦三辈就死了。焦三辈怎么死的，他没在现场，听李立军他们说是窑顶落石砸死的。这他信了，窑上所有人都信了。后来就给赔了九万元，让把尸体连夜运回老家。但他下午歇班，到县城买药，他是气管炎，抓中药只有到县城的中药铺，路过七里湾，那里有个背洼，看见李立军、王胡山、刘黑成在那里挖坑埋什么。他是多了个心眼，躲在树林里看他们，他们埋什么不知道，却听见他们吵起来，王胡山说李立军拿四万他没意见，但他得拿三万，刘黑成拿两万，刘黑成说他和王胡山平分各两万五，凭啥王胡山拿他的五千元。这九万元不是赔给焦三辈的父母吗，他们怎么能分呢，就怀疑焦三辈是被他们弄死了骗钱的。罗山勃然大怒，让洗河连夜去煤窑通知白庆，把李立军、王胡山、刘黑成抓起来审问。

李立军、王胡山、刘黑成先是矢口否认，待着人去七里湾洼地里挖出了焦三辈的尸体，李立军才承认焦三辈是他们埋的，他们鬼迷心窍，想贪污九万元，才没有把焦三辈尸体运回老家。白庆把李立军、王胡山、刘黑成拳打脚踢了一顿，追回了九万元，并要洗河和他一块用卡车把焦三辈尸体运回老家，亲手把九万元交给其父母手上了，再回来就召开大会，公开开除李立军、王胡山、刘黑成。谁也没有想到，按李立军老家的地址把焦三辈尸体运回去，村里根本就没有姓焦的人家，谁也不知道还有个焦三辈。问题复杂了，焦三辈是哪里人，他到底是怎么死的，李立军为什么说焦三辈是他的同乡？白庆就傻眼了，主张立即报案。洗河说："咱先给罗董汇报吧。"白庆说："这已经不是我管理的问题了！"洗河正给罗山电话汇报着，白庆就报了案，等他们刚回到窑上，县公安局已来人正铐走李立军、王胡山、刘黑成。王胡山认出了洗河，不停地回头看，洗河觉得面熟，王胡山说："我想吃爆米花。"洗河想起来此人是他见罗山那天公司招领的那十几人中的一个。洗河没吱声，旁边人踢王胡山屁股，说："吃枪子去！"

李立军、王胡山、刘黑成在公安局里还是只交代了贪污了九万元，别的就信口胡说，一会儿说焦三辈从小离家出走，村里人可能记不住他了，一会儿又说焦三辈是后来改的姓名。公安局有办法，上了三次手段，他们昏死了三次，第三次被凉水激醒，就招了。原来是李立军先谋划着要骗赔偿金，就在外边找了个叫焦三辈的流浪汉，介绍给了窑上，白庆也没细究出身来历就接收了。在窑下挖煤时，王胡山和刘黑成放哨，李立军用石头砸死了焦三辈，王胡山再伪造了落石现场。一切真相大白，公安局把案件移交给了县检察院，检察院批捕了李立军、王胡山、刘黑成，同时也把白庆带走。而有关部门下令煤窑停产进行整顿，并处罚金一百万。

罗山在县宾馆待了一周，处理后事，待把在公司办公室任了三个月副主任的董天民调来任经理了，他和洗河返回到公司，当晚后脖上就出了许多疖子。疖子又迟迟不化脓，又疼又痒。兰久奎来看望过他，李铭义和邱行长也来看望他，四天后，来的是熊启盘，还提了两瓶茅台。罗山说："天，你给我送礼呀？"熊启盘说："我这人没出息么，谁红火了我离得远远的，谁倒霉了我就给提两瓶过期的酒么！"罗山心想他也知道这事了？说："我没倒啥霉呀？"熊启盘说："哦，我走错门了。"提了酒要走。罗山说："熊盘子到底是熊盘子！"拉了熊启盘坐下，叫喊着洗河快沏茶。熊启盘坐下了，说："还是没个女秘书？"罗山说："你弟妹不同意么。"两人笑过一气，熊启盘说："事情我都听说了，有没有需要我做的事？"罗山说："杀人者偿命，那几个歹徒该死就让死去，至于停产整顿、罚金，我也认了，过日子就是几天阳光灿烂几天刮风下雨么。"熊启盘说："这心态好！罗山能把事业搞得这么大那是有原因么！听说你手下的白庆也抓了？"罗山说："白庆是煤窑经理，他得有管理责任呀，进去一月两月就出来了。"熊启盘说："这话可不能这样说，如果不是杀了人，窑上出了矿难，不上报就不上报了，可命案发生了，事情公开了，矿难不上报就是事了，加上管理失责，那就会判刑的。"熊启盘这么一说，罗山倒紧张了，闷在那里，说："那得捞人？"熊启盘说："当然得捞人呀！你是在县上起根发苗的，你应该和县上领导认识吧。"罗山说："县上领导不停换，现在的书记才到了几个月，还没见过面的，公检法倒还熟。"熊启盘说："这事得抓紧，你几时去？"罗山说："那就明早吧。"

第二天早上，洗河按罗山的安排去街上买了十个金项链，又买了十箱茅台酒十箱中华烟，还在装车，熊启盘又来了，他要跟罗山一块儿去县上。他说："求人办事随机应变，多一个人多一份主意么。"罗山倒有些感动。

七天后，白庆出来了，白庆被安排回公司，替换了董天民任办公室副主任。一个月后，王胡山被判刑十年，刘黑成被判刑八年，李立军被判死刑。而执行枪决时，董天民去了现场，后来董天民给罗山汇报，在现场见到了熊启盘，还带了一辆医疗救护车，枪一响，李立军被拉上了医疗救护车，挖走了肾。罗山说："他有本事，能和那边说好取肾！"洗河说："是不是那次他和你一块儿去，认识了那边人？"罗山恍然大悟。再次见了熊启盘，说起这事，熊启盘说："我这是给大老板朱小玉换肾的，他那肾炎严重，一直寻不到肾源。他贷了我五千万呀，我得要他活着啊！"

*　　*　　*

罗山后脖子上的疖子没好，洗河后脖子上也出了疖子。罗山说："学我也不学些好的。"洗河说："出疖子也好，排毒么。"沙武说："你身上有毒，不要说生疖子的事。"洗河说："噫！沙武会说话。我就是有毒，以后你别惹我啊！"

兰久奎再来看罗山，见罗山又胖了许多，大肚子裤子提不上来，裆吊着，说："多亏你那 × 大，还能挂住。"罗山说："女人心情不好了爱购物，我就是只想吃东西。"兰久奎送了罗山一件吊带裤，说了一通"生非贵之所能存，身非厚之所能受"的，建议去秦岭里打猎去，换个心情。打猎罗山当然有兴趣，洗河更是极力撺掇。但打猎狩猎需要工具，而国家法律上私人不能拥有枪支。兰久奎说他认识祥峪半坡村的何天回，是乡里猎野猪队的成员，让何天回带着枪一块儿去。洗河说："其实用弹弓也行，我给咱打野兔野鸡。"沙武说："你别逞能呀，这是让罗董散心的。"洗河说："这我知道。"

六月二十一日，联系好了何天回，兰久奎带了他司机和秘书，罗山带了沙武和洗河，六个人两辆车就出发了。洗河第一次进秦岭，车开出城南门一直向南，路两旁只是高楼大厦，高楼大厦稀少了，都是平房，平房也没有了，就是庄稼地，然后在环山公路上行驶了很久，就看见了圭峰。一簇莲花状的山包上，草木葱郁，风吹过咕咕涌涌的温柔，而圭峰却在其中陡然直起，上边没有树，没有路，峰头被云罩着。沿着峰下的祥峪进去，就是从西往东的河，河里不见流水，白花花的都是沙。再往里去，是一石桥，过了桥，山势险峻，路分成两条，一条向西，一条向南。车从向南的路又行驶四五里，峪道豁然开阔，有一个村子，何天回已经在村口迎候了。

何天回引着一群鸭子，他撇着八字步跑过来，鸭群也跟着跑，全在摇摆。他说："来啦来啦！"兰久奎说："天回呀，你这是夹道欢迎啊？！"他说："村里这几天正选村长哩，下次来，我让村民敲锣打鼓！"

何天回介绍了祥峪属于秦岭在西安辖区内三十三峪之一，总长一百二十里，有名的峰峦二十八座，河源自太白山，一路水大，但流经峪里二十里处，却消失于地下，成为潜河，倒是祥峪一大奇观。祥峪在三十三个峪中不算富裕，但可以说是最美丽的。峪垴是原始森林，里边就有熊猫、羚牛、金丝猴、朱鹮，那是国家保护动物，谁也不敢动的，而除此之外，沿峪上下，啥飞禽走兽都有。何天回说："凭一杆枪，咱们这几个人，野猪、黄羊、麝子那是打不了的，估计打到獾呀果子狸呀也难。"兰久奎说："三年前咱打野兔够刺激的么。"何天回说："打野兔要到观音崖那一带，路远，这罗董人胖怕跑不动，打打野鸡倒容易。"问罗山："你枪法怎样？"罗山说："我没打过枪。"何天回说："我教你，保证你第一次打枪就有收获！"

七人往一个叫"麻子坪"的地方去。麻子坪一带不是石山，泥沟土壑的，到处梢树林子，林子之间有一片一片的庄稼地。正走着，何天回就嘘了一声，手指着一棵树，树上果然站着一只野鸡，小头长尾，羽毛鲜艳。何天回让兰久奎先打，兰久奎瞄了半天，咚地放了一枪，野鸡却飞走了。上了一面坡，梯田的地塄上长了苜蓿，开放着紫色的花。再到沟洼里去，又发现有野鸡，罗山说："瞧土崖上，那个土疙瘩旁边就有一只！"何天回说："是两只，那土疙瘩就是一只母野鸡。"大家定睛看了，土疙瘩确实是一只没有彩色羽毛的野鸡。洗河说："母野鸡？人都是女的漂亮，野鸡倒是公的羽毛长有颜色？"兰久奎把枪给了罗山，何天回教如何屏住气，三点一线地瞄准，罗山说："会了！"一抠扳机，枪头翘起来打高了，两只野鸡就扑棱棱飞了。兰久奎说："瞧你这水平！"罗山说："那是一对夫妻，我故意的。"转过沟洼，前面的苞谷地塄上便有一群野鸡，七人全趴下去，罗山再瞄准，子弹射出去了，野鸡群竟然没有反应。何天回说又是抠扳机时用力过猛，枪口低了，射到土里。罗山不服气，提枪猫腰往前去，洗河就跟着。当罗山又一次瞄准，洗河也掏出皮筋套在大拇指和食指上，将一颗石子打出去，同时间枪响了，野鸡群轰地起飞。罗山说："还没打着？"洗河看见了有一只原地不动，飞跑过去，大声叫喊："打中了！打中了！"罗山来了兴头，提了枪再往前跑，两边的土崖距离很近，打一枪，野鸡飞到北边崖头上，再打一枪，野鸡又飞到南边崖头上。洗河说："你放枪，野鸡再飞起来我拿弹弓打。"果然如此反复，洗河就打下了六只野鸡。等后边的人撵上来，洗河把六只野鸡交给沙武，说："商界多了一个罗董，射击场上少了个神枪手！"沙武查看野鸡，每个野鸡腹上都有一个洞，洞里还有颗石子，沙武说："这？！"洗河使了个眼色，沙武把石子扔了，说："就是，就是！"

打猎能使人忘乎所以，他们跑了几个小时，一共打了十只野鸡。罗山已累得浑身大汗，气喘吁吁，说他跑不动了。兰久奎说："那就回，回村了吃野鸡肉。"

本该原路返回，何天回说翻过前边那个垭，下去转一段沟道，可以回村，近一半路。翻山垭时，洗河在核桃树上摘了几片叶子，让罗山夹在裤腰里，说："你出汗多，夹上了凉。"兰久奎便对他的秘书说："看见了吧，学着点。"何天回问洗河："你也在农村待过？还知道这个？"洗河说："我也知道吃冰激凌降火哩！"

从垭后沟道里出来，就是一条公路，公路北边又是一条河，河里也是没流水只是沙。洗河这才知道，这是上午进祥峪时公路分岔的西路。问："这河呢？"何天回说："也就是祥峪河，从峪口往西拐过来的。"洗河说："哦这好，倒流河！"再往东步行了二里，河谷似乎闪开了许多，光线充足，十分明亮，路北有一处山势奇特，突出的两个山崖像两个小馒头，大小一致，相互对峙，洗河说："呀，这是一对鼓么！"大家都说："神似。"何天回说："我们就叫它'双鼓崖'。里边是个坳，坳里还有瀑布哩。"罗山说："还有这么好的去处，进去看看。"

从双鼓崖下进去，果真一个坳，坳里竟然有三只鸟在一块大石上，全身赤红，尾巴极长。兰久奎说："这是什么鸟，多好看！"何天回说："这鸟叫'绶带'，峪垴才能看到的，怎么飞到坳里来了，还是三只?！"拿枪要打时，兰久奎制止了，说："这鸟吉祥！"大家就站了不动，看那绶带鸟从石头上飞起来，再落在石头上，又飞起来，落下来，花团锦簇，流光溢彩，然后同时飞起，飞过西边山梁，不见了。坳虽不大，而地势平坦，东、西、南三面都是梁，南面梁上是有瀑布，瀑布下聚着水潭，水从潭里溢流出来，凡浸漫的地方生了蒲草。时阳光普照，水汽氤氲，有幻影就反映在鼓崖上。兰久奎口里诵道："回峦抱深凹，曦光每独受。"罗山说："兰总是儒商，又作诗了？"兰久奎说："这是乾隆皇帝游泰山的一个凹地时写的，那凹地我也去过，没有这坳好。"

何天回说："我要当了村长，就想开发这里，修个大栅栏门，办个养鸭场。"兰久奎说："是个天然养殖场。"罗山却甩着两条长臂，在坳里走动，从坳东走到坳西，又从坳南走到鼓崖下，问何天回："这坳里有三十亩大吧？"何天回说："罗董好眼力！"

回到半坡村，何天回开始宰杀野鸡，罗山说："今日消耗大，补充营养，美美炖一锅！"何天回却说炖了的野鸡肉太腥，就全剁成肉丁，用辣椒干煸。兰久奎的司机、秘书，沙武和洗河，四人齐动手帮厨，罗山和兰久奎坐在院子里说话。

这时候阳光金黄，凉风吹拂，院子外的老槐树上一只啄木鸟在啄洞，发出有节奏的唧唧声，而罗山和兰久奎在做出一件重要的决定。首先是罗山提出双鼓坳风水好，距西安并不远，可以在坳里修建别墅。兰久奎当下噢噢地叫起来，说："环山公路两边是有人建了别墅，但哪有这里的环境好呢，三十亩地不大不小正合适，若建了别墅，咱兄弟俩就住在一起。"一拍即合，两人越说越激动，就把何天回喊过来。罗山说："你们村的地应该卖吧？"何天回说："城里招商引资，山里也招商引资，卖呀，峪里修公路时就占过我们村的地，那还不是卖了。"罗山说："那一亩地多少钱？"何天回说："公路占的是耕地，一亩给了二十五万。"罗山说："那山地呢？"何天回说："谁要山地，这里的山上没有树呀。"罗山说："我和兰总想在那双鼓坳盖些房子自己住，你觉得咋样？"何天回说："住我们山里呀，哎呀，这好这好！你们要住怎么到那双鼓坳呢，那里离村子远，多不方便的，我这院房子是新盖的，还有一处老宅子荒着，你们要住，把老宅子改造一下，不要钱的。"兰久奎说："城里太烦嚣，才想着住山里清静。那就把双鼓坳让我们盖房子？"何天回说："住我老宅子我不要钱，双鼓坳这是村里的地呀！"罗山说："我们不白占村里的地，我们买，买了就名正言顺，一亩地就给十万吧。"何天回说："一定要去双鼓坳？公路占地那是一亩二十五万的。"罗山说："那是占的耕地，山地能折一半就够多了，那就给上十二万。"何天回说："哎呀，我不是说了吗，双鼓坳计划着做养鸭场的，养上几万只鸭子，不说卖鸭肉，就鸭蛋一年要收入多少钱呢！一亩十二万，我就是同意，村民肯定不愿意的。"罗山说："你真能当村长！"兰久奎说："这样吧，我们真心要买，以后住过来了还得靠你照看的，那就每亩再加五万，十七万，也让你一当上村长就给村里有个政绩！"何天回说："这我还得和村民研究研究。"

七月八日，半坡村选举结果揭晓，何天回成为村长。何天回以半坡村村委会名义和罗山、兰久奎签了合同。共计四百六十万元，将四百万按人头分红给村人，三十万存留在村委会，三十万元装了自己腰包。

*　　　　*　　　　*

规划是，双鼓坳的别墅为中式院落结构。有大门，大门里是牌楼。坳东边建一院，坳西边建一院，门当户对。南面瀑布前筑一亭，引潭水至坳中心，也就是东、西两院间，蓄一池。池水溢出，以暗道从东鼓崖下排去。然后随地形赋物，有阁台、曲廊、隔墙。再是奇树异花，灯柱石雕，一步一景，时移景新。罗山和兰久奎各自先拿出一千万元，一切花销登记在册，别墅落成后再作计较。且前期两人分工，兰久奎负责大门、牌楼、院落的具体设计，罗山负责建材采购。

兰久奎聘请了市建筑设计院的设计师，市古建筑队的总工，几经研讨，最终的方案：整体建筑要高大上，但一定是低调的奢华，有私密性和神秘性。牌楼可以仿照市文化局大门口的牌楼做。而两座院落则能多讲究就多讲究，为二进布局，纵深四十米，从前至后，依次为门房、厅堂及十二间厢房，属闭合化四合院。前门两侧有墀头，墀头高不低于两米，角叠式挑檐，配饰翼拱八组，镂空雕刻。前门楼为缩腔式，进深两米五，宽三米，上配木制藻井十五方块，檐额垂莲柱式挂落，分八层，镂空雕如意祥云纹，荷花莲叶纹，卷草缠枝纹，宝相牡丹纹。厅堂进八米，硬山式，明柱四根，皆直径半米。东、西墙体各有边柱梁。厅堂内上设翼拱十七组，龙寿纹梁柱，角背立体雕四座，顶部中央悬隔架科斗拱，四面翼拱合拢。厅房里檐饰镂空木雕挂落，二层式。上层饰葫芦、玉笛、花篮、拂尘等道家八仙所持宝物，象征神仙福地。下层为夔龙纹螭龙拱寿图案，意平安祥瑞，福寿延年。厅堂进后，南北厢十二间，有茶室、棋牌室、桑拿室、音像室、厨房、卧房、客房，全部要现代，要高档，要舒服，不亚于五星级宾馆的设备和装饰。

罗山说："好！咱给自己盖房哩，就盖最好的享受！"兰久奎说："不光是咱住，就是咱不住了，儿子孙子也都不住了，将来要给世上留个作念。"罗山说："咱不住了，儿子孙子也都不住了？"兰久奎说："咱有房子存在得长？"罗山说："这倒是。"兰久奎说："好东西都是社会的。我去过南方，参观那些名园，都是当年的私宅啊！世上从来都是物以人传、人以物传，你我虽是老板，但不是名人，把房子盖好，就让这宅院让后人记着咱吧。"

87

罗山负责建材采购，至于厢房里的配置装饰，那倒不急，西安家装市场多，反正到时什么最好就用什么。而古建材料首先要到位，他便带洗河去了郊县最大的砖瓦窑，每块砖多长多厚多重，如何配料，什么颜色，一一考察。对于瓦，其筒瓦、滴水、琉璃品中的龙脊、凤脊、正脊、围脊、正吻、鱼吻、勾头、挑角、花条、方盒，都定出要求。屋基全部得用石条，纯花岗岩的，已派人去深山开凿，保证三米长的多少条，五米长的多少条，一律宽厚一米。洗河说："这么讲究啊！"罗山说："溪口县在清朝有个大财东盖宅子，听说所用的砖都是让工匠磨，每人每晌只磨一块，磨得平整光洁，四棱见线。人家盖的祠堂，匠人仅吃的辣面就一担三升。"

但是，在采购木料时，罗山熬煎了，因为联系了好多木料商，一般的木料都有，就是没有直径半米以上的。据木料商讲，特大木料以往都是从东南亚进口，而现在东南亚国家已禁止出口。罗山就让洗河再多处打问哪里还有以前进口的存货。洗河跑动了几天，没有着落，在街上却碰见了熊启盘和王立仓。

听办公室主任周兴智讲过王立仓，说王立仓是文盲，连自己名字都不会写，但现在仍是个不大不小的老板。原因是王立仓为人厚道，但凡赚十元钱，他只拿五元，另外的五元就给了帮他的人。所以好多人都喜欢，但凡有一些小工程，比如改造条巷道，修个过街天桥，装修个会馆，活儿便给了他。

熊启盘说："洗河洗河，我问你，你罗董和兰总在秦岭里建别墅呀？"洗河说："八字还没一撇，你就知道啦？"熊启盘说："秀才不出门，便知天下事。"洗河喉咙一响，就捂了嘴。王立仓说："咋啦？"熊启盘说："你狗东西嫌我不是秀才？！"洗河说："哪里哪里，熊叔，我要求你哩！罗董让我出来打听哪儿有特大木料，我到处寻不到啊！"熊启盘说："求我，那有啥报酬？先请我和王老板吃饭？"洗河说："当然当然。"王立仓说："我请，在熊叔的帮助下我刚赚了些钱，我来请。"洗河说："你贷了熊叔的款，熊叔吃了高利了？"王立仓还没反应过来，洗河大声说："不能让熊叔请！咋能让熊叔请啊！"熊启盘倒笑了，说："噫！小鸡给老鸡踏蛋呀？！好好好，我今日请你们，吃饺子去！"三人便进了街头一家饺子馆。

这家馆子是把大铁锅支在店门口的，厨师们包饺子的包饺子，煮饺子的煮饺子，开水滚沸，热气腾腾。熊启盘、王立仓、洗河坐在店里的桌前还等候叫号，店门口来了一个和尚，和尚问："啥馅的？"厨师说："肉馅。"和尚走了。过一会儿，和尚又来问："啥馅的？"厨师说："肉馅。"和尚再走了。洗河就对厨师说："那和尚想吃哩，你怎么老说是肉馅？"他们的饺子终于端上来了，正吃，那和尚还是来了，问："啥馅的？"厨师说："素馅。"和尚说："来四两。"洗河捂了嘴笑，熊启盘悄声说："我想起来了，这几年有钱人多拜佛，给寺里布施多，都在扩建，你问问和尚哪个寺里还有剩余的大木料。"洗河哦了一下，端碗去了和尚的饭桌，几句寒暄，一番交谈，那和尚是城东法兴寺的，前五年筹备着要重盖大殿，是进口了一批能做梁做柱的大木料，但老住持圆寂了，新的住持无心再盖，木头就堆在寺后院里。

饭毕，洗河就随和尚去了法兴寺，果然见后院一大堆木料，全是一搂半粗，长约十米、十五米不等。洗河拜见了住持，问后院的木料卖不卖。住持说："别人都是给寺里进东西，你倒是要寺里出东西？"洗河说："阿弥陀佛！我是问卖不卖？"住持说："寺里的东西那都是开过光的！"洗河一听，住持也是会做生意的，只要是做生意那就好办，便和住持直接谈起价来，最后说到这批木头要买就得全部买走，一口价，一千万。洗河回来给罗山汇报，罗山喜出望外，说："咱额外送住持一辆小车！"

他们在双鼓坳口临时装了一道栅栏门，把开凿的石条、第一批砖瓦运了去，罗山找何天回雇人看管，何天回却告诉了坏消息。也是镇政府办公室主任发现有车辆往双鼓坳拉运石条、砖瓦，问起何村长是咋回事。何村长说城里有人买了那地方盖房呀，主任问向村委会申请了吗，何村长说申请了，都审核同意，签字盖章啦。主任问有了市规划许可证？何村长说在我们山里盖房还需要市规划局批准？主任说："半坡村是不是市辖区？没有市规划许可证那是违法的，坚决不允许！"罗山当时就急了，说城里有人在一些山村买旧房改建都没事的，为什么在双鼓坳盖房就不成，疑心何天回又想加地价，就吵了一架。兰久奎再去找何天回，证实确实是镇政府办公室主任追查的，那些在村里买旧房改建和在空地上盖房性质不一样，政策也不一样，只好答应他们去市规划局办证。何天回说："去办证这就对了么，罗董只是给我发火！"就又问："罗董是不是大老板？"兰久奎说："当然是大老板！"何天回说："他一急，满头的汗，掏纸都擦湿了十来张。常言说穷汗富油的。"兰久奎说："他出汗多，那是油汗！"

＊　　　　＊　　　　＊

洗河把一件事办砸了。

腊月初十，罗山把洗河叫到办公室，交给了一个纸箱，让送到市政府家属院七号楼三单元五层东户。洗河见是纸箱上印着橘子图案，说："送橘子呀？"要拆开箱子看。罗山说："甭拆，里边是三十万元。"洗河说："哦，这是啥人呀。这重的礼！"罗山说："规划局局长。"洗河明白要办双鼓坳别墅规划许可证的，但他说："罗董，咱去呈红两来风茶楼组织个场子，咱给局长拿上一张两张字画不就得了？"罗山说："秘书长爱字画，还想着仕途上进步，要往上送的，这局长快退休呀，他只爱现金。市政府家属院我熟人多，不好出现，你去了没人认识。"洗河说："送去了还说些啥？"罗山说："钱会谈话的，你送到就走。"出门的时候，罗山又说："把自己收拾干净些！去了那大院，抬起头走路，不要看门卫，你一看他就知道你不是院里的，小鬼难缠。"

洗河把皮鞋擦得锃亮，戴上了墨镜，提着纸箱子上了沙武的车。沙武说："去哪儿？"洗河说："市政府家属院。"沙武说："提的啥？"洗河说："橘子。"沙武说："给谁送的？"洗河说："你说，这世上啥累？"沙武说："是啥？"洗河说："嘴累，尽问些不该问的话！"沙武说："耳朵累，每次外出就挂个墨镜！"

到了市政府家属院外，车停下来。洗河提了纸箱刚要进，门卫迎面就走过来，洗河朝着门卫身后喊："喂，喂，你不帮我提一会儿，让我胳膊断啊！"门卫愣了一下，没说话，洗河就进去了。

大院里十几栋楼，有花坛，有草坪，健身区有各种器械，人来来往往走动。洗河没有问七号楼怎么走，只是拿眼睛看楼墙上的标号。转过一栋楼，一个老头在路边条椅上坐着看报纸，另有一人急急忙忙往过走，老头叫住了，说："张一民呀，忙啥的？"那人斜看了一眼，脸色变了，说："告状啊！"老头说："告谁呀？"那人说："告你！"老头说："你，告我，你告我啥？"那人说："你以为在局长的位子上就不下来呀，怎么还是下台了？"老头说："你怎么这样说话，我可没亏过你。"那人说："没亏过我，评先进是谁删了我名？我副主任科员升主任科员是谁压制？"老头说："你咋不看看你的表现？何况那是班子开会决定的。"那人说："不说我个人的事，我问你，调来的郏川你收了他多少钱？搞基建那块你贪污了多少？你儿子在北京上学就能买房子，那钱是哪儿来的？"老头说："张一民！你给我扣屎盆子！"那人说："你就是一坨子屎！"两人一骂，拥过来了一群人。洗河不看热闹了，低头便走。寻着了七号楼，也寻到了三单元，进电梯，按了五号键，出来敲东户门。

能听到屋里有脚步声，门却许久不开。洗河估摸屋里人从门上猫眼往外看，他担心从猫眼里看到他是生人不开门，指头就捂住猫眼。门终于开了，是个女人，戴着金耳环，手腕上也有个金镯子。洗河想，这女人肯定从农村来的，农村上了年纪的女人偏爱金子，不是镶着金牙就是戴金镯子，问："领导在家吗？"女人说："还没回来，你是？"洗河说："我老板让给领导送箱橘子。"女人说："你老板是谁？"洗河说："姓罗，罗山。"女人说："罗董呀，进来进来。"女人把纸箱接了，顺手放在桌子边，说："还是不吸烟？"洗河说："不吸不吸。"女人说："还是不喝茶？"洗河说："不喝不喝。"女人说："还是放下礼就走？"洗河说："就走就走。"走到门口了，洗河叮咛："这是从湖南进的橘子，砂糖甜。"女人说："家里几个人都血糖高么。"洗河说："每次少吃几颗没事，不要送人。"又强调了一遍："千万不要送人啊！"就退了出来。

坐电梯下楼，竟到了地下车库，键码显示是负一，觉得哪儿不对，又坐电梯到一层，出来看楼墙上标着二，心里就慌起来。正好有人也上楼，洗河问："这电梯号和楼层号咋不一致？"回答这楼是十三层，装电梯时忌讳十三，就只标了十二，楼层实际比电梯要多一层。洗河知道自己送礼送错门了，一时脑子嗡嗡响，就给罗山打手机。洗河说："罗董，你说的是三单元五层东户吗？"罗山说："咋啦？"洗河说："罗董罗董，我，我犯错误了。"罗山说："人家拒收，没送出去？"洗河说："五层东户应该按电梯六号键出来的东户，我送错门了。"罗山说："你说啥，送错门了？你竟然能送错门？！"洗河说："那我要去，要回来！"罗山骂了一声："你怎么要？！"洗河说："那是三十万呀，我，我……"罗山还在骂："你卖沟子往回挣吧！"

洗河灰塌塌地返回到车上，自己打自己耳光。沙武说："咋自我处罚了？"洗河把事情说了一遍。沙武说："天呀，这三十万！是咱几年的工资？！你就是啥也不给我说，我以前和罗董去过规划局局长家，你早给我说了，咋能走错门。"洗河说："你住嘴！"沙武说："你心乱，我知道，出了这么大的事，你咋办呀，是不是跑路？你现在就跑路吧，要么咋赔得起？"洗河眍着眼，咬着嘴唇，闷了一会儿，说："我想过跑路了，但我不能跑，今辈子都不离开公司，就算把自己抵押给了罗董。"两人默坐了半个小时，洗河说他要把那箱子拿回来，能不能在街上再买两箱橘子去换？征求沙武意见，沙武说这办法行，但不要再买橘子，买成梨和草莓，去了讲明橘子确实不宜血糖高的人吃，是罗董特意再送上梨和草莓的。洗河在自己身上掏钱，只有一百元，向沙武借，说："你有多少都给我，我明天就还你。"这时候罗山的电话又打过来了，洗河一接电话先是哭腔，不停吸鼻涕。罗山说："是不是送到局长家下边一层的东户？"洗河说："是，是一个胖女人在家，收的。"罗山说："那是教育局书记的家。"洗河汇报他准备把钱拿回来的想法，罗山说："送东西还有换的，你脑子进水啦！算了，以后也有求人家的事，全当是咱早渗渠吧。"罗山让把车开回公司，再拿三十万装在橘子纸箱里送给规划局局长。

洗河在车上给罗山作了个揖。

*　　　*　　　*

又过去了一年，新的年里发生了五件事。

一、四月份，西安市全面治理雾霾。先是炸烟囱。曾经象征着工业化的高耸的烟囱，被定向爆破，一座一座像石条一样软塌下去，腾起蘑菇云，成为奇观。再是机关单位拆除锅炉，住家户用天然气罐替代煤炭炉子。拆除了锅炉，机关单位不再设澡堂子，职工没有了每周两次的免费洗澡，也不再供开水，使许多人不能在下班后还在办公室里洗头泡脚或洗衣服。取缔煤炭炉子，虽说不用去煤场买了煤块往住宅楼上搬，也不再会有每个冬季都因煤气中毒而死人的事故，但天然气灶不能取暖，更不能像以前煤炭炉子一边取暖还一边用铁壶烧水、烤馍片、给婴儿烘尿布呀。然后是所有土建工地的裸土都得覆盖绿色网，严禁拉土卡车野蛮装卸，而一早一晚出动水车喷洒大街小巷。整顿从市区扩大到郊县，那些扬尘的、排污的厂子必须更新设备，有环保措施。凡是农村的要惩罚夏收后焚烧麦茬。甚至传

93

出，农民也要使用天然气罐或以电烧水。罗山在东郊的塑料制品厂原本效益就差，重新买设备，还要建废水处理池，成本太大，干脆倒闭。一部分工人去了溪口煤窑，一部分去了新的楼盘工地。经理桂小六回到公司办公室，挂了个副主任头衔，一时闲着。

二、洗河见到了文丑良。文丑良是来西安参加一个文学创作会议，会上请市一些企业家作报告，其中就有兰久奎，兰总在谈到农民工问题时举例了洗河，文丑良知道了洗河所在公司的地址，就来找洗河。洗河问起崖底村的状况，文丑良说："你现在这么好，也该回去一次。"洗河说："我不回去，进城第一天就发誓再不回去。"文丑良说："你咋和村里出来的那些孩子一样呀，他们没有找过你？"洗河说："他们是谁？"文丑良说："是张二顺、王照明、马天华，还有孟采芹，来城里三年了，没固定事干，打些零工挣上三四百元了，就宅在出租屋里睡觉，打游戏机，吃方便面。方便面吃完了，再出去打零工挣三四百元，又宅在出租屋。"洗河说："他们没找过我，我和他们不一样！"便岔了话问文丑良最近发表了什么作品。文丑良说："农村题材没法写了，写了都是负能量，也发表不了。下一步想写农民工。"洗河说："我不爱听'农民工'这称谓！"文丑良说："换个词，从农村走向城市的年轻人。"洗河说："要写这批人，那得熟悉城市呀！"谈到城市，洗河说你应该调到西安的学校来。文丑良说那能是容易的事啊。洗河倒说了一句："你要愿意，我想办法。"文丑良说："就你？！"

洗河一时激动，也是话赶话说了他想办法，而文丑良那不屑的样子倒使他来了狠劲儿，须要把这事给办了。洗河把这事讲给了罗山，罗山说："这事你敢应承？"洗河说："我是不行，可我有能行的罗董么！"就提到了教育局书记，罗山没有接话，再不理会。洗河就冒了胆儿再一次去了富雅路市政府家属院。在七号楼下，恰好遇上教育局书记的女儿买了一张桌子，电梯里装不下，正寻人从楼梯往上抬。洗河就钻到桌子下扛起来，让母女俩扶了，吭哧吭哧上到五层。母女俩感谢他，他掏出一份他写的文丑良的材料，吞吞吐吐地说罗山董事长让把这材料转交给书记。洗河压根也没有想到，仅仅过了五天，书记就给罗山电话，问到文丑良调动的事，罗山顺水推舟说有这事，书记说："那好，你的事还是要办的，让他按程序走吧。"

到了年底，文丑良真的调动到了西安市西郊的一个小学里。罗山把洗河又骂了一通："我那三十万就是给你办这事啊？！"

三、在喜来登宾馆开了一间房，罗山让洗河在宾馆外候着，他就提了一个帆布兜和土地管理局的王局长去房间喝酒。过了几个时辰，罗山出来，说王局喝高了，让休息一会儿。洗河说："要不要我去照看着？"罗山说："有照看的。"倒又让洗河陪他去宾馆对面的酒吧。洗河说："你还喝呀？"罗山说："喝么。"

罗山喝酒有个奇处，就是一边喝一边大腿内侧出汗，喝酒也就没醉过。在酒吧里待过一小时，罗山的裤裆都湿了，接了个电话，在电话里说："好，好，啥你不管了。我也不送了，改日我再去见你。"电话毕，让洗河去房间调查一下，如果没有遗留下东西了，就办理退房。洗河才去了一会儿，却变脸失色跑来，说："罗……罗董，杀人啦！"罗山也吓了一跳，问咋回事，洗河回话房间里没有遗留下什么东西，也没见有呕吐，但床上有血，一大片红哈哈的生血。罗山就赶到房间，床上被褥凌乱，床单上是有血，而且一只枕头在地毯上，枕头上也是血。罗山突然扑嗤笑了，说："洗河洗河，你是真不醒事，还是跟我来幽默？"让洗河把床单、枕头洗洗，免得服务员知道。罗山在发感慨："酒是好东西！他没喝酒的时候，给钱不收，不近女色，这喝了酒，嘿嘿，啥也没了！"

四、六月里，罗山调整公司人员。运输队马兆先脑中风，人已半傻，张口合不拢，往出流哈喇子，随身带个搪瓷缸子要接。把闲着的桂小六调到运输队任经理。白庆去了印刷厂，康有祥回公司办公室做副主任。出纳员路安雯曾三次挪用公款给自己炒股，被查出后她突然大出血，就死了。

罗山没再追究，还派洗河陪同家属把尸体送到殡仪馆火化，骨灰里发现一枚金戒指和一枚陨石挂件。兰久奎介绍来了一个毕业于财经学校的宋勤，罗山任命宋勤为会计，原会计阚有余改为出纳。楼盘工地上具体负责的还是罗闻涛，罗山让洗河也多去工地上跑跑。洗河说："我见不得罗闻涛。"罗山说："你见得谁？"洗河觉得自己话没说好，又说："我每天照镜子，我也见不得我。"罗山也笑了，拍着洗河肩，说："和人打交道，越是见不得的越是要见得哩。"事后，沙武给洗河说："罗董是不是要培养你将来做经理呀？"但洗河有空去得最多的只是正建着的公寓工地。

五、中秋节后，八月十六晚，秘书长通知罗山吃饭，罗山以为又请客了让他去买单，问在什么地方，该带些什么酒，秘书长却说是家宴。秘书长还在溪口县就离了婚，到西安后一直单身，从来没有在家招待过人，一定是有了极重要的客人，而能让自己去，罗山就有些受宠若惊。

去了秘书长家，秘书长正在厨房里炒菜，而客厅里却坐着呈红。呈红梳了个丸子头，穿了件黑色长裙，外套了一件白色小西服。罗山说："啊你也来啦？"呈红只是笑。罗山说："你不去做饭呀，让领导忙活！"呈红说："罗董你不知道呀，他炒的菜可好吃哩！"罗山有些不高兴，自己到厨房去要剥葱砸蒜，秘书长倒把他推出来。

很快，五盘菜摆上了桌，秘书长开了酒，招呼都入座。罗山说："这客人还没齐吧。"秘书长说："没别人，就咱们吃。"罗山说："请我和呈红？！"秘书长说："我和呈红请你！"罗山说："你和呈红请我？！"秘书长说："你让我们认识的，你算媒人啊！"

这个时候，罗山才明白秘书长和呈红已经在一起了，至于是结了婚还仅是同居，他没有多问，只惊讶他们发展得这么快。罗山噢噢地叫着，端起酒杯恭贺，一边埋怨着秘书长给他保密，以至于使他空着手来，一边又揶揄呈红："这得买媒人鞋呀，要五千元以上的鞋！"

后半夜，罗山回到公司，洗河还在等他。罗山把秘书长和呈红的事告诉了洗河，说："这女人厉害，和那个教练结婚没几年咋又离了，咋就把秘书长拿下了？"洗河没有罗山激动，看着窗外的月亮，说："十五的月亮其实是十六圆啊。"

*   *   *

这一天早上，洗河和沙武刚到公寓楼工地上，公司门房曾老汉给洗河打电话，"你回来，你爷来啦！"洗河说："我爷死的时候我还没出生哩！"曾老汉说："他说他就是你爷。"洗河说："那是鬼，轰出去！"

罗闻涛在翠华路楼盘那儿有个办公室，在公寓楼工地这边也有个办公室，洗河和沙武在工地转了一圈，到罗闻涛的办公室喝茶。办公室墙上挂了一幅四尺整张的岳飞《满江红》，洗河说："哇，房子小，挂这么大的字！"罗闻涛说："商人要有文化啊！"洗河说："上次秘书长带罗董去见市长时，我也去了，人家办公室挂的是毛主席的《沁园春·雪》，你挂岳飞的《满江红》，你知道岳飞的《满江红》是什么意思？"罗闻涛说："你说是啥意思？"洗河说："市长挂毛主席《沁园春·雪》是王者之气，你挂岳飞《满江红》是英雄气短。"罗闻涛说："你是看人下菜！"喝光一杯茶，不再给续。

洗河和沙武中午饭时间回到公司，门房曾老汉一见就说："你爷不走，一直还等着你。"洗河说："那好，我倒要看看谁给我当爷！"门房里出来一个小伙，说："是我。"小伙四方脸，眼睛倒大，衣服又破又脏，头发留得长，把耳朵盖了。洗河说："你是我爷，哪个石头缝里蹦出你这个货？"小伙说："咱都是崖底村哩，你爹活着的时候把我爹叫爷哩，按村里的辈分我比你也高两辈。"曾老汉说："农村有这讲究，凡是辈分低的是富裕家庭，人周转得快，而辈分高的人丁不旺。"洗河说："你爹是谁？"小伙说："成松柏。"洗河说："你是成四娃？"小伙说："我就是成四娃！"洗河记起来了，他离开崖底村的时候，成四娃还鼻涕涎水的，就说："你就说你是成四娃呀，偏要说是我爷！你在村里辈分高，那是你哈巴狗站在了粪堆上！"成四娃笑了说："说是你爷，你才会见我的。"

洗河和沙武也要吃饭，洗河说："请你吃一顿好的！"不在公司的食堂，而去了街上羊肉泡馍馆，洗河和沙武每人掰了两个白吉馍，给成四娃掰了三个白吉馍，还多加一份肉。

成四娃是同村里张二顺、王照明、马天华、孟采芹一块来西安的，他们知道洗河在西安，但不知道在西安什么公司，和文丑良联系上了，文丑良提供了洗河所在公司的地址，他们却说人家走人家的阳关大道咱走咱的独木小桥，又都不愿找洗河。成四娃之所以能来找洗河，是他和王照明一块去给一户人家修理门窗，在阳台上见到一个信封，信封上贴着一张邮票，顺手拿了。回到出租屋，成四娃问起张二顺知道不知道西安有个邮票市场，张二顺说当然知道，上个月他去西一路骡马巷，好家伙，那里的邮票市场大得很，据说一张什么猴票和一张什么《全国山河一片红》都上百万元的。成四娃一听，跑到厕所再偷偷看自己的邮票，邮票上没有猴，但有山有水，颜色也是红的。心想，自己这张会不会就是《全国山河一片红》？他无限的激动，就不让张二顺知道，而自己把邮票拿到市场去，却苦于不晓得行情，又不晓得如何交易。一连几天，张二顺他们在出租屋里打扑克，吃方便面，他说："一局输赢一元钱，太少了吧？这方便面有啥吃头！"张二顺说："咦！不吃方便面，你喝风屙屁呀?！"他说："下馆子，吃人参燕窝呀！"大伙压住成四娃，去扯他的嘴，就把他的嘴扯烂了。成四娃作想了几天，让王照明联系文丑良，因为王照明和文丑良更熟，让文丑良再提供洗河的地址，成四娃就寻到了洗河所在的公司。来时，王照明也要来，成四娃担心两个人都不在，张二顺会起疑心，王照明说："见一面分一半，那邮票是咱们一块看见拿回来的，让洗河帮咱卖了，你不能讹我！"成四娃发了誓。

　　洗河请成四娃吃饭，洗河有问不完的话，关于崖底村的，关于父辈的如马西来、曾五、邓家先、刘长为的，关于万林的，关于张二顺他们怎么来西安的，现在生活得怎么样。但成四娃似乎对这些冷淡，只是关心西安邮票市场，说："现在正红火什么邮票？"洗河说："你还集邮呀？"成四娃说："集邮能挣钱么。"就掏出个红布包，包里是身份证，从身份证的塑料套里拿出那张邮票。但洗河不懂。成四娃说："这是《全国山河一片红》，听说值上百万哩。"洗河说："你祖坟冒青烟呀？！"成四娃说："就值上百万！正是因为钱数大，我不敢贸然去交易市场，才来找你的。你见多识广，没人骗得了你，你不是弹弓也打得准吗？"洗河倒骄傲了，说："好，我陪你去，你却不要一见上百万时就晕啊！"吃毕饭，三人要去西一路骡马巷，成四娃悄声说："你那司机也去？"洗河说："他也没事，做个伴。"成四娃说："为了安全，还是咱俩吧。"洗河就不让沙武去了。却说："现在城市做生意，再小的老板，即便没住处，也没个公司，但却有一辆车开着，有车了和别人谈生意才信任的。你我这身上衣服都旧了，咱去买衣服，再去理个发，要不咱说咱有《全国山河一片红》，人家以为是假的。"

　　先去理发。然后在商场，洗河给自己买了一身西服，给成四娃买了一身西服。果然焕然一新，形象大变。成四娃就把旧衣服装进塑料袋里，扔到了垃圾箱。成四娃说："邮票卖了，我给你五万元，我准备买房呀，你以后常过来住！"洗河说："我啥不缺，不要你钱，也不住你房，只要你生活好！"

　　在西一路骡马巷，所有的店铺都出售邮票，地摊子也一个接一个，人熙熙攘攘，都夹着个小包，在那里谈价或交换，声音低沉，行为诡异。洗河给成四娃说："先不要把邮票拿出来，只看看行情。不露形色知道吗？"从巷子北边由东往西走，一个店一个店、一个地摊子一个地摊子看过去，但都没有发现和成四娃那张一模一样的邮票。再从巷子南边往东走，一个店一个店、一个地摊子一个地摊子看过来，还是没有发现和成四娃那张一模一样的邮票。两个多小时过去了，人困马乏，就坐在路沿上歇脚。成四娃说："怪了！前边有个拐巷子头，咱再去看看。"洗河说："我渴了，咱去喝碗酸梅汤。"成四娃说："我想吃臭豆腐。"洗河去给成四娃买了一串臭豆腐，他自己买了一碗酸梅汤。成四娃打趣说："咱腰缠万贯，买了臭豆腐一串！"

去了拐巷头，那里又是十多个店铺和六七个地摊子。进了一家装饰得最好的店铺，玻璃柜台里全是邮票，两边墙上也挂满了塑封的邮票。洗河问老板："有没有猴票？"老板说："我哪里能有啊！"又问：《全国山河一片红》呢？"老板说："我哪里能有啊！"成四娃手就伸怀里要掏出自己的邮票，洗河一示眼，制止了，说："老板，猴票现在是啥价？"老板说："一套商品房吧。"洗河问：《全国山河一片红》是啥价？"老板说："七八十万吧。"成四娃叫了一声。成四娃一兴奋就耳朵通红。洗河又使了眼色，成四娃不言语了。洗河让把柜台里的邮票取出来看，老板说："你看上哪张了，我给你取。"取出了六七张，洗河都没看上，然后指着柜台后边一个大纸箱，纸箱里装满了邮票，都是从信封上揭下来的零碎邮票，说："你把纸箱拿来，我再看看。"纸箱拿过来，洗河伸手往下一戳，再翻出来，就有一张跳出来竟然和成四娃的那张一样，画着有山有水，颜色也是红的。洗河看了成四娃一眼，成四娃耳朵又通红了。洗河说："老板，这张多少钱？"老板说："一元。"洗河说："多少钱？"老板说："一元呀。"洗河呆在了那里。老板说："挺好的，看上了我给你装个塑料袋里。"洗河转身从店里出来了。成四娃也跟出来。但洗河在前边走得快，成四娃撵不上，说："洗河，洗河，你咋走得这快？"洗河回头说："我不走快，我在这里丢人呀？你讲说你那是《全国山河一片红》，狗屎！"成四娃把那张邮票撕了，又在纸屑上踩了一脚。

当天晚上，洗河和曾老汉在门房下象棋，成四娃领着一个小伙又来找洗河，介绍说："这是王照明，你给我证明，是不是那张邮票只值一元钱，我气得撕了？"一问情况，原来是王照明在出租屋等着成四娃把邮票卖个大价钱，成四娃回来说了情况，王照明不信，以为成四娃独吞，吃了黑食，闹得不行，朋友成了仇人，才来找洗河的。洗河一听，倒生了大气，说："我这脸都没处放了，这事再不要提啦！滚，都滚！"赶走了成四娃和王照明，成四娃和王照明又成了朋友，一块勾肩搭背出了门前的巷道。

*   *   *

　　洗河在路边店吃馄饨，听到有人叫他，一抬头，一个人提了瓶酒，端着一盘酱羊腰子就坐到了他的桌来。这人长脸，嘴巴大，说："你是洗河？"洗河问："你知道我？"那人说："见过你跟随罗董，罗董多大的老板啊，走过来的脚印子，挖下去都是金子！你跟随着罗董，那不是副总也是助理！瞧你这墨镜，是名牌吧？"那人用手去摸洗河放在桌上的墨镜，洗河说："油手！"那人手缩了。洗河觉得太那个，说："大早上的你就吃肉喝酒？"那人说："我喝了十年早上酒啦，我敬你！"同时对店主喊："再来两个羊蛋！你们知道这是谁吗？一会儿来照个相，挂在店里，蓬荜生辉哇！"洗河赶紧制止，说："喝酒，喝酒。"喝了酒，也就吃了两个羊蛋。那人分明激动了，表情生动，自我介绍他叫钟胜，也是在一个公司里干事，一直想结识洗河的，刚才看见了还怕有架子不理识他，说："人客气得很么，我见过多少领导老板名人的，你是让我敬重又感到亲切啊！"洗河说："你有啥事吧？"钟胜说："能有啥事？没事！结识了你，又在一块儿吃饭，这今日天是蓝的，太阳是红的！"钟胜再敬酒，洗河不能再喝了，说上午公司有重要会议，脸红着去了不好，就站起来。钟胜也站起来，洗河觉得他比钟胜高，拍了拍钟胜胳膊，喊服务员结账，钟胜却说他把账结过了。

　　洗河在以后的几天里，都来这家路边店吃馄饨，自然就见到了钟胜，两人还算不上朋友，但已经是熟人了。一天，钟胜给洗河说起公寓楼盘工地上的沙料，能不能让他们公司供货。洗河说："啊哈，钟胜，第一天认识时你还说你没事！"钟胜说："求你是你能所求么。"洗河也应允了，不就是供沙料么，谁供都是供，他给具体收沙料的王世平交代一下，让到时去送就是。

洗河还真去见了王世平，没想供沙料有供沙料的道场，其中的掏腾大着哩。西安扩张这几年，到处有建筑工地，而围绕着建筑工地的供沙公司大大小小也是上百家，其中秦河公司成立得晚，发展最快，在城中和城南一带基本上垄断了市场，公寓楼盘一直都收的是他们的沙料。洗河说："还是这样！"问秦河公司供沙料，每吨多少钱，王世平说："每吨二百九十元。"洗河说："现在有一家公司每吨二百七十元，这一栋楼就还省不少钱的。"王世平说："是能省，但咱突然更换供沙公司，秦河公司怕不依吧。"洗河说："王世平，你没有从中吃黑食吧？"王世平说："我发咒，我要从中回扣一分钱，天上打雷把我劈死！"洗河说："那好，买方卖方，市场经济，谁的沙料质量好又便宜咱就收购谁的！"当时就给钟胜打电话，让明日就去工地找王世平供沙料。钟胜在电话里一口一个"洗助理"叫得甜，说："这我咋感谢你呀！我给你买一箱苹果、两条烟？"洗河说："我不要。"钟胜说："不要不行！"洗河说："那你就给王世平！"

这天晚上，已经半夜了，罗山给洗河打电话，把洗河吓了一跳。罗山是从不在夜里给洗河打电话的，他说秘书长是个工作狂，无论是在县上还是到了西安，常常是三更五更的想起什么事就给他打电话，还让他立即去办公室谈话。他知道他表面上高高兴兴的，其实心里有怨恨。但这天晚上罗山给洗河打电话，告诉税务局局长生了病，明早上到福州饭店买了乌鸡汤要送去医院。洗河说："咱公司没啥事吧？"罗山说："公司能有啥事？"洗河说："你身体好着吧？"罗山说："我好着哩。我告诉你，税务局局长的身体比我的身体重要！"

洗河在第二天一早把乌鸡汤送到了医院，看着税务局局长喝了，还在洗碗，王世平就来了电话。告诉说钟胜他们是送来了沙料，秦河公司的人就来要讨说法，围攻了他，他早饭没吃，水不能喝，还不准上厕所。洗河很生气，就赶到工地。

工地上没有见到王世平，却有两拨人在打架。一拨人多，一拨人少，人多的一拨骂声高，把人少的一拨撵到了一垒水泥袋前，拳打脚踢，但人少的一拨年轻的多，抓了水泥灰往人多的一拨身上撒，趁着眼睛钻了灰，出手极快，就撂倒了几个，然后都翻过水泥袋垒往后跑。而人多的一拨气不过，开始打砸抢，把人少的一拨开来的两辆卡车厢板打开，用锨把沙子往外扬，十多个装了沙的架子车，三辆车被推翻了，又拔轮胎的气门嘴。人少的一拨又扑过来，人多的一拨再打过去，双方拉锯战，各有人被打趴在地上。

洗河一到，已经后跑的钟胜，把鼻血往脸上一抹，大声喊："领导来了！领导来了！"便见一个满脸麻子的人梗着脖子说："哼，想在我们槽里吃食？也不看看自己的牙口？！谁是领导？打的就是你们公司的领导！"钟胜说："他是罗董、罗董的助理！"洗河站在那里，从怀里取出了墨镜戴上。

洗河说："你在这里嚣张什么？唉？！"麻子脸说："我就嚣张啦！"洗河说："你是谁？"麻子脸说："我见过你，罗董的尾巴么，狐假虎威，土狗扎个狼狗势！"洗河要镇住麻子脸，没镇住，麻子脸还径直走过来，说："谁的沙料都不能进来！"洗河也往过走，说："我就让进来了！"两人面对面了，你推我一下，我搡你一下，你再推我一下，我再搡你一下。推搡的力量越来越大，麻子脸的拳突然钻到了洗河的怀里，从下往上一击，击中了洗河下巴。洗河脑子轰的一下，墨镜飞掉，感觉下巴没了。没了就没了，洗河发狂，血脉偾张，跳起来，双脚在空中交换，等落下来的时候，膝盖正顶在麻子脸的胸口，麻子脸就倒在地上。再提了拳头扑过去，王世平抱住了。洗河说："你刚才在哪，这会儿出来？！"但话含糊不清，谁也没听明白。王世平说："十个麻子九个怪，这狗日的下手重！"洗河说："他

103

下手重，我就不会下手重?!"话仍然含糊不清，谁也没听明白。洗河对大家的没反应似乎生气，再说道:"钟胜，钟胜，你们送你们的!"这次钟胜听清了，领着一拨人去抢他们的运沙车，麻子脸一拨还是把钟胜他们打开了。王世平跳上了水泥袋垒上，拉长声音在喊:"不收了，谁的沙料都不收了!"

　　最后是，麻子脸的一拨还坐在工地上不走，钟胜的一拨离开了。洗河哇哇哇对着王世平，王世平说:"没事啦!"洗河指自己下巴。王世平这时候才晓得洗河的下巴脱臼了，忙过来一手按住头顶，一手托着下巴，猛地往上一耸，接上了。洗河说:"钟胜走了? 他们就先走了?!"

*　　　*　　　*

　　市规划局稽查大队对公寓楼盘执法检查，没有查出什么问题，却突然又对已经销售的翠华路罗山和兰久奎的楼盘进行检查，发现原规划每栋二十三层都盖了二十五层，责令违建的楼层一律停止销售。等候罚款或拆除。责令书下达给公司，罗山刚和周兴智、桂小六研究关于运输队买保险的事，会议立即停止，罗山打电话询问罗闻涛，罗闻涛说:"罗董你知道不知道公寓楼盘工地打架的事?"罗山说:"我听说了。"罗闻涛说:"你怎么看?"罗山说:"我怎么看? 鸡毛蒜皮的事我都抓了，要你经理干啥!"罗闻涛说:"趁我不在，他洗河自作主张更换供沙料公司，秦河公司就是稽查大队大队长的小舅子开的，这头疼由脚疼引起的呀!"罗山哦了一声，放下电话，让沙武去请兰久奎过来，没想也接到责令书，来找洗河，已经进了公司大门。气氛紧张，全大楼的员工都不走动，也不敢谈话，楼外树上的知了像潮水一样地叫。

　　罗山和兰久奎在办公室计议着，突然洗河进来。洗河还不知责令书的事，在街上兰州拉面馆吃饭时觉得那里用燕麦做成的甜坯子好吃，捎回来了两盒。洗河说："啊兰总也在，一人一盒，这甜坯子绝对胜过冰激凌！"兰久奎说："洗河还有这心。"洗河说："凡是我碰着好吃的，第一个就想到了罗董。"罗山黑着脸，说："听说你挨打啦？"洗河说："要不是王世平抱住了我，我卸那麻子脸一条腿！"罗山踢过来，骂道："你卸的腿呢？卸的腿呢？！"洗河坐在地上，听兰久奎再讲了责令书的事，顿时蒙了，手脚无措，要爬起来没力气。

既然是得罪了稽查大队大队长，就得有个应对法，当初拿到了土地，申报领取规划局的批文难度大，是让秘书长给规划局局长打了招呼，现在出了事，就还得找秘书长。罗山便先给呈红打电话，约好了晚上他和兰总去拜见，再就商量着去拜见拿些啥礼。罗山说现金秘书长肯定不收，兰久奎说秘书长不收，可有呈红呀，罗山说呈红是爱钱，但秘书长在，她呈红也不好收的。兰久奎："我有一对和田玉镯子，当年六十万买的，就送给她吧。"罗山说："六十万平摊，我认三十万。"

去了秘书长家，饭刚做熟，是包子稀饭，秘书长让罗山和兰久奎吃，还拍了一盘黄瓜，罗山和兰久奎说："领导吃饭这么简单啊。"也就坐下来一块吃，饭间，罗山把请求的事说了，秘书长倒严肃起来，批评违建了那么多，实在是太过分了，他可以给规划局局长说，但即便是不拆除，该罚款的还得适当的要罚款啊。罗山和兰久奎忙不迭地承认错误，感激着秘书长总是在关键时候关照他们。饭吃毕，呈红说："兰总，你会不会杀鳖？"兰久奎说："杀鳖？"呈红说："中午有人提了两只野生鳖，讨厌得很，送鳖也不说把鳖给杀了！"兰久奎说："哦，哦，这得让罗董来，罗董最早干过厨师。"秘书长说："杀什么鳖呀，我沏一壶茶，咱们喝茶。"便去厨房烧水。兰久奎才要从兜里取玉镯子，罗山说："你们也不请个保姆呀？"呈红说："我就是老郑的高级保姆么！没和老郑在一起时，觉得当领导好，有权有势的，开会坐主席台上，出门前呼后拥，讲个话别人还得拿笔拿本子记。现在我才知道，领导就是些忙人，苦人，不是人干的活！一天忙忙碌碌，身不由己，不是外出检查工作，就是开会。"罗山说："我最佩服领导开会了，能一动不动地坐几个小时！"呈红说："老郑一有空就锻炼，不锻炼不行呀，那身体就垮啦！这不光是身子累，更是心累，敢有个水灾、火灾，哪儿出个事故，伤亡了人，他几天几夜能合眼？再还有三天两头上边就考核呀，督察呀，各项任务得完成，各项指标得上去，提心吊胆，如履薄冰。这领导就不是人干的活！"兰久奎笑着说："当领导是不容易，我读一些古书，上边就有一些官员描述他们的生活，说是'遇上官则奴，候过客则妓''一日之间百暖百寒，乍阴乍阳，人间恶趣，令一身尝尽'。"罗山说："'遇上官则奴，候过客则妓'，这是说咱这些当老板的么！咱看着是赚了些钱，可一分钱都是用血汗换的，都是用委屈换的。哪个老板不是起早贪黑，哪个不是爬坡过关，哪个不是一身的病？"兰久奎说："当领导当老板都不容易，可话说回来，能当领导和老板的也都是人杰么，这么多年我是见了那么多领导，秘书长能当领导，会当领导，是好领导，他为人有大气，共事敢担当，俯仰有节，进退皆宽啊！"呈红说："你这么夸老郑啊！"罗山说："兰总有文化嘛。"坐着不再谈话，咳嗽起来。呈红也笑了笑，突然说："哎，兰总，听说你们在秦岭里建别墅呀？"兰久奎一愣，说："这事你知道了？"呈红说："哪有不透风的墙么，何况是你们大老板，再低调，实力不允许啊！"兰久奎说："是在秦岭祥峪里寻了块地方，才动工，我和罗董还想着建得差不多了，请领导去看看，那里环境好，主要是僻静，领导工作忙，要休息了，那里最合适的。"兰久奎手又伸进兜里，罗山使了个眼色，兰久奎手在兜里不动了。罗山说："就是呀，到时候，咱们三家人就住一块。"呈红拍手叫好，说："我一直想着给老郑寻个能休息的地方，住在这儿，他下班回来，不停点地都有人找，就没清静过。"秘书长提了茶壶从厨房出来，说："住到山里去？"兰久奎说："别墅里边绝对是现代化设备，到时候你去看了，保管会让你满意的。"秘书长说："就是再好，我哪有时间去住呀！"呈红说："你总有退休的时候么。"秘书长把茶给每人倒了，再不提别墅的事，倒问起罗山儿子的学习。提起儿子，罗山便来了气，说了如何学习不好，说了如何不听他话，"兰总命好，生了儿子是来报恩的，我那儿子就是个讨债的！"

返回的路上，兰久奎抱怨罗山，怎么就应承三家人都住别墅里？罗山说："你话都说到那份上了，让我还咋说？应承就应承了，咱求人家给咱办事，那是要保住多大的面积啊，一套别墅算回扣吧。"兰久奎说："咱只设计了两个院落，那就得再建一个院落了。哈，呈红偏就提起别墅的事，你说她是无意还是有意的？我看是有意的。"罗山说："所以我才不让你掏玉镯子的。"

五天后，秘书长打过了招呼，罗山和兰久奎去见了规划局局长，送上了那对玉镯子。两家公司各处罚了一百元。当晚又备了一桌饭菜，请了局长、稽查大队大队长和秦河公司的麻子脸。饭后，送走了局长，再请大队长和麻子脸去歌厅唱歌，罗山拍着麻子脸的肩膀说："兄弟，你给咱公寓楼盘工地得供好沙料啊！"就以喝多了，血压上升，得提前离开，而把洗河叫来陪同和最后结账。洗河说："这让我受罪呀？我不去。"罗山说："你还知道受罪？就要你去！"

*　　　　*　　　　*

洗河没有给钟胜他们办成事，钟胜倒认为洗河够哥们儿，除了一块儿吃饭抢先买单外，邀请去他老板的古玩店里去逛。钟胜的老板姓柳，啥生意都做，有沙料场，有废品收购站，有洗脚屋，还有个古玩店，平时就在古玩店里喝茶、待客，谈些生意上的事。

古玩店里琳琅满目，每个物件上都标有价格，贵得吓人，洗河一是不懂，二是在每个物件前不敢久留，以免老板过来讲了半天自己又不买，各自尴尬，就走马观花转了一圈。钟胜说："丰富吧。"洗河说："丰富。"钟胜说："我第一次来店里吓坏了，怎么有这么多的稀罕物！"洗河说："税务局局长患了胆结石，我去医院探望，一层楼上百个床位，躺的全是患胆结石的。"钟胜说："就是就是，啥东西聚在一起就壮观了！你瞧这件瓷瓶，包浆多呀，不知经过了多少人的手！看到墙上那幅古画吗？上面盖了十二个印，那都是谁收藏了盖上自己章子，再卖给谁，谁又盖了自己章子。"洗河说："那这就不是人在收藏画，是画在收藏人么。"钟胜说："噫，这真是。"又说："喜欢什么了，我给老板说说，会便宜的，你也收藏一件？"洗河说："我看看，眼睛就收藏了。"钟胜说："真不买件回去镇宅？"洗河说："镇宅最好还是人民币吧。"钟胜说："也是也是。"就不再说话了。洗河说："还有什么吗，就这个展室？"钟胜说："你还看吗？奇珍异宝多着哩，石雕就在后院里。"钟胜领洗河去了后院，后院有三间大房子，以前好像是仓库，现在隔墙打通，堆满了石狮、石羊、石虎、石貔貅、石门档、石龙头水槽、石画像板、石拴马桩。对于石雕，洗河虽不了解年代，但认得石质的瑕好、雕工的优劣，以及形象的似与不似。钟胜指着一件三米长的石梁条说："你们罗董不是在秦岭里建别墅吗？把这石梁条嵌在门楼上多好！"洗河看了石梁条，上边还刻了字，认得是"积厚流光"，说："这么长的石梁条，从哪儿弄来的？"钟胜说："过去山西大商人都讲究在老家建房子，后来房子都毁了，我们老板收回来的。"洗河说："噢，流落到这儿了。"便走过去欣赏那些石狮。石狮各具形态，洗河见一个爱一个，抱住了就让钟胜用手机给他拍照。拍到墙角那个双头狮，却发现双头狮过去有个大水晶，形如桃状，约莫一米多高，两人合抱来粗，说："哇！这么大！"钟胜说："这可是全国最大的，水晶王！"洗河就站在水晶王前，让钟胜再照一张。

洗河回来，把石雕的事说给了罗山，罗山看了手机上的照片，眼发光，说："好啊！常言道栽了梧桐就能招凤凰，咱的别墅一建，这么多的神兽就来了。买！买！"洗河说："还有三米长的石梁条，青石的，四棱见线，完整无缺，上边还刻了'积厚流光'，嵌到门楼上好得很！"罗山说："你说上面刻了啥字？"洗河说："'积厚流光'。"罗山说："不吉祥！财富一下子积起来了，又一下子流失光了？！"洗河说："罗董，这流光是指光彩流溢。"罗山让洗河通知兰总一块去古玩店，洗河给兰久奎打通了电话，罗山给洗河说："石梁条不要给兰总提说。"

再去了古玩店，罗山也兴奋异常，两人当场就买了四对石狮、两个龙头水槽、三对门档、一对石貔貅。花去了三百二十万。洗河给钟胜说："没买成你们的沙料，却给你们推销了三百二十万的石雕啊！"钟胜就把柳老板叫来，柳老板请罗山和兰久奎喝茶，喝最好的龙井。罗山和柳老板五马长枪地说着关于石狮护法、辟邪、镇宅的事，兰久奎扯了一下洗河衣襟，两人到了店外，兰久奎说："你问一问那个水晶王怎么卖？"洗河说："你看上了？"兰久奎说："那才是这店最好的东西！罗董正上头，他说买，柳老板肯定出高价，我就是去问，价一说死也不好回旋。你去探探口风，一百六七十万都可以接受的。"洗河说："那么贵呀！就是能做上百副水晶眼镜也值不了这么多钱！"兰久奎说："你就知道个水晶眼镜呀？古人把水晶也称为'水精'，孔子未生之时，有麒麟吐玉书于其家，上书'水精之子孙，衰周而素王'和'徵在贤明'字样。现代人讲究水是财，多少大酒店里都摆放水晶球，寓在招财进宝。那么大的一块水晶世上罕见，若放到别墅去，就是不得了的风水石啊！"洗河哦哦着，返回店里和钟胜嘀咕，钟胜又给柳老板耳语，柳老板看着洗河倒笑了，说："真是眼毒！可那是我镇店之宝，不卖的呀。"洗河说："店里这么多东西，每一件都能镇店，更何况柳老板你天庭饱满，地阁方圆，尤其这眉毛又黑又长，一对大耳朵，有你这富相，开什么店都是生意兴隆啊！"柳老板说："你会说话！小兄弟，不瞒你说，这水晶王多少人来问过价，我都没卖，我正着人做底座，等安置到店正门口了，你常来看看。"兰久奎给洗河使眼色，洗河也就不再谈了。

离开古玩店，钟胜送到街上，悄声告诉洗河："水晶王不是不卖，老板开口是三百万，知道你们嫌贵，当场拒绝了显得不好，才那么说的。"钟胜一走，洗河把价钱说给了兰久奎和罗山，罗山说："三百万，打掉说天话啊！多亏他没说出口，说出口了，我也就说，我家有个萝卜值一百万的！"洗河说："你放心，我一定会把水晶王便宜买回来的！"兰久奎却叮咛："三个月先不提说这事，把它冷一冷。"

将买的四对石狮、两个龙头水槽、三对门档、一对石貔貅运到了双鼓坳，罗山在比画着这些石雕将来如何摆放，洗河给罗山说兰总那么喜欢着买水晶王，要防备不能让放到他的院落里，既然水晶代表了财，又是风水石，应该他们共同享用，设计院中蓄水池，池上建个亭子，把水晶王就放在亭子里。罗山拿指头敲洗河脑门，说："你这脑子里都装的啥呀！"发给了洗河一支雪茄。

洗河在三个月里没再去古玩店，也对钟胜不提说水晶王。而兰久奎却派了公司三个人，都扮成一般闲人，分别去古玩店，问水晶王卖不卖，是什么价，一个开价四十万，一个开价三十五万，一个开价三十万，一分也不肯加了。气得柳老板说："不识货，不识货！"

三个月后，洗河觉得还不是时候，却得知秦河公司垄断了所有楼盘工地的用沙，那些小公司只能寻找住家户装修房子的业务，而小公司众多，竞争极其激烈，柳老板的沙场举步维艰，已经拖欠了工人两个月的工资。洗河就让钟胜带他去见柳老板，再次提出买水晶王的事。柳老板总算松了口，同意出手，而讨价还价却花费了二十天时间。第一次谈，柳老板要价三百万，洗河出价八十万。第二次谈，柳老板降价到二百万，洗河涨到一百二十万。洗河给钟胜说："你要帮着说话，若能一百三十万成交，我给你五万回扣。"钟胜说："咱都是给老板做事的，该赚些你也要赚些，到时你给罗董、兰总就说是一百五十万咱各赚十万。"第三次，真的就以一百三十万拿下了。

洗河把消息告诉了罗山和兰久奎，兰久奎认为一百五十万便宜，表扬了洗河，却要亲自去拉水晶王。洗河怕露出破绽，给钟胜打电话，偏偏钟胜那天中午去洗澡，人和手机分离。去了古玩店，柳老板给兰久奎说："兰总呀，好东西都是寻主么，水晶王活该和你有缘分。十年前我买它就是掏了一百三十万，那时候钱值钱呀，现在原价再卖给你，我是大赔啊！"兰久奎只是笑，连声感谢，便喊叫洗河快去街上买红绸子，迎水晶就是迎吉祥，得给水晶王披上红绸子。给洗河掏了五元钱，低声说："柳老板说一百三十万，你怎么说是一百五十万？"洗河说："我还没来得及给你说哩，是这样，柳老板最后一定要一百七十万，我让钟胜想办法压价，承诺能压到一百三十万了，另外给他二十万的回扣钱。"兰久奎看着洗河的眼睛，说："柳老板知道不？"洗河说："他估计没说。"兰久奎说："作为部下，就这样坑他老板？！"洗河说："这人是不好。"兰久奎说："是叛徒，是内奸！"洗河说："他是回扣太多了。"兰久奎说："这不仅是钱多少的事，是不能惯了他的毛病，也坏了风气！一百三十万我给柳老板转账，你让钟胜明天来我公司拿回扣吧。"

第二天，钟胜去了兰久奎的公司，兰久奎只给了五万元。钟胜说："不是说好二十……"兰久奎说："我还要见柳老板的，剩下的柳老板会给你的。"钟胜慌了，说："这，这……"兰久奎说："你是不让我见你老板？那你直接向他要。谢谢你呀，钟胜！"钟胜拿了五万元，赶紧走了。

钟胜再没有回柳老板的公司，洗河也从此没见过他。这天夜里，洗河睡不着，出来在街上乱转，从东街口到西街口，见一个路灯杆就蹬一脚，见一个路灯杆就蹬一脚，把脚上的一只鞋蹬得掉了后跟，他释然了，自己给自己说："钟胜是救我。"

*   *   *

五月里，呈红带了一批书法家，来到双鼓坳，要给正建的山门、牌楼、庭院、亭台阁榭起名题词。这次活动，当然是罗山和兰久奎出资，呈红组织实施。

书法家们参观了双鼓坳，称赞有加，题名题写的有：凝翠、聚祥、卧石、听涛、如此臻境、第一福地。还有：山藏、淳化、可见渔樵、能逃壁之、大自在。提出别墅建成后，不仅仅是一处山水佳苑，更要是秦岭的一个人文景点，那就得有一篇长赋，刻写在南梁瀑布下的石壁上，或一块巨石上，竖在坳口。这建议得到罗山、兰久奎的赞同，但关于双鼓坳之赋，书法家是胜任不了，洗河就在双休日把文丑良叫了来。

文丑良来看了双鼓坳，又看了别墅设计图，说："有钱人真是任性，这我没办法写。"呈红说："你出版一本书能赚多少钱？"文丑良说："两种情况，一种是出版社觉得书能卖，可以付三四万稿费，一种是出版社觉得书卖不动，作者要出版，就得自费。"呈红说："不让你白写，一两千字的赋，我给你三万元。"文丑良说："这不是钱的事。"呈红就不高兴了，背后对洗河发牢骚："市里有名的作家多的是，你找来的是什么人呀！"洗河说："他确实有文才，就是有些清高，清高的人你不要直接说钱。"呈红说："清高？这些文艺人我了解，嘴上说不想当官，给个科长位子，你看他们怎么争破头？口口声声说不爱钱，其实骨子里想钱都想痴了！他是不是还嫌钱少给我来待价而沽？干脆就不用他，让他鸡飞蛋打。"洗河说："让我再做做工作。"

文丑良已经准备了当天就返回学校，洗河对文丑良说："我知道你的意思，没兴趣为老板的别墅歌功颂德。"文丑良说："你可以给私企老板鞍前马后地跑，但我不行，写作是要以巨大的真诚和热情呀，违心的文章我真的写不出来的。"洗河说："罗董和兰总建这个别墅投入了相当多的心血、精力和钱财的，当然这是要自己来享受的，但他们也有野心，就想这样的别墅成为一个景点，百年之后还能留下来。"文丑良便不言传了。洗河趁势挽留文丑良先不急回去，再待几天。文丑良手指头蘸了茶水在桌子上写"谁无过客，花是主人"。当晚，两人就住在了坳里的工棚里。

没想，夜里十点，文丑良趴在工棚的床上，便写下了一千三百字的《双鼓坳赋》。那一夜山高月小，没有刮风，所有的工人都休息了，外边不停地传来鸟声，鸟乐意相关而对语吗？洗河在棚外架了火烤土豆，烧了三颗土豆，还特意烤了几根葱、一串青辣椒，回到棚里，文丑良把一个笔记本扔给了他，说："拿去向老板要钱去！"洗河说："是写的赋吗，这么快就写完了？！"文丑良说："这就是我的本事！"洗河在灯下读了，合上笔记本，说文章里如何写了坳里的山水清丽，如何写了建筑的奇特，什么仰观南梁的松中藏月，什么俯察院中水池莲出绿波，那廊亭阁榭、石雕灯台怎样景随步移，那高竹卧蒲、红梅烟柳怎样一景一新。文丑良说："噫！你还能记住？"洗河说："这也是我的本事！"文丑良说："写得怎么样？"洗河说："你写的是建成后的双鼓坳啊，好多东西设计方案都没有么。"文丑良说："告诉你罗董、兰总，就按我写的建！"三颗烤土豆，给文丑良吃了两颗。文丑良还在为自己文章的想象力、起承转合、用词造句而激动，想喝酒，但工地上没有酒。洗河说："你要浪漫，咱出去赏月。"

两人先在坳里站了一会儿，看月已坠过山梁，只是满空繁星，文丑良指着那堆乱石说："如果这里蓄池，池上建一亭子，亭子最好是草亭。"洗河说："这是豪华别墅院呀，你让建一个草亭？！"文丑良说："天地四方宇，乾坤一草亭么。你不懂！"

再出了坳，沿着坳前的河岸走，文丑良不再发他的幽情，问起洗河这么多年的生存状况和精神状况，洗河这倒有了话题，讲述自己经历，当然是说到出五关斩六将处手舞足蹈，说到走麦城处垂头丧气。文丑良说："你没想过以后怎么走吗？"洗河说："顺路走呀，路到哪儿我就走哪儿！"文丑良哈哈笑，说："洗河是个励志典型啊！"却突然问："哎，这么宽的河道，怎么没有流水？"洗河说："这叫沙河。"就告诉文丑良，这峪里人之所以叫"沙河"，就是河里有沙没水。何村长介绍过，实际上这条河发源于秦岭主峰太白山的西坡，由西往东流经三十里，进入祥峪由南向北流经二十里，在峪口又由东往西流去。山洪暴发时，那是波涛汹涌，泥沙俱下，即便平时，水量充沛，河面开阔。但奇怪的是河到镇前的湾里，水流突然渗入地下，成了暗河。文丑良说："还有这事，河消失了！"洗河说："河是消失了。"文丑良说："那我的赋得改改。"便又问："你知道夸父逐日吗？"洗河说："知道呀，中学课本上学过。"文丑良说："你还记得原文吗？"洗河背诵道："夸父与日逐走，入日；渴，欲得饮，饮于河、渭；河、渭不足，北饮大泽。未至，道渴而死。弃其杖，化为邓林。"背诵完了，说："我过目不忘的。"文丑良没有夸他，沉思着，喃喃说："哦，哦，夸父不是神不是人，应该是这条河啊！"

*　　　　*　　　　*

省煤炭会在西安召开，罗山是西安市的参会代表。所有的参会代表都住宿在西部酒店里，罗山不习惯软床，尤其那羽绒枕头，他每晚回家，早上八点再赶到会场。高档酒店不睡也是空着，罗山对洗河说："你去睡吧。"洗河就睡在了酒店。

酒店房间里一切都极其奢华，洗河初时觉得约束，不随便坐床沿，怕弄脏了洁白的床单，换了拖鞋，又穿上皮鞋，因为袜子好久没换了。他也不习惯那羽绒枕头，把浴室的浴巾叠了枕，天一亮首先再把浴巾放还浴室，担心服务员整理房间时嘲笑他。不敢随便吐痰和弹烟灰。睡衣也穿了，但睡下难受，最后还是脱光了舒服。住过了两个晚上，第三天放松多了，却产生另一种冲动，几次想抬脚要把鞋印踩在那头的贴了壁纸的墙上，开窗时猛地用力去扳把手，想让把手断裂。这些想法最后虽然打消了，但那瞬间的冲动还是让洗河感到快意。以至于他站在床上了，使劲儿地蹦跶，睡下了不关灯：就开一夜，耗它电去！

全省的煤老板差不多都集中在西安了，西安的妓女就活跃起来，甚至郑州、兰州、成都的妓女也赶了来。西安开始流传段子，说是会议期间，妓女们尿的都是黑水，说是下了一场雨，宾馆和酒店最多的那条街上，水漫了路面，环卫工人在疏通堵塞的下水道，掏出了一堆一堆避孕套。这些洗河并不知道，他晚上住在酒店里，房间里的电话时不时在响，接了都是问："先生按摩不？"洗河回应："不按摩！"就挂断了。后来觉得没事么，按摩按摩也好，再来电话便问按摩一次多少钱，电话里说有一百元低档的，三百元中档的，五百元高档的。洗河说："那来高档的！"不一会儿就有年轻女子来到房间，衣着暴露，烈焰红唇的，长睫毛在不停地扑闪。洗河趴在床上让按摩，他的那东西就硬起来，女子按摩了背，让洗河翻过身来，洗河觉得丢人，不肯翻身。女子说："先生第一次按摩呀！"动手把洗河翻过来了，洗河把自己眼睛闭上，任着自己的面团由女子去揉搓。揉搓着，洗河就迷糊了，不知道了自己。等清醒过来的时候，洗河是赤身裸体，女子也是赤身裸体。洗河有了第二次，就有了无数次，他花掉了口兜里所有钱。煤炭会议还有最后一天，洗河再没去酒店，他骂煤炭会议，骂酒店里按摩的女子，骂自己，去邮局又给万林寄了些钱。

洗河在公司去见开完会回来的罗山，罗山和兰久奎正在说话。兰久奎是拿了一张当日的报纸，说："咦呀！你们这次煤炭会签订了二百九十六份合同，资金约一千三百亿！"罗山说："每次经贸洽谈会，都报道签约资金八百亿、两千亿的，如果真这样，钱在西安铺成一米高了！"一见洗河，罗山说："高档酒店里睡得好吗？"洗河说："好。"罗山说："你瘦了？"洗河眼低下来看地面。兰久奎说："倒显得有精神。"罗山就把一个黑色塑料袋交给了洗河，说："跟我到希尔顿宾馆去！"兰久奎却掏出一个小瓶子给罗山，罗山见瓶子上写着"冬虫夏草胶囊"，说："我还需要这个？"把瓶子还给了兰久奎。兰久奎说："记着五〇八房啊！事办完了，你直接到东来顺涮锅店，我请了工商局几个处长，也给你补补身子。"

路上，洗河问："咱去希尔顿干啥？"罗山说："见个人。"洗河说："这包的啥？"罗山说："钱呗。你给我也记住，五〇八房，别让我也走错了门。"洗河脸烧了一下，说："什么领导，钱用装垃圾塑料袋包着？"罗山嘿嘿地笑，说："手一摸就知道是一捆十万元嘛。"

到了五楼，罗山让洗河就站在楼梯口，他自己去〇八号房敲门。洗河远远看着，罗山已经从口袋掏出了名片，拿着，敲了三下。门没开。又敲了三下。那门是开了，还伸出一个头，是那种大波浪发型的头。罗山把名片放在塑料袋上一并递上，低声说着什么，那女人好像在看着罗山，突然声音挺大地说："就你？！"罗山还想再说什么，塑料袋被扔出来，名片飞起落在罗山的肩上，再落在地，那门就砰地关了。罗山站在门外愣了半天，把塑料袋拾了，又捡了名片，从楼道走过来。洗河说："这，这。"罗山也不说话，黑着脸径直去了电梯口。

罗山和洗河来到东来顺涮锅店，罗山没进去，让洗河去叫兰久奎。兰久奎说："这么快呀？"罗山说："受了污辱！"兰久奎说："咋啦？"罗山骂道："竟然看不上我！能唱歌就了不起啦，不就是个高级鸡么！"兰久奎说："人家留下来，恐怕要见的人多，算了，是我没安排好，下次还会有这号人来的。"洗河站在一旁，大致也明白了煤炭会议邀请了北京的一些歌星，会后有的女歌星就留下来要再赚些外快，有关人将这事告诉了兰久奎，兰久奎想着能让罗山去见见更大的世面，没想却伤了罗山。洗河退了几步，蹴在一棵树下吸纸烟，倒想起祁志宝，也想到了自己被按摩的事，自言自语："贵人吃贵物，崽娃子吃饸饹。"兰久奎在劝慰着罗山，罗山说："我偏就要她！你车上带没带钱？"兰久奎说："带的有，再拿十万？"罗山说："十万她给我要高贵，二十万她可能还要耍高贵，三十万看她还高贵不？！"兰久奎从他的车后备厢取了两捆十万元装进了塑料袋，说："你也该理个发，换身衣服，收拾得干干净净么。"罗山说："我脸都不洗，就这样，用钱砸她！"

罗山带了洗河再次去了希尔顿宾馆，洗河还是站在楼梯口，罗山去敲五〇八房门了。洗河担心罗山又被拒绝，但这回罗山敲开了门，进去了，没有出来。

洗河在楼梯口站得太久，腿都酸了，便点着纸烟，趴在那个窗台往外看。窗台上一只蚂蚁往过爬，洗河用烟头往前一放，蚂蚁掉头又往回爬，洗河再用烟头往前一放，蚂蚁再掉头，如此反复，蚂蚁无所适从，不动了。又过了一个半小时，罗山满头大汗地从五〇八房间出来。罗山说："干了三次！一次是替兰总，一次是替了你。"

*　　　*　　　*

当双鼓坳的牌楼和三个院落一边建着，文丑良所撰写的《双鼓坳赋》也一边在南梁瀑布旁的石壁上凿刻。夜以继日，如火如荼。罗山依旧负责在外采购、运输、应酬方方面面，白天是眼一睁就忙到天黑，晚上陪人喝酒，常常闭门轰饮，非至二三点，席不得散。好的是他能吃，要求洗河无论在什么地方都要保证他能吃上油泼面。至于睡觉，若是困了，三个小时也罢，一个小时也罢，甚至半个小时，不择场合，和衣倒卧，睡起来黑眼珠仁就又放光。而兰久奎坚持在双鼓坳施工现场，雇了多少工人，工人如何作息，他不管，自己带了一张宁夏九道毛的羊羔皮夜里铺在床上隔潮，还带了一

117

个茶盘，一有空就煮着岩茶，自斟自饮。但是，对于一根梁柱到一颗钉子，梁柱如何刨光雕刻、钉子的大小、砸的深浅必须过问，事无巨细，亲躬亲力。操心过度，这就上火了，又是严重的不通便。

一日夜里，秘书长紧急招呼，罗山和兰久奎赶到秘书长办公楼下，两人在两个月内才头回见面，相互看着都瘦了。兰久奎问："这么晚了秘书长不知有啥事？"罗山说："得是秘书长知道咱们为双鼓坳别墅太辛苦，要慰问的？"那时星耀攒动，灵光四溢。兰久奎后悔来时没有换件西服，罗山也整衣领，鞋壳里觉得有什么硌脚，脱下了重穿，倒出来几粒沙子。

进了秘书长办公室，秘书长翻箱倒柜，在桌子上摆了一大堆字画卷轴，说："快来帮我掌眼。"罗山知道秘书长手里字画多，没想到会这么多，但他辨不来字画的真伪，也不识字画的优劣，说："让兰总鉴定。"兰久奎一一将卷轴展开，说："你是整理了分档收藏，还是挑出一张往家里挂呀？"秘书长说："送人的。"兰久奎说："送市里人？这些字画都是市里名家作品，拿出任何一件都行。"秘书长说："那要送外地呢？"兰久奎说："那他们名头还不响，当然也说不定过十年二十年，他们的作品会爆红的。"秘书长坐在了办公桌前的椅子上，说："那就不挑了！哪儿能弄到在全国知名的在历史上知名的？"才说了他要到北京学习一个月，想给某首长拿件东西。罗山和兰久奎对视了一下，明白了秘书长叫他们来的意思，罗山说："兰总，你那里有没有什么名字画？"兰久奎说："我没有，咱想办法弄么。"罗山就拍了胸膛，"秘书长，这事交给我们，保证尽快完成任务！"

出了办公室，罗山说："他是想着提拔呀？"兰久奎说："走仕途谁不想往上走？咱盼他能到省上到中央！"罗山说："我对字画不大懂，咋样是好咋样是不好？"兰久奎说："价格懂得。"罗山说："那就买最贵的！"

他们四处打探搜寻，其中问过熊启盘，问过邱行长，问过大老板朱小玉、王天冠、金百林，甚至李铭义和王立仓都问过了，有的是市内名家作品，有的是国内知名画家的作品，但都是些扇面、镜心、册页之类，一时没个结果。

　　一周后，秘书长便去了北京，又过了几天，呈红来见罗山，说她也托人，终于弄到了一张画，让罗山和兰久奎把把关，看是否合适，交给了一个木盒子，叮咛观看时不要在太阳底下，天也不要下雨，一定得戴上白手套，然后就走了。罗山当即派洗河去接兰久奎。兰久奎来了，一见盒子就说："盒子是樟木做的，樟木盒子防虫，良马配佳鞍，盒子的色浆这么厚的，莫非是古字画？"戴了白手套，打开盒子，果真是一幅徐渭的《山石花卉图》。兰久奎说："哇呀！徐渭的妙品啊！"罗山说："徐渭？古人我知道郑板桥。"兰久奎便讲徐渭是明代的画家，其作品在中国绘画史上的地位是如何如何的高。说："世上的好东西都是挑选天赐神授之人的，这幅画活该配首长！"洗河不敢近去观看古画，就观看盒子，说："盒子里还有个纸条。"罗山说："拿来。"洗河说："我汗手。"罗山自己取了纸条，上面写着"一千四百万"，说："这是不是标的价？"兰久奎看了，说："是价钱。这么贵！"洗河伸了头也看了，说："一千四百万啊？！"说完了，赶紧闭上嘴。兰久奎说："我只说买个几十万的。"罗山说："我也是说几十万就可以了。"兰久奎说："这呈红从哪儿弄的，她也不看看价钱就拿给咱们？"罗山说："我看纸条上的字就是她的笔迹。"两个人就不语了半天。后来，罗山说："你说咋办？"兰久奎说："你说咋办？"罗山说："咱给秘书长拍了腔子，要换吧，是呈红拿来的，她肯定会告诉秘书长，咱再掏多少钱也落不下好。这一壶还得喝？"兰久奎说："那就喝吧。都怪咱当时只说弄幅名作，没说清大概多少钱的名作。"

　　洗河看了那幅画，总觉得眼熟，在哪儿见过？中午又到街上吃馄饨，想起来是钟胜那个柳老板的古玩店里的，吃完饭就去了古玩店。柳老板在，人苍老了许多，头发都全白了，问起钟胜呢，柳老板破口大骂他不如个狗，狗喂上三年还记主人恩的，他恩将仇报。洗河就不敢再说，在店里又转了转，发现以前挂着的那张画不见了，问柳老板，柳老板说："唉，兰花当草卖了。"洗河说:"咋是兰花当草卖了?"柳老板说:"那是青藤的画啊!"洗河说:"不是徐渭的画?"柳老板说:"徐渭的号就是'青藤老人'。若在广州,在香港,那可是能卖到一千八百万到两千万的,我要不是手头紧,哪会一千二百万卖的。"洗河返回公司,告诉了罗山,说:"呈红还扣了二百万?!"罗山说:"这女人!"却让洗河守口如瓶,这事不能让兰总知道,也不要对呈红挑明。

接到秘书长的通知,罗山和洗河坐飞机把古画带去了北京。洗河从来没去过北京,头一天就激动,请教罗山北京是不是有几个西安的大,天安门能不能上去照个相。罗山说:"你是旅游呀?!"洗河不提北京了。到了飞机上,罗山坐的头等舱,洗河坐的经济舱。洗河和旁边的人说这说那,说得那人闭上眼睛了,洗河心里骂那人是装瞌睡,才扭头朝舷窗外看。下了飞机,罗山问:"坐飞机是啥感觉?"洗河说:"云上都是阳光!"罗山问:"还有啥感觉?"洗河说:"我前世是不是鹰?!"罗山说:"你洗河行!"还给洗河讲了个故事,说有一个农民头次坐飞机,一上去就坐到头等舱,而该座位的乘客来了,让农民起来,农民说:"先来后到。"那人就问:"你往哪儿去?"农民说:"去北京呀!"那人说:"坐这儿的是去上海,去北京的座位都在后边。"农民哦了一声,就坐到后边去了。罗山说完,自己先哈哈笑,洗河说:"这是作践农民哩,现在哪有这么笨的农民?!"罗山不笑了,说:"也是的。"洗河就给万林打电话,告诉说他坐飞机到北京了,他在飞机上看到了渭河,看到了大青川,也看到了崖底村和崖底村万林家的院子。

在北京,秘书长请罗山和洗河吃饭,席上还有一个人,秘书长称呼人家是"欧阳秘书",把樟木盒子打开让看了画,欧阳秘书连声说好。罗山就插嘴说这画难弄得很,藏家是三代家传,怎么都不肯转让,最后是花了两千万才得手的。秘书长制止,说:"说钱就庸俗了,徐渭的画之所以对后世影响巨大,主要是作品艺术品位高啊!"欧阳秘书把画卷好放回盒子,秘书长却拿出一张纸也放进去。欧阳秘书说:"这是啥?"秘书长说:"我怕首长事多，把我忘了，我放个简历。"欧阳秘书说："也好。"把简历放在画上，盖了木盒子。

＊　　　＊　　　＊

　　双鼓坳牌楼和三座院落的主体工程完成后，别的廊亭阁榭、石雕花台，甚至哪儿植竹种荷，栽女贞、丁香、金桂、石楠、玉兰、海棠，竟然都按着《双鼓坳赋》的描写来布局了。这让罗山和兰久奎没有想到，洗河越发觉得文丑良神奇。

　　但是，中间那座院落在装修中出了事故。

　　工人马某和施某站在脚手架上安装吊顶，使用的射钉枪卡住了，马某让施某修理，自己坐在那里吸纸烟。马某吸着纸烟，又捏了一根塞到施某嘴上，还给点了火，说："你要得大！我前世欠你了。"施某说："不就是一根纸烟么。"施某摆弄了半天，要试着修理好了没，拿起了射钉枪，啊嚏一个喷嚏。施某的喷嚏像放爆竹，突然爆响，身子一抖，射钉枪的扳机被扣了，一枚钉子射出来，偏不偏击中了马某的右侧腋下。烟蒂还没有吐掉，粘在嘴皮上，马某便从脚手架上跌下去。赶忙送往医院，半路人就死了。

　　当天罗山也在秦岭，先去了双鼓坳，发现排水渠道挖得太浅，渠墙搪的水泥层太薄，棚的石条太短，发了脾气，"你让我以后年年翻修是吧？给你肚里长一副烂肠子你行吗？！"同来的还有半坡村的何村长，为了让罗山消消气，拉着去村里要给他擀面条吃。面条捞到碗里才吃了一口，得知出了事故，就赶回双鼓坳，直接去了中间院落，问洗河呢，工人说洗河送马某去医院了。施某还瘫在地上，面如土色，瑟瑟一团。罗山问事故经过，施某说："我惹的祸。"罗山採着施某的领口，施某竟然轻得被举起来，在说："我不是故意啊，我不是故意的。"而洗河就来了电话，汇报人没了。在

121

半路上咽的气。施某号啕大哭。洗河还问是拉回双鼓坳还是拉回公司。罗山说："往医院拉！"洗河说："人都死了还去医院？"罗山吼起来了，"没医院的死亡证明，那怎么死？！"

这时候，坳口汽车响，兰久奎来了。兰久奎一大早进城的，前些日子由王立仓老板介绍开家具厂的舅舅为水晶王制作底座，他不放心底座的高低宽窄尺寸，又担心上边的雕饰庸俗，去了家具厂察看。兰久奎也到了中间院落，罗山说："开工的日子是经风水先生算的，奠基时更是敬天敬地敬鬼神，供案上摆了牺牲，红旗招展，唢呐吹着，鸣放了那么多鞭炮，怎么还出了这事呢？"兰久奎没有询问马某的情况，也不看瘫在地上的施某，给罗山嘀咕了一阵，两人出来把工头和所有工人，甚至还包括何村长，都叫了来开会。宣布了三条决定：一、死人的事严加保密，不准对外透露丁点消息。二、让何村长再去祥峪镇上请那个风水先生。三、中间院落清理完血迹后，三个院落继续装修。

何村长要去镇上，兰久奎送到坳外，说："你见过秘书长吗？"何村长说："听你们说过，我这级别不够，没见过。"兰久奎说："那呈红呢？"何村长说："上次来过的那个漂亮的妇女？"兰久奎说："我再强调一遍，死人的事不要给他们提及，有意不行，无意也不行！"何村长给兰久奎发了誓。

风水先生来了后，罗山不客气，责问怎么还出了人命。风水先生察看了出事现场，说应该没问题呀。问吊顶上的那几块木板是什么材质的，工头说是毛柳木的。风水先生说："毛柳木是妖木呀！"罗山命令立即拆吊顶，一律用花梨木。风水先生拿了罗盘再到坳中对照了半天，承认他也有疏忽，先前没注意坳外河对岸那一处沟壑有红色岩石层，这就是地硬，补救的办法就得在水池那儿竖一块巨石。罗山说："我们就准备在水池上建个亭，那就把石头放在亭里？"风水先生说："这好。"罗山又问："石头有啥要求吗？"风水先生说："颜色要白的。"罗山说："水晶石行不行？我们有块大水晶，水晶王！"风水先生说："这更好。"罗山就对兰久奎说："咱们的感觉和风水一致嘛！"

医院给马某开具了死亡证明，尸体停放在了太平间，洗河返回来给罗山和兰久奎汇报。罗山和兰久奎商量着马某的后事处理，一方面让洗河去把马某的伯父请来，一方面决定支付丧葬费六万元。

马某是城东回牛镇人，自幼父母双亡，由伯父抚养长大，而伯父在村里当过几年会计，一生未娶。马某来公司打工后，把伯父接来在塑料制品厂看大门，塑料制品厂倒闭后，伯父本来要回老家的，马某没让回，就还住在马某的出租屋里。请来了马某伯父，老头哭得在地上打滚，好半天情绪稳下来，说六万元不够。兰久奎做工作，说这事是施某的意外失手，施某该负责，而施某家里更困难，一个母亲瘫痪在炕上，一个小妹又患癫痫病，五千元都拿不出来，公司出面送医院，后事处理全部包了，再给六万元已经仁至义尽。但老头就是不行。后来罗山再加到八万，老头说要十万，没有谈拢，洗河把老头往出租屋送，老头说："没有十万，尸体别想火化！"

此后的三天，老头天一亮就来到公司，门房曾老汉不让进，老头哭喊："儿呀，我没活够的儿呀！你丢下我叫谁照应呀？我的儿呀，儿呀，你回来把我也引上走呀！"然后就在大门口烧纸，烧得黑烟、纸灰到处飘。罗山没了办法，给了十万，老头不闹了，和洗河一块儿送尸体去火化。洗河已经给老头买了回老家的车票，但老头说他得做一顿饭吃，洗河就等着。老头蒸了米饭，煎了白菜豆腐，吃饭时把马某骨灰盒放在桌上，说："儿呀，我吃，你也吃，这是咱在城里吃最后一顿饭了！"吃毕了饭，收拾铺盖卷，老头说把骨灰盒用布包了，他好背着，就站在凳子上去拿墙架板上的一个筐子，筐子里有块旧被单，双腿就抖，从凳子上跌下来。洗河没在意，去扶老头，扶起来了，一松手，老头又跌在地上，说："我立不住，我立不住！"

老头脚崴了，背了去那条街上的医院一检查，是骨折了。洗河赶紧给罗山打电话，罗山骂道："你在他跟前，能让骨折了？！"

但骨折就是骨折了，只能住院治疗，而老头不肯掏自己钱。洗河又请示罗山，罗山让洗河回去拿钱。拿了钱还得有人照看，请个护工吧，费用也不少，罗山干脆让洗河就陪着。

老头的事情多，嫌病房里的枕头太软，要枕砖块。饭是从街巷小饭馆买的蒸馍、米饭、面条、鸡蛋汤，嚷嚷着没咸菜。老头还有一个嗜好，就是喝茶，不要红茶和绿茶，是那种过期的花茶加水熬成黑汁儿，喝上三盅了一整天头就不痛。病房里没有茶壶，也没有砂锅，他让洗河去买罐头，把罐头筒缠个铁丝把儿，去医院楼下的院墙根生火熬。洗河发脾气，和他反嘴，但还是去熬了，有时往茶汁儿里唾一口。洗河说："你人老了，咋这坏的！"老头说："我就是坏人长老了！"老头喝了茶汁儿，让洗河也喝，洗河喝了一口，苦得要吐。老头说："甭吐，甭吐，苦东西喝了能排你身上毒哩。"洗河呸地吐了，说："我排什么毒，我哪儿有毒？"老头说："你额颅上长痘是不是毒？你嘴角生疮是不是毒？你给你罗董、兰总笑脸子给我恶声败气是不是毒？我儿命都没了，你不帮着我多要几个钱是不是毒？"洗河没生气，倒笑了，说："是毒，是毒！这城里有权的人是毒，有钱的人是毒，高楼大厦是毒，灯红酒绿是毒，桑拿房是毒，咖啡馆是毒，你儿子死了是毒，没给你五十万一百万是毒，人活着都是毒！"老头看着洗河，愣住了，拿着手抠嘴，牙是烂牙，一个黑窟窿，好久了说道："对喽！"

老头终于出院了。送老头坐了长途班车，班车门吭地一合，像是合掌作揖，洗河立即给班车也合掌作了个揖。望着班车喷着一股子尾气远去，洗河突然觉得老头可爱，有些舍不得。

*　　　*　　　*

二〇〇〇年七月，建成的双鼓坳别墅，在空置通风了三个月后，兰久奎就全家来东院度过西安最热的十天。再后，兰久奎自己每个周六来住上一夜，周日下午再返城里。罗山是让风水先生算日子，选在七月二十二日，他、他妻子、他爹和保姆梅青，带了锅盆碗盏和食材，意味着开灶，也来西院住了三天。头一天晚上，罗山妻子没睡好。她有严重的神经衰弱，只说双鼓坳负氧离子多，有助于睡眠，但夜里老有鸟叫，尤其听着南梁上的松涛声、瀑布声，辗转反侧，不能安然。差不多三四点吧，突然啪的一响，动静似乎就在窗外，起来拿手电往外照，院地上伏着一只什么东西。像是鸟，而鸟是一对翅膀，那东西扑扇着两对翅膀，一对大翅膀后边还有一对小翅膀。是蝴蝶吧，可蝴蝶哪有碗口大的?！吓得关了窗，再不入睡，坐到天亮。第二天早上，太阳从东梁上出来，双鼓坳里一半白光一半苍黑，甚是分明，罗山在院门口伸懒腰，说："啊，啊，我的庄园，多清楚！"妻子说："你啊啊着作诗呀？瞧你那用词，应该是'清明'！"罗山说："对，是清明，清白，清丽。"这时看到了兰久奎东院的山墙上，阳光下竟熠熠闪着粉色，十分稀罕，就取了照相机，要妻子站到那粉色墙下留个影。妻子跑过去了，却当下叽吱哇呜叫起来。那墙上是爬满了各种各样蚊虫飞蛾，足足有二指厚。全在蠕动。妻子当天就闹着返回城里，说双鼓坳就是个金銮殿，她也再不来了。

罗山爹却觉得双鼓坳好啊，给罗山说，这地方好像在梦里来过，不回城啦，就在这里养老。罗山依了老爷子，让梅青也留下，便嘱咐何村长能隔三岔五来照看着。何村长便往后每天过来一趟，来了还带村里的张三李四，游园观景，拍摄照片。

半坡村人见到双鼓坳有这么好的别墅庄园，有着另一种生活，大开眼界，就把双鼓坳别墅庄园叫"花房子"。

来花房子的人一多，老爷子先还和众人打招呼，坐在太阳下吸纸烟的时候，也要散发三支四支的。后来一大清早，老爷子还睡个回笼觉，园子里就有了人说笑，是半坡村和祥峪镇的人，或半坡村和祥峪镇的人来了亲戚，领着参观。老爷子睡不成了，起来，只说午饭后再睡一会儿吧，园子里还是游客不绝，呼朋唤友，爬低上高地照相。老爷子就躁了，让梅青去赶人。梅青说："有人气了也好，权当是来烘园子的。"老爷子说："烘什么园子，还烘床呀？！"梅青出来对游人说："老人要午休哩！"没人听梅青的，梅青只能关了西院门。园子里到处是空矿泉水瓶子、废纸团，和吃了豆腐干、香肠扔下的塑料食品袋。开得好好的花被折掉了十二朵，水池上的亭里满是泥脚印，水晶王上可能拿石子写字没写上，竟有人用唇膏写了一行"到此一游"。那牌楼后平整了一块地，还没植草皮的，也被人说庄园里住的都是有钱人，抓一把土回去能沾财气，你一把我一把便抓出了一个坑。更糟糕的是园子里有两个公厕都是可以拉水冲洗的，但就是不冲洗，粪便满蹲坑，蝇蛆咕涌。等何村长再来，老爷子就给何村长叫喊，何村长从村里雇了一人来看守坳口的大铁门，不准闲人入内了。

市政府在改造永宁路涝洼村、小甘寨那一片棚户区，罗山参与了一部分拆迁工程，启用白庆成立了拆迁队。罗山也给白庆讲明，棚户区拆迁后若能得到一块地开发，拆迁队就负责新的楼盘建设。在这期间，罗山又一次调整中层，周兴智升为总经理，印刷厂康有祥来任公司办公室主任。印刷厂经理一时空着，沙武就鼓动洗河去争取，洗河说："你是不是把我顶走了你就是我？"其实他也动了心。但罗山接二连三被一些烦恼纠缠，心情不好，洗河就不敢说什么。

先是棚户区全部拆迁完，罗山已经请求秘书长能在那片土地竞拍时给予关照，却传出城市建设规划必须有风道，而由东向西原有的两条风道不够，永宁路一线开辟新的风道，拆迁过的那片区域就建休闲公园。罗山的企图破灭，认为白庆是不祥之人，解散了拆迁队，白庆又回到办公室闲着。

到年底，那片土地上却有人在建楼，一打听，开发商是香港人，人家通过省领导给市上打招呼，获得了那片土地使用权。罗山非常愤怒，当着秘书长的面大发牢骚，秘书长说："你是恨我吧？"罗山三个晚上都在酒吧喝酒，没有让兰久奎来，也不带洗河。

接着是罗洋初升高时成绩差二十分未能考入重点学校。虽然罗山找了教育局局长，罗洋最后被录取了，但交了十二万，还是以捐赠的名义。罗山在家里训斥儿子："看看邻居老赵的孩子，不但不用掏钱，还全免了学费！"儿子说："邻居的孩子再好，那认你是爸吗？"罗山一时噎住，儿子又说："我是不是你亲生的？"罗山说："不是我亲生的，是拾的捡的抱别人的？"儿子说："咱家的钱是不是将来都留给我？"罗山说："我还能留给谁？"儿子说："那么说，钱都是我的？你和我妈现在花的都是我的钱！"罗山说："胡说八道！"一巴掌把儿子的半个脸打青了。妻子嫌罗山下手重，和罗山吵，数说孩子学习不好，怪谁呀，做父亲的什么时候辅导过孩子功课，什么时候陪过孩子，生儿不管儿！两人说话都难听，罗山生气就不回家住了，要沙武去宾馆订房间。

洗河对沙武说："你还真去宾馆订房间呀？"沙武说："罗董的老婆是麻胡蛋，罗董住宾馆了好，随便找小姐。"洗河说："你小心他们又和好了，罗董给老婆说是你订的房间、找的小姐，你就等着从公司走人吧。"沙武被吓住了，要和洗河去劝说罗山，洗河却不去，说要出去给工商联送个文件，自己把车开走了。

沙武给罗山说了没去宾馆订房间的理由：不是冤家不夫妻么。谁家锅底没有灰呀。老夫老妻了，吵吵嚷嚷倒是家庭润滑剂哩。还有，别的人家闹矛盾，都是女人回娘家，你大老板，自己出门?！罗山听得心烦，把沙武往办公室外推。楼道里却一声："爸！"跑过来儿子罗洋，笑得天真无邪。罗山愣了一下，立即色气活泛，说："你不在学校，咋来啦！"罗洋说："今天是星期天呀！我妈让我来叫你的。"罗山说："她叫我？不回去。"罗洋说："那我要吃火锅！"罗山说："那我带你去街上吃火锅。"罗洋说："我妈在家里做火锅哩，她买的是秦川牛肉，我要吃进口的，你给我买日本的？澳大利亚的？"罗洋拉着罗山的手撒娇，罗山说："好好好。"一抬头，楼道口站着洗河，知道了咋回事，喊一声："洗河！"洗河立即跑了。

　　事后，东凤酒的一个销售点的员工和街上小流氓打架，被公安派出所拘留，罗山去酒厂见武西康经理。回来的路上，罗山请洗河、沙武在烧烤店里吃羊肉串，罗山还在埋怨武西康该硬的时候不硬，该软的时候又不软，突然说："处理鸡零狗碎的事还得你洗河！"洗河正嚼着一疙瘩肉，噎住了。沙武忙使眼色，又用手戳洗河的腿，洗河梗了梗脖子把肉咽下去，一时却不知说啥。沙武说："噎死了也好，是吃肉噎死的。"罗山说："你跟我这么些年了，是该独当一面了。"洗河说："你要我去印刷厂？"罗山说："你去看管花房子吧。"

五　花房子
（二〇〇一年—二〇二〇年）

　　洗河见到梅青，是老爷子从池上亭子下来迎他，下台阶时一步踏空，梅青一下子扑过去扶，没想老爷子一个前跄，站住了，却把梅青撞倒在池子里。池子水并不浑，但梅青爬出来，已经浑身湿透，还光着一只脚，就羞得往东院跑。她个子不高，衣服贴在身上了，该胖的地方很胖，该瘦的地方很瘦。

　　老爷子见洗河拿着铺盖卷，还有一个木箱子，问："你没把爆米花机子也带来呀？"洗河回头见一只布鞋还在水面上漂着，弯腰去捞，够不着，旁边的花台上有根竹棍儿，用竹棍儿拨过来，手捡了甩水，说："带来了，我特意去那旧屋里取了的。"远处的沙武在开汽车的后备厢，果然往出搬爆米花机子。老爷子嚯嚯嚯地说："洗河呀，是我硬把你要来的！"

　　梅青换了衣服，头发还没擦干，用毛巾裹着，悄没声再过来，见洗河左手提着她那只鞋，便闪到老爷子身后。老爷子给梅青介绍这是洗河，以后就看管园子的，再给洗河介绍这是梅青，照顾我好几年了。梅青说："小保姆。"洗河也就说："小保安。"伸出了右手来握，梅青也伸过来右手了，却把洗河左手上的鞋拿过来，晾在了花台沿上。

129

领着洗河去东院，东院门槛很高，跨了腿才能进去，经过庭堂，后边天井南北两边多间厢房门都闭着，再往后，后庭五间，东西向，左边两间开着一个门，右边三间开着三个门。梅青抱着洗河的铺盖卷，问洗河住哪间屋，洗河说："庭堂角不是还有个空屋吗？"梅青说："门房呀，就是那屋空着，罗董也不会让你住在那里的。"洗河说："那就哪个屋差我住。"梅青说："这里哪有差的屋？老爷子住天井厢房北边第二屋，我在前庭角那屋里，你住老爷子隔壁吧。"洗河说："我住后边屋去。"梅青说："后边是罗董住的和留给重要客人的。或许你能住？"洗河说："你损我！那我住前庭角那屋，你住老爷子隔壁了，照看着方便。还有，我打呼噜哩。"梅青说："咋又是个打呼噜的！"就进了天井厢房北边第一屋。洗河还要说他去住前庭角那屋，梅青说："罗董来了罗董是主人，罗董不在我说了算。"动手把铺盖卷在床上铺，再把木箱子也提进来。梅青说："你就这点家当？"洗河有些不好意思。梅青说："看来混得不行么。还是枕砖头？"洗河说："我可枕不了砖头，这里有丝绒枕头的就给我丝绒的，没丝绒的就棉的。"梅青说："还讲究啊？！我以前用棉的，现在改作装荞麦皮的，你去我那儿拿来。"洗河去了梅青屋把棉枕头拿来了，梅青却把枕巾收了，说："你用你的枕巾。有头油了，别指望我给洗啊！"洗河笑了笑，说："照看老爷子前你在哪儿工作？"梅青说："我在酒店当服务员。"洗河说："哦，是门迎吧。"梅青说："你怎么知道的？"洗河说："门迎都漂亮。"梅青瞪了洗河一眼，洗河说："我去过老爷子那旧屋，几次也没见到你。"梅青说："我不出去买菜了就专门等你？"洗河话接不住了，给梅青又笑。梅青倒看着洗河，说："老爷子常提起你，说长得丑，果然丑丑的！"洗河说："是丑。"梅青说："个子不高，脸却大。脸大就脸大吧，眼睛还小。眼睛小也就罢了，皮肤又那么黑。"洗河说："还长哩，长长就好了。"梅青说："没老死哩，还长呀？！"这回才笑开来，拧身离开了。

往后的日子，不管天晴下雨，洗河大清早一次，中午一次，天黑一次，半夜一次，都要把庄院的角角落落走遍，防备着有什么野物从梁上的树林子里钻进来，几次发现了蛇，背上有着人脸纹的大蜘蛛，还有一只刺猬在梁根水渠沿上爬，一动缩成一团，不敢声张，用棍子挑了，扔到坳外的沙滩去。再就是收拾垃圾，护理花木。觉得这一块石头放的位置不对，吭哧吭哧搬移了，又觉得中院西墙后有一处地势下沉，镢挖锨铲，重新铺设，再从坳外担了土垫好。门卫老汉说："洗河，洗河，不干了，来吸一锅烟。"

洗河是不满意门卫的。老汉天明从半坡村骑了自行车来，天黑骑了自行车再回去，一整天都坐在门房里，不是打盹就是吸旱烟锅，不停地咳嗽，把痰从窗子里唾出去。大铁门经常被一些闲逛人敲响，老汉出去呵斥，但闲逛人不害怕老汉，一呵斥，他们走了，他一回到门房，门又被敲起，反复几次，老汉就不再理会，任着大铁门被脚踢得哐啷响。是洗河冲出去，大骂一顿，那些人才散了。

洗河拿了个痰盂放在门房里，让老汉吐痰就吐在痰盂里，并给老汉说："看门就要像个看门的，你要有煞气哩！"老汉说："我以前蛮凶的，不就是大病过一次，这气不够用了么。"再从半坡村来，老汉牵着了一只狗。狗还小，老汉要训练它能扑能咬，用绳子拴根骨头，扔出去，狗去叼，把绳子又拉回来，狗没叼住，再把骨头扔出去。如此再扔再拉，狗就大声骂老汉。

每每饭熟了，梅青让老爷子吃着，她出来喊洗河。洗河狼吞虎咽的，梅青说："慢慢吃，锅里那些饭都是你的！"洗河说："你做的饭香！"梅青不言语了，看着洗河吃，剥出一瓣蒜放到洗河的碗里，又说："咋回事，老爷子的那些旧鞋都晾在长廊那儿的，怎么就不见了一双雨鞋？昨日我洗了衣服在山楂树那儿的绳上晒着，晚上收的时候也少了一条纱巾？"洗河说："风吹了吧。"梅青说："风能吹了纱巾，还能吹了雨鞋？！"洗河说："你是说门房老汉没看好门，进贼啦？"梅青说："那你不是领导他吗？"洗河说："我就领导一个门卫？！"洗河还想再吃半碗，碗往桌子上一蹾，不吃了。

门房老汉中午饭是用一只铝饭盒带些米饭或烩菜蒸馍，晚上了在饭盒

131

里装满水泥带回去。门房西边紧挨着一排空平房，里边放了镢头、镐、锨、钳子、梯子、笼筐、抽水皮管子，以及装修剩下的铝合金门框、塑料板和整袋整袋的水泥。洗河发现有两个袋子空瘪了，觉得疑惑，但也没多想什么。一日下午在门房里，老汉去打扫狗屎，洗河偶尔打开那个饭盒，竟然看到里边是水泥，问老汉这是咋回事？老汉慌了神，支吾说他家灶台没有贴瓷片，看到空房子里的水泥没用了，想着拿一饭盒回去把台面搪搪。洗河说："是一饭盒吗，还是你已经一天一饭盒，一天一饭盒？！"老汉就作揖求饶，说再不敢了。

洗河第二天去半坡村找何村长，说罗董、兰总很生气，要求换掉门房老汉。何村长说："这老汉在村里没这毛病呀？"洗河拍了桌子，说："你说的屁话，是花房子让他成贼的？！"何村长同意换，却提出能不能多派几个人去，比如门卫呀，维修工呀，打扫卫生的呀，护理花木的呀。洗河觉得都需要，请示了罗山和兰久奎，罗山和兰久奎同意：算是个物业团队吧。洗河就要何村长保证来人要手脚干净的，身体健康的，还得是非少，眼里有活。何村长说："我给你政审！"

三天后领来三男两女，洗河说："说好的四人，怎么来了五个？"何村长说："三个男的分别做门卫、维修工、花木工，一个女的打扫卫生。为了保障服务好，他们就住在这儿，总得有个做饭的么。"洗河留下了那女的，安排他们都住在平房里，平房五间，一间三个男的住，一间两个女的住，一个做厨房，两间还堆放杂物。然后发放当月工资，每人一千元。还应承以后每月给灶上补贴三百元。何村长说："哎呀洗河！花房子在我们这儿，就该给村里带福祉么，这也让我在村里有面子啊！"那只小狗，洗河要留下，算是买那个老汉的，付了二百元，但老汉说："二百元是狗的钱。"把狗缰绳解下来，拿走了。

老爷子问："来这些人，花了多少钱？"洗河哄老爷子，说："不多，一人就几百元。"老爷子说："几百元也是钱啊，有你和梅青哩，养活这么多人？"洗河说："这算啥呀，皇帝养活一国人哩！"洗河就又召集了五个人开会，叮嘱着老爷子年纪大了，脾气不好，万一吼叫着什么，都别还嘴，千万记住不得说工资的事。

那只狗通身黑，皮毛油亮，以前老汉叫它"旺财"，老汉走后，洗河喂着吃喝，想起在立交桥洞的狗，想起去宠物医院救治的狗，便给它起名也是"我来"。"我来"跟着洗河，洗河让它站，它就后腿支棱着站起来，让它咬，它龇牙咧嘴，声音有瓮声。狗是越来越大了，五官像洗河。

空闲的时间多了，梅青去半坡村或祥峪镇上买肉买菜买鸡蛋，洗河也要一块儿去。梅青不让去，还当着维修工和花木工说："哟，我可不是罗董，有个跟班。"洗河说："那好，你去买鸡千万不要买鸭子。"梅青说："鸭子咋啦？"洗河说："鸭子嘴硬，鸹人哩！"

这一天，梅青又要去镇上买豆豉豆腐，洗河带了"我来"到三面梁上看风景。站在南梁上能看到远处的圭峰，圭峰上云雾缭绕，变化莫测，十分好看。回头也要看看峪里的公路和公路去到的祥峪镇，但公路和祥峪镇都在山底，没有看到，而身下的瀑布往下流泻，跌在下边的潭里一片烂银。洗河知道自己爱上梅青了，而梅青肯定是看不上他。但他不管，爱与不爱，他做他的，他喜欢山就逛，喜欢树也就喜欢鸟。心里有个人，他就活得愉快，被训责一下，那是想摘枣被刺扎了一下，吃毛桃被毛痒了。从梁上下来坐在牌楼前，想着东西南梁上应该修一圈土墙，即便不修土墙，栽铁丝网也好，估摸了，水泥柱子得六十根，铁丝网也需两三千米长吧。梅青买了豆豉豆腐进了大铁门，说："哎，哎，发啥呆哩？"洗河翻着白眼，不说话。梅青说："我给你说话哩，你聋啦还是哑啦？"洗河说："我不能说话，一说你就戗哩。"梅青一笑，说："吓！屁还崩不得呀？！"提篮子往前走。洗河捂了嘴跟上去，"我来"也跟了洗河，进了东院。

在厨房里，洗河要喝酒解解乏。如果不是聚会或是在饭桌上，平日洗河想喝了就举起瓶子抿那么一口。现在他倒了一盅，又去案板上拿一盏油炸花生，说："老爷子要的呀。"梅青说："老爷子只要一盅?！"洗河只嘿嘿笑。梅青说："闻你衣服的味！多少天没洗啦?"洗河在他房里换了一身西服，把脏衣服丢到洗衣机里。出来了，梅青说："噫，小伙还蛮精神么。"洗河说："你以为哩?！"把酒和油炸花生端到自己房里，酒喝得香，油炸花生也吃着香。

＊　　　　＊　　　　＊

兰久奎的妻子姓杨，洗河和梅青叫她"杨姨"。杨姨只要来西院住，那些天里，一早一晚都会在园子里走，一走就五十圈。她个子小，常年穿着拖地的长裙，冬里外套绒大衣，夏里外套纱袍，走起来碎步子，裙摆呼啦呼啦。老爷子问洗河："这是干啥哩?"洗河说："她有血糖病，医生让多走路的。"老爷子说："白走路啊?汽车不拉货就空转轮子?！"又问："她咋不穿裤子，老是裙子?"洗河说："穿裙子能遮住厚高跟鞋了，显腿长。"老爷子鼻子哼了哼，兰久奎的妻子再走过来的时候，他背过身看玉兰树上的鸟。

兰久奎的妻子每次来都给老爷子送些保健品，老爷子不愿见，假装在房里睡觉。兰久奎的妻子就给梅青交代这是维生素 C，吃了增加免疫力，这是钙片，人上了岁数补钙重要，这又是深海鱼油，从澳大利亚托人捎回来的。梅青在老爷子起床后说保健品是杨姨给的，老爷子说："这多少钱?"梅青说："人家送的。"老爷子说："我好好的，吃什么药?"保健品在柜台上已经堆了六七瓶。

梅青每次都给杨姨说你回来几天，一个人不好做饭了就过来吃，杨姨总是不肯来，梅青就把一些肉呀蛋呀蔬菜的送过去。这一日梅青做了甑糕，端了一碗去了西院，杨姨也正准备做饭。杨姨说："甑糕呀！你还会做甑糕?"梅青说："老爷子想吃甑糕了么，其实我也是馋了。做甑糕也容易，提前泡好糯米和红小豆、红枣、葡萄干，做的时候在锅里铺一层糯米一层红枣，一层糯米一层红小豆，一层糯米一层葡萄干，一层糯米一层红枣，慢慢去焖。我做的还算不上正宗，只是多放些红枣和葡萄干，还嫌不甜了撒点白糖。"杨姨说："看着都软糯香甜，可我血糖高，不敢吃呀。"杨姨要做菜米饭，用秤称大米一两，薏米一两，红豆一两，青稞麦仁一两，南瓜五片，芹菜一把切碎，搅和了在电饭煲里蒸。梅青说："这仔细的！"杨姨说："要仔细的！血糖高是富贵病么。"梅青说："就吃这些还富贵呀？老爷子啥都能吃的，最爱吃的还是肉，每天得有一顿红烧肉。"杨姨说："他是不是还爱金子？"梅青说："就是呀，每个春节他要罗董给他买个金币或是一根金条，现在他那砖枕头下就压着五个金币六根金条的。他说压着了睡得踏实。嘻嘻，老财东！"杨姨说："他就是个农民！"梅青不笑了，没有说话。杨姨给电饭煲通上了电，说："这些都是粗粮，我在里边还放海参虾仁的。哎，梅青，平时你和洗河就在庄园里？"梅青说："何村长还派了五个人。"杨姨说："你和洗河是不是谈恋爱啦？"梅青说："瞧杨姨说的，我怎么能和洗河谈恋爱？"杨姨说："这正常啊！人一生到啥阶段完成啥阶段的事。"梅青说："我是农民，要谈也是回老家了和农村人谈。"杨姨说："哦，我刚才说老爷子是农民，你犯心思了？"梅青说："这倒没有，我本来就是农村人么。"杨姨说："年轻人适应环境快，不像老爷子那些岁数大的人。我还以为罗董故意安排你们来。"梅青说："我伺候老爷子已经好多年了，洗河来了后才认识的，在这里我们就是把老爷子伺候好，把这里看管好。"杨姨说："是不是？"伸手倒捏了一下梅青的脸，说："长得真好看！"

订制的水泥柱子和铁丝网运到了花房子，洗河从镇上招了十几个帮工开始往东西南梁上抬。梁上没有路，一根水泥柱子原本两个人抬的，现在得四个人。为了止滑，帮工的都穿了草鞋，洗河也在皮鞋上套了草鞋。

梅青端了甑糕出来，见洗河刚从梁上下来在水池那儿撩水洗脸，就大声叫过来。洗河说："有啥事啦？"梅青说："瞧你那脚，哪有皮鞋上套草鞋的，人没来脚先到了！"洗河说："梁上难走，皮鞋容易蹭坏的。"梅青说："那就穿草鞋呀，怕人看见你是六趾？"洗河一下子脸红，窘得脚没处放，说："你，你偷看过我洗脚啦？"梅青不回答他，说："给杨姨端了甑糕，她不吃，你吃了。"洗河说："人家不吃了才让我吃。"梅青说："你吃不吃？"洗河接过了碗，却说："我就是六趾，让你难看了。"夹了一口吃在嘴里，又说："六趾穿的是皮鞋！"

当天晚上，月亮明晃晃的，杨姨又在院子里走路。洗河提了根竹棍在大铁门外打着一只野狗，野狗跑到西鼓崖上，他撵到西鼓崖上，野狗又跑到河滩，他还撵到河滩，人吼狗叫，叽吱哇呜的。后来进了大铁门，训斥门卫："你留个心，一看见了就出去打！"门卫说："'我来'一直在园子里。不知野狗咋就寻上了。"洗河就看着门卫身后的"我来"，踢了一脚，"我来"呜呜着，没有动，又踢了一脚，"我来"跑到廊台上，从廊柱后透出头来看。杨姨不走了，给洗河招手，说："洗河，来，姨给你说个话！"

洗河跑过去，还喘着气，杨姨说："咋和狗置怎大的气？"洗河说："咱的狗跑出去了几次，不知怎么被外边的野狗盯上了，动不动就跑来。"杨姨说："甭打狗啦。姨问你，你对梅青就没个表示？"洗河说："啥表示？"杨姨说："给我装傻！你和梅青在这里这么久了。"洗河说："哎呀杨姨，我才打了狗，你却说这事，这我和狗一样啊！"杨姨说："你要说不好，我给梅青说去。"洗河一下子温柔了，支吾道："我长得丑。"杨姨说："哪儿丑啦？鼻子眼睛都有，胳膊腿不缺！即便丑，丑人就不要爱情啦？！"洗河感动起来，说："杨姨，你也走累了，咱坐到亭子里去。"杨姨说："我不累，就在这儿说。"洗河说："她比我大三岁哩。"杨姨说："我比你兰叔还大五岁哩。"洗河说："她老是饯我。"杨姨说："你不是很享受她饯吗？"洗河顿时愣住，接不住了话，杨姨倒笑了。廊台上的"我来"不知什么时候跑了来，又站在了洗河身边，洗河下意识地把它用双腿夹住。杨姨说："好了，你去给狗洗澡吧。"洗河和"我来"往东院去，回过头说："杨姨，你是我娘！"

＊　　　＊　　　＊

老爷子睡得早也醒来得早，这一天还不到五点，在他的房里吭吭地哭。梅青听见了赶紧起来去看，人老了，脸一抽搐，皱纹是横的，眼泪流下来流到腮帮上。梅青说："你哭啥哩？"老爷子说："我做了一个梦，屎憋着往自家地里去拉，却就是寻不着自家的地。"梅青不知道给老爷子说啥，把洗河的门也敲开，洗河说："他没拉到裤裆里吧。"梅青说："你安慰去。"洗河说："他没瞌睡折腾哩，我不去。"倒在床上再睡了。

过了三天，老爷子要吃爆米花，洗河爆了一碗苞谷粒，一碗米，一碗黄豆。老爷子突然说要种地，洗河说："你又说梦话。"老爷子打了洗河一巴掌，骂道："大白天的我说什么梦话？"洗河说："你种了一辈子地了还没种够？这里是别墅，哪儿有地？！"老爷子说："我看好了，咱家院子到南梁根那一片草坪，整出一块菜地，种白菜、萝卜、韭菜、茄子、西红柿的，别说咱家，就是兰总家和请来的那些人，一年四季吃菜不用买了。"洗河说："你是舍不得罗董的钱呀，还是想自己吃苦？"老爷子说："我想多活哩！"洗河说："咋就想多活哩？"老爷子说："你们不是说汽车放在那儿不开，废得更快吗？"洗河说："行！你说整出一块菜地就整出一块菜地。将来了，再搭个鸡舍，垒个猪圈，有蛋吃有肉吃，还要在那里修个水茅厕，有了肥料。"老爷子说："好啊好啊！"洗河说："好个屁！"老爷子举起手又要打，洗河跳开，说："我可有话说到前边，整菜地我可不动一镢一锨的！"

整菜地的时候，洗河真的没去。老爷子让门卫、维修工、花木工、打扫卫生的去整，他们都不理解，来请示洗河。洗河说："这事不要问我。"他们说："你是领导。"洗河说："他是我领导。"他们说："知道了。"拿了镢头、锨去铲了草皮，搬走了石雕，第一天就把三分地收拾了出来。第二天还要搭鸡舍垒猪圈修水茅厕，何村长来了，何村长给老爷子说："修那鸡舍猪圈水茅厕干啥，要吃土鸡蛋土猪肉我包啦，地里要上肥，随时给我个电话，我让从村里拉来一车就是啦。"老爷子不强调鸡舍猪圈水茅厕了，待地里的土又翻松了一遍，让何村长拿来了萝卜籽、白菜籽、菠菜籽撒上，还栽了辣椒、茄子、葱和蒜。后来，老爷子去过一次镇上，在别人家的地里拔过一棵葫芦苗，也栽在地里，对梅青说："结了葫芦，我给你剖个水瓢。"

罗山拉了米面油和一大堆吃食来到花房子，看见了菜地，问洗河这是咋回事，洗河如实说了，罗山大发脾气，"让你拉车，你就把车拉到床下啊？！"洗河说："我是老鼠呀？"罗山说："啊呸，你不是个老鼠！"同来的兰久奎笑了，说："算了算了，老爷子是老猫，老鼠逼不了猫啊。"兰久奎一笑，罗山也笑了，菜地的事就过去了。洗河在菜地边立了一道铁栏，铁栏外栽上密密麻麻的蔷薇。

有了菜地，老爷子营心，除了每天去锄锄草，捉捉虫，然后就搬了凳子坐在地头，用小瓷片刮磨新安的镢把、锄把、锨把。这些农具把已经刮磨得光溜，还要用手去摩挲，手上没有汗油了，在脸上擦擦了再摩挲，要让产生包浆。然后，就给梅青讲二十四节气，什么节气种什么庄稼，什么庄稼又在什么节气里收获。洗河是从不去菜地的，经过了，对花木工说："你回村去挖些迎春花根，栽到梁根水沟沿。"花木工说："行，春上开花了好看。"洗河说："花开了好看，冬天里那蓬蔓笼着更好看。"老爷子就说："洗河，我考考你，小满是啥意思？白露又是啥意思？"洗河说："我是城里人！"老爷子骂了一句："这碎尻！"哀叹起现在年轻人都不会种庄稼了。洗河说："你这是种庄稼？皇帝他娘拾麦，岔心慌哩！"

那棵葫芦蔓子长上来，搭了架，结了三个小葫芦。老爷子每天早上都去看，说你看它了它就长得快，果然小葫芦周身生着一层白绒毛，拳头大了，小碗口大了。而呈红来了。

头一天里罗山给洗河打电话，说把中院打扫干净，可能呈红要去，如果去了就把中院的钥匙交给她。中午十点左右，呈红开着车到了，门卫问："你是谁？"呈红说："我是我。"洗河看到了跑过来迎接。呈红从车上取下了一个用纸包裹的大木框子，说："这里有没有洗车房？"洗河帮着拿了大木框子，叫喊着花木工过来提水把车洗一洗。呈红说："很久没见了，吃啥了，气色这么好？"洗河说："这里空气好，水好。"

洗河陪着呈红先在园子里转了一圈，维修工、打扫卫生的、做饭的都远远地站着看她。呈红说："这些人看啥哩？"洗河偏不说你漂亮么，说："没见过你这么高个子还穿了高跟鞋。"呈红说："知道不，越是漂亮人越去做美容哩！"到了中院，站在台阶上了，洗河说："花房子就这里地势高。"呈红说："不是叫'双鼓坳'吗，怎么是花房子？"洗河说："这里方圆十几里的人给起的名字。"呈红说："叫'花房子'好，这'花'字好！"洗河说："来过的人都夸花房子的风水，这中院算是风水的灵魂，住着最养人哩。"呈红说："这得看啥人住哩，人贵了住哪儿，哪儿就是好风水。"洗河把钥匙给了呈红，呈红开门进去，把前庭看了，把厢房看了，把后庭看了，把所有砖雕木刻看了，把每一个房间里的床铺、柜子、灯盏、窗帘，卫生间的马桶、石盆，衣帽间的隔挡、穿衣镜都看了，再到前庭，拉过一张椅子坐下，把高跟鞋脱了歇脚。洗河说："这房子的用料都是世上最好的。"呈红却指着这面墙应该有一幅画的，那张案桌上应该摆一对梅瓶，还有，厢房里的床灯应该是粉色，后庭应该有个书房。又推开一面窗子，说窗外能有一丛竹子就好了。洗河问："你是住十天八天，还是三月五月？时间短了，就在我们那儿吃饭。"呈红说："我先来看看。"就把木框子的包纸撕了，是秘书长的照片，挂在了前庭墙上。洗河不明白怎么挂秘书长的照片，说："秘书长这张照片好！"呈红说："是好。你正面看，他是在看你吧，你往右边走，再往左边走，是不是他都在看你？"洗河说："是在看我。秘书长他几时来呀？"呈红说："他工作忙，照片在这儿，等于他就在这儿。"呈红让洗河忙去吧，她在房子里安安静静坐一会儿，抽支纸烟。

洗河出来，园子里阳光灿烂，梅青在晒被子。绳子拴得太高，梅青把被子一头搭在绳上了，踮了脚尖却把被子没展开，就蹦，一蹦拉一下，再一蹦拉一下，腰身长长的，还露出了后腰的肉。梅青一回头，看到洗河在瓷眼儿看她，忙转身把上衣往下扯，又回了头来，说："你干啥哩？"洗河说："看你晒被子哩。"梅青说："你把绳拴这么高？！"洗河过去拉展了被子。梅青说："眼睛那么小的，看人偷偷摸摸的。"洗河说："你往上蹦的样子好看。"梅青说："见了呈红，就作践我啊？！"洗河说："她有啥好的，脖子下就是腿。"梅青说："去！"却低声说："呈红是不是嫁给秘书长啦？"洗河说："我不知道。"梅青说："中院是不是就给他们？"洗河说："她嫁谁，中院给谁，这事我不管！"

呈红在中院吸了三支纸烟，出来到东院，梅青在厨房里泡腊肉，呈红说："今日做啥好吃的？"梅青说："你来了咱吃米饭，我炒几个菜。"呈红就出去了，在菜地里摘了那三个小葫芦，说："嫩葫芦炒腊肉是绝配哩！"梅青说："呀呀，你摘了小葫芦？！"院外随之就有了老爷子的叫骂声。洗河赶紧跑出去。

老爷子是到园子西北角平房里和打扫卫生的刘婶说了一会儿话，回东院时在那棵石楠前看到了一堆狗屎，用锨铲着去菜地，发现没了小葫芦，就杀猪似的叫洗河。洗河说："不就是三个葫芦么。"老爷子骂："那是我要做葫芦瓢的！嘴有多馋，啥都敢吃？吃骨殖啊！"

厨房里的呈红脸上挂不住，她不再留下来吃饭，低了头从东院出来就去开车，回城里了。

*　　　*　　　*

做饭的王妈一直被婆婆压着，七十岁上，婆婆死了，才做了一家之主。

儿子儿媳去城里打工后，她闲着无事，被何村长安排来花房子给帮工的做饭。王妈会做麻什、卤面、搅团、包子、烙面皮、蒸菜疙瘩，还会做醪糟，梅青常过去向她学。

月初里，王妈看到西鼓崖的草丛里有几棵野小蒜，野小蒜油泼了拌面条特别香，她爬上去采，门卫蒙长丁说："呀，你敢爬那么高！"王妈从崖上往下的时候，脚没踩实，摔下来，手背上划伤了流血，她先看膝盖，说："没事没事，裤子没跶破。"

一日，打扫卫生的刘婶给洗河提出：能不能她带个桶放在东院，东院的伙食好，剩饭剩菜多，泔水也稠，就倒到桶里，她晚上了带回去，她家养了五头猪。洗河说没问题，让她放了木桶。

蒙长丁就告诉了洗河，刘婶的丈夫早先贩菜，每天下午在村里收菜，用水泡一夜，第二天凌晨四点用蹦蹦车拉到城里的菜市场。卖时价硬，但秤给得高，买菜的走时还给搭一根蒜苗，菜市场就数他卖得快。去年八月初八，他从城里回来，邻居家失火，他搭梯子拿了用水浇过的被子去护檐头，从梯子上跌下来折了腿，从此成了跛子。家里的日子一下子困顿，他只好在家养猪，刘婶也找了何村长才来花房子的。

蒙长丁才来花房子的头三天，在门房里用旧牙刷刷一堆生了白毛的嫩核桃仁。洗河问："刷这干啥？"蒙长丁说："我儿做嫩核桃仁生意哩，刷了它，用福尔马林泡了，卖给城里餐馆拌凉菜么。"洗河一下子火了，用脚踢了嫩核桃仁，骂道："就这样害人啊?！"蒙长丁以后没再拿生白毛的嫩核桃仁来刷，但他爱接话，戳弄是非。刘婶往家带泔水桶时，他就说跛子的腿里有块钢板，过安检机器会响的，今辈子坐不成飞机了。刘婶嫌揭短，和他吵了一顿。他又说花木工韦涛和他弟韦波分家时讲明一个管爹一个管娘，后来兄弟俩闹矛盾，成了仇人，不再往来，他爹他娘两年了不能见面。韦涛说："把你的嘴闭上！"蒙长丁说："世上有不孝顺的还不能说呀？"两人推搡起来，洗河过来挡住，训斥蒙长丁："你是不是闲得慌？"给了他一把锨，让把西鼓崖下的那一堆沙石铲到河滩去。

维修工季济，人是个撮撮嘴，说话咬字不清，饭量也大。蒙长丁弹嫌季济一顿吃的比他一天吃的还多，嘲笑咬字不清是名字没想好。季济清理完下水道，在灶上吃了三个蒸馍，听说蒙长丁在大铁门外铲那一堆沙石，拿着锨就去帮蒙长丁。蒙长丁却说："季济，听说前年春节前在镇医院查出你食道癌了？"季济说："有这回事。"蒙长丁说："听说春节里家里待客吃肉，你也馋着，夹了一片在嘴里嚼，嚼了半天咽不下，你眼泪长流，跑到后院把肉吐了。"季济说："有这回事。"蒙长丁说："听说何村长领你去城里医院再检查，认为不是癌症，一出医院，你一下子吃了八两饺子。"季济说："有这回事。"蒙长丁说："你这不是死过一回了吗？"季济说："是死过一回，又活过来了。"蒙长丁说："那你要感谢命哩！"蒙长丁坐下吃纸烟，看着季济把沙石铲完。

洗河给梅青说："我现在能体会到罗董为啥骂人了。"梅青说："你想说啥？"洗河说："园子里没几个人，没名堂的事倒多！"梅青说："是我没维护你权威啦？"洗河说："我是说半坡村来的那些人！"梅青说："那都是下苦人，你对他们好些。"过后，洗河晚上没事了，提上一瓶酒去和他们喝。梅青时不时拿些肉和豆腐给他们灶上，还给了一个烧水壶、五条毛巾。又把罗董不穿了的一件上衣给了韦涛，给了季济两双老爷子的旧鞋。

季济给梅青说，他媳妇在家养火鸡，火鸡蛋个头大，营养价值高，不知买不买，肯定会便宜。梅青买了十颗，炖了给老爷子吃，觉得好，每隔半月就买一次。洗河把这事告诉了罗山，罗山让季济的媳妇给公司食堂送，又推荐了兰久奎公司食堂，兰久奎提出再送些火鸡。季济的媳妇送了五只火鸡，说她主要是养火鸡卖蛋的，往后产的火鸡蛋就全部供应了两个公司的食堂。有一天季济媳妇用篮子提了十三颗火鸡蛋又来到花房子，给梅青说这十三颗火鸡蛋不要钱，是感谢的，梅青接收了，留着吃饭，季济媳妇坚决不吃，梅青把她润脸的油给了一瓶，季济媳妇说："我这啥脸呀用这贵东西！"但还是高兴地拿了。

老爷子嚷嚷着给他炒火鸡蛋，多放些葱花，炒干，炒成一疙瘩一疙瘩的。梅青把那十三颗火鸡蛋拿出来。敲一颗，发现是红的，又敲了一颗，里边是血，吓得把洗河叫来。洗河又敲了一颗，倒出来是一只没成形的肉块，说："这是孵鸡娃的坏蛋，她拿来哄咱呀？！"当下要去找季济，梅青拉住说："你找啥呀！她肯定是弄错了，拿了坏蛋。"洗河也没找季济，说："季济咋能有这样粗心的媳妇？！"梅青说："你还没有哩！"

整个下午，洗河啥事都没干，背着手在园子里转。转到西院门口，西院门口上着锁，说："杨姨咋不来呢？"天将黑了，洗河就坐在水池上的亭子里吃纸烟，要体验着天是怎么黑下来的。其实天就那么一眨眼，正这么想着，天就突然黑严了。洗河记起那次去北京，飞机在机场降落，往下降，往下降，似乎离地面还有一尺半尺吧，哐咚，就着陆了。洗河站起来开园子的灯，又看了一下西院门，"我来"就卧在门口。

就在园子里的路灯亮起来的时候，天上一道白光，接着一声巨响，园子东北角尘土石子溅起，烟雾一片。洗河打了个趔趄，以为自己开了路灯闸引起了爆炸，蒙长丁在大喊："天塌啦！天塌啦！"洗河往东北角跑，季济、韦涛、刘婶也往东北角跑，王妈在平房门口还在问："啥响哩？"洗河首先看到了东北角一个筐篮大的深坑，深坑里有块石头，黑乎乎的，像烧焦的炭。大家都不知这是怎么回事，而蒙长丁还吓得趴在地上，说："天塌啦！天塌啦！"洗河往天上看，天上好好的，他拉起蒙长丁，问没伤着吧，蒙长丁说伤倒没伤，闪光的时候，光把他眼睛刺得不清楚了。季济跑到坑里去抱黑石头，没抱动，说："还是烫手！"梅青扶着老爷子也过来了，老爷子说："这是陨石。"梅者说："你咋知道是陨石？"老爷子说："我三十岁时，老家的张家堡就落过陨石，我去看了，也是一块黑石头，把地砸了一个坑。"梅青说："谢天谢地，它长了眼哩，没砸着房子。"

洗河心里到底是慌，天上掉陨石，偏偏就掉在园子里？给罗山打了电话，罗山和兰久奎在一块儿喝酒，两人连夜开车赶来，兰久奎说："啊，吉祥，大吉祥！"

陨石六十斤重，安放在牌楼下。蒙长丁最先告诉了何村长，何村长更是敞嘴，一连几天，好多人跑来看稀奇，蒙长丁关了大铁门不让进。而从城里就来了个古玩店老板，说要购买，愿意出一万元。蒙长丁鼓动着洗河把陨石卖了，并且说，陨石落下来园子里人都看见了，卖了钱给大家都分一点。洗河说："卖你的骨殖！"兰久奎再来时，把陨石运走了，让工匠切成几百个薄片，做了挂件送人。也给园子里所有人一件，大家都佩戴在脖子上。

*　　　　*　　　　*

十月二十九日，梅青接了个电话，是她弟打来的，她弟说："你快来，娘和邻居捣嘴，从碥畔上掉下来伤了腰。"梅青说："伤得重不重？"她弟说："现在平躺在木板床上，木板床掏了个洞拉屎拉尿，你说重不重？"梅青哭了一场，给老爷子告了假要回去三天。

洗河去南梁树林子里挖腐殖土，背下来一麻袋，在花坛里撒了，看到西院前停着一辆车，问韦涛："兰总和杨姨回来了？"韦涛说："是兰俊波，又领了一个女的。"说完嘻嘻笑。兰俊波是兰总的儿子，他时不时也会来花房子几天，却总带个女的。兰俊波给人说是他女朋友，但每次的女朋友都不一样。洗河看着韦涛，说："嘻嘻啥哩，咹?！"回东院了，想着给梅青说几句兰俊波的不是，却见梅青在厨房里已蒸了一盆子馍，擀了一案子面条，把木耳泡了，洋葱洗了，一吊子肉都切好，正在油泼辣椒，眼泪止不住往下流。洗河说："你哭了？"梅青忙低头擦了眼，说："谁哭了？辣椒呛的。"

听见脚步声，老爷子在他的房间里喊洗河，洗河进去，老爷子泡了一

144

壶茶喝，洗河给自己也倒了一杯。老爷子让洗河给他拍脊背。老爷子几乎每天都让梅青给他拍脊背的，老觉得脊背发凉，说："小儿护肚子，人老了护脊背。"拍上一阵就热乎了。但洗河不是拍重了拍轻了，就是拍不到部位，说："让梅青来拍。"老爷子说："我就让你拍。"便说了梅青娘腰伤得严重，一会儿就回老家呀。

洗河又到了厨房，说："你娘腰伤了，你要回去？"梅青说："中午的菜我备好了，王妈过来会炒的，明天的饭也是王妈来做，后天我就回来了。"洗河说："到底咋回事，怎么就把你娘的腰伤了，伤得厉害吗，你家里还有什么人，没有谁照顾吗？"梅青说："你知道那么清干啥？"洗河说："我想知道，我就要知道。"梅青还是不愿说，洗河仍是要追问，梅青说："那我也就不怕丢人了，给你说。"

梅青老家的村子分墟上墟下，墟高三丈，墟下二十三户人家，墟上十八户人家，梅青家就在墟上。梅青爹死得早，有个弟弟患气管炎，是个药罐子，好的是娘身子骨硬朗。邻居姓栾，开蹦蹦车的，长年给人送货。她家门前有一棵柿树，每年结了柿子，她娘做了柿饼，就拿到二里外的镇街上去卖。柿树有一枝股斜着长，蹦蹦车开过时树叶影响视线，姓栾的要她娘砍了那枝股，但她娘不砍。后来，姓栾的拿刀把柿树枝股砍了，两家打闹起来，派出所来人调解。而姓栾的表哥在乡政府工作，调解的结果是她家理亏，还被罚了一千元。从此，两家人结了仇，虽再没打过架，却时不时都隔着院墙高声说些话里带话的话，指桑骂槐。前三天，她娘在家里做柿饼，她家的鸡飞到姓栾的院墙头上，姓栾的一棍把鸡打死了。她弟和娘出去论理，要赔鸡，姓栾的不赔，说："你去告么，让派出所再来调解呀！"她娘气得跳起来骂，没留神从墟沿上掉下去，就把腰伤坏了。

梅青说："我家可怜，受人欺负。"眼泪又流下来。洗河唏嘘了一会儿，说："那你咋回呀？"梅青说："镇上那儿有长途班车。"洗河说："我也去。"梅青说："你去干啥？"洗河恓皱了脸，他一恓皱脸就更难看。梅青说："去去去，照镜去！"洗河不照，说："我也见不得我！"却转身去了西院。

梅青在她的房间换了一身衣服，把积攒的钱全装了兜里，再提了个提包出来，洗河就站在门口。洗河说："我必须跟你去！我给兰俊波说好了，借他的车送你。你家被人欺负，我开了车送你回村，也给姓栾的看看，他表哥是乡政府的，你更是西安大公司的人！"梅青愣着，看了洗河好久，然后说："也行。你会开车？"洗河说："我有啥不会的？！"梅青说："那你得有个思想准备，我家穷呀。"洗河说："再穷能给我吃碗饭吧。"梅青说："我娘长得丑。"洗河说："丑还能生下你？"梅青说："你现在油嘴了。"洗河又老实了，说："啊，啊，我去了把嘴闭上。"

梅青的老家其实也是在秦岭里，汽车沿着环山公路朝东行驶了两个半小时，经过一个镇子，洗河停车去买矿泉水喝，却大包小袋的买了奶粉、阿胶、蜂王浆、西洋参，还有香蕉和菠萝。梅青说："退去，退去，你有多少钱？再说你开个车送我，凭啥买这些？！"洗河说："我代表罗董买的，行吧？"

公路钻进了一条沟里，车又开了一小时，到了梅青家。梅青娘却好好的，并没有受伤卧床。原来是和邻居家又吵了一次，但吵过就完了，而梅青娘一直操心梅青的婚事，又托人在邻村物色了一个男的，哄着梅青回来了相亲。梅青气得和她弟嚷，啥理由不能编，你编娘受了重伤？又和她娘置气，就坚决不去和那个男的相亲。她娘说："你在村里时不找，到城里了以为你能找到个城里的家，你还是一个人！像你这年龄的，谁没嫁谁没娃，你是老死在娘家呀不成？"梅青反嘴："老死在娘家就老死在娘家，娘家不要，我就死到荒郊野外去！"娘俩一吵，娘坐在炕上呜呜地哭，梅青就又甜言蜜语地逗娘笑，把奶粉、阿胶、西洋参、蜂王浆的全塞在娘怀里，又掏出钱，给娘一卷，给弟弟一卷。

梅青家是穷，她弟病恹恹的，她娘也丑，但洗河只觉得亲切，说这里他以前来过。梅青说："谎话，你啥时来过？"洗河说："梦里来过。"

梅青在和她弟、她娘吵嘴的时候，洗河在院门外把汽车喇叭按响，惹得塬上塬下的人家都瞧稀罕。塬下就有人喊："你是谁？"洗河说："我是西安！"那人问："这好的车？！"洗河说："这车八十万吧，我们董事长让送梅青回来的。"洗河手插在裤兜里，靠着车吹口哨。梅青出来了，说："你高兴啦？"洗河说："高兴！"梅青说："你高兴啥哩，鸣喇叭给我撑脸面啦？"洗河说："那只是十分之一。"梅青说："还有十分之九？"洗河说："你过来给你说。"梅青靠近了，洗河悄声说："你不去相亲了。"

第二天，梅青问洗河去不去周围转转，说美丽富饶这个成语有问题，这里穷是穷，但真的美丽。梅青的弟从驴圈里起了粪土，套驴拉了板车往地里送，洗河感兴趣了来赶驴。驴车出了村，路过乡政府，驴低着头却往乡政府大门进，洗河抽了一鞭子，说："咦，你里边还有办公室？！"大门里正好出来一个人，说："咋说话的，辱骂干部啊？"揪住了洗河衣领。梅青弟忙解释这是他家亲戚，不是骂乡干部的，是在问我几时也能进乡政府的。那人说："别打圆场，我又不是聋子瞎子！他是干啥的，嚣张得在乡政府门口骂干部哩。你信不信，我这就打电话，让派出所把你狗日的铐了！"梅青弟忙说信的信的，连声咳嗽，作揖求饶。那人没有打电话叫派出所人，但要洗河道歉。洗河不道歉，梅青弟过来按洗河的头，洗河腰一弯，没想屁股一撅撞着了驴，驴惊得跳起来，板车上的粪土就倒下来一堆。那人责骂着弄脏了乡政府大门口，梅青弟就又到附近人家借了锨和扫帚，把粪土铲上车，把地面扫干净。

第三天一早，开车返花房子，梅青坐在副驾驶座上，又嘟囔洗河，说："你说来了闭嘴，你在乡政府门口说那话干啥？"洗河说："要不是你弟在，我扇那人耳光！"梅青说："哟，那谁给人家鞠躬啦，谁把粪土打扫干净啦？"洗河只是笑。梅青说："你就是脸厚！"洗河半天不吭声了。梅青却说："哎，咋不说话了？"洗河说："我想事哩。"梅青说："想啥事？"洗河说："你们那儿那么穷的，一家人都丑丑的，咋能有了你这样漂亮？"说着扭头看梅青。梅青说："你看路！"洗河脸朝前了，可再扭过来，说："你前世是不是仙女，犯了错，被天神贬落在了深山荒沟……"话还没完，车好像方向偏右，快要到路边了，急刹闸，车嘎嘎嘶叫，竟打了一个转。两人在车里一阵前俯后仰，全都蒙住。待缓过神了，看车窗玻璃并没有破碎，谁身上也没有受伤，梅青开始发火，"就这，就这？这就是你开的车，咹，这就是你会开车？"洗河没有反嘴，梅青还在说："叫你看路哩，看路哩，你开着车不看路？！"梅青的唾沫星子溅在了洗河的脸上，洗河没有擦，却啵地亲了梅青一口，梅青一下子愣住了，睁大眼睛，瓷在那里。

汽车重新上路，梅青再没有说话，洗河还在说什么，她没有听见。汽车在坳口外大声响喇叭，蒙长丁跑来开大铁门的时候，梅青擦自己嘴，洗河说："我还有话给你说的。"梅青头不回，说："你给杨姨说去！"下了车就小跑着去了东院。

*　　　*　　　*

二〇〇一年的上半年，罗山把罗洋送去澳大利亚读书。罗山的妻子担心儿子生活能力差，也跟着去陪读。临走的时候，罗洋来花房子，老爷子给了三千元，说："爷爷年纪大了，你可不敢一去就不回来啊！"捏了一撮菜地里的土放在罗洋的头顶上。罗洋把头发乱甩，抖落了土，说："你活着等我。"老爷子眼泪花花的，让梅青煮了鸡蛋给罗洋吃。罗洋吃鸡蛋只吃蛋清，又让洗河爆了一锅米花给罗洋吃。洗河就给了罗洋五百元，梅青也给了三百元。

杨姨再来，天上降了一阵雨，她在老爷子那儿给洗河和梅青做媒。老爷子倒变了脸，说："是你有这个意思呢，还是他们有意思了找的你？"杨姨说："两方面都有。"老爷子说："我知道了，你回去吧。"杨姨一走，老爷子把洗河和梅青叫来，说："你们两个是来照看别墅和我的，不是来谈情说爱的。"洗河和梅青顿时傻了眼。洗河说："老爷子，老爷子。"他不知该说什么，觉得舌头大，在嘴里搅不开。老爷子说："洗河！是你主动的还是梅青主动的？"洗河说："主动的好还是主动的不好？如果主动的好，那是梅青，如果主动的不好，那就是我。"老爷子说："哦，这事时间长了，我竟然没看出来。"梅青赶紧跪下，说："不是的，不是时间长了。"老爷子说："这么大的事，你们不给我说！我和你们亲还是你那杨姨和你们亲？她来给我说啥哩？！"洗河说："杨姨问起这事，她也是关心，就说她来给你把事挑明。"老爷子说："用不着她！要挑明咱挑明，你们给我说，是想成哩还是不成？"洗河说："想成哩。"老爷子说："听梅青的。"梅青说："我和洗河一样。"老爷子说："知道啦！"就给罗山打电话，直截了当地说洗河和梅青年龄都不小了，要谈恋爱啊。罗山在电话里闷了半天不言语。老爷子说："你说话呀！"罗山说："太突然了，让我想想。"老爷子说："这是两个孩子的事，给你说了也行，不给你说也行。"罗山说："只是，我没有想过，也没有想到。"老爷子说："其实，这样好，他们就安心在别墅了。"

老爷子、罗山、兰久奎和杨姨都撮合和认同了洗河和梅青的婚事，从此洗河胆肥起来，一旦老爷子在菜地忙活，洗河在东院里就缠着梅青，拥抱亲嘴，得寸进尺，还要干那事。梅青一直推托，说饿着，到结婚那天吧，馍不吃在笼子里存着的。而有一天，推托着，挣扎着，也责斥着，两人就迷迷糊糊地成了一体。这一天也正好是罗洋出国。

呈红还来过花房子几次。她没有记恨老爷子，给老爷子带了茶叶，带了一个竹制的抓痒的挠挠，说让挠挠替她孝顺老爷子，这挠挠就叫作了"孝顺"。而秘书长一直没来过。洗河问过呈红，呈红说："他呀，日理万机。"洗河说："白天忙，晚上可以来么。"呈红说："晚上也常是会，没会了就在健身房，不锻炼不行啊，那么繁重的政务，身体吃不消啊。"洗河说："秘书长身体好着啊！听说权力会使男人的精力旺盛？"呈红就笑，给洗河透露了消息：秘书长要去北京的中央党校学习呀，能去中央党校学习，一般都是学习回来就重用和再提拔的。

六月十三下午，罗山开了一辆商务车来到花房子。车子进了园子，老爷子正在花房子和蒙长丁说话，问车轮上咋绞缠了那么多麦草。蒙长丁说可能是沿途村庄的人都在路上晒麦，车轮辗过去就绞缠上的。老爷子说："啊都收麦了？"看见洗河就招手让他近来，说："你知道不，都收麦了！"洗河不理会，说罗董领了重要人物来了，去不去见见。老爷子说："我见着干啥？！"洗河往车子那儿跑去。车上下来了三个男的三个女的，男的都是黑夹克，拉链拉着，只露出白衬衣领子，女的也全穿裙子，裙子样式、长短、颜色不一。罗山给洗河说这是项局，这是沙局，这是姜局。洗河一一弯腰笑着叫声"项局沙局姜局好"，至于是什么局的局长，罗山没介绍，洗河就不问。那三个女的，罗山连姓都没说，洗河给她们微笑，三个女的也给洗河回笑。梅青从东院跑出来，去菜地里摘西红柿，要让客人尝个新鲜。罗山把梅青叫住，叮咛说一会儿还来三个人哩，都是大厨，专门请了来做菜的，到时就给人家帮个下手。梅青把西红柿洗了放下，便去了园子大门口，等了一会儿，果然又开来一辆车，车上的三个人往下卸大筐小包的，全是些食材。梅青把他们接到东院。

罗山和洗河陪着三位局长和三个女的在园子里参观，罗山就讲解着双鼓坳的风水和建筑的布局。是谁设计的，如何糅合了汉代、明代和现代的风格，新用的石材、木料又是从哪儿进口的或从哪儿采购的。这是什么树，这是什么花。还有那些石雕是什么年份的，那块水晶属于水晶王，仅安放到池塘上的亭子里就十二个人搬运了一整天。三个女的惊呼着这得花多少钱呀，互相争论着是一亿呢还是两亿三亿？一个女的就蹴在一棵月季下让洗河给她拍照，照过了，她却用手打了一下花。洗河说："小心把花瓣打落了。"女的说："我嫉妒它长在这里！"项局说："老沙、老姜呀，你们辛苦干一辈子能不能造这样的别墅？"沙局说："我一辈子工资也抵不住水晶王吧。"洗河说:"罗董是富,各位领导却贵啊!"姜局说:"罗董呀,只说你狗日的是大土豪,除了钱也就是钱,没想到审美水平蛮高么。"洗河说:"我们罗董一心要打造个名园的。这里的树多空气新鲜,没有雾霾,没有噪音。早晚梁上都有云,白的像是棉花垛子,那瀑布水直接掬了喝,负氧离子是城里的五十倍!"项局说:"小伙你在这里负责啥的?"洗河说:"保安。"项局说:"哦!你给我说说啥是负氧离子?"洗河一下子噎住,嘿嘿地笑。罗山就说:"他没念下书。"

一行人进了东院,三个女的喜欢那些家具家电床铺灯盏,罗山又指点了砖雕木刻的工艺和寓意。沙局说:"你会享受啊罗董!"罗山说:"好东西了就不属于个人的,之所以建这个别墅,就想着你们谁要想休息了,随时就来,来了这就是你们的。"姜局说:"好了好了,来打麻将的,就抓紧时间。"罗山领他们进了厢房的棋牌室,叫喊着梅青把烟、茶、水果都端来。

洗河在棋牌室门外悄悄问罗山:"你电话里不是说秘书长也来吗?"罗山说:"说好来的,市委书记突然通知开会,他就来不了啦。"棋牌室里沙局在喊:"罗董,你上桌啊!"罗山回应:"让哪个美女先上。"沙局说:"你不来我们赢谁呀?!"罗山再应:"美女替我的。"洗河说:"呈红也来不了?"罗山说:"我没邀请她。记着,中院的事不要提说啊。"洗河说:"这我知道啦。"罗山又说:"你到前庭去,让梅青也不要来这里,需要续茶了,我叫你们。"洗河说:"我知道啦。"

梅青在厨房里做下手,看见了有一只熊掌。她以前见过熊掌,也听说熊掌吃了如何大补,但不知道熊掌怎么烹饪。梅青说:"师傅,这是煮呀蒸呀?"大厨说:"煮蒸。"大厨不愿意多说,梅青也就站在旁边看另一个大厨在剖娃娃鱼。把娃娃鱼翻过来用长钉子将头钉在小木板上剖腹,鱼的前后两对爪子长得和婴儿的手一模一样,肚子被剖开了,血水流淌,还啊哇啊哇叫唤。梅青不敢看了,到自己房里要呕吐,又吐不出来,一阵子的干呕。

洗河过来问:"你咋啦?"梅青说:"我恶心。"洗河说:"是不是有了?"

梅青说："有啥啦？"洗河说："那个啦。"梅青明白了洗河的意思，翻着眼，说："你想个美！"洗河又要来吃舌头，梅青警告："今日罗总在，又那么多客人，你离我远点！"洗河喉咙里嗯了一声，出去了。

棋牌室里，项局、沙局、姜局三缺一，那个短发女的替罗山顶着。罗山进去，女的站起来了，说："我给你输了。"罗山说："输了多少？"项局说："欠我三千。"沙局说："欠我四千。"姜局说："欠我六千了。"罗山一一付了欠款，说："是不是欺负美女呀！"那女的说："我手气差。"四个男人重新打牌，罗山定规矩要打锅，每一锅每人拿出一万元，谁输完了谁下去，让一个美女来打，美女的钱他出。很快，一锅下来，项局输了，由一个女的上，罗山对那个长发女的说："你陪项局到隔壁房间去歇会儿。"沙局说："老项性急。"项局和长发女出去了。又打了四圈，姜局输了，罗山喊："项局，姜局输了，该你上场了。"项局和长发女进来，两人都洗了脸。罗山让那个高个子女的陪姜局去休息。继续打，是罗山输了，罗山不休息，再打一锅。罗山又是输了，罗山还要打，姜局和那高个子女的已经进来了，姜局坐在那里垂眉耷眼的，只是吸纸烟。沙局说："我也要休息了。"不等姜局上桌，自己倒把坐在身后看牌的短发女的拉着出了房间。

洗河一直没有进厢房那儿，梅青也只被喊去续过两次茶水。三个小时后，洗河给罗山电话说饭菜好了，罗山和项局、姜局以及两个女的出来在前庭饭桌上坐了，而沙局和那短发女的还没到。项局在喊："老沙，老沙，你歇的时间长啊！"

这顿饭以野味为主，蒜薹爆炒的黄羊肉，百合炖的大雁汤，清蒸的娃娃鱼，辣子干煸的果子狸，再就是红烧熊掌。但遗憾的是熊掌红烧得不烂，大厨抱怨是这里的火不行。三个女的都不吃，项局说："这是大补，慢慢嚼。"沙局吃了许多，虽然还是嚼不烂，但还是咽了。

吃喝差不多到了夜里十点，老爷子早已在他房间睡了，鼾声如雷，罗山送客人返回城里。洗河和梅青开始收拾厨房，收拾棋牌室。满屋子里酒气烟气，熊掌的腥味还大，梅青把所有窗子打开通风，去打开麻将室旁边的房间，见床铺凌乱，说："他们还在这里休息过？"洗河重新铺被褥，发现有几根毛发，用手去捡，说："是休息了。"梅青一把把被褥扯下来，说："这得洗洗！"洗河却从身后抱住了梅青。梅青说："干啥干啥？"洗河把梅青推倒在了床上，说："我见不得别人动嘴，自己喉咙就痒痒了。"

*　　　*　　　*

这个季节，秦岭里的雪比往年落得厚。兰久奎一家都在花房子住，罗山也来陪伴老爷子，洗河和梅青就请假去梅青的娘家。洗河和梅青在梅青娘家说在西安结了婚，回来后又宣布在梅青娘家办了婚礼。两头都哄着，他们就名正言顺地住在了一个房间。其实，梅青已经有五个月的身孕，而天冷穿的衣服宽大，她不显怀。

大老板朱小玉移居海外，王天冠的企业因是家族管理，出现矛盾，投资失败，跌出富豪榜前十名，金百林又被查出偷税漏税，市委书记召开了一次工商界人士的座谈会。会上，书记对兰久奎的发言感兴趣，会后得知兰久奎喜读《道德经》，就又召去相谈了几次。自此关系熟络。兰久奎存有各种版本的《道德经》，选了一册繁体字版的送给书记。那天，书记的办公室坐客充满，书记坐在堆积文件的桌案前一边手不停笔，一边与来客应对如流，兰久奎一去，就把别的人辞别了。两人约谈了一个小时，和颜悦色，情绪还好，秘书进来给书记耳语，是秘书得到消息，北郊渭河蛤蟆湾三个村的支部书记因开发区的征地问题闹意见，提出要退党。秘书和书记耳语时兰久奎没有听见，但兰久奎看到书记脸色骤变，说了一句："退党？还能让退党？！先把他们开除掉！"兰久奎吃了一惊，假装什么都没听到，低头喝茶，茶水烫，不停吹气。两天后，得知开发区工地有蛤蟆湾数百村民对峙，市长亲临现场办公，撤销了开发区主任的职，法办了七名打砸抢者，开除了三个村支部书记的党籍。兰久奎在家翻书，看到了一段古人话：避事家居，而出无山水之适，处无知己之游。自己手书了两幅，一幅挂在花房子院的卧室，一幅给了罗山，也让挂到花房子东院。罗山说："花房子是咱来享受的，避什么事？"兰久奎没告知原由，罗山也就没挂。

一日花房子来了一个人，给门卫蒙长丁说他叫罗立冬，是来看望老爷子的。老爷子半天没认出他，他说："太爷，我是立冬，罗三喜的儿子！"给老爷子拿了一包绿豆糕。老爷子吃了一块绿豆糕，似乎还没记起是谁，说："噢，噢，你去吃饭。"洗河招呼吃饭，还喝了酒，罗立冬说："老爷子糊涂，记不住我了，我和罗董多来往。"这罗立冬喝了酒话多起来，不是说人长短，就是妄议时政，是个轻薄人。洗河就说："你来还有啥事？"罗立冬说："我是做烟酒生意的，出了点事，得给人送一张画，你知道画院的院长吗？"洗河说："知道，当初来过园子。"罗立冬说："所以来拜托你了！"洗河说："你和罗董多来往的，你找罗董呀。"罗立冬说："事情不好给他说的。"洗河说："是不是你贩假烟假酒啦？"罗立冬说："就那么几件货，已经销毁了，人家指名道姓要院长的画，送过去了咱就一身清白。兄弟，这事你得帮我，我不懂这一行的水深水浅，画钱我掏的，能便宜点就是。"洗河为难了半天，给呈红打了电话，呈红说她那儿有院长的画，但价钱贵，得一幅十万。洗河给罗立冬说："两来风茶舍那儿是书画家常去写字画画的地方，茶舍老板那儿有，得十万。"罗立冬说："狗日的，他肯定知道院长的画价，才要我送的！"洗河说："你买不买？"罗立冬说："不买人家罚得更多么。"洗河约定了第二天下午他们分别赶往两来风茶舍，一手交钱，一手拿货。第二天一早，洗河先去了两来风茶舍，呈红竟拿出四张院长的画，让洗河挑选。洗河不懂。呈红说："你不懂，钱懂，这两张都是十万，这一张画的人物多是六万，这一张人物少是四万。"洗河说："大小相同，价咋不一样？"呈红说："你是自己人，十万的是真的，四万、六万的是赝品。你介绍的人懂不懂画，买画做啥用的？"洗河说："好像也不懂。"就说了罗立冬贩假烟假酒的事。呈红说："那让他拿张赝品，还是十万元。"洗河说："这，这。"呈红说："给他个假的是他报应，要画的人索贿，估摸也不敢拿出来鉴定。多出四万元，咱分了。"中午罗立冬来交易完毕，罗立冬得意地给洗河说："现在社会乱，要办成事呀，人走在后头，钱走在前头。"洗河拿了两万元，在街上买了两瓶酒，一瓶是塔牌绍兴花雕酒，一瓶是女儿红。回来给梅青说，兰总是江浙人，曾经讲过生女儿时买一瓶女儿红埋在地下，等女儿出嫁时再挖出来喝。梅青说："谁知道我生儿生女呀？"洗河说："生儿就埋塔牌花雕酒，生女就埋女儿红。"梅青说："你还会浪漫啊？！"洗河一时轻狂，出去在菜地里掐了一枝韭菜花，拿来插到梅青头上。

＊　　　＊　　　＊

四月初八，祥峪镇有庙会，头一晚杨姨就住在花房子，早饭后来东院要洗河、梅青一块儿去看热闹。梅青便让洗河换身新衣，她坐在镜前开始化妆。杨姨见房间的桌子上也供着一尊佛像，先点了一支香，关心起梅青的身孕，问这几个月是爱吃甜的还是吃辣的，梅青不晓得吃甜吃辣有啥讲究，杨姨说："可怜你娘不在没人指教！甜男辣女啊。"梅青说："好像都不明显，只是吃得多，一会儿就害饥。"杨姨说："要多吃甜的，将来生个男娃。"洗河说："我盼生女儿，生女儿了能像她。"杨姨说："胡说！男娃能顶天立地的，要生男娃哩！"就又到佛像前作揖，祈祷道："阿弥陀佛，保佑梅青给咱生个男娃，一定要生个男娃，哪怕丁丁小一点儿也要是男娃！"洗河说："杨姨，那不是害了孩子一辈子吗？"杨姨把洗河往出赶，梅青倒笑得画不成了眉。

这时候，传来叫嚷声，园子的大铁门被什么撞击着哐哐响，"我来"也在汪汪地咬。老爷子在厕所里喊梅青，梅青回应："你上厕所啦？"老爷子说："我后跑。""后跑"就是腹泻。梅青不化妆了，一个眼睛上有眉毛，一个眼睛上还没有眉毛，说："你咋后跑啦？！"老爷子说："我没事。外边狗咋咬得这么凶？"洗河正换褂子，一边往外走一边系扣子，扣子系错了，一个襟长，一个襟短。到了园子门口，大铁门被撞得更响，人声鼎沸，在叫喊："要民主、要公平，还我土地！"而蒙长丁却坐在门房，拴着"我来"，用纸蛋儿塞耳朵。见洗河过来，蒙长丁出了门房，说："我才要找你呀，来人把大门堵了，还在挖门前路哩。"洗河说："你咋不出去打呢，要你干啥，要狗干啥？！"蒙长丁说："我不能出去呀，来的都是半坡村人！"洗河说："开门！"蒙长丁把大铁门打开，正撞大铁门的两个人突然立脚不稳，趔趄着被闪了进来，洗河一脚一个，踢得他们倒在地上，而更多的人就呼地往后退。洗河站在了那里，凶神恶煞，怒不可遏，他看到百多十人全都黑棉袄黑棉裤黑棉鞋，脸也是黑的，有人提了墨汁桶在大铁门上刷标语，有人拿镢头在挖门口到公路间的平地，更多的人有慷慨激昂的也有嬉皮笑脸的在喊口号。洗河吼道："干啥啊，干啥啊，这是私宅，光天化日的来打劫啊？！"骚乱顿时安静，可人群又聚上来，带头的是个斜眼，一个眼珠子不动，一个眼珠子转了一圈，说："私宅为啥要建到我们这儿？哎？！山是我们的山，坳是我们的坳，就是来打劫呀咋？！"人群就起哄，叫喊："撵走城里人，还我双鼓坳！"洗河又开腿，提着两个拳头，说："来打劫啊！我们建别墅，手续合法，证件齐全，我看谁来打劫？！"斜眼说："你是哪根葱？让罗山出来，让兰久奎出来！"洗河说："我是洗河！洗澡的洗，河水的河！"斜眼说："你就是洗河呀，小保安么，一条狗么！"提墨汁桶的人跑过来。还要在打开的大铁门上刷标语，洗河夺过排笔扔了，那人竟将桶里的墨汁往洗河身上泼，洗河踢掉了墨汁桶，又拾起墨汁桶就扣在了那人头上。斜眼在喊："你咋？"洗河也在喊："你咋？"斜眼要镇住洗河，再喊："你想咋？"洗河更想镇住斜眼，喊："你想咋？"斜眼跳起来了，"你能把我咋？！"洗河跳起来，把一只鞋掉了，"你能把我咋？！"两人头对了头，唾沫星子都溅到对方脸上。背后有人推了一把，斜眼撞在了洗河身上，洗河用力一搡，双方就动了手脚。斜眼的个头高，几拳打在了洗河的额颅上，额颅上起了青包，但洗河梗着脖子还往前攻，额颅上再挨了两拳，他忽地从下往上戳出了一拳，斜眼倒在地上，一颗眼珠仁蹦了出来，眼眶子往外流血。人群又散开，一个老汉提着酒罐子，在喊："咱的人吃亏了，打呀，打呀，打他狗日的！"在人群后一直挖坑的四五个人就跑过来大打出手，把洗河打倒在地。洗河趴在地上，双手抱着头，身上被踢了无数脚，但还是一脚踢在了脸上，一阵打滚，伸手去抓最近的一人的裆，那人哎哟一声也倒在地上，群殴的人才一躲避，洗河自己起来，摸自己鼻子，鼻子还在，而一手掌的墨和血，就势在脸上一抹，抹成了黑红脸，发疯似的吼叫："来啊！都来啊！打不死我谁也别想进大门一步！"而梅青已经从大门里跑了出来，却一下子栽在了地上。

梅青是化完妆出来的，大门口正吵闹成一锅粥，"我来"被拴着不停地叫，门房里有维修工季济、花木工韦涛、打扫卫生的刘婶，做饭的王妈也在，梅青让他们快去帮洗河，蒙长丁还是说："不行呀，都是同村人，出去不行呀！"梅青说："那就让他们把洗河往死里打啊？！"梅青解了拴"我来"的绳子，"我来"跑了出去，梅青在问："何村长呢，何村长来了没有？"季济说："没见何村长。"梅青说："给何村长打电话，让他快来呀！"蒙长丁用座机给何村长打电话，梅青又夺过座机给罗山打电话。

"我来"跑出去，一下子扑倒了三个人，两个妇女退不及，也跌倒了。挖坑的全跳过来拿着镢头、铁锨打"我来"。提着酒罐子的老汉在训斥："去两个人就行，别的继续挖！"洗河喊："'我来'！咬那些挖坑的！""我来"往挖坑的那儿扑，被一锨把打翻在地，"我来"翻起身再扑，有人在说："狗是豆腐腰，打腰打腰！""我来"再次被打趴在地上。那老汉提着酒罐子让人喝，叫嚣着喝一口了都往上冲。洗河在骂老东西，下意识在口兜一摸，在地上捡了石子，日地射过去，把老汉的酒罐又打碎了。人群又拥过来，多是些妇女，抓脸的抓脸，咬胳膊的咬胳膊，抱腿的抱腿，把洗河团团围住。梅青就大声喊着："洗河，洗河！"扑出来要把洗河拉回大门里，却一个趔趄栽倒在地上，身下竟有了血。王妈急了，也大声喊："她有身孕的，她九个多月的身孕了！"闹事的人群瞬间安静，而刘婶、季济、韦涛、蒙长丁这才跑出去，刘婶抱了梅青，季济和韦涛把洗河拉回了门里，蒙长丁哐啷啷把大铁门关上了。

大门外的"我来"被更多的人打，被打死了，就扔在挖出的土坑里，但一会儿"我来"又动弹，睁开眼汪汪地咬。斜眼在人群里寻他的左眼珠子，地上塘土多厚的，没有找着。手里还提着酒罐子系儿的老汉在说："狗不能沾土，沾上土会活的，吊起来，吊起来，谁裤带是布绳子，解下来用绳子勒！"

何村长是骑着自行车赶了来，但他驱散不了聚集的人群，甚至也被人群围住。那个老汉指着这个人腿上流血，那个人胳膊上青块，谁衣服破了，谁掉了门牙，还摇着酒罐子系儿，嚷嚷着这都是洗河行凶，叫派出所警察来。斜眼指了自己左眼，说："你看你看，他打瞎了我的眼，我眼珠子没了！"何村长说："你静静的！派出所来人就认不出你那是一只假眼吗？"直到洗河和杨姨用平板车要送梅青到镇医院去，他们才逐渐散去。老爷子不让何村长走，要他就坐在门房，防备再有人来闹事。

罗山和沙武开车到中午饭后才来，把何村长骂了个狗血淋头，"为什么提前发觉了苗头不制止？为什么不叫派出所人来处理？光天化日，朗朗乾坤，刁民闹事，你身为村长守的什么职，负的什么责？王八蛋！"何村长说："你骂吧，只要你能消气你骂吧。"何村长在反复地解释，这次闹事不是冲着你罗董、兰总的，也不是冲着花房子的，是村人早对给花房子派人有了意见，已经和他闹腾几天了。半坡村是个穷村，这些年有技术有资金的全都去了城里或学单独做小生意或去一些公司打工，留在村里的不是没本事、没力气，就是脑子差池的、有慢性病的。安排了五人来花房子，在花房子活计轻省，工资又高，离家还近，而来这里的五个人，又总是夸说花房子的豪华，主人和气，显派他们脚上的皮鞋是老爷子送的，六成新，皮带和帽子是杨姨给的。他们会把残羹剩饭一桶一桶运回家喂猪养鸡，再能把家里的木耳、黄花菜、鸡蛋、萝卜、红薯粉条、杀的猪肉高价卖给花房子。村人就羡慕嫉妒恨了，责问他为啥派出的是那五个而不是他们，办事不民主，不公平！他是不理他们了，他们才来聚众闹事。何村长说："这怎么能报警呢，派出所抓了人容易，可村里的矛盾就更多了。他们来闹事，是冲着我的，之所以打了洗河，听说是洗河先动的手，洗河火气重，他不该动手的。他们不敢到园子里去，也就是在大铁门外叫喊叫喊就散的。说的是刷标语，那只是刷了几个字就被洗河制止了。挖路他们敢挖公路吗，也仅仅在大铁门外挖了个小坑么。"罗山火也慢慢消下去，和何村长商量，那怎么处理村人的矛盾？罗山先是想把花房子请来的五个人都辞退了，从他公司调人来。何村长不同意，正因为花房子给村里一些人有好处引起的矛盾。若不请村里人了，那会只能仇恨花房子，以后这里的安全问题就难以保障。两人商量到最后，形成方案，就和兰久奎在电话交换意见，兰久奎同意，却提出必须要村里定下制度，把凡是家庭有困难的统计出来，每期派五个人，每期三个月，进行轮换。

　　洗河在镇医院照顾着梅青，罗山和沙武就留下来。季济、韦涛填补了大铁门外的土坑，沙武则白天晚上都在园子里外查看。第二天晚上，蒙长丁听到大铁门外似乎有什么动静，就叫沙武，沙武拿了木棒和手电出去，大铁门外没有人，到公路上和公路下的河滩也看了，没有人。返回时，手电乱晃，影影绰绰觉得东鼓崖下的电线杆上像是吊着一个人，忙喊蒙长丁、季济、韦涛，跑到电线杆下，那不是人，竟然是狗被剥了皮。剥了皮的狗模样像人，但面目狰狞，十分恐怖。蒙长丁说："这是'我来'。"三人把"我来"解下来，骂这是那些闹事人干的，狗日的太残酷，打死了狗还剥皮，剥了皮还要挂到花房子园门口！沙武决定，这事不要声张，尤其不能让罗董知道，就把"我来"先藏在东鼓崖的草丛里，等洗河回来了再做处置。

何村长在半坡村宣布定下制度的那个中午，梅青在镇医院早产了婴儿，是个女孩，四斤八两重。

＊ ＊ ＊

新来的门卫叫应毛，曾在城里一家房地产公司拆迁队干过，强拆时被人用刀削去一只耳朵，从此留着长发，头发总是油腻腻的，感觉整个人都不干净。洗河不满意何村长能把应毛派来，应毛却总是讲他拆迁打架中如何第一个冲上去的，讲他的耳朵被人抡着刀削掉后他又如何咬住了那人的手，刀掉了，他还在咬，感觉上下牙都咬到一块儿了，那人把手指抽走，他的一颗牙就还在那手指上。洗河说："你狠！围大门口的时候我看到你也挖过坑。"应毛不好意，说："城里搭公共车，没挤上的要往里挤，挤上去的又把再往上挤的往下推么。我来了后，花房子不是平安无事了吗？"应毛说的也是实情，他值班就把大铁门敞开，自己提个板凳坐在门中，龇牙甩发，故意还露出没了耳朵的左脸，过往的闲人没有敢来靠近的。应毛问起洗河在围大门口时用什么打的酒罐子，打得那么准？洗河说："用弹弓。"便掏出皮筋。应毛说："就一条皮筋？"要拜洗河为师。洗河经不住恭维，也是有意要镇镇应毛，就示范了一下。应毛也弄了一根皮筋，学着套在手指上打石子，他学得挺快。以后，到了夜里，常有小兽穿越公路，一有动静，应毛就让花木工霍存拿手电照，那些野兔、狐狸、獾、甚至山羊、野猪一被照着便不动了，应毛用弹弓瞄着打。山羊、野猪是打不死的，而狐狸和獾受伤了能带伤跑掉，只有野兔一颗石子就毙命了。还打中过一只刺猬，刺猬没有死，缩成了圆球，捡回来玩。刺猬一展开，他就打，他一打，刺猬又缩成球，玩了三天，如此一展一缩上百次，刺猬也累死啦。

　　一日，东鼓崖上一株野百合开了花，拳头大，在绿草里绚白绚白的，梅青抱着孩子，给孩子指点说："看呀，看呀，多漂亮的鸽子！"花木工霍存一直看着梅青和孩子，说："那不是鸽子，是野百合！"梅青说："野百合漂亮得像鸽子，我女儿也就叫鸽子。"霍存说："嘿，这名字好！"殷勤着去东鼓崖要把野百合移栽在花坛里，但他在野百合下发现了一窝蜂，叽吱哇呜地又跑下来。他二反身用衣服包了头，只露出眼睛，拿了火把去烧蜂窝，眼看着蜂都被烧死了，偏有一只蜂就追他，把他左眼皮蜇了，顿时肿起来。蜂蜇了要涂上鼻涕能止痛消肿，应毛擤了鼻涕给霍存涂，说："你知道蜂为啥蜇你吗？"霍存说："为啥？"应毛说："你看梅青给娃喂奶哩。"霍存要说什么，见洗河从东院出来，就闭了嘴。梅青还在逗孩子："鸽子，鸽子，笑一个，笑一个。"洗河说："啥鸽子？"梅青说："我给孩子起名字了，就叫鸽子，你觉得好不好？"洗河说："哟，像鸽子一样漂亮又机灵，咋就想到这么个名字？"梅青说："你瞧，东鼓崖上长了株野百合，花开得像白鸽子！"洗河果然看到了那株野百合。梅青说："霍存要把野百合移栽到花坛来，没想那里有窝蜂，才把蜂窝烧了。"洗河说："我去看看。"洗河去看了，那里一个小土堆，正是他埋"我来"的地方，野百合就长在土堆上。洗河从东鼓崖下来，给梅青说："那花就开在那里，用不着移栽到花坛来。"却训斥霍存："谁让你烧蜂窝？那蜂是护花的！"霍存悻悻离开，去看老爷子和打扫卫生的米来娃下棋了。

　　米来娃会下棋，老爷子动不动就让米来娃放下扫帚和他来一盘。往常都是米来娃赢，老爷子输，但这一盘老爷子很快就赢了。洗河抱了鸽子过来说："米来娃，你咋输了？"米来娃说："霍存蹴在老爷子跟前帮着看棋，他眼睛成那样，我嫌他恶心，轮到我了，我走一步，就把脸背过了，再轮到我了，我再走一步，又背过脸去。我能不输吗？"

　　米来娃人长得清秀，手脚也勤快，园子里收拾得干干净净，没有一棵杂草，也没一处有尘土。他除了能耐心地和老爷子下象棋，也和杨姨能说得话。杨姨经受了那场闹事，心里总觉得园子里有邪气所侵，建议兰久奎在大铁门外安置一对特大的石狮，而她又开始在园子里封树封石封水，把花坛边那棵最大的银杏封为木师，把南梁的瀑布封为水侯，把水池亭子里的水晶王封为石君。但凡她来住一段时间，每天黎明，转圈走步之前，都在师前侯前君前作拜，口里念念有词。她告诉米来娃："要祷哩，祷无不应。"米来娃也就给杨姨说些村里流传的巫术，比如深夜回家，进门时要吐一口痰，鬼是吃痰的，跟着的鬼去吃痰了就不进屋来。比如一旦有鬼附体了发癔症，就用簸箕盖在身上拿桃木条子驱打。还教杨姨"立柱子"，就是家里人谁有头痛脑热了，在碗里盛半碗水，将三根筷子立起来用水淋，一边淋一边说是碰上孤魂野鬼了你立住，或者说是死去的祖先来看望了你立住，一旦说到什么筷子突然立住，就认定是家神来了或遇了野鬼，便呵斥让走，用刀砍倒筷子，并将碗里水泼到门外。

在七月，何村长用红布提来了一个中间空的大锅盔，而且还要套在鸽子的脖子上，鸽子嫌沉，哇哇地哭。梅青不晓得这啥讲究，老爷子说这大锅盔叫"互联"，他老家也有这风俗，是夏后秋前农闲了，舅舅给外甥送的礼。老爷子提醒：何村长能给鸽子送"互联"，是一片好意，以后半坡村人家有什么红白事了，只要咱知道了，咱也去行个情。

果然，八月里，何村长的母亲过寿，梅青去送了二百元。九月初里维修工杨增石的侄儿结婚，梅青去送了二百元。九月中旬，米来娃的爹迁坟，迁坟如同下葬，告诉了梅青，梅青再去送了二百元。梅青在半坡村名声好，做饭的马婆向梅青借过钱，而花木工霍存拿来了半篮子柿饼，也张口向梅青借两千元。洗河已经对梅青在半坡村行情有意见，霍存来借钱的时候，不同意，说："你把你当老板啦？"梅青说："咱在人家眼里毕竟是日子好过的人么。"洗河就让只借八百元，但梅青还是借给了二千元。洗河和梅青闹了别扭。

杨姨再次来避暑，似乎血糖病更严重，天天熬中药喝。那些天鸽子夜里总是啼哭，杨姨认为是孩子丢了魂，夜深了，她把梅青叫来，交代一番，她和米来娃到大铁门外的公路上，梅青站在大铁门里，她在叫："鸽子回来哟——"梅青在应："鸽子回来啦——！"折腾一个小时。洗河不信这个，杨姨说："我一辈子都在城里，我信的，你从农村来的倒不信？！"洗河说："或许前世里我是城里人你才是农村人。你信这信那的，血糖病还好不了。"梅青赶紧制止："你给我又贫嘴啊？"杨姨气得说："洗河！我看你也是丢魂啦，是不是再给你招招？！"

*   *   *

二〇〇三年，罗山的妻子还住在澳大利亚陪伴儿子，罗山把家里专用的那辆车就派给了花房子。从此，车没闲过，洗河没闲过。他先是数次去外面市场里选购石头，定制石狮，运回来安放在大铁门外的两侧，给石狮涂红了眼。后来，去渭河滩上挖一种叫蒲苇的草，这草是丛状，开花成絮，经冬不落，挖回来在三石梁根栽了，赢得兰久奎说："古朴，有诗意。"又在祥峪镇政府院子里看见过一种藤名叫黄木香，就到祥峪坳挖了植在廊榭两旁，夏天里，藤蔓罩了廊榭顶，一夜之间花全开，繁荣似锦，香气沁人。再就是罗山常常通知某某领导的亲戚呀同学呀要来秦岭里看看，洗河开车进城把人接了，在园子里住下，陪着在四周转几天，再送回城里。梅青数说洗河："没有车的时候，你还管娃哩，跟我说话哩，有了车你就忙得天不明出去，三更半夜回来！"洗河说："是呀！有了药才有那么多病么。"

又一日，洗河开车拉了老爷子去镇上集市买种子，老爷子吃了小蒜炒凉粉、油炸麻花，还喝了一碗醪糟，回来已经太阳西斜。而西院厕所里的水管子老漏水，拆开了是要换螺口的麻丝，但花房子寻不到麻丝，新来的维修工骑自行车到他家去取。杨姨给洗河说:"他骑自行车啥时才能回来呀,你开车跑一趟。"才要送维修工去,给帮工做饭的林娥在平房里呜呜地哭。林娥接了个电话,娘家在昨天夜里发生了火灾,是老娘睡不着,坐在炕上吸旱烟,火星子掉在裤子上,又钻进棉花套子里,越钻越多,四处都冒烟,老娘双手掐灭不了,明火就起来。老娘从炕上滚下来往门口爬,又被烟呛昏在那里,等人发觉了把老娘抢救了出来,三间房就烧塌了。林娥有气管炎,哭着要回娘家,而娘家在野猫沟,距花房子还有十二里,一时急得气喘,憋得嘴唇乌青。事情立即惊动了花房子所有人,老爷子喊叫洗河快送林娥回娘家去看看,又在说:"火灾水灾当日穷的,梅青你收拾些东西让洗河带上。"梅青把一床旧被子、一件六成新的裤子、洗河的两件夹克,还有老爷子穿过的一双布鞋,捆了一个包。取了两只铝锅,自罗山拿来日本产的铁锅后,这两只铝锅再没用过。拿了一袋小米和一袋面粉。把这些东西拿到车上,杨姨也拿来一筐挂面、一瓶菜籽油,对林娥说:"可怜的!你快回去,我在我家的佛像前给你娘祈祷。"洗河先把林娥送去了野猫沟村,再和维修工去他家取麻丝。返回的路上,维修工嘴里不停地长出气,还发出嘘声,洗河说:"你烦人不烦,不会静静坐着!"维修工说:"洗河,你知道你胃在哪儿,心在哪儿,肾又在哪儿?"洗河说:"在我身上。"维修工说:"肯定你不知道。你要知道了那就是你有病了。我就是肝不好,杨姨让我一有空就深呼吸,呼时慢慢呼,还要发嘘声。再就是念叨着肝的好处,感谢肝哩。"洗河哦了一声,说:"那我得感谢这车了。"就一只手拍了拍车前挡,"你是好车,你辛苦了,今日回去了我给你洗澡。"车是天黑开回了花房子,维修工去西院修水管,洗河真的提了桶水擦洗车。梅青三次喊他吃饭,他直到把车内外擦洗得干净了才回房去。

呈红来花房子住过了几次。这一次再来,带的三男四女,说都是她的好朋友,领着在园子里参观。这些朋友惊呼着瀑布下的潭水完全可以直接瓶装了当矿泉水上市么,又叫嚷有什么办法把这里空气也装起来拿到城里去卖呀，激动不已，要成立一个公司。呈红说："这得让洗河同意哩。"洗河说："行么行么，我昨天晚上还想组建个月光集团的，夜里这里月光白花花的。"这些人中有一个戴眼镜的女的，说："有想法，有想法！福建有一种茶叫'月光女神'，就是把茶叶晾在月光下半个月后做成的。这一带山上肯定有艾草，把艾绒在月光下也晾它十天半月，做枕芯做褥子，就是卖点啊！"洗河说："我还忙着。"就离开了。

呈红领着朋友到东院，梅青正给鸽子洗头。呈红去西院参观时发现西院门楣上有燕子窝，在东院也发现东院门楣上有燕子窝，就疑惑中院的门楣上怎么没有，问起梅青，梅青说："是不是你们不经常在中院住？"呈红又说："中午做啥好吃的啊？"梅青低声说："你要是一个人，来了就在我这儿吃，今日这七八个人，老爷子怕不高兴的。"呈红说："我那儿有挂面，我们随便煮煮，我只是向你这儿要些菜。"梅青说："过会儿我送些韭菜、西红柿和蒜薹，再拿些鸡蛋。噢，还有一包酱牛肉。"呈红的朋友在逗鸽子，但他们把鸽子叫不到跟前来，还是那个戴眼镜女的抱起了鸽子，鸽子哇哇地哭，就把鸽子又放下来了。梅青说："这孩子隔生。"把鸽子放到卧房去玩积木，过来给他们沏茶。过了一会儿，鸽子在卧房里喊："妈妈！"梅青取了几块饼干去了卧房。又过了一会儿，鸽子在喊："爸爸！"洗河在门外听到了，赶紧进来，又跑去了卧房。呈红说："看人家这家庭气氛！"他们就议论人类最动听的就是"妈妈""爸爸"的叫声，世上各色人种，不论是什么国家，语言如何不同，但"妈妈""爸爸"发音都是一致的。那个戴眼镜女的便对梅青说："你家鸽子什么时候会叫的妈妈？"梅青说："说话的第一句就叫妈妈。"戴眼镜女的说："你知道妈妈的意思吗？"梅青说："我是她母亲，她在叫我。"戴眼镜女的说："那是她肚子饿了，要吃喝，而你的乳房就是她的粮仓，你有她的食物，你才以为孩子在叫你的。"梅青说："妈妈就是食物，就是吃？"戴眼镜女的说："是的。"梅青愣住了，呈红和别的人也都愣住，但又觉得戴眼镜女的话有道理。洗河从卧房出来，问："那爸爸呢？"

165

戴眼镜女的说:"有纳入就有排泄。"洗河说:"呀,那我就是厕厕呀!"大家哄然大笑。呈红和她的朋友去了中院后,梅青问洗河:"你觉得她们说的对不?"洗河说:"她们都没生育过,哪儿能懂得孩子!杨姨说过孩子见了有些人亲切,能逗笑,那人便是吉祥,见了有些人哭闹和排斥,那人不是身上有邪气就是有什么病。咱鸽子不愿见呈红她们,鸽子懂得好人坏人哩。"梅青捂了洗河嘴,斥责道:"你才是胡说哩!"

梅青拿了蔬菜、鸡蛋和酱牛肉送去中院,呈红在厅堂里挂一幅书法作品,只有两个大字:如意。大家都夸这两个字写得好,呈红说:"知道啥意思吗?"大家说:"一切顺心遂意啊!"呈红说:"不,是女人说话算话。姐妹们,你们结了婚的和还没结婚的,我建议都在家里挂这俩字!"三个男的一齐说:"反对,反对!"四个女的全鼓掌。呈红说:"梅青,下次我来给你也带一幅?"梅青只是笑,到了东院,没给洗河提说这事。

*　　　*　　　*

秋后,东西南梁上的栲树还青着,枫叶开始泛黄,接着杜鹃花又开了,各种颜色斑斓。这一天,洗河正在园子里给鸽子照相,罗山突然自己开车回来了。往常罗山回来都是事先通知洗河的,而这次没打招呼,同车还带了一个女的,提了一个箱子,洗河感到诧异。进了东院,罗山就吩咐梅青给那个女的收拾一个房间,中午多炒几个菜,然后他就躺在他房间的床上,那女的从箱子里取了针剂药瓶,把药瓶挂到衣架,开始给他手背上扎针。梅青吓了一跳,说:"罗董你病啦?"罗山说:"挂些液。"就不肯多说。梅青出来问洗河:"罗董得了什么病?"洗河说:"看着好好的呀。"梅青说:"没病谁挂液?"洗河说:"真有了病那是去医院的,能回来挂液,该是来休息几天,补充些营养吧。大老板都是过一段时间了就挂营养液的。"梅青说:

"大老板身子金贵！"却又问："那女的是医生吗，那么年轻的？"洗河说："你啥意思？"梅青不再说什么，去厨房去做饭。

那女的扎好了针，出来问洗河厕所在哪儿，洗河指点了，就进房间伺候罗山。罗山身子靠在床头吸纸烟，洗河说："挂着液你还吸烟呀？"罗山说："吸烟能补阳气么。"洗河笑了一下，看药瓶上的贴纸，说："哎不是营养液，诺氟沙星，消炎的？"罗山说："做了个小手术。"洗河说："你还真病啦，做了手术，那咋不给我说？！"罗山说："把门关上。"洗河关了门，罗山说："割了包皮，护士小王正好休假，叫来挂几天液。别嘴长啊！"

洗河还是在夜里给梅青说了。梅青说："罗洋他妈去澳大利亚了，他割什么包皮？"洗河说："就是趁媳妇不在才割的吧。"洗河告诉公司的康有祥曾经割过，康有祥的媳妇给人说割和不割那差别大啦，就问梅青："几时我也去割割？"梅青骂道："那把你连根割了！"

以后的几天里，罗山每天挂两个小时的液，没事了在园子里转悠，洗河就给罗山汇报这一时期花房子的经营状况。汇报完了，却掏出个笔记本，说："我还有些话，不知道该给你说不说。"罗山说："说呀，有话能不给我说！"洗河说："你和兰总是朋友，又合伙建的这园子，但再好的朋友也得勤算账吧。建园子时你们如何出资我不清楚，住了进来，呈红来得少就不说啦，而兰总一家人是轮换着来的，虽然请来工人的工资他也分担了一半，但别的费用再没有出过。比如……"洗河翻开笔记本，念到某年某月某日在东西南梁上架铁丝网，雇工费多少钱，水泥柱子多少钱，铁丝网多少钱。某年某月某日从祥峪移栽过来一棵百年桂树、三棵黄木香、四棵紫薇多少钱。某年某月某日遭大风，东院吹落了几块瓦，西院屋脊受损，中院墙角坏了，池亭和廊榭的栏杆脱漆，补修材料多少钱。某年某月某日西院水管坏了，更换部件多少钱。某年某月某日定制、运输、安置两个大石狮多少钱。罗山说："哎呀洗河！这些你都有记录？"洗河说："我觉得你太吃亏。"罗山说："吃亏是福么！我和兰总是狗皮袜子没反正了，这些事不要记了，

167

也不要给兰总提说。"洗河倒一时尴尬，说："噢，噢，我小心眼啦。"

第三天夜里刮风下雨，到天明停了，一切都湿漉漉的。梅青去菜地里摘茄子，碰着打扫卫生的汪四，汪四说："半夜里西院的人回来了。"梅青说："哦，下雨天回来了，是他们全家吗？"汪四说："你见过他们全家吗？"梅青说："这啥话？"汪四说："啊啊我没说好，是说兰俊波每次都带女的，我不知道哪个是他女朋友。"梅青说："你还是个长舌男呀！"汪四说："不，不，我只是给你说说。半夜里开来了三辆车，是好多人，我醒过来隔了窗子没看清，我就没再看。"梅青早饭做的茄馅合子，做好了，想着西院回来的应该是兰总和杨姨，如果是兰俊波和他女朋友，那会整夜都放音乐的，昨晚并没有听到动静。梅青安顿老爷子、罗董和那个护士吃了饭，就一盘四个茄馅合子给兰总和杨姨送去。西院的门还关着，叫了几声，兰久奎开的门，梅青说："兰总你和杨姨回来了，我做了些茄馅合子，你们尝尝。"兰久奎谢谢着，接了盘子，却没有让梅青进屋，说："你杨姨没回来。"梅青说："哦，杨姨没回来。"往院里看了一眼，就看见厅堂里坐着两个人，跪着一个人，突然间两个坐着的人把跪着人往一边拉，拉不及，把一件衣服包住了那人的头，使劲儿地压在了地上。梅青慌忙回到东院，给洗河说了，洗河说："是不是兰俊波，兰总特意回来要教训儿子的？"梅青说："教训儿子也不至于让蒙了头那么压着。"洗河说："绑架什么人了？！"话一出口，两人都惊恐起来。洗河说："不可能吧，兰总是有名的儒商。下雨天屋里光线暗，你可能看错了。"梅青说："我七老八十了看不清？！"两人沉默了半会儿，梅青问这事给不给罗董说，洗河只是摇头，院门口就有人大声在说："罗董，罗董，你不请我，我自己也来了！"洗河出来看时，竟然是兰久奎和熊启盘。

罗山正挂液，他没有想到熊启盘能来。熊启盘笑着说："罗董，得这病不应该是你们这些大老板的特权啊，你让我也得得嘛！"罗山说："胡说啥哩，我割了个包皮你也割呀？"熊启盘说："你这病得的部位好，割了一举两得！你呀，只说爱捣鼓个二手车，咋找人也找二手货，你以为二手货就安全吗?!"罗山就喊洗河给客人沏茶。喝罢茶,洗河陪熊启盘在园子里参观了,罗山问兰久奎几时回来的,兰久奎说半夜和熊启盘回来的。罗山埋怨兰久奎不该把染病的事告诉熊启盘,兰久奎倒说冤枉他了,是做手术的陆医生口松,为此他还数说了陆医生一顿。罗山说:"熊启盘能来找我,是在羞辱我呀。"兰久奎说:"那也不是,是我把熊启盘和李铭义叫到我那儿的。"就嘀嘀咕咕给罗山说了一阵。罗山说:"你瞧瞧,我说这两个人近不得,果然手夹进磨盘里了。"兰久奎说:"我现在后悔就后悔帮了他们!之所以把他们都叫来,就想把我择净。"罗山说:"李铭义还在西院?"兰久奎说:"还在。"罗山说:"你不要让他到我这儿来。"兰久奎说:"这我知道。"

兰久奎和熊启盘离开了东院去了西院,罗山把洗河叫来,说:"你不要到西院去啊!"洗河说:"为啥?"罗山说:"知道为啥了对你不好!"洗河说:"那兰总要叫我呢?"罗山说:"你开车出去逛呀!"

洗河带了鸽子,开车去祥峪镇。路过公路边一家汽车补胎店,见店主章朗在店前百米外的路上摔了三个啤酒瓶。洗河在骂:"章朗,你狗日的缺德,玻璃碴子扎伤了轮胎你就有生意啦!"章朗说:"哥,给你补胎不要钱!"鸽子看见了补胎店门口有一只兔子,嚷嚷着兔子好玩,洗河就停了车,父女俩去了店里。鸽子对着兔子说:"我不捉你!"突然一把捉住了兔子,抱在怀里。而洗河就和章朗在店里下起象棋。约莫过了一个小时,鸽子还在问洗河:"兔子眼睛为什么是红的?"一辆车真的在店前被玻璃碴子扎了,有人大声吆喊着补胎。洗河抬头一看,被扎的车牌号码正是停在花房子的其中一辆车的号码,洗河就想着这是熊启盘的车吗?章朗过去拆卸那车的左后轮胎,他也跟着去。司机不认识,前车门开着,就那么往车里扫了一眼,车上没有熊启盘,后座上坐了三个人,左右两边的人也不认识,中间一个手被反绑着,头用黑布套着。司机说:"看啥哩?"砰地把车门关了。洗河就离开车回到店里,想起梅青早晨的话,真的是绑架了人,身上就出了一层冷汗。直到补好了轮胎,那辆车又开走了,洗河要买兔子,章朗说:"今日赚了钱,兔子送给小侄女!"洗河说:"不让你心疼。"放下五十元,开车返回了花房子。又正好在大铁门外遇上要进城的兰久奎的车,故意去问候,要看看车上还有谁,认得只是熊启盘。

在这个下午,洗河脑子里都是那个反绑了手、头上套着黑布人的形象。是兰久奎绑架人了吗,是熊启盘绑架人了吗,还是他们合伙绑架了人?那绑架的是谁呢,为什么在花房子绑架,被绑架的又被拉到什么地方去呢?洗河没敢给梅青提说,也不敢给罗山汇报,他要装着什么也没看到,什么也不知道。如果真出了大事,一周内会有消息的,洗河在这一周里提心吊胆,魂不守舍。而一周终于过去了,一切安然,洗河才放下心来,渐渐地把这事忘了。

*　　　*　　　*

花木工项水生给洗河说了这样一件事。半坡村于长峰和于长岭是兄弟俩,于长峰家富,在村东口有前后两院的一所房子,还在祥峪镇有着四间门面房的货栈。于长岭吸食大烟,家道中落,只有一亩薄田,三间草房。一九五〇年土改,于长峰被划为地主,于长岭为贫农,儿子于运韬是村贫协组长。于运韬分到了于长峰在村东口房子的前院,于长峰一家因长年在镇上货栈住,货栈被收没做了镇政府的百货公司,回住到了给他们保留的村东口房子的后院。三十年后,于长峰的孙子于有鱼认为前后院相隔的那三间房应为后院的南屋,归他,是于运韬当年利用村干部的职权抢占的。于运韬的儿子三猫坚持那三间房属于他家前院的北屋。公说公有理,婆说婆有理,村委会一直解决不了纠缠。到了何村长手里,于有鱼隔三岔五上门来闹,何村长就躁了,骂于有鱼是神经病,于有鱼说:"我就是神经病,我让于运韬、于三猫欺负成神经病了!你再不管,我就投井上吊呀!"何村长说："好么，我院子里有井你投呀！上吊就在门口槐树上吊，要不要我给你绳？"何村长强硬，于有鱼不找何村长了，又找祥峪镇政府。那些年上访的人多，祥峪镇政府门口时常有七八个人拉着横幅，举着牌子，叫喊着要公平要活命，而于有鱼每次都在，每次都是又哭又骂，梗着脖子往大门里闯，被门卫拖出来。镇书记、镇长不敢走大门，秘密开了个后门出入。每到县里、市里的领导来镇上检查工作，担心拦车告状，要求各村控制住上访者，何村长就派人拿了酒去和于有鱼喝，把他喝醉，或骗说领他去某某庙会，用车拉到百里外放下，等他步行两天回来，检查工作已经结束。

洗河说："我听说过这个于有鱼，别人都不敢沾他，你倒替他说话？"项水生说："他是我姑父，怪可怜的。现在活得人不人鬼不鬼的，我想求你帮他。"洗河说："我能帮他啥呀？"项水生说："你帮不了，罗董和兰总能帮。有钱人认识领导多，领导说一句话就能改变我姑父的命运。"洗河把这事说给了罗山和兰久奎，罗山说："于长峰的后代成了这样，真令人悲伤。"兰久奎说："于有鱼十多年告状，告的不是前院而是前后院中间的三间屋，其中肯定有原因，这事得让于有鱼写个材料。"洗河转告了项水生，项水生回村让于有鱼写了材料。这份材料就由罗山送给了秘书长，秘书长要了材料，说："你好好做你的房地产，咋关心这个？"罗山说："人家也是房产，落到这地步，这不公呀。"秘书长说："那是土改！"罗山说："我没说土改，于有鱼也不是为土改翻案，他告的是三间南屋。"秘书长就在材料上批示，让祥峪镇政府调查处理。

两个月后，祥峪镇出了份《关于于有鱼与于三猫房产纠纷处理意见》的文件。文件内容为：祥峪镇半坡村村民于有鱼，因一九五〇年土改时家庭成分划为地主，现反映当时村干部于运韬利用职权抢占其南屋三间，要求归回供用。经镇司法办反复调查了解，土改时于运韬分得房屋属于土改成果，并非利用职权抢占。特作出处理决定：一、于运韬土改时新分得的院落，经核对房屋间数与一九五〇年县人民政府颁发的土地证书相符，不存在利用职权抢占于有鱼家房屋一事。二、根据一九五〇年县人民政府颁发的于有鱼家的土地证记录，其房屋间数与现在相符，不包括于三猫家的前院北屋。三、根据双方土地证书记录，于有鱼要求归还后院南屋是无理的。四、此处理决定下达后，双方必须严格执行，不准再因此事发生争执。

接到了处理意见的文件，连下了三天雨，罗山来到花房子，把何村长叫来，了解为啥是这种结果。何村长说："我后来也清楚了，就是那三间房才隔出了前院后院，土改时先是说前院分给于运韬，说是前院，于运韬住进去当然认为那三间房是北屋，他就使用了。后说把后院留给于长峰家，认为既然说是后院，那三间房就应该是南屋，但那时他是地主，南屋又已经被于运韬使用了，没再敢提及，到了于有鱼才争执起来的。"罗山说："那这文件，就把那三间房定为前院了？"何村长说："文件上不是在强调保护土改成果吗？"罗山说："这样处理于有鱼肯定不服，还会上访的！"何村长说："现在解决啦！"罗山说："咋解决啦？"何村长笑了说："前天下雨，那三间房塌了！房一塌，我让村委会出钱去那里砌了一道砖墙。两家都不吵了，那份文件也成了废纸。"

洗河见了项水生，说："现在你姑父再不上访了吧？"项水生说："这都是天意。"新的一批帮工又要轮换了，洗河觉得项水生活干得好，想给何村长建议让项水生继续再干一期，但项水生却不愿干了。洗河说："花房子这里多好的，你不愿留下来？"项水生说："花房子有啥多好？就是再好，也有塌的时候。"洗河骂道："你放屁！咋说话的？"还有三天才期满，洗河当晚就把项水生撵走了。

*　　　*　　　*

四年前，兰久奎在顺熙路得到了一块商业用地，罗山在万宁路也有了一块商业用地，两人差不多同时起楼盘。万宁路的拆迁非常顺利，在挖地基时就开始预售，卖出了近一半的房子。而顺熙路的情况复杂，地皮属于市财政局的家属院，双方合作，讲好了盖五栋三十二层高楼，两栋归局职工分配，三栋由兰久奎作为商品房出售，这其中有太多利益纠葛，合同难以签订，加上银行贷款迟迟不能到位，到了二〇〇四年才动工。二〇〇四年市城市户口取消了限制，房价由每平方米三千元暴涨到六千。顺熙路的楼盘坏事变成好事，盈利比原先的预算估约多出了一倍。罗山则捶胸顿足，悔恨不已，六月份正热的时候，鼓动着呈红，终于把秘书长约来了花房子。

秘书长一来，罗山当然就请了大厨，他让梅青协助着大厨在东院准备饭菜，自己陪着秘书长参观。呈红比罗山更积极，不断地夸说着花房子的风水、布局、楼台廊榭的风格，各种雕塑、奇石、花木的品种，院落的结构和装饰。到了中院，秘书长一眼看到了厅堂墙上他的照片，问："这谁挂的？"呈红说："我挂的。"秘书长说："让我守空房子啊？！"呈红说："虽说这里风水好，可人是最大的风水，你在这里能镇住！"秘书长说："罗董，这中院还真给我啊？"罗山说："这本来就是你的么，我和兰总只是给你做个伴。"秘书长说："我从小生活在大山里，好不容易走出了，又住回山里？！"自己就笑起来，起身从中院出来，到院子后去看瀑布。

罗山不放心饭菜，到厨房里交代，秘书长是湖南人，一定要干煸一盘辣椒。洗河悄声说："刚才他怎么说那话，是不愿意要这中院吗？"罗山说："他也没说不要这中院呀。"厨房里做了八道凉菜、十二道热菜，罗山让摆上桌子，把三十年的茅台酒也拿出来。洗河说："就在咱这儿吃吗？"罗山说："就在咱这儿。"洗河说："你觉得在中院呢？"罗山怔了一下，说："对么，他在他家用餐着好！"洗河就把餐桌搬到中院，再一盘一盘又把菜端过去。

吃饭的时候，呈红也乐得在门口喊老爷子："阿伯，阿伯，秘书长叫你来吃饭哩！"老爷子在菜地里捉南瓜叶上的虫子，说："我上不了桌面吧，

173

这一身的土，没换衣服哩。"呈红说："不换了，不换了，你是咱这儿的土地爷，土地爷身上要有土的嘛！"

这一顿饭吃了两个小时，酒足饭饱了，呈红到卧房里换衣服，重新化妆，老爷子饭后犯困，回东院午睡。罗山和秘书长喝茶，就说起了万宁路楼盘的事，征求秘书长的意见。呈红一会儿换一身衣服，出来问秘书长这一件怎么样，一会儿又换一身衣服，出来问这一件又怎么样。秘书长说："好哇。"呈红转身走几步，返回卧房再出来再是一身新衣，问秘书长这一身呢？秘书长说："你在这里放了这么多衣服！我和罗董说些话。"呈红进了卧房，罗山就说他想着自己举报这楼盘手续不全，属于非法建筑，要求停止销售，如果举报有了效果，这样便能退还预售款。没想秘书长说："罗董，上次你自己举报自己，这次你又要自己举报自己，你会不会换个花样？！"罗山说："领导！我吃亏太大了，多少个亿说没就没了啊！要不你还给规划局说说，看还有什么办法？"秘书长说："我不能给人家再打招呼啦，手续不全我打招呼把手续补全，手续全了我再打招呼让手续不全？我不允许你这样做，现在的形势是什么形势，你有没有政治头脑？你想，让那么多交了预售款的人退款，人家愿意吗？肯定会聚众闹事，闹起事了，必然有部门来查，若查出手续不全，为什么当初就能预售，谁给办的预售证？若手续齐全，已经预售了凭什么又要退款？这追究起来，就不仅仅是你的事，牵涉到土管局、规划局，还有我呀！"

罗山到底没有自己再举报自己，在花房子多住了几日，心情郁闷，脸色难看。弹嫌过梅青面条擀得不硬，老爷子叫他，不应声，训辄着洗河风筝挂在树上怎么不取下来，那是吊死鬼吗？吓得鸽子躲在一旁，他招手，也不到跟前来。罗山连自己都讨厌了，步行着到祥峪镇去，想吃炒凉粉，吃了几下觉得不香，再往豆腐坊买了一块热豆腐蘸上辣子蒜汁吃，还是不可口。有人叫："罗董，罗董。"抬头见是生人，说："我不是罗董。"就去前边的小酒馆喝酒，那人还在后边说："你就是罗董，我去过花房子见到你。"

小酒馆里光线阴暗，又有人在叫他，声音是何村长，果然何村长和一个小伙竟然也在里边，喝得酒上了脸。何村长给小伙介绍这是罗老板，小伙说："知道，著名企业家啊！"又介绍小伙姓火，是《秦报》记者，小伙说："小通讯员。"何村长说："别看他是小通讯员，可厉害啦，就是他一篇文章把上一届祥峪镇镇长撸下来的！"罗山说："哦，写千天一的那个文章的是你？"五年前一个周末，祥峪镇镇长千天一的父亲三周年忌日，来行情的人多，招待酒席摆在了镇小学校的院子里。第二天，《秦报》发表了一篇文章，说是镇长占用学校为亡父过三周年，收要大量礼钱。这篇文章引起轰动，社会负面影响很大，有关部门调查处理，结果镇长被免职，由处级降为科员。千天一一气之下，连公职都辞了，去了广州一家公司上班。罗山看着小伙，说："你今年多大啦？"小伙说："二十五岁。"罗山说："真年轻！我问你，谁不给自己死去的父母过三周年呢，过三周年亲戚朋友能不去行情吗？"小伙说："可千天一是在学校里摆酒席！他要不是镇长，行情的能有那么多人？！"罗山说："千天一我不认识，他是做事过分了，可一个善道的农家子弟，参加了工作，能当上个镇长，这容易吗？那得奋斗几十年啊，你一篇文章就把他失塌啦！"小伙说："我是为了公道和正义！"罗山说："你还年轻，怎么说呢，以后你就知道了。"小伙说："我是媒体人，我有我的职责！"罗山说："你们喝吧，我还有事。"站起来就走。何村长说："这都咋啦，说话铮铮的？"拉罗山，没拉住。

到了八月，公司房地产经理罗闻涛的外甥因贩卖黄色录像带，被永平坊派出所拘留。罗闻涛以罗山的名义去找市公安局局长，把外甥捞了出来。事后，罗闻涛给罗山承认了错误，罗山觉得只要把人捞出来也好，没再说什么。可过了二十天，罗山得知万宁路楼盘的电梯由红卫公司提供，而红卫公司是公安局局长小姨子的，其一部电梯比市面上多出三十万，十部电梯就三百万。当时罗山正和总经理周兴智、办公室主任白庆、出纳阚有余和司机沙武在路边烧烤摊上喝酒吃羊肉串，把一瓶酒摔在了地上。第二天一早，辞退了罗闻涛，由周兴智兼任了房地产经理。

九月，市商会再换届，酝酿会长候选人是兰久奎，但兰久奎力荐罗山。罗山说他实力不够，且缺乏组织能力，兰久奎说："你大雄显外，至柔藏内，当执行会长吧。"经大会选举，兰久奎任会长，罗山任执行会长。

十月里，兰久奎提议，由他个人出资，商会组织一次欧洲考察活动，而他在德国有定居的同乡，可以由同乡作向导。几经各方协商，定下六人，有兰久奎、罗山、米家旺、郑善拓、姜起纲、仝海鹏。除了兰久奎外，罗山、米家旺、郑善拓、姜起纲、仝海鹏都是爱吃面食之人，担心出国饮食会不习惯，罗山建议带上梅青，负责每到一地给大家擀面条、包饺子。大家齐声说："好。"

罗山通知了梅青。梅青征求洗河意见，洗河说："罗董、兰总不带我！"却坚决支持梅青去，答应出访期间，他会精心照顾老爷子和鸽子的。梅青说："我没好衣服呀！"洗河说："你有好手艺！听说外国人衣着随意哩。"但还是陪梅青进城买了两身新衣、一双皮鞋，去做头发、文眉。呈红来后，梅青请教呈红，把两身新衣穿了让呈红看。呈红强调得有一双高跟鞋的，梅青说她以前穿过，这多年不穿了，怕穿了难受。却自己去祥峪镇商店买了一双。

*　　　　*　　　　*

兰久奎、罗山、梅青出国后，杨姨来花房子住几天。她老觉得身子不舒服，量血压还正常着，测血糖也没再高呀，就是吃饭不香，睡觉一夜要醒来几回，疑心是在外遇上邪，要么是西院久不住人了阴气太重，让何村长把以前那个风水先生请来。风水先生来察看了认为都好着，就给杨姨号脉，杨姨说："你还会看病？"何村长说："会推磨子就会推碾子，先生看病也神哩。"杨姨说："那好！给我开几服药。"先生说："你身上病多，但都不是要命的病。"杨姨说："我血糖高，血脂高，胃口差，颈椎一受凉就疼，十几年了，吃过的中药堆起来都有座麦草垛高。"先生说："慢性病倒不一定整天吃药。"看着桌案上的佛像，说："你敬佛的？"杨姨说："我只要来，天天都给佛敬香的，园子里那些石神树神水神也全敬哩。"先生说："你去过安喜寺吗？"杨姨说："安喜寺？"何村长说："安喜寺就在首阳山上，离这儿不远，五里地吧。"先生说："如果你能每天去安喜寺礼佛，半年后啥症状都能消失。"杨姨说："真的？"先生说："到时你会哭着感谢佛哩。"

杨姨一定要留风水先生吃饭，但她自己做饭不行，叫喊了给帮工做饭的婶子来炒几个菜，而家里只有鸡蛋和一块豆腐，洗河和何村长出来去东院拿肉拿木耳、香菇，又到菜地里拔青菜。洗河说："他能看病，我也能看病。"何村长说："甭胡说。"洗河说："你想想，每天去一趟安喜寺礼佛，心里有个念想，再来回走十里路，半年后能身体不好？那不是杨姨哭着感谢佛，是哭着感谢她自己哩。"何村长说："这正是先生的高明啊！"洗河想了想，说："倒也是。"

第二天，杨姨就要去首阳山的安喜寺，洗河和何村长陪着。安喜寺很小，就在半山腰的一处崖下，院门上贴着告示：天明开门，天黑关门。进去一座三间的殿，供着如来佛和文殊菩萨、普贤菩萨。后边左右四间厢房又分别供的是药王、送子娘娘、财神、山神。再后去就是崖洞，洞里是一个老和尚和一个小和尚的寮房。老和尚在佛殿里念经，好像是睡着了，身子没倒，小和尚有些傻，但极殷勤，见来人大声地招呼。寺里还有一只狗，卧在台阶上。

陪着杨姨去的第一天，那只狗就和洗河亲热。洗河提了个包，里边装了给杨姨准备的矿泉水、饼子、水果糖，以防她低血糖犯了，狗就跑过来，看着提包，洗河说："闻见有吃食啦？"把饼子掰了一块儿扔给它。再往后几天，狗在洗河的腿上拍一下，再拍一下，洗河明白了狗的意思，要么扔给一块饼，要么剥了一颗糖，糖是软糖，粘在了狗牙上，它唔唔低语。洗河给老和尚说："师父，这是寺里养了看门的？"老和尚说："寺里不用看门。"洗河说："哦，那怎么有狗？"老和尚说："青枫坪的申老五来烧香，说他在路上拾了个狗，在家喂了半年，发现这不像狗，像狼，就抱来放在寺里。在寺里也半年了，发现这不是狼，还是狗。"洗河说："师父，能不能我把这狗买了？"老和尚说："啥都是缘分，它要愿意跟你走就走，卖什么钱？"洗河、何村长、小和尚就分别站了三个位，一起叫狗，狗偏偏跑到洗河跟前。洗河便把狗领回了花房子，还是叫它是"我来"。

以前养的第一个"我来"是母狗，第二个"我来"也是母狗，现在"我来"是公狗，公狗比母狗强壮，叫起来龇牙咧嘴，声巨如雷。但它令人难堪的是来了人，就立起身子把来人的腿抱住作一晃一晃的动作。洗河打过几次，它没记性，仍秉性不改。

去年那批帮工中，维修工姓郜，话特别多，说人论事又都有细节，老爷子喜欢和他聊。姓郜的就托老爷子给罗山说说，让他儿子到公司开车。罗山同意了，姓郜的儿子开了公司的面包车。但那儿子常常以修车为名，让修理厂多开发票，回来报销，少时二三千元，多时竟上万元。沙武反映给了罗山，罗山开除了那儿子，给老爷子发火，再不准他推荐人。姓郜的那时已离开花房子，觉得理亏，就再没来过。这一天，提了一篮子红薯出现在大铁门口，嚷嚷着他来孝敬老爷子。"我来"便抱住了他的腿摇晃，还把一股脏水喷到他鞋上，姓郜的说："哇！搞流氓啊？"洗河觉得尴尬，却不愿听姓郜的说这话，就踢"我来"，说："你和谁耍流氓啊！"姓郜的说："洗河你在骂我？"洗河说："我没骂你，我骂你狗都不同意。""我来"却对姓郜的汪汪起来。姓郜的给狗说："你说啥哩，你会不会说人话？"洗河说："不能让狗说人话，会说人话了，你儿子那些糗事全祥峪都摇了铃！"姓郜的恨了恨，把红薯篮子提走了。

　　　　　　*　　　　*　　　　*

　　老爷子越来越爱吃蒸肉。以前顿顿有肉，按他的话说，必须有腥，鱼香肉丝呀，蒜薹炒肉片呀，辣子鸡丁呀，藕块炖排骨呀，而自从何村长接他去半坡村坐了一次婚宴席，便嚷嚷着要吃八大碗。八大碗就是笼蒸的黄焖鸡、小酥肉、方块肉、条子肉、米粉肉、带把肘子、四喜丸子、八宝甜羹。老爷子最馋其中的条子肉。梅青在老家吃过八大碗，但她不会做，特意到半坡村找会做的人教她。条子肉得选上等的五花肉，先用汤煲文火煮六至七成熟，取出来用糖熬出来的酱上色，后用植物油烧至八成熟，又油炸到肉皮呈红色了，取出来切成十厘米长厚的大片，摆进碗里，放上蕨菜、滚刀红萝卜、油灯豆腐条，用浆、肉汤调成的汁倒入碗中，放进笼里，猛火蒸两小时。梅青学会后，回来一蒸就是十几碗，每顿午饭，热出一碗，老爷子夸讲肉质酥烂，荤素搭配，肥而不腻，入口即化。可以将一碗吃得干干净净。杨姨来看过几次，惊讶得目瞪口呆，这么大年纪了还能吃一碗蒸肉？倒劝说老爷子蒸肉吃得多了对心脏不好，对血管不好，老爷子说："你尽说些没口福的话！"

　　为了保障五花肉的新鲜，梅青三天两头就去祥峪镇或半坡村买，这一天何村长来电话，说半坡村樊记肉铺新进了两头散养的黑土猪，准备现杀，让梅青去多买些。当时西院的兰俊波还是不结婚，又带了一个女朋友来住。这个女朋友是个画画的，打扮得十分新潮，在园子里支了画板写生山水，山水图里有弯扭破败的草房。兰俊波听说洗河、梅青要去半坡村买黑土猪肉，让梅青也给他捎买几斤。兰俊波似乎胖了一圈儿，脖子越发短，走起路又着腿，腮帮子就一颤一颤的。梅青说："俊波，你也爱吃黑土猪肉吗？"兰俊波说："黑土猪肉好吃么，现在市面上都是激素饲料喂的猪，黑土猪肉难买到啊。"梅青说:"嘻嘻,你女朋友住的是豪华别墅,画的画里是些烂草房。你处女朋友一定要白净洋气的女朋友,吃肉却要黑土猪肉!"兰俊波嘿嘿地笑。

到了半坡村,樊记肉铺门口就拴着两头黑土猪,地上脏兮兮的,一摊污水,苍蝇乱飞。何村长和三个男人蹴在那里吸纸烟,一见洗河、梅青来,说:"可以杀了!"等着一张矮木桌搬过来摆好,一个大铁盆里注满才烧开的滚水,樊屠户提着刀从屋里出来,说:"拉猪!"何村长问:"今日杀哪头?"樊屠户说:"逮住哪头是哪头。"何村长四人就去逮那头嘴像黄瓜一样的猪,猪竟左冲右撞地蹦跶起来,而且往出拉屎,收拢不住。他们又去把另一头逮住了,抓住耳朵按头的按头,提了腿往上翻的往上翻,拽尾巴的拽尾巴,这头猪额头上的皱纹像盘了一疙瘩绳,嗷嗷大叫。形势陡然紧张,梅青是抱了鸽子来的,鸽子就吓得哭。梅青说:"能不能不在这里杀?"樊屠户说:"咋啦,嫌这里不干净?"梅青说:"当着那头猪杀这头猪,我不忍心。"樊屠户说:"你都吃它的肉哩,还不忍心?"梅青说:"这不能让同类看着呀!"樊屠户说:"看着也让它知道自己的将来么。"梅青一拉洗河不买了,转身要走。何村长拉住,对樊屠户说:"不换地方了,把那头猪拉走。"他解了拴黄瓜嘴猪的绳子,拉到房子的山墙后。剩下的三人便把额头上有皱纹的猪拖上矮木桌,一人压身子,一人压腿,一人还拽尾巴,樊屠户拿了刀子就往猪脖子里捅,但猪在大声吼叫,四条腿乱蹬,血出来了,没有喷到桌前下方的瓦盆里,而一蹄子蹬到樊屠户的腰,樊屠户一个后趔,没站稳,竟咚啦跌坐在了大铁盆里。大家一声惊呼,去拉樊屠户,猪从矮木桌翻滚下来就跑,一边跑一边脖子往外喷血,跑过那一摊污水,倒在地上不动了。

杀猪的时候,梅青抱着鸽子背了身不看,等大家惊呼着去拉樊屠户,她回过头,看见了脖子往外喷血的猪还在跑,她离开了往前走,转过山墙。山墙那里拴着的黄瓜嘴猪,虽然没目睹同类被杀,但听见了同类的惨叫,它四腿撑在那里，浑身发抖。

樊屠户被从大铁盆的滚水里拉出来，说："娘的×，猪还没烫毛哩倒把我烫了！"哎哟着屁股疼。赶紧给脱了衣服，已经是屁股、后背和一条胳膊严重烫伤。樊屠户得往祥峪镇医院送，便用了洗河的汽车。洗河要梅青和鸽子也上车，顺路捎回去，梅青坚决不上车，她和鸽子步行回到了花房子。

洗河在祥峪镇医院竟然遇到了罗闻涛。

当时刚到医院二楼的过道上，罗闻涛和一个瘦子迎面走过来，罗闻涛手背上扎着吊针，瘦子高举了药瓶，洗河习惯性地叫了声："罗经理！"叫完了意识到罗闻涛已不是公司的经理了，但还是笑着。罗闻涛说："你认识的罗经理估摸已经饿死了吧！"洗河一下子愣住。罗闻涛又说："你不在花房子，在房地产部吗？"洗河更是窘迫，要说什么，罗闻涛进了旁边的厕所。洗河就站在厕所外，耳脸发烧。等着那个瘦子出来，洗河说："他是……"瘦子说："是我们副总呀！"洗河说："他怎么啦，在这儿看病？"瘦子说："葡萄基地就在镇上呀，他感冒了来打吊针。"洗河还要问什么葡萄基地，什么副总，厕所里一阵水响，瘦子又进了厕所。

洗河和何村长安置好了樊屠户住院，脑子里仍是罗闻涛，后悔罗闻涛说那样的话，他当时应该回这样那样的话进行反击呀，就打了一下自己的脸，给罗山拨通电话，说是他在祥峪镇医院见到了被辞退的罗闻涛，好像在镇上还有个葡萄基地，是什么副总了。罗山告诉了洗河，王立仓老板搞葡萄酒厂，罗闻涛投奔去是当了副总，他们就在祥峪七里峡种植着上千亩地的葡萄。洗河说："咱有酒厂，他也搞酒厂，咱在秦岭里，他也来秦岭，成心要给咱示威吗？"罗山说："哼哼，那就祝他能成功呀！"

洗河再把何村长送回半坡村，何村长亲自动手杀了那头已死的黑土猪，洗河买了二十斤肉回来。这二十斤肉，给了兰俊波五斤，剩下的十五斤梅青全做了条子肉蒸碗。但她就不再吃。洗河和鸽子要吃，也不让吃。做出蒸碗的那个中午老爷子仍是吃了一碗，吃得嘴角流油，问洗河："你咋不吃？"梅青说："他是啥嘴呀，尽你吃。"

＊　　　＊　　　＊

鸽子没有上过幼儿园，但到了六岁，必须得上小学啊。去镇小学报名的时候，校长听说是花房子的孩子，提出罗董、兰总应该给学校有个资助啊。洗河没办法，给罗山讲了情况，觉得不好意思，说："咱是唐僧呀？！"没想罗山说："在别人眼里咱是唐僧那是高看么，拿十万元买一批课桌捐给他们，可得让鸽子当班长啊！"十万元的课桌送去后，鸽子真的当了他们班的班长，班主任还时不时来花房子做家访。班主任是个女的，叫阮玉，她家访前都先告诉鸽子，鸽子就给梅青说："妈妈，老师来了你要打扮漂漂亮亮的，但不能漂亮过老师。"学校的中午管一顿饭，洗河在第一学期都是早上开车把鸽子送去，晚上再开车把鸽子接回。学校里的学生羡慕不已，问："鸽子你家在哪？"鸽子说："花房子。"再问："花房子是村子吗？"鸽子说："花房子都不知道！"懒得说了。到了第二学期，鸽子能唱歌跳舞，参加了学校的文艺队，洗河再送鸽子去学校，把车停得离学校远，要送她到校园里，鸽子却不让他到校园里去。洗河回来给梅青说："鸽子长大了，倒心疼我。"梅青说："你知道为啥不让你进校园？她给我说了，嫌同学笑话你长得难看。"洗河骂了一句，却也哈哈笑起来，说："我长难看啦，不就是这几年肚子大了些么。前些年在呈红那茶舍里见了个周易大师，他说男人三十五岁后还没个凸肚，那一辈子发达不了。"

这一年里，罗山没有再开发楼盘，但盘下了一家快捷酒店，又一次将公司的各部门负责人作了调整，叫洗河去城里的次数也就多起来，有时一个上午或一个下午，甚至去了两三天都不得回来。梅青伺候着老爷子一日三餐外，还得早晚骑自行车接送鸽子，忙得没一点空闲。鸽子的班主任再来家访，说她有个侄女在家闲着，整天闹腾要去城里打工，家里嫌她年纪还小，出去不放心，问花房子还需要不需要人。梅青不敢应承，和洗河商量，能不能给罗董说一下，就招了阮老师的侄女。洗河认为不妥，既然他们两个来看护花房子、伺候老爷子的，而因自己的孩子要多请一人，多一人多一份工资，这话他无法给罗董开口。当罗山再领了男男女女来花房子聚餐、打麻将，洗河没有提说这事，梅青也闭口不提，罗山倒是说："梅青！你咋瘦了？"梅青说："我减肥哩。"罗山说："减什么肥？你瘦了不好看！"

六月里，花房子一早一晚还凉快，中午却特别热。老爷子不能开空调，一吹空调就头痛。手里便迟早摇一把蒲扇。这天吃过午饭，老爷子把凉席铺在前庭地板上，光着上身瞌睡，突然罗山领了一行人进了东院。梅青忙把老爷子推醒了搀起，席上汗湿着一片。老爷子来不及返回自己房间了，罗山就给来人介绍这是他父亲，来人中有个高额骨、两腮无肉的人，便说："老爷子是个弥勒佛啊！"梅青说："有人说他是土地爷。"高额骨哈哈大笑，说："是土地爷，是土地爷！相传土地爷把门户把守得严，可不能喝醉酒，一醉三年不醒就没法值班了。"老爷子回到自己房间，给梅青说："这人相貌不好，罗山和他不要走得太近。"梅青说："你咋还会看相了？"老爷子说："瘦得像骷髅的人，谁和他交往，他就会把谁的精血给自己身上吸的。"

高额骨是一家银行的行长，姓路。罗山因为要投资快捷酒店，资金紧张，而贷款越来越难，自从邱行长调动去了甘肃后，他就联系上了路行长。路行长答应了贷款，却迟迟没有落实，罗山几次邀请他能到花房子来转转，他几次说忙抽不出时间。上午路行长给罗山电话，下午可以去花房子，罗山紧急上街采买了食材，带了厨师，陪着路行长一行就来了。把客人安顿坐下，梅青就发纸烟，路行长说："我没那瘪毛病。"沏了龙井，路行长说：

"我胃寒，有没有普洱？"重新沏了普洱。梅青把苹果都削皮了，路行长又说刚才进来时看到还有个菜地，摘几颗西红柿吃着最好，梅青赶紧去摘西红柿，心想：这人刁嘴！

厨房里忙着做饭，罗山陪着路行长打麻将。打了三个小时，罗山当然是输，但把贷款的事也说得差不多。路行长面前的钱一沓一沓垒起来，罗山自己骂自己手臭，说路行长真是财神爷。洗河在旁边随时给大家续茶，说："花房子真有福，原本有个土地爷，又来了个财神爷！"路行长人也兴奋，就给罗山说："罗董啊！你这园子里啥都好，就缺一样东西啊。"罗山说："你觉得缺了啥？"路行长说："拴马桩。拴马桩在明清时代是拴马，当时的马就是现在的汽车，拴马桩越多，越是彰显着家大业大。现在没马了，除了它的象征财富的意义，更成了精美的石雕艺术。"罗山说："是呀是呀！我知道拴马桩是文物级别的老件儿，在市群艺馆见过他们收藏的，可我一时弄不来么。"路行长说："你要有兴趣，我给你介绍，有人收藏了一百根拴马桩，可以让他转让给你呀。"罗山说："好呀好呀，我全弄来。"路行长就给了罗山一个电话号码。

洗河拿了电话号码到屋外打给有拴马桩的人，那人自称小冉。小冉在电话里说："哦，我伯介绍的？好呀，好呀，那就转让你们吧。明天就可以来拉。现在压根是收不到了，盛世收藏么，稀罕东西市面上越来越少见了。拴马桩是历史呀，是文化呀，是艺术呀，有钱又有品位的人都讲究家里有这个啊！别人是曾经给出一根五万元的。但只买十根，那我是不出手的，一个牛不能切成块卖呀。这得打包一块儿走。自己人，这我知道，那就一根四万，完整无缺的整整一百根。你想想，一个模特在大街上走，人并不在意，十个二十个一块儿走，那是啥阵势，围观的交通要堵塞啦！再少就说不成了啊，我当年沿着渭河两岸跑了几十次，那也是两万一根收来的。买卖不成，人情在么。它放在我这儿，不会少斤缺两，越放越有价值，将来办个博物馆。"洗河再进屋，麻将桌子刚收拾，准备洗手吃饭，洗河把罗山拉到一边小声说："电话打了，那人是路行长的侄，每根四万元，一百根四百万，这是抢人啊？！"罗山说："买吧，人家给咱贷两个亿的。"洗河说："就是十个亿，那是贷的，连本带利要还的，这四百万却是割咱的肉呀！"罗山说："咱也落下东西么。"洗河说："以前买水晶王的时候那店里也有拴马桩的，我记得那一根是两万元。这四万就多出两万，白赚咱两百万？"罗山说："咱肉到了人家的案板上了么。"洗河还是不理解，但他也不好再说什么，罗山转身要走，洗河又说："那咱还是和兰总平摊？"罗山说："兰总又没贷款。"

第二天，由洗河负责着，公司派出两辆卡车，把一百根拴马桩拉回了花房子。这些拴马桩确实精美，有圆形的，有四方棱的，差不多脸盆口粗，高的两米多，低的也一米五六。每根的顶端都雕刻着人物和动物，人物形象夸张，表情生动，动物则有龙、虎、狮、猴。

又过了两天，罗山送来了一批日常生活用品，兰久奎和杨姨也回到花房子，兰久奎看到了堆在园子里的拴马桩，也非常欣赏，问罗山："这是咋弄来的？"罗山还没回答，洗河就抢了口："是我弄来的。我去一个大收藏家那儿发现了，觉得好，也想着你和罗董肯定喜欢，先斩后奏就拉回来了。可罗董倒埋怨买得太多啦。"兰久奎说："这玩意儿栽得多了才有气势的，多少钱一根？"洗河说："人家高的粗的每根要六万，低的细的每根要四万。我说我是诚心买的，不论高低粗细，综合价，一根两万，全买走，人家为难了半天，勉强同意，我怕夜长梦多，就赶紧拉回来了。"兰久奎说："一根两万是可以，应该再晾晾他，说不定一根一万或一万五哩。"洗河说："我没沉住气么。"兰久奎就说："买回来了就不说了，二百万，罗董，我转给你一百二十万吧，二十万是大铁门外那石狮钱。"洗河说："咱园子是三家哩。"罗山说："中院不算。"洗河说："噢噢，我打我的嘴！"

兰久奎和罗山在园子里布置，洗河和所有帮工的动手，栽竖拴马桩。沿着东西南梁下的水沟沿每十米一根，只栽竖了三十九根。就又在大铁门外左右栽竖方阵，每方阵三十根。兰久奎说："武威武威，护卫队啊！"剩下一根，四方见棱，高达两米五，桩身饰有云纹，顶端刻坐着一猴，便栽竖在池塘前。鸽子要摸那石猴，梅青把她抱起来，也没摸到。梅青说："罗董，拴马桩上咋坐个猴子，人常说猴子尖尖屁股没静性，能坐得住吗？"洗河扯梅青衣襟，嫌话不妥，罗山朗声说道："这喻意是马上封侯，知道了吧，马上封侯！"

*　　　*　　　*

二〇〇六年，市委班子重大调整，老书记去了省人大当副主任，市长升任了书记，郑秘书长也被提拔了，就任副书记。

城市继续在扩张，三环路修到东郊时搬拆了三个村庄，其中就有兰久奎老家的后柳堡子。兰久奎父母过世后，宅屋早已坍塌，不复存在，但父母的坟墓还在堡子后的坡塬上，坟墓得迁移。兰久奎便在城西南公墓区买了一块地，将新的坟墓修得十分堂皇。迁移的那天，前去祭祀的除了亲戚朋友，市商会的老板，开发区范炜带的员工，何村长领了先后在花房子待过的帮工，还有兰久奎公司的、罗山公司的，总共约上千人，仪式隆重，场面浩大。

前三天，罗山把这消息告诉了郑副书记，郑副书记因当日市委有会议无法参加，让罗山替他送上花圈。罗山却得寸进尺，问能否通过郑副书记请市委书记也送个花圈，给兰久奎撑撑面子。郑副书记请示了书记，讲了兰久奎是市商会会长，其母生前是小学教师，其父生前是市文史馆馆员，老文化人，曾经出版过一本《话说西安》，影响很大。正好书记当年来任市长，办公室就送过他这本书，他就是从这本书里了解了西安的前世今生。书记说："慎终追远的。"同意送个花圈。副书记说："'慎终追远'这词好！"

汲取了以前的教训，又说："这词可以用吧，那我让写在花圈上？"书记说："当然可以用，纪念对我们这个城市有过贡献的文化人啊。"

在奠祭现场，兰久奎把书记的花圈、郑副书记的花圈摆在最显眼处。何村长说了一句："极尽哀荣啊！"范炜当即纠正："是备极哀荣！极尽哀荣表达的是痛苦、人性和对生活的期待，以及面对现实的抗争，有时更可能表达死亡。备极哀荣才是死后喜事极尽隆重。"洗河听到了，不置可否，没敢吭声。过后，兰久奎又将"慎终追远"四字以书记的题词，刻了一道石碑，竖在父母坟墓前。罗山拍了照，传给了郑副书记。郑副书记也让书记看了照片，书记说："这么大的碑子！"

祥峪镇纸坊沟村的牛大席，当了十五年村支书，工作能力强，但为人霸道，脾气火暴。邻居米五川一直告他贪污过低保款五百元，挪用过退耕还林资金两万元，还强伐三棵集体杨树，殴打给他提意见的一个老汉、两个妇女。牛大席骂米五川："你狗日的是鳖头，咬住人了不打雷不丢口？！"米五川说："我就是鳖头，咬住你不打雷不丢口！"牛大席说："我剁了你鳖头！"告了八年，告不赢，米五川提了汽油桶到县委门口，叫嚣不理他的上访就自焚，县委终于派人到纸坊沟村调查落实。五月十四日，纪检委公布了处理结果：牛大席给予党内严重警告，撤销村支书职务。米五川在家里宴请和他一块上访的村民，喝酒划拳，狂呼乱叫。而一墙之隔的牛大席在院子里喝闷酒，喝了一瓶白酒。米五川又鸣放鞭炮，牛大席就开始磨刀，磨了一把砍刀，再磨了一把切菜刀。等到邻居家宴席一散，他提了刀过去。米五川正在院子里扫鞭炮屑，抬头见牛大席进来，说："你干——"牛大席一砍刀下去，米五川就倒在地上，脑门都裂开了，嘴里还说了个："啥？"牛大席再拿砍刀在米五川背上砍，砍刀卡在肋骨里拔不出来，不拔了，顺门出去。在村里遇到村民刘三苗、火红英，问："你咋一身的血？"牛大席说："我杀了米五川！"刘三苗、火红英不让他走，他抢着另一把菜刀，把火红英的胳膊划出一道血口。他说："谁挡我杀谁！"跑进河畔的树林子里

187

不见了。

纸坊沟村有了凶杀案，惊动了祥峪镇派出所，也惊动了县、市公安局，很快组织缉拿牛大席。但上百人搜到天黑，又打着火把搜了一夜，没有搜到。

消息传到花房子，正好罗山回来，兰久奎也回来。洗河立即让门卫关了铁大门，给所有人叮咛，杀人犯是手里有凶器，还没抓到，说不定会逃窜这里来，这几天都不要外出，对陌生人严加警惕，凡是敲铁大门的，一律不开。两天里，梅青没有买肉买蛋，鸽子也没能上学，帮工的晚上都坐在平房里，整夜不关电灯，提心吊胆。罗山、兰久奎陪老爷子喝酒，兰久奎发感慨："现在这社会，最怕的是被人盯上，被盯上了就再不安宁！"

又过了一天，在离纸坊沟十里外的老鹰岔，一个放羊的人在一个窝崖下石洞里发现了牛大席，牛大席是用菜刀剖开自己肚子，把肠子拉出来，死了。危险解除，花房子从此仍不开铁大门，除了出进车，平时只开铁大门上的小铁门。

这事过去了二十天。六月十六日，吃过晚饭，天上开始有雷。雷是跑着响，老在首阳山上轰轰隆隆，接着到了双鼓崖，随之东西南梁上像打来无数炮弹，一齐爆炸。花房子的人赶紧进屋，雷似乎又在屋顶滚动，关了电视，灯也拉灭了，都不说话，只有园子门口的狗在不停地叫。夏季里这样的雷炸总会来几次，花房子的人也习惯了，就等待着雷炸之后的雨来。果然雷声渐渐远去，雨下起来。雨下起来，心就不惊恐了，梅青说："睡着，睡着。"老爷子就去睡了，洗河一家三口也上了床，还想着下雨，明早上什么都干不成，就睡个自然醒吧，很快便睡着了。不知过多久，洗河被雨声又惊醒，他从来没有听到过的奇怪的雨声，哗啦，哗啦，真的是倾盆往下倒。自己起来下了床，推窗子要往外看，却怎么也推不开。雨这么大，下水道排泄怎样，园子里会不会积水？洗河撑了把伞，拿上手电筒去开院门，门是朝内拉开，忽地雨就扑进来，伞一下子反了，全身淋了个精湿，一下台阶，水已没了鞋面。他是丢掉伞跑去园子西北角查看下水道，那里聚了一堆杂物，忙扒拉开那些树枝树叶，还揭开了铁井盖，水还是流不及，已经深到了脚脖子。再跑到门房，新来的门卫老孙头还在打盹，狗卧在门背后一声不吭。洗河叫醒了老孙头："水把你冲起你都不知道！"老孙头往门外一看，踢了狗一脚，"雨下大了你也不叫？！"狗这时才汪汪起来。洗河让老孙头赶紧去喊那些帮工，他跑去西院叫兰总和杨姨，然后跑向东院。梅青已经起来在叫老爷子，老爷子还打呼噜，呼噜里还夹杂着磨牙吹气，她就没再叫老爷子，也跑到园子来。洗河说："园子里的水排不及呀，再下一个时辰可能就漫过屋。都到中院台阶去，那儿地势高。"他就在喊花木工关胜、维修工苏锁子，把兰总、杨姨背到中院来！又和梅青进了东院，梅青抱了鸽子先去，他把老爷子叫醒，穿上衣服，也背出来。老爷子被雨一淋，清醒过来，经过菜地，看到菜地全淹了，干嚎了一声，日娘捣老子地骂。维修工苏锁子背了兰总，花木工关胜背了杨姨，杨姨说人要走水进屋了咋办呀，还要进屋去拿一个皮箱。兰总训斥："还拿啥箱子？"杨姨说："箱子有……"她没再说。箱子是没拿上，但顺手关了院屋门，花木工关胜把她背走了。这时候，园子中的水池不见了，洗河二反身过来，提醒维修工苏锁子小心脚底下，离水池那里远些。所有人都集中在了中院台阶上，拿手电四处照看。东西梁的水从树林子里往下流，冲出来树叶和泥沙。而南梁的瀑布比往日大了十几倍。老孙头说："这雨恶呀，三十年没见过这么大的雨啊！啥时候才停呀，水会不会再涨？"他不停地嘟囔，狗就又汪汪地叫，打扫卫生的老秦打狗头，说："该叫的时候不叫，这阵你叫？烦人不烦人！"老孙头也就不说了，大家全都无语。

洗河在寻思，雨若继续下，这中院台阶也不安全，得到更高处去，而坳的三面都是梁，唯一能去的就是鼓崖了。但鼓崖没有路，又陡又滑，背着老爷子、兰总、杨姨，还有老孙头，那能上去吗？他跑回了东院去取绳，取了三条绳，和苏锁子爬东鼓崖。就在埋第二个"我来"的地方，洗河说：

"你得帮我!"把绳子一头拴在一棵树根上,一头拉下来。然后两人再蹚水到中院台阶上,告诉大家,准备着,一旦水上门前台阶,都到园子东南角去,能单独拉着绳子上鼓崖的就单独上,单独拉着绳子上不了的,他负责背老爷子,苏锁子背杨姨,关胜气力不够,扶着老孙头,他可以再下来背兰总。一切安排就绪,杨姨捏着手电一直在观察水位,嘴里念阿弥陀佛。兰久奎说:"一下雨你就念,念得水都这么大了?!"杨姨说:"要不念,水早把我们淹死了!"而雨偏在这时候小起来,后来就停了。杨姨喜欢地说:"天神听见我念佛了,我把雨念停了!"大家说:"是你把雨念停了!"一起欢呼,天也慢慢亮了。关胜、苏锁子就又去掏下水道,洗河和老秦、老孙头开了铁大门,从外边疏通水道出口,却见公路过去,白沙滩不见了,河水波涛汹涌,水面上漂浮的全是些柴草、树枝、屋檩、门窗、篓筐、衣物、死猪烂猫的,甚或还有了人,人都裸体,脸面朝下。远处的那座桥,又回到了河面上,老孙头腿一软跪倒在地上,说:"爷呀!这五十年白沙河没有起过洪啊!"

到了上午十点,园子里的水退完,地面上一片狼藉,淤泥、碎石、树枝树叶,还有白菜、茄子、辣子。兰久奎拉着杨姨回西院,滑了一跤。洗河还要背老爷子,老爷子说他自己走,一路捡那些菜。

因为水源破坏,水龙头流出来的都是黄水,这一顿饭一时做不了,梅青在东院桶里盆里接了水让慢慢沉淀,又去西院那儿也让兰总、杨姨在桶里盆里沉淀水。洗河却把一袋子米和一盆黄豆全用爆米花机爆了。

到了下午,何村长四人骑了自行车来,说暴雨使半坡村十二间房倒塌,一瘫痪人没能及时背出来就因塌方死了。他处理之后,担心着花房子,就赶了过来。兰久奎感谢着何村长的关心,给了四个人各五百元,四人就帮着清理园子。罗山也来了,城里同样遭了水灾,他知道花房子肯定免不了,那花房子吃水就会成问题,便拉来了一车矿泉水。而他开车经过南环路一座桥下,那里积水深,三辆车被淹,司机是从天窗爬出来了,但整个路被车辆堵死，他的车进不成，退不成，只好步行返回公司，重开一辆车，再买矿泉水，绕了西环路才赶了来。

可是，第二天，白沙河又断流，没有水了。老孙头他们全出去在河滩里捡东西，捡了许多衣服、鞋子，衣服还几成新，鞋子都是单的，就扔了。

＊　　　＊　　　＊

淋过雨后，兰久奎的身体就不舒服，体温三十七度五，以为是感冒，吃些药片，还真体温正常了。可过了两天，又是低烧，那就再吃感冒片。如此反复了几次，这天夜里，喉咙疼得咽不下唾沫，体温达到三十九度，人都有些糊糊涂涂了，杨姨来敲洗河门，洗河就开车送兰久奎到城里医院。第二天烧是退了，做了各种检查，被诊断为肾炎，需要住院治疗，杨姨这才通知了兰俊波，而兰俊波却在北京参加一个经济论坛。兰久奎一听有些生气，说："让他在公司里主持工作，咋又跑去开会？"杨姨说："那是高级经济论坛，能参加的都是有本事的人啊！"兰久奎说："唉，儿女没本事了才是来报恩的。"此后的三天里，洗河在医院对面的酒店里开了房间，杨姨白天里在病房陪护兰久奎，晚上了，洗河在病房里陪护，杨姨回酒店休息。杨姨在病房陪护的时候，洗河一日三次去街上买饭。兰久奎和杨姨吃饭讲究，既要有营养又要有味道，便变换着买来炒菜和小吃，仅汤就有鲫鱼汤、乌鸡汤、莲子肚丝汤、燕窝雪梨汤，都不重样。又过了三天，兰俊波回来了，一下子从公司调了三个员工来伺候，埋怨杨姨："你何必劳累，咱是缺人还是缺钱？"洗河也就决定再送一次早餐便回花房子去。

洗河是在明德路那家店里买了豆浆、鸡蛋、油条，油条用麻纸包着，麻纸往外渗油，又包了一张报纸。把早餐送到病房了，离开时，顺手把麻纸和报纸拿着去扔垃圾桶，无意中竟发现报纸上有一篇文丑良的文章，题

191

目是《关于新一代农民工的现状思考》。洗河就站在垃圾桶旁读起来。文章挺长，大概的意思是随着城市大规模的建设完成之后，已经没有农民工的生存空间，但新一代的农民工又拥向城市。当他们一脚踏进城市，就不准备再回去，城市便成了他们放飞梦想的地方，也同时是他们埋葬青春的地方。当一个人如浮萍漂泊，不种地，不从政，不经商，没有稳定的营生，失去根基，在社会的缝隙里钻来钻去，既带来道德风险，也给社会秩序造成威胁。文中以他熟悉的崖底村为例，列举了他所知道的十位年轻人在城里的现状。

王五一，男，十八岁。招聘在一家公司，月薪两千，从事散发宣传卡片工作。每天背一口袋卡片上街，并不是见人就发，而是把卡片插在停放的汽车刮雨器上。沿街停放的汽车上都插完了，还等着十字路口红灯亮起，他就在拥堵的汽车间来回穿梭，身手敏捷，来不及在刮雨器上插上，就把卡片从车窗投进去。但凡是插在刮雨器上的卡片，司机一来就取下来扔了，那些投进车窗里的，随之被骂一声，卡片又扔出去。满街上都是白色的小卡片，在风里像落叶一样起伏飘荡。干了一个月，他给老板说："发一百张只有十人看的。"老板说："好啊，那你就发一万张！"他身上被唾过几次痰，被电动车撞伤过一次，二十天穿烂过一双鞋。

刘赶山，男，二十一岁。来城里三年，先后在茶叶铺、面馆、洗脚屋、火锅店、停车场干过。嫌累，工资又低，不是被老板炒鱿鱼就是他炒了老板鱿鱼，从此宅在出租屋，打游戏机，吃方便面。身上仅剩一百元了，出去打零工，赚到五百元，又宅在出租屋，打游戏机，吃方便面。

韦能，男，二十三岁。在一家网吧上夜班，白天睡地下室。地下室是网吧提供的宿舍，五个人轮流住，从不打扫，啤酒瓶、方便面盒、塑料袋到处都是。月初发工资，吸中华纸烟，月末在房间角落捡纸烟蒂，集了烟末用纸卷吸。

西沙良，男，二十六岁。先在一家商场当保安，与人发生口角，被辞退。后在一地段收停车费，又与人打架，被派出所关押一天一夜，放出来见派出所台阶上有一盆洗脸水，抱起来就喝，喝下了半盆，才说："把我渴死啦！"现在一家游戏厅做暗哨。游戏厅里赌博，常有派出所人来查，他就整夜蹲在巷口的灯影里，一旦发现有警察，立即给老板打电话报信。做暗哨的活轻松，但容易犯困，他口袋里装了青辣椒，时不时咬一口。

巩涛，男，二十岁。进城一年了寻不着活干，在街上浪荡，碰上有煤气罐要往没电梯的楼上扛的，慢坡道上的运货的三轮车、架子车需要挂个套的，装卸水泥袋和家具什么的，挣上十元二十元，朝不保夕。后来认识个办各种假证的人，他去喷刷办证联系电话号码。在街上喷刷被城管撵的次数多了，他就钻公共厕所，在厕所里喷刷。

闫晓，男，二十四岁。在建筑工地搬砖，搬了三天，说："知道我现在干这，我上的那高中是做 × 呀？！"不去工地了，应聘到一家理发店。学了七天，技术不过关，上不了岗。但他长得俊朗，店主留下他，把他的头发一星期染成红的，一星期染成黄的，一星期又染成蓝的，就站在店门口，招揽生意。

门保顺，男，二十五岁。跟着一伙人盗过墓，分得几个瓷碗和一些汉代陶罐，就在鬼市摆摊。鬼市是城东墙根的古玩市场，早晨四点开张，七点关闭。摆摊一个月，没卖出一件东西，却认识了一个女的。这女的在一家超市里打工，有心想和人家交朋友。终有一天花言巧语把那女的哄到他的出租屋，要亲嘴时，那女的说她有乙型肝炎，还拿出口袋里装的最近的化验单，他害怕传染，就不亲了，也不再来往。三个月后，那女的却来找他，说老板总是欺负她，要辞职，但老板扣押着她的身份证就是不给。他说："岂有此理，我帮你去要！"他长得瘦小，去的那天气势很足，老板问："你是谁？"他说："我街道办事处的，你把身份证还给她！"老板把身份证给了。他和那女的出来，说："怎么样，我像街道办事处的吧？以后有什么事就来找我，我保护你！"老板在后边听见了，扑过来和他打架，那女

193

的跑了，而他没打过老板，门牙掉了一颗，从此说话漏气。

刘静宜，女，二十岁。嫌在饭店当服务员是伺候人丢份，应聘到一家房地产公司当售楼小姐。遇到过三次来买房人的性骚扰，也不干了，跟人合伙在大商场租柜台卖服装。她身材好，把新进的衣服穿上了做广告。但服装生意赚不了多少钱，每年盈利就是剩下的一堆卖不了的衣服。合伙人要退掉柜台去歌舞厅坐台，她不肯去，一个人继续卖服装。而到后来交不出柜台费，她在酒吧里喝闷酒，结识了一个名画家。这名画家发展她做了情人，每月可以给她四千元，但必须随叫随到。

王家伦，男，二十二岁。在一家蒸馍铺做小工。蒸馍铺为蒸出的馍成色好，使用硫黄熏，他就负责熏硫黄。他口不严，对外泄露了秘密，被食品卫生监督局处罚，老板就辞退了他。再到一家小火锅店做洗菜工，洗了菜，老板让他回收火锅的剩油，又没把住口，给外人提说过，老板以防后患，也把他赶走了。他打自己嘴，赌咒以后再不多话。但三个月寻不着事干，饿得去城中村的菜市讨要黄瓜和西红柿吃，一个摊主收留下他，让他跟着卖菜，管吃管住。每天早晨四点，他去城外菜场进货，限天明把进的菜拉到城中村的摊位。他蹬三轮车不熟练，一次进巷时蹭了一辆宝马车，车主让赔一千元，他赔不起，说："你打我吧。"车主以一个耳光一百元，扇了他十个耳光。回到菜摊，摊主见他半个脸肿着，问了情况，说："唉，这城里不适合你待，我给你买个车票，你回村吧。"他说："我不回，我慢慢能适应么。"他还跟着摊主卖菜。

李子谦，男，十五岁。在一个居民小区入户行窃时，被抓住，绑在小区的树上示众了一个上午。一个叫雷世娃的解救了他，雷世娃在永丰路一带是个横人，长期收一些店铺的保护费。他就跟了雷世娃，成为一名小兄弟。一年里，他学会使强用狠，为了镇住不肯交保护费的人，他拿刀子在自己脸上划血口子，也为了争地盘，被别的混混们在腮帮上扎过一刀。他脸上就留下两个疤。第二年市里打黑除恶，雷世娃被捕，李子谦不满十八岁，被送进了少管所。

洗河一字一句看完了列举的十个人的现状，这其中闫晓他认识，巩涛、门保顺、李子谦虽没打过交道但知道他们的父母是谁，而王五一、王家伦、刘静宜、韦能、西沙良、刘赶山完全不认识也不知道是谁家孩子。洗河当即就给文丑良打通了电话，祝贺文丑良能在报纸上发表那么长的文章，感谢文丑良还在为农民工说话，他说："你列举的那十个人，是你在城里去见过他们，还是他们都寻到了你？如果是他们去寻你，怎么没人来找过我，他们难道不知道我吗？我不属于第一代农民工，也不属于新一代农民工，我应该是过渡的，承上启下的，他们为什么就不来找我呢？"文丑良却在说："哎呀洗河！你的电话来得正好，我早晨起来就想给你打电话，又担心你睡得晚早上起得迟，准备中午给你打呀。你知道左光明吗？"洗河说："左光明？"文丑良说："学校西隔壁村子里的左五魁你应该记得，他孙子叫左光明，在西安帮人开出租车，昨天晚上西沙良给我打电话说，他和左光明在烤肉摊上吃羊肉串，西关派出所人来把左光明抓走了，才知道左光明前天和人打了架。左光明被抓时给他说：你联系文叔，让他救我。我哪里能救了左光明，我只能给你说。"洗河闷了一会儿，说："给我说？都被派出所抓了，我又不认识派出所人。"文丑良说："西沙良说了，原本是普通的酒后打架，打过就完了，但对方是区政府的人，叫嚣着让你狗日的坐几个月牢就知道老子是谁了，果然第二天就把左光明抓了，这哪儿还有公道？！你是没办法，可你们罗董人脉广，啥事摆不平，让救救这孩子！"洗河说："那我求罗董试试。"洗河便没回花房子，去了公司。

罗山在办公室和人说话，见洗河进来，说："你回来了？先在外边等着，我和客人说事哩。"洗河就在门外等，等客人走了，洗河进去说了兰久奎生病住院的事，再就说了老家的一个孩子和人酒后打架被派出所抓了。罗山说："兰总住院了你咋不早说？！"问了病情，问了现在身体状况，让洗河这就去买营养品、买鲜花，他要到医院探望。洗河出门要走时，罗山说：

"你好像说谁被派出所抓了，是你老家的孩子？"洗河立即说："是呀，罗董，是我亲戚的孩子。"便把左光明的事加盐添醋地讲了一遍，说："双方都喝了酒打的架，没死人，也没缺胳膊断腿，西关派出所却来抓人，要抓双方都抓呀，偏偏抓了我亲戚的孩子！罗董，咱公司不是也属于西关辖区吗，咱多年都慰问派出所的。"罗山说："我慰问人家就是给你捞人啊？！"洗河不敢说话了。罗山却问："叫什么名字？"洗河说："左光明，昨天晚上被抓的。"罗山掏出手机拨号，然后在窗前打电话。打完了，说："切！老子年轻时候，一个人撂倒过五个人哩。"洗河不知道该说什么，罗山说："你不去医院了，接人去。"洗河说："人家肯放人啦？"罗山说："你告诉你那亲戚的孩子，打不过人就少惹事！"

＊　　　　＊　　　　＊

规划局局长的老婆姓蔡，在红光路一条背巷开了个饭店，只卖包子稀饭，但顾客盈门。去的都是些大大小小的老板，似乎不是为了喝粥，而是要见蔡嫂，说蔡嫂人富态，是最旺夫的相。蔡嫂也热情，把这一拨介绍给那一拨，把那一拨介绍给另一拨，相互都认识了，饭店里迟早都欢声笑语。兰久奎是那里的常客，认识了李铭义。那时的李铭义做医疗器材生意，李铭义说他正进口一批核磁共振仪器给市里八家医院，但资金一时挪腾不开，还有两千万的缺口，如果兰久奎能帮忙，利息可以百分之三。兰久奎说他没有多余的资金流转，介绍了熊启盘，熊启盘给放了贷，贷期四年。第一年李铭义付了熊启盘六十万元利息。第二年也付了六十万元利息。第三年李铭义给熊启盘说有三家医院一直欠账，能否第四年还本时将第三年第四年的一百二十万元利息一并付清？熊启盘说："可以是可以，但得把账算清，六十万元再欠一年的利息是一万八，一百二十万要加上一万八是一百二十一万八。"可到了第四年腊月，熊启盘给李铭义打电话收款时，李铭义却在英国，说他开过年回来就结账。这样到了第五年，三月里李铭义说他母亲去世了，四月里又说儿子要结婚，五月、六月里打电话便关机，找人找不见。熊启盘知道这是要赖账的节奏，让人查李铭义，李铭义已离婚，公司转让，连住屋的房产证上也换成他儿子的名。熊启盘说："耍了一辈子鹰，倒让鹰鹐了我的眼?!"就找兰久奎，是兰久奎介绍的李铭义，你兰久奎得想办法。兰久奎被熊启盘催得苦，兰久奎终于联系到了李铭义，让李铭义到花房子来。而兰久奎提前通知了熊启盘，熊启盘也带了人来到花房子。三人会面，兰久奎供吃供喝，然后说："我好心好意帮你们，倒手夹在磨盘里抽不出来。当初我联系的你们，现在我再把你们联系到一块，你们怎么谈我不管，从此我和你们刀割水洗!"

二〇〇七年，蔡嫂突然被公安机关逮捕，接着，规划局局长也被纪委"双规"，后移交司法机关定罪量刑。蔡嫂被逮捕是卷入了一个特大非法集资的诈骗案。逮捕了蔡嫂，拔出萝卜带出泥，牵涉到规划局局长，发现相当多的行贿都是通过蔡嫂在包子稀饭店里实施的，数目惊人。规划局局长一出事，消息轰动，许多房地产老板跑去了香港、澳门不敢回来。但规划局局长受贿很快结案，坊间传言他进去后只供下边不咬上边，上边又有人为他说话，仅落实了五个房地产老板在饭店里行贿的八千万，被判了十二年。

蔡嫂被判了五年六个月。在审查她的时候，她交代了她介绍的被集资的人，其中就有李铭义。把李铭义叫去查证，李铭义什么都说，就说了熊启盘如何通过兰久奎放高利贷，他如何被绑架，险些遭到活埋。

于是，在很长一段时间里，社会上传播着李铭义被绑架的故事。李铭义在花房子遭绑架后被熊启盘带走，一个夜里，四个人将他头上蒙了黑布，拉上车，车就开走了，不知到了什么地方，车上有人说："就这里吧。"李铭义说："爷! 你们要干什么? "四个人都不理他，听得见从车上往下取镢头和锨，就在地上挖。挖了一会儿，有人说："可以了吧？"李铭义再说："爷，爷！这是要活埋我吗？"有人又说："太浅，野狗能刨出来。"李铭义一下子慌了，跪下求饶，保证还钱，就给老婆、儿子打电话让连夜筹款。熊启盘是第二天收到了全部的本金和利息，拿刀要剁李铭义的一根指头，后改变主意，剁了一根脚趾，说："你不守信用，让你有个记性。"

熊启盘当然就被抓了，而兰久奎也被抓了。抓兰久奎的那个中午，兰久奎和罗山在洗浴中心里泡澡，罗山去上了一次厕所，回来池子里不见了兰久奎。问搓澡工，搓澡工说刚才被警察抓走了，再问为啥抓走了，搓澡工说不知道，他还给兰总说等不等罗董，兰总说不等了，穿上衣服就跟着警察走了。罗山跑到窗前往外看，什么也没有看到。

兰久奎走出洗浴中心，没有被戴上手铐，坐上警车到子午路，他给警察说："让我去那摊子上喝碗胡辣汤，我不会跑的。"警察允许了，他站在胡辣汤小摊上喝了一碗，又喝了一碗。

消息很快传到花房子，杨姨在西院里哭啼。洗河才想起那一早他所看到的一幕，说给梅青，梅青说："天呀！他们要活埋那人呀？！"洗河说："应该是吓唬那人的，一吓唬那人不是把欠款还了？"梅青说："那人如果吓唬不了，老婆、儿子如果真筹不到钱，那就活埋？！"洗河说："这不会的，兰总那么儒雅的，他不会的。"但梅青还是害怕了兰久奎，洗河当天去西院宽慰杨姨，她没有去。

第五天，书记找郑副书记谈话，郑副书记派人在夜里去了兰久奎父母的坟墓上，砸毁了那道刻着"慎终追远"的碑子，一块碎石都没留下。

兰久奎被抓去，交代了是他介绍熊启盘给李铭义贷的款，是他把两人联系了见的面，他也知道熊启盘把李铭义在花房子押住了，但他们离开了花房子，至于有没有活埋、如何活埋他一概不知，也只字未说出与规划局局长夫妇的任何事。去了一个月，兰久奎以协助绑架的事被罚了二十万元，才放回来。放回来当天，兰久奎到花房子休养，人瘦了一圈，头发全白。

对于被叫去怎么审查，这一个月如何熬过的，闭口不提。

规划局局长夫妇逮捕后，家里被抄，非法所得全部没收。其独生女原本成家在上海，家里出事前两年离了婚，带着三岁儿子返回西安。返回西安后和一男的恋爱，蔡嫂疑心那男的是冲着钱财追求女儿的，为了不上当受骗，把女儿的积蓄打入自己账户上。而她的财产被没收了，女儿的生活困难，就私下出售她的那些爱马仕、香奈儿、迪奥的名牌包包。曾受规划局局长关照过的老板，就都以高价买一个两个旧包包，变相地资助。罗山从兰久奎那儿知道了这事，兰久奎以六十万买了三个，罗山以五十万买了两个。

洗河得知罗董、兰总也买了规划局局长女儿的旧名牌包包，夜里睡在床上了，问梅青："你知道 V 包吗？"梅青说："知道。我当年做门迎时，看到有女的都挂着那种包，听说贵，一两万的。"洗河说："一两万是最便宜的，有五万八万的，有十万几十万的。"梅青说："一个包就那么贵啊！"洗河说："你有没有？"梅青说："我有没有你不知道？"洗河说："唉，都是世上人，都是女人，人家能挂 V 包，你只挂菜篮子。"梅青说："这怪我没好父母和好老么。"洗河就笑，说："你知道不，规划局局长的女儿有二百多个哩。"梅青说："我一个都没有，我现在不是安安稳稳的？！"

罗山把买来的旧名牌包包送给梅青一个，送给了呈红一个。兰久奎也把一个包包要送梅青，梅青没要，兰久奎就送给了呈红。

＊　　　　＊　　　　＊

全国煤炭价格在沉寂了多年后突然上涨，溪口的煤窑不大，也能日进五十万。来找罗山赞助的人就很多，电话不断，重新换了手机，又常常有人就在公司门口等或不分早晚地敲他住屋的门。罗山让洗河每周去公司上班两天，兼管接待和处理赞助事宜。他们资助市文联新设的文艺奖五十万。公司所在的街道办事处搞文化墙，资助三十万。市电视台有一档综艺节目，资助五十万。渭河下游发生水灾，殃及十四个村镇，重建家园募捐活动中，出资二百万。市商会拍摄《风采人物》纪录片，出资二十万。社区更新小公园的健身器材，出资一百万。"五一"劳动节歌咏大会资助十五万。《西安晚报》举办"我爱我家"征文比赛资助十万。资助贫困大学生二十五人，每人每年三万。越是赞助，来求赞助的越多。被赞助的都送来了锦旗，而未被赞助的今天不成明天再来，明天不成后天再来，锲而不舍，死缠活磨。洗河凡是上班就是说话，解释，争执，避而不见。有人就到花房子来找洗河，花房子的门卫和梅青先不知实情，接待了几次，后洗河交代再有城里人来找他，一律说他不在，不放进来。就有人在大铁门外坐等一天，洗河原本要进城办别的事，也只好一天都窝在东院里。给这么多单位和个人都资助了，洗河想到了他那师傅楼生茂，给楼生茂打电话，但失去联系久了，当年新留的电话已是空号，这事就搁下了。又给文丑良打电话，建议他们学校可以申请资助呀。文丑良在南京参加一个全国优秀教师会议，他给学校说明了情况，校办公室人和洗河取得了联系，洗河要求那人能拍些学校的照片和申请书一并寄来。一星期后，申请书和照片寄来了，洗河给罗山看，罗山说："这学校挺不错呀，还资助什么？"洗河给校办公室人打电话，说："你怎么尽拍学校光鲜的地方，还都是仰拍，这是给上级领导汇报工作成绩吗？你得拍些校舍陈旧破烂的东西啊！"那人说："校舍好好的。"洗河说："你就不会用耙子扒拉些屋顶？"那人说："那我扒拉了重拍。"洗河说："好啦，来不及啦！"洗河给文丑良又打电话，责怪学校人不会办事。文丑良哈哈笑，倒提议，与其那么撒钱，莫不如设立个基金，专门资助那些从农村进城打工的困难者。洗河激灵一怔，觉得这个提议好。文丑良一被夸奖，自己就激动起来，讲他对城市的理解，讲他对新时期打工者现状的思考，问洗河："你看没看过《城市错误》这本书？"洗河说："你知道，我哪儿看书？"文丑良说："那我给你讲讲这本书的内容吧。我们的城市是依靠几十年前的城乡剪刀差，从农村硬'剪'过来的。我们这些先一步在城里过日子的人，对于农民是有很亏欠的。现在全国居民的城市化率是百分之六十点一，城市地区常住人口已达到八点六亿，从数字和结构上，至少从名义上，中国已进入到了城市化时代，人口向大城市的集聚过程远未终止，城市规模继续扩大。这是产业结构决定的，经济越发达，知识密集型产业的比重就越高，从业人员也越安居住在大城市。但是，大城市好吗，一切都好吗？如果那样，就不会有花房子。而花房子在西安有多少呢，还不是都咬牙忍受着大城市。城市规模继续变大，城市管理和民众生活未必会跟着一起朝上走。在这个时候，重新审视城市，这种审视有各种视角，宏观的、个人的以及历史的。先来说一个历史视角：城市到底是为什么而建造？它几乎有这样的阶段，即为神而建，为君主而建，为机器而建。我们现在就是为机器而建，修路是为了跑汽车，摩天大楼用于商业。这些建设核心的准则是高效和快速。"洗河说："文老师，你说这些我都不懂，好像在为居住在城里的人说话？"文丑良说："是的。现在人们审视的城市使城市居住的人如何舒适、悠闲，生活节奏缓慢，等等。而城里居住的人中就有农民工呀！"洗河说："农民工哪里谈得上舒适、悠闲、生活节奏缓慢啊？"文丑良说："问题就在这里。在重新审视大城市的时候，大量拥入的农民工又如何卷入这种审视中？举个不恰当例子，西藏一解放，那些农奴如何进入社会主义的？别人都是营养过剩了，在减肥在锻炼，而有些人连饭都没吃饱也在减肥锻炼。我之所以提议设立个基金，帮助那些进城打工的困难者，他们现在存在的还是生存问题和生存的新的定义。"洗河就让文丑良能具体地用平实语言先起草一个基金设立的起因、定义和基金数目，以及基金面对的人群、如何运作、使用的条例。文丑良答应了。

　　文丑良的关于基金的方案迟迟还没有制定出来，而市慈善协会却吸收了罗山。慈善协会人员都是退下来的市级领导干部，能被吸收，并任副会长，罗山就给协会捐了二百万。

慈善协会开展了数次活动，罗山都坐在主席台上。罗山有了从未有过的荣耀和受人尊敬的感受，就萌生了当市政协委员的念头。他和兰久奎商量这事，因为兰久奎曾经当过一届政协委员，兰久奎说："当年我当的时候，你还嘲笑我，现在咋就想着自己也当了？"罗山说："彼一时此一时么，才体会你说的富了要贵的话了么。"兰久奎说："都是浮云啊，罗董！"罗山说："你说这话，就像现在年纪大的人对小年轻说婚姻是个泥潭，小年轻能信吗，能不谈恋爱结婚吗？"兰久奎笑笑，说："那我写一封推荐信。"写了，让罗山带着去拜会一下市委统战部部长。

罗山还是要洗河跟他一块去，让洗河提了一个包。洗河说："兰总写了条子，见面还带钱？"罗山说："啥时候都是钱走在前头，人走在后头。"他们约定了在部长的办公室见面，部长却坚决不收钱，说这包里的钱不拿走，他就让办公室人来交给组织，弄得罗山十分尴尬，只好让洗河把包提走，坐到车上等着他。洗河提了包一走，部长说："这就对了么，现在你我不都轻松了吗？我和兰总是朋友，他推荐了你，说实话，你来之前我还了解了一下你的情况，是市商会的，又是市慈善协会的，事业很大啊，道德人品也颇有口碑嘛！"罗山趁势详细自我介绍，讲到了他的煤窑，他的房地产，他的运输车队、印刷厂、酒厂、快捷酒店，也讲了这些年来的各种各样的社会资助。部长一直听着他讲，面带微笑，频频点头，末了说："我看了你资助的贫困大学生目录，其中张文航等五人就来自我老家的县上，我为这些孩子感谢你啊！"罗山说："我走访过张文航家的村子，那里的经济条件是差，但孩子们学习都刻苦，考上大学的多，我们公司还准备再资助十个。"部长说："那里确实贫困啊，到现在许多村子人畜用水还是去七里八里外的沟泉去挑。"罗山说："部长对那里熟悉，你觉得哪个村子需要安装自来水，我可以去帮他们解决。"部长说："好啊！我给你说一个村子，大王岭村。也实话告诉你吧，大王岭村就是我老家的村子，我每次回去，看到乡亲们吃用水还是那么困难，惭愧没给家乡做什么事。我虽然当部长但有心无力啊。"罗山说："我资助一百万，完成你这个心愿。"部长说："那好！你要资助，咱走正规渠道，你把款捐给他们县，指名道姓是给大王岭村的，保障让每户老百姓都能吃上自来水。"

罗山很快就和该县政府取得联系，将一百万捐了下去。三个月后，市政协换届，罗山当上了委员。他去大王岭村查看自来水安装状况，竟然发现没有一家有自来水。询问原因，是县政府收到捐款后，研究决定大王岭村急需要解决的不是自来水问题而是村道路硬化。而村路硬化，这笔款不能直接拨下去，县水泥厂一直销路不好，就将一百万折成了水泥，让村人拉回。在硬化村道路时，村中主要的一条巷道铺设得很好，沿路进去，部长家的门前屋后以及院子地面全部搪抹，村支书和村长家的门前屋后以及院子地面全部搪抹。别的巷道就胡乱铺了一下，才下了一场雨，有些地基下沉，水泥层就空在那里，能看出只有一两指厚。

*   *   *

二〇〇八年的八月，北京举办奥运会。四月份起全国开始圣火传递。罗山被推举为市里的选手，那天穿了统一运动服装，举着火炬，从城南门洞接上一棒，跑出了二百米，再递交给下一棒。南城门外的广场历来都是市重要活动之地，罗山一出现，锣鼓喧天，鞭炮齐鸣，摄影记者很多，广场两边围观的群众人人都拿手机拍照，洗河就在其中。洗河共拍了八十张照片，挑来选去，将两张照片放大装框，一幅挂在公司罗山办公室里，一幅挂在花房子东院。为了庆贺罗山光荣地成为奥运圣火传递选手，洗河购买了二十八个太阳能聚光灯，分别安装在东西南梁和大铁门外的鼓崖上。一到晚上，灯光明亮，十分壮观，惹得半坡村和祥峪镇的人，都有来观赏的。当然他们不能进园子，可以把大铁门敞开，站在门外拍照。其实，洗河在安置聚光灯的时候，还想象着能否造一个月亮就在坳的上空，已经从东梁到西梁横着拉了四道铁丝，但所造的月亮解决不了一些技术，只好作罢，就做了几百个三角小彩旗挂在铁丝上，随风飘扬。

兰久奎和杨姨差不多在花房子住过了三个月。三个月里，兰久奎住一个房间，杨姨住一个房间。除了做饭、吃饭，兰久奎就待在他的房间，在门上贴了纸条：无事不打扰，有事先敲门。杨姨在家坐不住，白天去首阳山安喜寺烧香礼佛，返回了找梅青说话。梅青问："兰总一天都忙啥哩，不大出门？"杨姨说："读《道德经》么。"梅青："前几年就见兰总读《道德经》哩，现在还没读完？"杨姨说："他说这书读不尽。一个生意人却整天读书，读得生意也懒得做了，也不会做了，现在又在写字。"梅青一直觉得兰久奎为人和蔼可亲的，处事却变化莫测，像神一样存在，而那次绑架了李铭义，尤其被纪检委叫去审查，父母坟墓上的碑遭毁后，性情更加深密，行为怪怪的，越发看不透了他。

梅青在祥峪镇学习做豆腐乳，回来做了十罐，拿了一罐送去西院。杨姨在前庭里泡脚，戴了老花镜用小刀子割脚上的茧，她的脚严重变形，脚后跟有三个茧，两个茧割平了，而用刀尖挑另一个茧，挑得血流出来。梅青说："流血了还挑？"杨姨说："这个茧最害我，不挑出来就它疼。"梅青要帮她，她说这事自己挑，果然就挑出了茧，茧像人参一样，有两个三个根。兰久奎从他的房间出来，拿了个小木板子往房门脑上挂。门脑子高，他挂不上，又去搬凳子。梅青说："兰总，我来。"梅青踩凳子把小木板子挂上了，小木板子上写着三个字：半半斋。梅青说："这啥意思，不是都讲究圆满吗，咋叫半半斋？"兰久奎说："你进来看看，古人有一首诗，你就明白啦。"梅青第一次进了兰久奎的房间，她有些诧异。西院里有海南黄花梨一桌两椅，小叶紫檀风水柱，金丝楠木古董架，门、窗、楣、栏、槛却是用沉木，饰以金玉的，但他的房间里就是一张床，一半铺了被褥，一半堆着书，除此有一长案，摆着笔墨纸砚，刚刚装好一个长条镜框，里边是正楷字书写的一首长诗。梅青说："兰总也能书法呀！"兰久奎说："才学哩，称不上书法，是写字，毛笔字。"梅青读那首长诗："看破浮生过半，半之受用无边。半中岁月尽幽闲，半里乾坤宽展。半郭半乡村舍，半山半水田园。半耕半读半经廛，半士半民姻眷。半雅半粗器具，半华半实庭轩。衾裳半素半轻鲜，肴馔半丰半俭。童仆半能半拙，妻儿半朴半贤。心情半佛半神仙，姓字半藏半显。一半还之天地，让将一半人间。半思后代与沧田，半想阎罗怎见。酒饮半酣正好，花开半时偏妍。帆张半扇免翻颠，马放半缰稳便。半少却饶滋味，半多不厌纠缠。百年苦乐半相参，会占便宜只半。"梅青说："这话说得好！"兰久奎说："你觉得好，过后呈红来了，让她找一个书法家也给你写一幅。"梅青说："你给我写。"兰久奎说："我写字卖不了钱，纯养生的。"梅青说："等你写好有了市场，我就买不起了！"兰久奎笑着，给梅青写了一张。

梅青让洗河也看了"半半诗"，洗河说："人家兰总是已经圆满了才求半的，咱还不够个半，挂这些话干啥？"梅青必须要挂，要洗河去城里买镜框。洗河再去城里公司，几次晚上没回来和沙武他们打麻将，输了就记得给崖底村的万林邮寄钱，就是忘了买镜框带回来。

五月十二日，四川的汶川发生大地震，花房子有震感。当时，梅青和老爷子在菜地里拔菠菜，突然一晃，一屁股坐在地上，问老爷子："你觉得晃吗？"老爷子说："我头晕。"后就发现菜地边的路灯杆在动，门卫在喊："走山啦！走山啦！"祥峪的人把地震叫作"走山"。梅青赶忙就搀了老爷子进东院，东院的门环在哐啷哐啷响，屋瓦纷纷往下掉，梅青这才意识到不能进院，搀着老爷子再往菜地里去，却担心菜地离东梁近，梁上会滚下石头，又搀着老爷子到了水池边的花坛。兰久奎和杨姨也跑了过来，接着，门卫、维修工、花木工、打扫卫生的和做饭的全跑了过来，大家都不知道震源在哪儿，是西安城吗，是祥峪吗，那东西南梁会崩塌吗，花房子的地

205

会裂吗？六神无主，手脚失措。梅青给洗河打手机，洗河是昨天去的域里，手机已打不通。再给祥峪小学打电话，电话也是不通，她便往东院跑。兰久奎说："你干啥，你干啥？"梅青说："我去拿些吃食给老爷子，万一……"兰久奎说："太危险，不能到屋里去！大家听我的，都不要动，万一震得厉害，维修工苍娃和门卫老张你们俩负责背老爷子，咱们就往河滩跑！"大家都听了兰久奎的。

洗河给市慈善协会刚送完一份材料，开车到了含光路，路面就鼓起包来，车如同在水波上颠簸，而电话已经完全不通。他急忙掉了车头赶回公司，公司的院子里站满了惊恐的人，正是午休时间，有穿短裤的，有赤着脚把外套穿反的，有的可能从二楼三楼跳窗下来的，折了腿或头上受了伤。周兴智从楼道里跑出来，脸色煞白，提着一个布兜。白庆一直看着楼顶，担心着大楼要是塌了，会不会石头砖块的伤着人，让大家再往院门口这边来，给周兴智说："你咋还能提个布兜？"周兴智说："我是不是锁上办公室门啦？"洗河在人群里瞅，问："罗董呢？"大家这才发觉罗山没在院子里，都急起来。出纳阚有余说："罗董不在公司吧？"洗河说："如果在呢？"就往大楼里跑，白庆要拉没拉住，说："洗河！洗河！不敢乘电梯啊！"所有人都在喊叫着罗董，他们惭愧着没有及时去叫罗董，也盼望着罗董没在大楼高层的办公室。

但罗山就在他的办公室。他原本午饭后习惯在沙发上眯瞪一会儿，却因和妻子、儿子通了电话，又是意见不合，心情郁闷，说："去！睡觉！"就到里间的单人床上去睡。他睡觉喜欢脱光，刚睡下，床就摇，把他摇下了床，天花板上如过队伍，嘎嘎喳喳响，吊灯也剧烈摆动。说了句："狗日的地震啦？！"穿衣服一时寻不着裤腿，鞋仅蹬上一只，外间里的饮水机咣啦就倒了，水开始像群蛇乱钻。他走到门口了，又返进屋，拿了拖把擦地上的水。

洗河气喘吁吁地跑了来，声都变了，说："罗董罗董，地震啦你咋还在办公室?！"罗山说:"是地震了,震得小了不用跑,震得大了跑了没用。现在不是好好的?"洗河看了看吊灯,吊灯没有摆动,一切似乎都安静下来,其实在洗河跑进公司大院时地震就结束了。罗山让洗河查看电脑上有没有关于地震的消息,电脑上已经有了报道,是四川汶川县发生了七级强震。洗河坐下来吸纸烟,罗山说:"汶川那地方我去过,距离是远啊,西安倒震感厉害。"洗河说:"多亏震源不在西安,公司人都跑到院子里去了,竟然没一个来叫你!"罗山说:"大难逃生么,也是人本性。"罗山询问院子里的人都没事吧,洗河说一个人折了腿,三个人头上胳膊上有轻伤,却又说:"周总还提了个布兜,我看了一眼,都是十万元一捆的,大概四五捆吧。他在办公室还放着钱,那么多钱?"罗山看着洗河,但没有说话。

奥运会前发生大地震,人们并不着想别的什么昭示,愿意认作这预兆着以全国之力举办奥运会是惊天动地的大事。但大地震毕竟使汶川一带遭到毁坏,人民的生命财产损失严重,全国各地都掀起援助灾区活动。市里召开慈善大会,罗山捐出了五百万元,又组织了约三百万元的帐篷、药品、被褥、方便面等物资。大会给罗山披红戴花,颁发了表彰证书。

当天晚上,罗山返回花房子,梅青做了一大桌菜,把兰久奎、杨姨和全体帮工者请来一块给罗山接风恭贺。罗山也高兴,拿出茅台酒让大家喝。席间,洗河把绸子做的红花、绶带和那次圣火传递所穿的运动服放在一起,而表彰证书让大家一一观看,每个人看时都用湿毛巾擦了油手。吃过饭,老爷子兴致还不减,提出去坳外转转,敞敞风,消消食。大家都响应,便出了大铁门,沿着公路往西去。往常往东走是去祥峪镇,往西去很少。罗山说:"咱往前走,看能走到啥地方?"洗河搀着老爷子,老爷子不让搀,洗河说:"人还是活精神的,老爷子心情好,这脚底下也利索了。"老爷子倒给大家讲了故事,他讲的是他老家流传的一件真事:清朝光绪年间,老家出了一个财东,良田千里,七第宅院,老少五十三口人。有个从山西来的阴阳师听说了,认为能出这样大户人家,必是祖坟风水好,就让老财东领他去看看祖坟。祖坟在村后三里地，快到时，远远看到路边的一棵柿树上有三个小孩子在摘吃蛋柿，老财东便拦住了阴阳师，说："那柿树是我家的，咱突然过去，小孩子看到树主人来了必然惊慌，一惊慌就可能掉下树，等小孩子离开吧。"等小孩子离开了，老财东领阴阳师再去祖坟。阴阳师却不去了，说："不用看了，我知道你们为什么发家致富了。"老爷子说到这儿，仰着头往前走。维修工苍娃说："还有呢？"老爷子说："故事完了呀。"苍娃说："那为什么发家致富了？"洗河拿指头敲苍娃的脑门，说："你装傻还是卖傻，为什么发家致富，人仁义呀，慈善呀！"

越往前走，天愈黑，公路下的沙河都是白的，而不知名的鸟此叫彼应，两边山崖上的梢树林子，荒草丛，时不时有绿点移动，那是什么兽的眼光。走着走着，大家不再嬉笑，也不说话了，莫名地感到一些恐惧。洗河也紧张，开始吹口哨。而转过一个崖弯，"我来"停下来就不走了，洗河用脚踢它，它还是不肯走。狗是能看到人看不到的东西，杨姨便说："老爷子，凉气上来了，咱回吧。"老爷子说："回。"大家都转身往回走。洗河断后，仍不停地吹口哨。

八月八号奥运会开幕，洗河上山采了八个八月炸。八月炸是野生藤蔓上结的果，在八月里成熟，一成熟就裂开，里边的汁瓤像蜜一样香甜。洗河给老爷子一个，给兰久奎和杨姨两个，给鸽子一个，他和梅青一个，剩下两个原本想给呈红一个给门卫他们一个，但呈红把两个都拿走了。

到了下午，何村长来了，柳条子拴着一只鳖，用铁笼子装着一只黄鼠狼。兰久奎肾不好，有中医大夫说喝黄鼠狼血，兰久奎就托付何村长逮黄鼠狼，但黄鼠狼难逮，好不容易逮了一只，也正好在山溪里捉到一只鳖，就都拿来了。洗河帮着杀黄鼠狼，接了半碗血，血里有毛，让杨姨使用镊子把毛拣了给兰久奎趁热喝。他便提了鳖回东院杀了给老爷子炖着吃。洗河是在鳖头伸出来时用刀剁了头的，然后开膛。梅青把案板上的鳖头拿起来扔垃圾桶，手刚一动鳖头，没想鳖头张口竟把她的食指咬住。梅青锐声叫喊，怎么甩，鳖头也甩不掉。洗河想拉住鳖头硬扯，又怕扯坏了梅青指头，一时没办法，去叫老爷子。老爷子说："这不得了！鳖头咬住了得天上响雷才松口的。"可天晴着，太阳还红的，哪里会有雷？洗河拿了钢脸盆敲，敲出的声不像雷，鳖头仍咬着，他跑到客房里，那里放着一个准备给老爷子窝酸菜的陶瓮，搬出来，把钢脸盆在陶瓮里敲，只敲了一下，发出嗡嗡的闷响，鳖头便突然掉了。

*　　　*　　　*

一天，有个女的来花房子找洗河，说她姓楼，叫小英，是楼生茂的女儿。洗河哦哦叫起来，当年被拐卖的就是她呀。忙问："你怎么寻到这儿了，我师傅呢？这几年和师傅失去联系了。"楼小英泪水却夺眶而出，说："我爹死了，我就是为我爹的死来找你的。"

楼生茂还是在收废品。收废品若不在各建筑工地盗窃很难有好的收入。楼生茂在一家已完工的楼盘工地偷了两个铝窗框，一块铁板，三根搭脚手架的钢管，要离开时经过一截残墙，看到墙里边有钢筋，便琢磨着推倒残墙把钢筋拿走。这断墙原来是安装变电器的小屋北墙，变电器被拆除后，小屋已塌了三面墙。楼生茂试图用手去推墙，没推倒，从架子车上取了钢管，把钢管一头塞在墙窟窿里使了劲儿地撬。想着墙被撬了会向外倒的，没想墙却向里倒，把他砸住了人就昏过去。不知过了多久，有一伙人路过，发现一堆乱砖里露着一双脚，赶紧把他刨出来，口鼻里已没了气息，脑门上那个大洞还在流血，把衣服口袋里的一个馒头都泡软了。

楼生茂根本不知道这个楼盘工地正是洗河的老板罗山的。楼小英去公司追究责任要求赔偿时，偶尔听有人说到洗河，才想起爹说过洗河和洗河所在的公司的名字。但楼小英在和公司办公室主任交涉中，她没有提说洗河，认为洗河也就是个打工者，帮不上忙，何况让洗河知道了，让洗河作难，她也尴尬。办公室主任拒绝赔偿，理由是：来工地偷盗出了人命，工地有什么责任？！认为楼小英胡搅蛮缠，把楼小英轰了出去。楼小英没了办法，对着轰她的人才说出了洗河，轰她的人是门房曾老汉，曾老汉说："你认识洗河？"楼小英说："洗河把我爹叫师傅，他能帮上我说话吗？"曾老汉说："早几年洗河或许能说上话，现在他去了花房子。"楼小英问花房子在哪儿，曾老汉说他没去过，听说在城南秦岭的祥峪里，却又强调给谁都不要说是他提供的。楼小英几经打听，这就来到了花房子。

洗河了解了情况，说了声："师傅死得可怜！"朝着城的方向，在地上磕了三个头，就自作主张，进了城，以慈善资助项目给了楼小英十万元。洗河要开车送楼小英，楼小英坚决不让，说："你帮了我天大的忙，再叫你送，我就是不懂事！"洗河说："你拿了这钱怕不安全。"楼小英说："你给个垃圾袋装上，谁能想到像我这样的人能随身带十万元？"

这事洗河没有给罗山汇报。在第二季度公司检查各部门账务状况，罗山翻开资助名单，问起楼小英是谁，这十万元资助的原因和项目，在场的办公室主任说："楼小英？是不是那个偷工地钢筋丧命人的女儿？此人无理取闹，我没有答应赔偿，怎么你那儿资助了？"洗河说："赔偿不赔偿是你的工作，资助不资助是我的工作。"洗河站起来去给自己倒水。罗山说："你不要喝，这是咋回事？"洗河一五一十说了原委。罗山拍了桌子，说："这事为什么不给我说？！"洗河说："楼生茂是可怜人，命都没了，那女儿被拐卖过。回来也一直没正经活计，家里穷得一塌糊涂，人又要送回老家安葬，急需着钱……我就以慈善资助形式先给了十万，想着过后再给你汇报哩。这，这，咱能成百上千万地捐赠哩，有些或许锦上添花，而这十万元对于他们可是雪里送炭……"办公室主任说："洗河！罗董花的是自己的钱，你拿罗董的钱自己花？罗董是慈善家，让你负责资助工作，你也成了慈善家啦？！"洗河也生气了，说："主任，你这话难听！我是贪污啦、挪用啦？就

210

算楼生茂是过我的师傅，我先斩后奏违犯了规定，这十万元就算在我头上，从我薪水里扣，一年两年扣不完，十年八年扣！"办公室主任冷笑着，说："你以为你还能在公司干十年八年？！"两人吵起来，会议室门口有人在张望，罗山吼了一声："这是菜市场啊？"张望的人立即散了，办公室主任和洗河都噤了口。罗山闷了许久，说了一段话："这不是十万元的事，不按规矩办事，一分钱也不行。公司里，不论是部门负责人，还是一般员工，包括看门的扫地的烧水的，我要的是忠诚和能干，忠诚的庸才和能干而离心离德的都是祸害！"

洗河觉得自己在罗山的眼里现在是离心离德的祸害了，他耳脸通红，身上冒汗，就不停地去倒水喝，不停地喝不停地去尿。罗山说："你尿泡系子断了？"但洗河还得去尿，就把资助账簿放在了桌子上，去了厕所。

那几天，洗河没有回花房子，等待着罗山的发落。他已经想好了各种后路，被开除了怎么办，他可以再寻打工的门路，而梅青是继续当保姆还是跟着他一块儿走？如果跟着他一块儿走，孩子上学又怎么办？十万元肯定得赔偿了，他可以把多年的积蓄全拿出来，如果不够，向文丑良借？但是，三天里罗山并没有找他谈话。第四天里，罗山到洗河的那间办公室来，看到洗河脸没洗，胡子没刮，就躺在沙发上，用脚踢他，说："你已经不经管资助工作了，还睡在这里干啥？"洗河倒轻松了，从沙发上起来，说："好，好，我知道了，现在就走。"却恭恭敬敬地给罗山鞠了个躬。罗山说："你想通了？"洗河说："进了西安，就找罗山，当年我找到了你。这么多年你让我有了吃穿，有了媳妇和孩子，让我成了城里人，这大恩大德我铭记一生。楼小英的事我对不起你，但我确实没有离心离德，我只是有些得意了，轻狂了，自作聪明，没摆正自己的身份和位置。十万元我一定还给公司，我砸锅卖铁都要还上，罗董你宽限我三个月一定还上！"罗山说："你说什么？"洗河说："我说我该走了。"罗山说："你往哪儿走，你给各部门产生了不良影响，你能走得了吗？！"罗山从提包里取出一捆钱，扔给了洗河，说："这是你应该补交的十万元，你送到办公室主任那儿去！"洗河傻了眼，说："这，这……"罗山说："前世里你肯定欠我的多，你不给我还清你想走？！去，到我办公室剐羊去！"

罗山的朋友从内蒙古快递来了四只杀好的羊，罗山让沙武在他办公室里剁成块了要送给与自己关系好的几位领导。洗河把十万元补交给办公室主任后，去了罗山办公室，沙武在那儿剁肉，但不会剁，只会使劲儿用刀砍，砍得肉末骨渣乱溅。洗河说："你不懂砍骨骼。"他把整扇的羊放在一块木板上，左一刀，右一刀，剔、剜、挑、砍，毫不费力，都切成半斤大小的块儿，分别装进食品袋里。沙武说："哇，我现在怀疑你的来路了，到公司之前，不是干过厨师就是杀过人。"洗河说："肉未在咱的案板上咱管不了，肉到了咱的案板上了那就是要怎么切就怎么切！"沙武说："又张狂了是不是，十万元你是能处理了，可现在呢？"洗河说："现在好着呀！你还在开你的车，楼小英拿了钱，我们是负责花房子和资助工作呀！"沙武说："去！洗脸刮胡子去！"洗河站到了那面穿衣镜前，说："哈，四天没刮脸，还真面目全非了！"

＊　　　＊　　　＊

这一夜风高月黑，洗河记得清楚，他从花房子开车去了得福巷七十六号小区外，罗山就蹴在他那辆车的阴影里，走出来，给他了一顶棒球帽，说："戴上，你现在就去郑副书记家，呈红在等着。她让你搬什么东西你就搬什么东西，尽量避着人，万一碰着谁了，不抬头，也不要让认出你。"洗河一下子紧张了。洗河从来没有戴过棒球帽，他看见别人戴着很酷，自己戴上了帽子却太大，蹑手蹑脚进院子才走了几步，帽檐就斜到一边。上楼到了副书记家，副书记是不在，呈红在沙发上坐着，身边卧着一只猫，通身漆黑，眼睛发白。呈红说："你咋才来?！"也不问他喝水呀不，就让把一个大纸箱搬走。屋子里已有十三个大纸箱子，全用胶带封好。大纸箱子很沉，洗河搬着出了门，原本乘电梯的，但电梯上的号码在变化，知道有人乘电梯上来，他就拐进楼梯。从四层下到一层，抱得太费劲了，身上就出了一层汗。出了院子，罗山接了放到他的车上，洗河反身再去楼上搬第二个大纸箱。一大纸箱一大纸箱地往出搬，洗河的两条腿就抖，他感觉这时候谁只要用一个指头戳一下他的腿后弯，他扑通就会跪在地上。十三个大纸箱全搬下来了，洗河的汗已经出透了衣裤，罗山这才递给他一瓶矿泉水，说："没碰着人吧？"洗河说："有个人喝多了，在花坛那儿问了声：谁？就跌倒了，我没去扶他。"罗山说："你帽子呢？"洗河这才发觉棒球帽不见了，要进院子去找，罗山说："算了。"十三个大纸箱，罗山的车上装了六个，洗河的车上装了七个。驶回花房子的路上，洗河后悔把棒球帽丢了，他原本可以给梅青和鸽子炫耀的，却不知怎么就丢了。帽子代表着头，丢了会不会不吉利呢？但洗河立即呸呸呸地唾了三口唾沫，或许，有什么灾难，不管是郑副书记、呈红、罗山和他，这帽子一丢，就把灾难都替代着没了。后半夜他们把大纸箱一一搬到东院客房里，洗河问："这纸箱都装的啥，有的轻，有的死沉活重的？"罗山说："这我不知道。"洗河说："是不是拆开看看，如果有易碎的东西，这么垒着会压坏的。"罗山说："人家的东西你拆？"洗河说："人家的东西咋叫咱搬回来？"罗山瞪了一眼，把客房锁了，钥匙挂在裤带上。

天亮了，麻雀从树林子出来，从东梁往西梁飞，再从西梁往东梁飞。罗山说肚子饥了，让梅青擀面条。面条擀好煮熟，梅青先捞了一碗端给老爷子，老爷子刚起床，坐在床沿上抽旱烟袋，说："才睁开眼吃什么面？"罗山却调着葱花辣子，还就着蒜，连吃了两大碗，再要喝口汤。吃喝过了，罗山给洗河严肃交代："记住！天王老子来问，那都是我罗山的东西！"

兰久奎和杨姨再一次进城带来了好多衣服和日常用品，公司已交给了儿子，他们要在花房子安心度过秋冬两季。兰久奎仍然是在西院里读书、写字、喝茶，不大出来。杨姨的身子骨明显硬朗了，每日去安喜寺一趟，要么在寺里跟着和尚念经，要么回来就嫌兰久奎没话，便找维修工说她家一个客房的门怎么成了走扇子，是不是螺丝松了，得拧拧，后檐有一片瓦烂了，快去换换。要找打扫卫生的，说园子西北角那个公共厕所怎么有了苍蝇，还是绿头的，应该早晚喷"灭害灵"啊。又到老爷子的菜地里，询问那些辣椒，长弯了的为什么比长直的辣，韭黄是如何培养的，那苤苤菜是野生的，也能种吗？再就是看着梅青给鸽子梳头，梳成两个小辫子，鸽子不愿意，把小辫子拆了，和梅青反嘴，她夸说这鸽子真会长，综合了你们两个人的优秀。洗河说："我就没缺点！"她说："你要眼睛再大些、鼻梁再高些、嘴再小些，是真的没缺点。"洗河说："男人嘴大吃四方！"偏把嘴张大，塞进一个拳头。说笑之后，杨姨突然问："洗河，你近日没进城听到些什么？"洗河说："这一星期倒没去。"杨姨说："花房子没个报纸，你看电视了吗？"洗河说："一到晚上，她娘儿俩霸占了电视机看少儿节目么。"杨姨说："我打嗝哩，以为别人也肚子胀的。"洗河嘿嘿地笑，见风把几片树叶吹落在池塘水面上，跑过去用竹竿把树叶拨到池塘边，捡起来扔到垃圾箱了，却觉得杨姨的话里还有话，又跑来问："杨姨，你要给我说啥事？"杨姨说："咱到牌楼那儿去。"

到牌楼下了，门卫过来，杨姨一摆手，门卫便转向走了。杨姨说："我是不想给你说的，可和你兰叔说他就烦，他越烦我这话越是憋在肚里着慌啊。"洗河说："那你给我说，我就是个垃圾桶，你说。"杨姨说："我说话是垃圾啦？"洗河说："不是这意思。"杨姨说："你知道不，北京出了大事。"洗河说："北京离咱这儿远着的，我只操心花房子。"杨姨说："是有人被揪出来了。"洗河说："这些年不是揪出好多人吗？"杨姨说："你能不能静静听我把话说完？"洗河说："你说，杨姨你说。"杨姨说："这回不一样，是个大人物，现在全国党政部门都在学习有关文件，表态哩，清除流毒哩，你知道是谁吗？"洗河说："谁？"杨姨说出了名字，洗河哦了一下，说："我去北京曾经见过他。"杨姨说："你见过他？！"洗河说："见过他的秘书。"杨姨说："这话你给谁显派过？"洗河说："这没，从没有，你不提起我都忘了。"杨姨说："啥都不要说，顺着蔓子摸瓜哩，这事可能会影响到郑副书记。"洗河说："影响到郑副书记？！"杨姨说："听说郑副书记已经被调查着，虽然人还照常上班，但要求不能出市，隔三岔五就被纪委叫，随叫得随到。"洗河嘴里还在哦哦着，人已经没神了，没敢透露他搬纸箱的事，也没再问郑副书记被调查还会再顺蔓摸瓜牵扯出别的事吗，问题严重吗？

洗河回到东院，查看了客房，客房锁着，想着如果郑副书记出事，罗董、兰总少不了也就叫去协助调查吧，郑副书记会不会交代是他搬走了十三个大纸箱，来抄走大纸箱，又把他带走？洗河有些慌，把这事说给梅青，只说梅青一下子就哭了，梅青却说："你慌啥的，你是搬了大纸箱，可让搬的不是郑副书记是呈红，你也不知道大纸箱里装的啥。"说完了，却感叹："人家都比你能，搬大纸箱时郑副书记不在，罗董不露面，只派你个憨头。"洗河发蔫，脑袋垂下来。梅青又说："瞧你这个熊样！你个跑腿的，下苦的，谁能把你咋的？！"

九月初九，罗山回来，却是和呈红同坐了一辆车，一进园子，呈红直接去开了中院门，而罗山来西院见兰久奎。罗山告诉兰久奎，呈红大清早到他公司给他转达了郑副书记的意见，让他出个证据，把花房子的中院赠予呈红，这事他得和兰总商量，就赶回来了。罗山说："你的意思呢？"兰久奎说："是郑副书记担心自己出事，才要让赠予呈红，还是呈红觉得郑副书记要出事呀，早早把中院归于她名下？"罗山说："或许两个原因都存在吧。我想，既然咱早已应允把中院赠予郑副书记，反正他们是一家人，写谁的名字都可以。写上呈红更好，万一郑副书记真的出事，咱是把中院赠予呈红的，也不怕谁来调查。"兰久奎是同意了，倒感慨这主意十有八九是呈红的，这女人心机大。两人写就了一份赠予书，各签名按了手印，就一块儿去中院，把赠予书交给了呈红。呈红看了，指出赠予书上的日期不能写现在，应写上她和郑副书记同居前一年。罗山和兰久奎也同意，撕了写成的赠予书，重新再写。呈红深深地给罗山和兰久奎鞠躬，拿出一瓶红酒，倒满了三杯，碰杯而尽。又倒满了三杯，说是郑副书记吩咐的，以他的名义再和罗山、兰久奎碰杯而尽。

从中院出来，罗山给兰久奎说："她能把日期改到他们同居前，是不是郑副书记这次真要过不去了？"兰久奎说："十有八九。"罗山说："唉，郑副书记是多好的人啊，为人大气度，共事敢担当，说出事就出事了？！"兰久奎说："世事无常啊！"罗山点着一根纸烟，吸了几口说："郑副书记若是逮捕了，不说死在牢里，出来也得十年八年吧，那中院倒成了呈红个人的了。"兰久奎说："咱兑现咱的承诺也心安。"又说："罗董，咱得做好被叫去协助调查的准备啊。"

三个月后，郑副书记果然被"双规"了。社会上流传他之所以被"双规"，是北京在抄没那位大人物家时，其中有一张名画，那位大人物竟没有拆开画筒，画筒里的画还夹带了郑副书记的一份简历。认定了郑副书记政治攀附，就调查郑副书记，发现他更多问题，比如渎职，搞面子工程，被不法商人围猎，为亲朋好友谋取利益，受贿，男女作风。一"双规"，首先把呈红也关押起来，呈红交代她只是同居，没有结婚，属于情人关系，别的什么事情都不知晓。纪检委搜查了她原来的房子和两来风茶舍，也没有什么能给她定罪的证据。接着，罗山跟兰久奎先后被叫去协助调查，他们承认和郑副书记走得近，为了公司的事给有关部门打过招呼，但这人不收钱，一分钱都不肯收，只是吃过饭，还不吸纸烟，送过酒和一套西装。罗山从审问人的口中没有提到他买和送名画的事，想着郑副书记肯定交代名画是家传的。并没有供出他，罗山也就没说关于名画的一个字。

春节前，罗山和兰久奎都回来了，大年三十的晚上，花房子鞭炮齐鸣，烟花灿烂，大铁门敞开，半坡村和祥峪镇来了好多人看热闹，以致花坛草坪被踩踏，五棵树枝遭折，八个灯笼丢失，垃圾遍地，公共厕所里粪尿横流。呈红是正月十五那天放回的，她一放回就住到了花房子，带着那只黑猫。

*   *   *

老板李铭义的葡萄酒厂建到一半，资金链断裂。而这一年七里峡葡萄种植基地果实丰收，没有被收购。当地农户只能自己零售，又售不出去，导致葡萄大量腐败，怨声载道。李铭义找到罗山，有意把葡萄酒厂转让给罗山的公司，罗山说："我没有金刚钻，不敢揽你的瓷器活呀！"七里峡的农户见前后的路都是黑的，冬天里把所有的葡萄蔓挖掉。

花房子的帮工已经轮换了三个来回，这一拨又是最早的打扫卫生的刘婶，做饭的王妈，维修工季济，花木工韦涛。而门卫蒙长丁跌了一跤脑出血死了，由应毛顶替。好多年过去了，他们都老了，王妈罗圈了腿，季济谢顶，韦涛瘦了一圈，脸上的法令纹像刀刻一样。应毛说："洗河，你都有白头发啦？"哈哈地笑。洗河说："你不敢笑，小心尿遗在裤裆里！"

二〇一〇年，广汇公司效益跃入民营企业前五，商会再次换届，兰久奎引退，罗山又当选为会长。此后，罗山经常出席市上各种活动，被人拥簇，能坐主席台上了，光鲜荣耀。杨姨也说："罗董身上带风带光！"但他对公司越发是暴君管理，每年都有一批人离开，一批人进来，纪律严明，注重奖惩。决策事项，部署工作，说一不二，就羞辱过出纳阚有余，当众骂过康有祥。在拒绝了李铭义转让葡萄酒厂后，他又要桂小六挖李铭义的酿酒技师来做葡萄酒，桂小六认为酒厂做葡萄酒的能力不够，他就指着桂小六鼻子发怒："不需要你的认为，你只给我落实！"他在公司员工会上，大讲他在溪口的成功，当年不顾很多人的反对和当地政府的挽留，决然将公司搬到西安，事后证明是多么正确的选择。现在广汇公司跃入民营企业前五，这不是目标，应该是前三，行业的头把交椅也是来日可待。他激动起来，拍桌子大吼："大家有没有信心？"大家一价地喊："有！"声破屋顶。那天他把全体员工拉上街吃了一顿羊肉泡馍。

他不变的，依然不穿西装，要穿褂子，一双布鞋，一坐下来就把裤管挽到膝盖上。他曾经戒过纸烟，口袋里装了糖果和瓜子，三个月不到，复吸更甚。也减过肥，去打高尔夫球、网球、保龄球，甚至要辟谷十天，到第五天坚持不了，又开始大碗吃捞面，凡是见过他的人，有的说他不像个大老板啊，有的人却说，不像大老板的才是真正大老板。

兰俊波终于要结婚，杨姨精神百倍，给洗河说，给梅青说，给所有帮工的都说了，何村长带了村里或镇上的人来也说。兰俊波的未婚妻是东北人，在西安开办了一家影楼，父母离得远，杨姨三番五次地进城给筹备婚事。装修了婚房，定制了婚服，把酒席的饭店也预备了，杨姨想到老规程，得准备两个米面碗、一段丝绸、一盒枣和花生，结婚的当天放在陪嫁箱里，以取意小两口婚后的日子丰衣足食，早生贵子，幸福美满。兰久奎收藏有许多玉雕、瓷器，她把两个德化瓷碗作为米面碗，兰久奎说："这是文物呀！"她说："儿子是我的命！"但在往两个瓷碗里装米装面的时候，她手不知道怎么没拿好，一个瓷碗摔在地上碎了，觉得晦气，不敢声张。结果，临结婚前，兰俊波和未婚妻又闹崩了。杨姨倒怨恨自己，回到花房子，除了去安喜寺礼佛外，回来也在自己的房间里念经。

老爷子牙疼，咧着嘴给洗河说："你看我是不是牙长了？"洗河要带老爷子进城治牙，呈红知道了也要同车去，有洗河寻医生、挂号、缴费的，她趁机洗洗牙。好多年都没有进城了，老爷子趴在车窗往外看，感叹着哪个路拓宽了，三车道变成五车道，哪个街又多了几座玻璃幕墙的高楼，哪个十字口有了立交，错综复杂，外地来的车上去了还能不能下来。然后就嘟囔人多，好像比前几年多得多，怎么女人都好看了，一个个就如同从画里走出来的。呈红坐在副驾驶座上，低声问洗河："你多大了？"洗河说："四十多了。"呈红说："你都四十啦！"洗河说："你说我显得老？"呈红说："你可真不敢老！老了看满街都是美女。"

到了医院，老爷子治牙，呈红洗牙。老爷子的病牙已无法修补，拔了两颗，拔下的牙他用纸包了，装在口袋里。

老爷子拔了两颗牙，几十天都不适应，舌头一动，感觉右边一个空，左边也一个空。说好了要种牙的，而再去医院检查，说牙床萎缩，无法再种。罗山倒埋怨拔牙时洗河没叫他也去医院，他要是在医院，他是不会让拔牙的。罗山这么一说，老爷子眼泪花花，拿出那两颗牙，说他身上少了两块骨头了。自此，老爷子好像性情改变，一个人独坐时，嘟嘟囔囔自己给自己说话。而且胆子小了，爱蝎乎。梅青在镇上买了些桃，他说："我咬不动。"梅青说："你拔的是左边一颗下牙，右边一颗上牙，门牙槽牙都好着的，咋咬不动？我切了你吃。"杨姨时常过来和他说话，问："你睡眠还好吧？"他说："不好，看电视都打盹，电视一关倒醒了，上床去睡，一会儿醒了一会儿睡着，睡了就做梦，我现在靠做梦睡哩。"杨姨说："那胃口呢？"他说："吃不动呀，老是些米饭面条，不想吃，吃下了都在肚里一疙瘩，消化不动了么。"梅青说："杨姨不问你，我看你好好的，杨姨一问你，你这儿不对那儿不对，好像是我亏待了你。你咋胃口不行了，顿顿都吃肉啊！"他说："人老了还不靠吃哩。"杨姨倒没怪梅青，笑着说："人老了就像孩子。"梅青也就笑了，说："他现在也真和鸽子一样的。"

呈红本命年，又犯太岁，请了个阴阳先生来给她的中院禳治。阴阳先生看着西院，说西院的屋顶上有红光。呈红看不到有什么红光，阴阳先生说："你要能看到，我就没饭吃了。"进了西院，杨姨在她的房间里念经。阴阳先生听着杨姨在口念《华严经》，好多词唱错了，节奏也不对，但念得投入，阴阳先生和呈红进来都没发觉。念毕了，阴阳先生说："你这样念不对。"杨姨说："安喜寺的师父就这样教我的。"阴阳先生说："谁教的也是不对，你嗡嗡嗡地念着像是一窝蜂。"阴阳先生给杨姨指正着，并讲解着每个词的意思，杨姨就开始重新背诵。

二十天后，阴阳先生再次来给呈红送护身符，却见西院屋顶上怎么没有了红光，进去见了杨姨，说："你还念经吗？"杨姨说："按你纠正的还念，念得不顺当。"阴阳先生明白了能量的产生，投入是最重要的，就说："你还是按你以前的念吧。"

*　　　*　　　*

鸽子十二岁了，到了九月，小学毕业要上初中，但镇上没有初中，还要去郊县县城。梅青就给洗河说："县城离咱这儿远，与其去那里不如去城里。去城里了，那我就得陪她。"洗河说："这不行呀，老爷子谁伺候？"梅青说："这我考虑了，得请一个保姆来，以前鸽子的班主任说过她侄女，不知还能来不，我问问。我也想了，这事要提早给罗董说，我不再领这边的工资。"洗河听梅青的，只是操心这话怎么给罗山说。等到罗山再回了花房子，当着老爷子的面，洗河吞吞吐吐把事情说了，老爷子就流出泪。梅青拿手巾给老爷子擦眼泪，说："我和鸽子周末就回来看你。"自己眼泪也流下来。罗山却想得开，说："时间真快啊，鸽子都要上初中了。鸽子上学是大事，再离不开也得离开啊。工资的事停发就停发，但城里老爷子先前住的那间房子还在，梅青和鸽子就住那里，我不收一分钱。"洗河和梅青欢天喜地，说一堆感谢的话。当天梅青就去镇小学找鸽子的班主任，班主任的侄女叫麦果，仍在家里闲着，第二天穿了一身新衣服，还化了妆，就来了。梅青在大铁门口接她，"我来"汪汪地叫，梅青说："甭叫，以后她也是主人。"麦果说："这狗咋长得像洗河？"门卫应毛说："这娃咋说话的，这狗长得像洗河，过几年了，你也就长得像狗。"麦果打自己嘴，梅青说："你咋成熊猫啦？"麦果说："你是说我眼睛吗，我没化好。"梅青说："快把它擦了，来这里不是演出。"麦果就掏纸擦了。

麦果年纪不大，个子小小的，倒勤快，更重要的她不隔生，一来就能和老爷子说笑。梅青说："孝有多种，伺候得周到是孝，能让老人开心的也是孝，这叫笑孝，麦果倒比我强。"就告诉了老爷子的脾气、生活习惯和吃饭的口味。又问："你会做啥饭？"麦果说："龙虾海参我不会，家常饭都会，我十岁就站着小板凳在案上擀面哩。"梅青就对一旁的鸽子说："听见了没，你姨比你还小就擀面哩。"麦果说："不敢叫姨，叫姐，叫姐姐，我要是小时候也像鸽子这么漂亮，我也不擀面。"鸽子也就给梅青说："听见没，听见了没?！"梅青说："能擀面就好，海鲜不会做也罢，但一定要会做蒸碗肉的，我这几天教你。"

开学后，梅青陪鸽子去了城里，麦果就在花房子伺候老爷子。麦果爱玩手机，一有空就玩，一边玩一边叽叽嘎嘎地笑。洗河说："你不能老玩手机。"麦果说："我玩手机误过事吗？"她是没误过事，每天三顿都按时按点，除了有一蒸碗条子肉，米饭、面条、包子、饺子、麻什、煎饼、醪糟鸡蛋、野菜焖饭，变化着来。单是稀饭，有大米稀饭、小米稀饭、大麦仁稀饭、苞谷糁稀饭、红豆稀饭。面条也是肉臊子干拌面、扯面、刀削面、菠菜面、西红柿烩面、肉末炒面、苞谷糁糊涂面。馍不吃隔夜馍。她逗老爷子说话，说着说着就没大没小，一会儿叫爷，一会儿叫罗老汉，问老爷子当年是怎么恋爱的，结婚后还有没有情人，至今回想起来有什么可炫耀的事，又有什么见不得人的事，老爷子倒乐意给她说。老爷子蹴在廊柱下晒太阳的时候喜欢喝几口酒，但麦果没给炒盘花生或炒盘鸡蛋，老爷子说："你干啥哩不炒个盘子！"麦果是把下酒菜的事忘了，却说："你喊叫啥呀！我是故意不炒的，往事如烟，你回想着就是最好的下酒菜！"老爷子就笑了，说："这倒也是。"她甚至恶作剧，吃饭时拿一个馍，说今日就剩下这一个馍了，把馍掰开夹红烧的肉片，突然在馍上掐下一小块。老爷子问："啥？"

221

她说："虱子。"老爷子说："馍里咋能有虱子？"她说："酵面用被子捂了在床上发的，裤子上的虱钻进去么。"老爷子就骂，不吃了。她说："哪有虱子！你被子上有虱子？"老爷子说："这十多年都没见过虱子了。"她把掐下的一块馍自己吃起来，老爷子才明白这是麦果想吃了，就上来夺馍。

麦果啥都好，有一点洗河看不惯，就是她房间凌乱，床上的被子永远不叠，衣服、鞋、袜子在桌上柜上地上搅在一起，这儿一堆，那儿一堆。经常寻不到耳环、发卡、钥匙了，问洗河。洗河说："你放的地方我咋知道？出门把自己捯饬得漂漂亮亮，屋里却乱得像个鸡窝！"麦果说："你看手机上的文章吗，卧室凌乱的人都是高智商！"

周末，梅青和鸽子常回到花房子，而只要梅青和鸽子回来，麦果就回镇上她家去。星期日的下午，她准时返回，送她的是一个男孩，他们合骑着一辆自行车，她就坐在自行车的前梁上。但送到大铁门外了，麦果不让那男孩进来。洗河有一次发现，问："那是谁？"麦果说："闺蜜。"洗河说："还有男闺蜜？"麦果说："为什么不能？"后来，男孩来花房子找麦果，门卫应毛不让进，麦果去大铁门口见了，回来拿了个纸包，纸包里是只烧鸡。撕一条腿给老爷子吃，也撕一条腿给洗河吃，轮到自己了，说："怎么只长两条腿？！"洗河说："老实说，是不是谈恋爱了？"麦果说："我也不知道是不是谈恋爱了，反正能吃到烧鸡！"

麦果和杨姨关系融洽，也和帮工们友好，就是和呈红不怎么对付。呈红每次进城或从城里回来，都是花枝招展的，麦果就在观察，那发型、衣服和搭配、妆容、走路的姿态，无限的羡慕，甚至有些嫉妒。洗河说："你看啥哩？"她说："我看飞过去了一只鸟。鸟飞过了没有痕迹。"洗河说："看人家呈红漂亮吧？"她说："她妆化得好。"麦果也用第一个月的工资买了一双高跟鞋，但她脚肥，穿了一天觉得难受，又穿上她的小白鞋。便找呈红学化妆。每次去学化妆，都用的是呈红的化妆品。有一次，呈红说："我这化妆品都是进口货，可贵了。"麦果周末再回镇上，拿了两套化妆品，还有一盆指甲花，把一套化妆品送给了呈红，指甲花就放在院里养。花开了，摘下花瓣捣碎，涂在指甲上用布包着。包了布的手不能见水，那一天，给洗河说好话，让洗河洗菜，涮锅涮碗。

＊　　　　＊　　　　＊

周末，洗河开车去溪口煤窑办事，回到花房子已经半夜，也回来的梅青和鸽子都睡了。天明梅青起来做饭，洗河和鸽子还睡着。梅青心里嘀咕，一家三口，生活全不在一个节奏。饭做熟，梅青叫鸽子起来，先叫了一遍，鸽子不起来，洗河起来了上厕所。梅青招呼着老爷子吃饭，过来再叫鸽子一遍，鸽子还不起来，去厕所见洗河却坐在马桶上吸纸烟。梅青说："又吸烟，又吸烟！"洗河说："我命里缺火么。"鸽子仍是不起来，梅青的声就高了。洗河说："在城里是不是这样？"梅青说："早晨起床能把人气死！"洗河说："你要叫，一次就把她叫醒，你隔一会儿叫一遍，隔一会儿叫一遍，她装睡叫不醒，就等着你叫第三遍的。"鸽子真的是叫了三遍起来了，嘴噘脸吊，眼睛几乎不睁，去洗脸刷牙。洗河说："你动作能不能麻利些！"鸽子说："休息天也不让人睡觉？"洗河说："休息天不复习啦？学习自己不生心！"鸽子顶碰一句："遗传的。"

吃完早饭，梅青开始嘟囔，先是说城里的开销大，菜又贵了，雾霾大，买了个净化器，吃水也得买矿泉水，啥都要钱，十天后学校有唱咏比赛，要求穿白衬衣、蓝裙子，鸽子是有条蓝裙子，还得买件白衬衣。后又说她这几天胃老是疼，说多疼也不是多疼，就是不舒服。洗河在那里换鞋，脱掉了皮鞋穿布鞋，六个脚趾的脚又宽又厚，把布鞋撑得没了样。梅青说："给你说话哩，你一声不吭！"洗河说："听着的！"梅青说："你这一月和何村长他们打了几场麻将了？原先打一场输了，还知道给万林邮些钱，这一月不见你说邮钱的事。"洗河说："我是赢了么。"梅青说："赢了，赢的钱呢？抽屉里上个星期里还有五百元，现在倒成了二百元？"洗河说："我到镇上去不吃一顿羊肉泡，不喝几瓶啤酒啦？"梅青说："你看你肚子像怀了孕似的，叫你减肥哩，昨晚回来是不是又给自己煮了一碗面？"洗河说："你现在咋这啰唆的！"梅青不吭声了，去厨房洗锅洗碗，却又说："昨天下午呈红回来了，还有一个男的，来把存在客房里的那些大纸箱子都搬到中院去了。"洗河说："那钥匙不是罗董拿着吗？"梅青说："她说是罗董给的钥匙。"洗河说："搬么，大纸箱本来就是人家的。"梅青说："那男的晚上没见走呀，也是在中院过的夜？"洗河说："或许半夜走了的。"梅青说："没有。我一直留神着，没听到门响，也没听到脚步声，现在中院门还关着。"洗河说："你咋越来越暴露了农村人的德行，东家长西家短的，这是城里，这是城里的别墅，城里人谁不管谁的。"梅青说："你是城里人了，我就是农村人！郑副书记这才进去多长时间呀，她就有男人啦？即便是自己丈夫死了，要结婚也得给丈夫过了三周年忌日吧？！而且这中院是因郑副书记才有的中院，她就能带人来住？"洗河不接她的话。老爷子已经拿了锄头在菜地里，身子胖，弯腰困难，坐在凳子上锄草。洗河就去菜地帮他。

洗河刚出了东院，中院的门也就开了，呈红和一个男的走出来。洗河骤然碰面，倒觉得难堪，想去那棵丁香树下，却想，我避什么，尴尬的应该是他们，就仰着头迎面走过去。呈红锐声叫道："洗河，我给你介绍个人。"洗河说："谁？"呈红说："他叫皮凯。"洗河这才正眼看皮凯，年龄比呈红轻，高个子，身板挺拔，白白净净的，很是俊朗。洗河说："欢迎来我们园子。"呈红说："你觉得皮凯怎样？"洗河说："身体好呀！"

见过了洗河，呈红领着皮凯到东院来见梅青，她告诉梅青，皮凯是大学学历，博士学位，做过体育教师，现在是城南经济开发区的中层，正处级。梅青没有想到呈红能把皮凯领到东院还给她这么显摆，一时不知说什么好，只是哦哦地应着。呈红说："啊别看皮凯长得帅，又是处长，性情可好啦，做啥事都耐心，以后让他辅导鸽子学习呀。噢，他还能烧菜，什么粤菜鲁菜、淮扬菜呀川菜的都会，让他几时露一手你尝尝。对了，他在园子里转了转，建议园子里应该有健身器呀，他可注重健身啦，你瞧他那倒三角体形，有六块腹肌哩，到时让他指导咱们锻炼。"梅青说："他住过来啦？"呈红说："咱这儿离开发区远是远，可他有车，又年轻，他愿意跑就跑吧。"梅青说："他比你年轻？"呈红说："小六岁。"梅青说："小六岁呀？！"呈红说："女大三，抱金砖，他是抱了两块金砖呀！"梅青看着皮凯，皮凯只是笑。呈红说："他的烤瓷牙比我做得好。"梅青说："你真能行。"

呈红领着皮凯又去见兰久奎和杨姨，杨姨倒是吃惊不小，说："呈红，你大还是俊波大？"呈红说："年龄差不多吧。"杨姨说："你们年轻人咋都这样！"呈红就哭鼻子流眼泪，说自从郑副书记进去了以后，周遭的环境全变了，出门有人指指点点，回到家了一个人孤苦伶仃，她是每个晚上半夜就哭醒了，人瘦了十二斤。她也是心烦着去酒吧里喝酒，认识了皮凯，交往起来才知道他也是苦命人，和媳妇性格不合，分居了多年。那一天，她家的矿泉水没有了，皮凯来送了三十箱，一箱一箱搬上楼了，她说："我肚子饥了，你也肚子饥了，咱们都饥着，我做饭吃吧。"他们合伙做了一顿饭吃毕，皮凯就没有走。兰久奎一直没说话，杨姨说："唉，也好，搭伙过日子也好。"呈红感动得嗯嗯不迭，把头倚在杨姨的肩上。呈红和皮凯离开时，兰久奎把呈红叫到一边，低声说："谢谢你来告诉我们这些事。你个人生活你选择，你觉得怎么好就怎么来，我只给你个建议，有空了也去探探监。"

后来，罗山回来，洗河说了呈红的事，罗山坐着吸了一整盒纸烟。

*　　　*　　　*

皮凯还在开发区负责酒店的时候，呈红经常带些人去那里吃饭、唱歌、购物,七千八千的都免单。逢年过节,有各种消费卡,皮凯也都给了呈红。但皮凯后来调到旅游部,接来送往的工作琐碎辛苦,又没了灰色收入,他就想辞职。呈红问:"你辞职了干啥?"皮凯说:"跟你能做生意。"呈红说:"那你去管茶舍。"皮凯说:"两来风茶舍我不去,咱一块炒股。"呈红在开茶舍,同时和一个号称股神的人炒股,赚了相当多的钱。呈红不愿意皮凯跟她炒股,一是她一个人炒股和他们两个一块炒股没什么区别,二是她就不想让皮凯知道她现在有多少钱。呈红说:"平台重要啊,瓷片砌在灶台上闻的是香味,砌在厕所闻的是臭气。工作不顺心,可以疏通关系把工作岗位再调整么。"他们就商议在花房子里宴请一下市人大主任夫妇。主任的夫人和皮凯的姐姐曾是中学同学,希望主任能给开发区主任通融通融。

确定了日子,皮凯早晨起来在园子里洗车,呈红去镇上买菜。呈红买回来了豆腐、香菇、芹菜、洋葱。皮凯说:"就这些?"呈红说:"豆角、西红柿、香菜、蒜苗,老爷子的菜地里有。"皮凯说:"那肉呢,鸡和鱼呢?"呈红说:"我是等客人来了再买新鲜的。"皮凯说:"什么新鲜?我还不知道你那意思,贵的食材让我买!"呈红说:"你买了又咋的?给你办事哩你自己不买?!"而皮凯若再去镇上买肉买鸡鱼就来不及去城里接主任夫妇了,呈红说:"让洗河帮忙。"叫过来了洗河,说明今日她家设宴请市人大主任呀,因时间紧,皮凯要去镇上买食材,能不能去城里接客人?洗河满口满应。皮凯就掏了一卷钱给洗河,说:"接客的事我得去,你去镇上吧。"洗河接了钱就去了镇上。呈红说:"你给他钱,也不数数。"皮凯没搭理。

呈红到菜地里摘豇豆、拔蒜苗,梅青在瀑布下的水潭里给"我来"洗了澡过来,"我来"汪汪了两声。呈红说:"是我,你也咬?"就给梅青说:"梅青,你家里有没有水果,今日市人大主任来哩,你给我拿些。"梅青说:"昨天给老爷子是买了些苹果、香蕉,还有砂糖橘子。"呈红说:"我就爱吃砂糖橘子。"梅青说:"那些豇豆还小,你不要摘,多摘些西红柿。"呈红说:"主食吃面条,豇豆做臊子的。"梅青说:"做臊子我给你些木耳、黄

226

花菜。"呈红说:"咱还是亲。"摘了西红柿、茄子,还拔了三根蒜苗,出来说:"麦果又回去啦?"梅青说:"回去了。"呈红说:"你忙了一周,回来能歇歇,她却回去了,这孩子不懂事!"梅青回到东院,"我来"还和呈红家的黑猫在墙根打架,老爷子问:"呈红是不是又摘地里菜啦?"梅青说:"她没摘。今日她家有客人,要我拿些水果过去。"老爷子说:"她待客哩,让咱拿水果?!"梅青说:"老爷子也小气啦!"老爷子倒笑了,说:"我都让她影响得小气了!她那么多钱的,前天你刘婶、王妈帮她又是打扫卫生又是蒸馍、泡豆芽,忙了整整一晌,她口口声声要感谢人家,谢的啥,一人给了两颗枣。"梅青也笑,在篮子里装了六个苹果、一把香蕉、二十个砂糖橘子,说:"我也给她少拿些。"取出了一个苹果、三颗橘子。

待客的饭是皮凯做的,七碟八碗端上桌了,皮凯还在倒酒,呈红就拿手机照,说:"先给手机吃!""我来"和猫还在打架,谁也打不过谁,但一直打,快乐地打。饭桌上,人大主任答应为皮凯的工作给开发区主任通融通融,皮凯和呈红就轮番给主任夫妇倒酒,说了一筐筐的好听话。

事后,人大主任给开发区主任打了电话询问皮凯的事,开发区主任却说了有多人举报皮凯的问题,才把他从酒店调离的,到旅游部也时间不长,要再调整还得一两年为安些。人大主任哦哦着没有说什么,这事就这样搁下来。呈红说:"请客失败。"

皮凯继续在旅游部,工作上的事不再入心入脑,每天黎明开车离开花房子,傍晚开车回到花房子,加强锻炼,讲究饮食,极力保持身材。后来的晚饭,呈红自己炒菜吃粥和馍馍,皮凯买了个打浆机,只喝两碗南瓜小米打出来的糊糊。菜地里仅种了一窝南瓜蔓,结的南瓜全让呈红摘了,老爷子不再种,呈红就去镇上买。这天晚上,皮凯喝着南瓜小米糊糊,呈红说:"南瓜咋这么贵的,记得才买了十几个怎么就只剩下两个了?"皮凯说:"我就只喝糊糊,你倒心疼南瓜啦?"生了气。呈红说:"我说的是事实呀,我还不能提说啦?"皮凯说:"谈恋爱时候你是咋说话的,现在你是咋说话？我净身而出和你在了一起，周围人都骂我傍了个富婆，我傍的是什么富婆啊！我只说你会做生意，点子多，脑子活，能和你在一起，也帮我挣些钱，可这几年了，城里那三间门面房说的是咱俩一块儿买的，你不掏钱而收的租钱又全拿着，平时家里吃的喝的大多是我花的，你帮我赚过多少钱，这个家又花了你多少钱？我见过抠门的人，没见过像你这么抠门的！"呈红说："亏你说这话！你个大男人还想着花女人钱，吃软饭啊？！"皮凯不吃了，放下碗去了园子。园子的东北角，罗山听取了呈红建议，安装了几台健身器材。皮凯光着上身，在那里的单杠上做引体向上。

洗河新买了几条红鱼，和麦果在池塘里投放。麦果噘嘴示意着皮凯，说："又吵架啦。"洗河说："咋看出是吵架啦？"麦果说："平常他引体向上做十几下，今天做了二十多了还在做。"洗河说："做得多就是吵架啦？"麦果说："有气么，气没处出么。"洗河也望了望皮凯，说："体形就是好。"麦果说："他也就只有体形了。"洗河没接应。麦果又说："哎，你说呈红是富人吗，她能有多少钱？"洗河说："我不给别人算账。"麦果说："说她不富吧，不可能住到这里来，说有钱吧，却那么小气。"洗河说："富人有两种，一种是像罗董，越花钱越有钱，客满酒不干。一种就是呈红这样，她爱钱了钱也爱她。知道不？"麦果说："但她不贵气！"洗河说："不贵气能嫁个年长的领导，又娶个年轻长得帅的？"麦果说："她嫁过年长的领导？皮凯比她年轻？不是皮凯娶她，她娶的皮凯？"洗河又不接应。麦果再说："你发现了没，她吃饭咂巴着嘴。我爹我妈说吃饭咂巴嘴的人都贱。"洗河说："吃饭头不抬，吃得快的才贱！"麦果说："你说我呀？你吃饭嘴在碗里埋着，比我更快！"一双小拳头在洗河背上敲。

呈红在电脑上又浏览了一遍股市行情，出了中院也到园子里活动筋骨。呈红一来，洗河和麦果就不笑了，洗河招呼呈红："你吃啦？"呈红说："你到城里这么多年了，见面还是问吃了没？"洗河说："城里人农村人都得吃饭么。"呈红说："刚才说啥哩，恁高兴的？"洗河编了谎，说："门卫应毛在抱怨他儿子谈了个对象，嫌对象是二婚。"呈红说："这老农民！不尊重妇女！二婚咋啦，不就是用过一次男人么。"洗河一时无话，麦果却说："用过？哎呀这词好！"呈红倒看见了麦果手腕上的表，说："戴上表了，是江诗丹顿吗？"洗河说："假的，冒牌货。"呈红说："住在花房子里，戴什么假的别人都以为是真的。"麦果对洗河说："听见了吧！"皮凯已经不再锻炼了，拿了上衣先回了中院。

*　　　*　　　*

二○一三年的大年初一，市公安局副局长顺长本被"双规"，他犯有政治攀附问题，经济受贿问题，黑恶势力保护伞问题。从大年初五到正月十五，牵涉到一百二十多人先后被纪检委传唤查询。

正月二十八，镇上有庙会，耍血社火，洗河和麦果开车带了老爷子去看热闹。血社火演绎的都是阴曹地府上刀山下火海锯人剜眼的故事，麦果吓得不敢看，老爷子倒兴致勃勃，跟着社火队在街上走了两个来回，还在路边摊上吃了一碗炒面皮。三人返回，罗山却已早到了花房子，拿根骨头逗着"我来"玩。

市里很快就要召开政协会了，每次会上，工商联小组的委员都是给大家赠送一些礼品，比如送酒，送箱包，送热水器。有的委员还送过家庭用的灭火器、袜子、洗脚盆、杀菌布做的内裤，除了印钞厂的没有发钞票外，凡是生产什么就送什么。罗山不知送什么好，前年是保温杯，去年是秦腔剧院的戏票，遭到大家一致的嘲弄，就早早回花房子和洗河商量今年的礼品。洗河说："咱总不能送煤、房子呀！去年你拿回来的箱包、热水器还都没用，内裤我穿了一件，另外三件给了门卫他们，咱要送呢，镇上的土特产蜂蜜、木耳、腊肉、土鸡蛋……"洗河话未说完，罗山就否定了，提出送金戒指。洗河说:"呀呀,那这太贵了么!不如送朝服。"罗山说:"朝服?"洗河说:"参加两会都要求穿正装,正装就是过去上朝的服装么,西服更贵,我看上千元的白衬衣合适。"罗山说:"这好!可以再配条领带。"洗河说:"配上领带那超过金戒指钱了。"罗山说:"要配上领带!"就安排洗河进城去置办。

洗河一走,农业委员会的冉主任突然就到了花房子找兰久奎。兰久奎还说:"你咋来了,提前说一声,我该去接你啊!"冉主任也没寒暄,直截了当地说他是受顺长本案子的牵连,被纪委传唤了,才出来两天。就骂顺长本还讲究是干公安的,他娘的,比谁的骨头都软,进去后该交代的交代了,不该交代的也交代,瞎狗乱咬。兰久奎说:"哦?!"冉主任说:"他竟然说是我叫了他去澳门赌博的!我承认我是去过澳门赌场,可我哪里是叫了他,我是在赌场碰见过他,我有证人呀,证人就是熊启盘。我也是在赌场看到了熊启盘,熊启盘是在那里为赌博的熟人放贷的。结果我没挂上顺长本,却因赌博事罚了二十万,我人是回来了,还不知后边有什么处分。"兰久奎直摇头。冉主任说:"这顺长本人不行。咱打了几场麻将,牌桌上能看人品,他是一赢就得意,一输就发脾气,当时我就心想这人不能深交。你没被传唤过吧?"兰久奎说:"我现在啥事都不干了,不用找他。罗董也没有。"冉主任说:"纪委的人问我给顺长本行过贿吗,我说没有,他是局长我是主任我们是平职的,我给他行什么贿?他们翻一个本子,翻了四五页,每页上都是给顺长本手机转账的名字,一边翻一边念,上面确实没有我名字,但我听到有洗河的名字,好像是二〇一一年四月二十号转过三十万。我知道洗河在你们这儿,这次来也是让他有个思想准备,要是被叫去了,可不敢乱说咱们和顺长本打过麻将。"兰久奎一听,赶紧来东院见罗山。

罗山在东院他的房间里写东西,写的是这十天里哪一天该去拜会某领导,哪一天该给某领导打个电话问候,又是哪一天约人吃饭,谁走得太近了该疏远一下,谁有些生疏了得套些近乎。兰久奎进去,看到了罗山写的内容，说："你还是咱五六年前的势头啊！"罗山说："收了麦扬场么，有了风就多扬几锨！"兰久奎说："人生就是标点符号呀，该用顿号时用顿号，该用句号时用句号。"罗山说："这话说得有意思，你如今是省略号？"兰久奎说："是逃跑了！"罗山说："逃跑了？"兰久奎说："逃跑了就是好人，不逃跑，你到处都是敌人。"罗山笑起来，说："你能逃跑，我现在不允许逃跑啊！"兰久奎就看着罗山笑，说："笑完了我给你说个事。"罗山是笑完了，仰身在椅背上，兰久奎说了冉主任的话，罗山一下子跳起来，说："没有这事！洗河是个马仔，怎么给他转钱？！"两人就去了西院见冉主任。

等洗河采买了三十二件白衬衣和领带回来，罗山问起洗河，洗河想了半天，说："会不会是前年他来打麻将，兰总输了他，罗董也输了他，第二天兰总把欠款转给罗董，罗董再把自己欠的兰总欠的一并转给他的卡上，好像是三十万吧，罗董让我经办的。"罗山和兰久奎也是想起来了，而洗河却慌起来，说："上面有我名字？纪检委要传唤我呀？！"冉主任说："你不急，名单上别人都是几百万的，你数额小，是最后一名。"洗河双手在口兜里掏，掏了裤兜，又掏了上衣兜，什么也没掏出来。罗山说："你掏啥的？"洗河说："我装着纸烟呀，遗到哪儿了？"罗山把自己的纸烟掏出来给了洗河一支。洗河把纸烟叼在了嘴上，没有点。兰久奎说："你不用紧张，这钱不是你的，真有事了，有罗董和我哩。"用打火机给洗河点了烟。洗河说："那记录上有我的名字和手机号。"罗山说："如果把你叫去，你就说钱是我的，我让你转的，但绝不能说这是打麻将输的钱。牵涉上赌博了，赌了几次，都谁在一块儿赌，追查起来，谁也跑不了，还可能以此深挖，剥茧抽丝，惹出别的事来。这样吧，顺长本收的烟酒多，他自己不吸烟喝酒，常把烟酒卖给别人，这事好多人都知道，那就说我买了他的茅台酒，让你转去的酒钱。"洗河呼呼地吸了两口纸烟，把纸烟又蹭灭在烟灰缸，说："这行吗？"兰久奎说："这行，就是买茅台酒的，你把词想好了，去了就这么说。"

　　这天是周末，梅青和鸽子回来。晚上，洗河在床上辗转反侧，梅青说："床上有刺啊！"洗河低声说了实情。梅青说："你就按罗董的意思说就是了，人家要是不信，会和罗董查证的。"洗河说："我是不想让这事惹上罗董，应该替他挡子弹。"梅青说："那你咋个挡子弹，你挡得住吗？"洗河说："你起来，你起来。"两人起来坐在床沿上，洗河让梅青模拟为纪检委的人问他，他来回答，不断地演习。最后一遍，梅青问："你叫洗河？"洗河答："是我。"梅青问："你认识不认识顺长本？"洗河答："认识，我跟我老板认识的。"梅青问："你老板是谁？"洗河答："罗山，市商会会长，政协委员。"梅青问："怎么认识的？"洗河答："他来我们公司检查治安工作，我接待安排的饭。饭桌上我老板喝多了，他还要我老板喝，我老板不能再喝了，我要代喝，他说你要代喝，我喝一盅，你喝一分酒器。"梅青说："等等，你说他不喝酒，怎么他喝酒？"洗河说："哦哦，他喝的是饮料，芒果汁。你再问。"梅青问："饭桌上你们喝酒啦？"洗河答："喝了，我老板喝的酒，他喝的芒果汁。"梅青问："你代喝了一分酒器？"洗河答："我把一分酒器的酒全喝了，他说你小子行！"梅青问："还有？"洗河答："一分酒器的酒喝下去，我就醉倒在地上了。"梅青问："问你别的事！顺长本常到你们公司去？"洗河答："来了几次，来了到饭时就吃饭，我都敬过酒。"梅青问："来了就吃吃喝喝？"洗河答："他是领导，来了就得吃饭呀。"梅青问："你和他还有什么交集？"洗河答："人家怎么能和我交集？"梅青问："那你为什么给他转钱？"洗河答："是转过。"梅青说："不能一问你转钱你就说转了，你得顿一下。"洗河说："哦哦，你重问。"梅青问："那你为什么给他转钱？"洗河答："没呀？"梅青问："没有？前年四月二十日你给他转了三十万。"洗河答："三十万？我哪有三十万给他？！"梅青问："老实坦白！"洗河答："我老实着呀！前年，四月二十日，哦，我想起来了，是四月二十日还是四月二十二日我记不清了，是前年四月，罗董买了他一些茅台酒，是给转过三十万元。"梅青说："那你为什么刚才矢口否认说你没转过钱？"

洗河答："我想着没转过，你们这一问，我记起是我老板让我转过酒钱。"梅青问："罗山和顺长本怎么做茅台酒交易的？"洗河答："还是请他和公安局一个处长吃饭的时候，那处长说我老板给他喝的是假茅台，我老板没了面子，骂我买的，我是从商店买的，我不知道买的是假的呀！他就说他那儿茅台酒多，都是真的，我老板便说能不能卖给他些，他就卖给了三十万，老板让我转的账。"梅青问："就这些？"洗河答："就这些。"

演习完了，梅青说："人家问起你去顺长本家拿的酒，拿了多少瓶，你得一口报出数，不能当着人家面才算吧。一瓶八百元，十瓶八千元，一百瓶八万，三百瓶二十四万，剩下六万是七十瓶，那小车一次就拿回来了三百七十瓶？"洗河说："对对，三百七十瓶就是六十多箱，那小车一次拉不完的，我应该是用卡车去拉的。"梅青说："还有，你回答时不要太装愣卖傻，太过了就有问题了。"洗河说："嗯，我多精明的人，装愣卖傻也不像！"梅青说："声恁高的，别让鸽子听见。"洗河去床头看了看，说："睡着的。"梅青说："小心她装睡着。"洗河说："我试试。"拿了一枚一元的硬币，悄悄往鸽子手心一放，没想鸽子的手掌一下子攥了，坐起来说："你们有三十万的秘密哩，封口费才一元啊？！"

*　　　　*　　　　*

洗河是被纪检委叫去，但七天就回来，没事了，啥事都没有。

被叫走的时候，是中午，麦果出来喊洗河吃饭，洗河额颅上出了个疖子，还红肿着，和维修工季济正赤脚在西边梁下的水渠里往出铲污泥。西梁一个突出的岩角上有几丛野枣刺，麦果说："呀，还有那么多酸枣！"洗河说："想吃不？"麦果捡了个石子往上打，石子还不到岩角就落了下来，洗河说："你要哪颗？"麦果说："那颗最红的，你能打下来？"洗河也捡了

233

个石子，从兜里掏出皮筋，在手里那么弄了一下，石子就射出去，真的打下那颗红酸枣，麦果不可思议。洗河从水渠出来，到池塘洗脚，麦果第一次看到洗河的脚是六趾，又是惊讶说："你是个怪物？！"洗河说："所以你要乖乖的，别让我生气！"麦果说："我哪里不乖，老爷子吃什么也给你吃什么。"洗河说："不对！是老爷子不吃什么了我吃什么。"麦果说："那好呀，今日王妈从她家给老爷子带来了卤肚，老爷子嫌咬不动，你吃去。"洗河洗了脚，回东院把卤肚才吃了一口，有了狗叫声，季济跑来说："大铁门口来了人找你哩。"洗河说："正吃饭哩来什么人？"就出去了。

大铁门外停了一辆车，有三个人在大铁门里和"我来"对峙。洗河一去，门卫应毛说："他们是纪检委的，我挡不住。"洗河头嗡地大了，定了定神，说："你们来了？"三个人中那个大方脸说："你是洗河？"洗河说："我是洗河。"大方脸说："我们是纪检委的。"洗河说："是叫我走吗？"他摸了摸额颅，觉得那疖子差不多化脓了吧，用手在挤，果然挤出了脓。大方脸说："把你的狗管住！"洗河说："卧下！""我来"就卧下不叫了。三个人就走近来，说："你跟我们走一趟，配合着，我们不给你上铐子。"洗河就跟着他们往车前走，麦果也跑过来了，吓得面如土色，不敢靠近，说："能不能让吃了饭？"洗河回头说："没事，卤肚给我留着，我回来吃。"麦果呜呜地哭。

听说洗河被纪检委叫走了，兰久奎、杨姨和刘婶、王妈、韦涛都跑出来，大铁门外只有了两条平行的很深的车辙。老爷子在屋里正吃饭，听到消息不吃了，说："他犯啥事了，他能犯了啥事？！"麦果说："你不生气，你吃你的，他说他很快就回来的。"老爷子说："上次兰总回来了人瘦得脱了形，他不知要遭什么罪？"回他房间睡了。晚上睡起来，老爷子问："洗河去了几天啦？"麦果说："去了一天。"第二天老爷子又问："洗河去了几天啦？"麦果说："去了两天。"连续三天，老爷子都在问，麦果不回答了，顿顿做蒸碗条子肉。而老爷子胃口越来越差，说肚子鼓，自此坐下不得起来，需要麦果扶他，一走路也趔趔趄趄。老爷子说："麦果，你说，世上啥最重？"麦果说："石头重？哦粮食重？"老爷子说："腿重，我拉不动呀。"但他还是到菜地，在菜地也不干活，麦果搬了个躺椅让他躺着。

洗河七天后回来，老爷子也是坐在菜地里，洗河跑去给老爷子说："我回来了！"老爷子拿拐杖打他。不停地打，不停地打，洗河趴在地上磕了个头。

市政协会召开的那个晚上，麦果早早打开电视，准备观看会议播报，老爷子却上床睡了。麦果说："爷，爷，今黑里的电视上可能有罗董哩，你不看？"老爷子说："我一看就睡着了，也看不懂。"麦果调了几个频道，没有看到关于政协的播报，老爷子却在喊："麦果，麦果，你来给我拍拍背！"老爷子的身上不再发痒而总是说脊背像一块铁板呀，觉得不舒服，让麦果时不时给他拍打。麦果去了老爷子房间，老爷子光着上身趴在床上，用手掌拍了一阵。老爷子说："你没吃饭呀，用劲儿！"麦果说："我手都拍红了。"老爷子说："寻个木板，拿木板拍。"一时寻不着个能拍打的小木板，老爷子说："用拖鞋。"麦果趴在床底取塑料拖鞋，老爷子却翻了个身，没把持住，竟从床上跌下来，正好压倒了麦果。麦果在地上被压着，往下掀，掀不动，老爷子也是挣扎，因一侧床挡着，越挣扎越压得实，麦果已经气喘不出来，嘶哑着声叫唤。洗河听见响动，跑过来，把老爷子抱着挪开，麦果爬起来，嘴脸乌青。折腾了半天，老爷子也缓过了，坐在床上，说："我有恁重吗，我有恁重吗？"麦果说："爷，你要再重，就把我压成肉饼了。"提起了肉，老爷子说："我想吃肉。"洗河说："晚上要睡觉呀，不能吃肉。"老爷子说："我这会儿就是想吃肉，我要吃肉！"洗河就问麦果："蒸碗还有没有？"麦果说："蒸碗没了，明天我再蒸一笼。"老爷子说："我现在就要吃。"麦果说："你老得像小孩一样了！好好好，我现在给你烧几块肉去。"麦果一走，老爷子让洗河用拖鞋给他拍脊背，拖鞋底子有弹性，洗河力气大，拍得啪啪响，老爷子说："嗯，嗯，这舒服。"

麦果从冰箱取了一块煮过的肉切了在锅里红烧，胸口闷闷还咳嗽，还操心着看电视，就盖了锅盖去看一下电视，电视上仍没有政协会的播报，或许播报已经过去了，又到厨房看一下锅里的肉。如此反复了几次，洗河从老爷子房间出来，说："你还真做红烧肉啦？"麦果说："我不能哄他呀。"洗河去了门房和应毛下象棋。

麦果到底没有看到政协会的播报，但她看到了《动物世界》，草原上一群野牛，它们有着巨大的抵角，角尖并不朝前，而是向后弯曲。一只狮子从草丛里跳出来，也就是一只，成群的野牛发疯地逃跑，草屑乱溅，尘土飞扬。麦果再到厨房去，锅里的肉终于做好了，她盛了一碗，端给了老爷子，再跑去看电视。这时是脱离了危险的野牛群在水塘里喝水，却突然就斗殴起来，它们低着头，用那角猛烈碰撞，碰撞声她听着都疼。麦果还在想，哦，那巨大的抵角不是御敌的而是对内的？便有了一种"噢，噢，噢"的声音。麦果以为是电视里野牛叫唤，接着又有了敲打床头板声，后来是哐地响，什么破碎了。麦果跑去推开老爷子的房门，满地都是破碎的碗片、肉块子、油汤，老爷子仰面倒在那里，张着嘴，眼睛暴睁。麦果忙去扶，看老爷子后脑勺，后脑勺没伤，摆动胳膊腿，胳膊腿也好着，麦果说："爷，爷，你咋又从床上掉下来了？"老爷子却用手指着喉咙。麦果说："肉卡住啦？"老爷子点点头。扶起了老爷子，麦果说："慢慢吃么，你那么急的！"捶后背，让卡住的肉块子能咽下去或吐出来。但捶了一会儿，肉还卡着，麦果跑出来喊洗河。洗河正下着棋，走不开，麦果过来把棋盘刨了，说老爷子吃肉卡在喉咙啦，洗河说："肉还能卡在喉咙？！"到了房间，老爷子脸色发青，浑身的衣服都汗出透了。洗河也是捶后背，捶后背不行，指头伸进口里抠舌根，抠着抠着，老爷子翻起了白眼，洗河说："要憋死人呀，得送医院！"他就跑出去要把车开到东院门口，出了东院，想着车开来了他和麦果把老爷子弄不到车上，刚要喊呈红和皮凯，却听到中院里两人又在吵架，便一边往车跟前跑，一边喊门房的应毛，喊花木工韦涛："快到东院抬老爷子！"车开了过来，应毛、韦涛已把老爷子抬出东院，人已经昏迷了。麦果没跟上，洗河发了火，"往快！"她跑来了，手里提着一只鞋，说："老爷子一只鞋没穿上。"洗河说："穿什么鞋？！"恨着瞪麦果。麦果上了车就抱着老爷子，不停地叫："爷你醒醒呀，你不要吓我呀爷！"车一路狂奔，出峪口时撞死了一只横穿路面的野兔。行驶到南大街，前边的一辆车缓慢又不让道，洗河就连续按喇叭，好不容易超过去，坐在副驾驶座上的应毛瞧见那车是女司机，气得唾了一口。

到了医院，立即抢救，切开喉管是把肉块子取出来了，经检查，颅内出血，须做更大手术。医生写病历在问病人姓名，麦果不知道，洗河说："叫罗草。"就给罗山打电话，罗山从召开会议的宾馆往过赶。大家都在手术室外守着，焦急不安，韦涛走来走去，麦果说："你走得我心慌。"韦涛坐下来了，麦果却问洗河："老爷子是肉卡了喉咙，咋能颅内出血？他是从床上掉了下来，头上没有伤呀！"洗河没说话。麦果说："老爷子叫罗草，咋起这名字？"洗河还是没说话。麦果走到过道尽头的窗下呜呜地哭起来。

罗山和梅青先后赶了来，天已大亮，老爷子已从手术室转到了病房，仍在昏迷。医生告诉说，得有个思想准备，老爷子或许今天明天就醒过来了，或许再也醒不过来。罗山说："醒不过来那就是植物人了？"医生说："植物人。"洗河、应毛、韦涛眼泪顿时流下来，梅青就哭得瘫坐在地上。

罗山在开会前，穿着西装系了领带，给老爷子说他要去开政协会呀，老爷子对罗山的一身行头并没有反应，却说："菜地我不种啦。"罗山说："菜地原本是让你玩的，不想种了就不种。"老爷子说："那就让长草去。"老爷子的话不吉祥，可罗山觉得人老了胡思乱想，也没多在意，但老爷子竟然说不种菜地就真不种菜地了，自己变成了菜，变成了草。

老爷子在医院里躺了二十天，麦果每日都坐在床前呼唤，老爷子眼睛睁着，眼珠仁不动，还是没知觉。罗山决定把老爷子运回花房子。运回了花房子，还睡在原来的房间里，罗山、洗河、梅青、麦果、呈红还有兰久

237

奎和杨姨，隔一两个小时就去看看，看看也没事可做，出来便坐在前厅堂唉声叹气。再也听不到老爷子的喊叫声和呼噜声，菜地里真的长满了草，草越来越高。第五天，刮起大风，麦果提了她的那只箱子要离开，罗山留她，洗河和梅青留她，她说："是我害了爷，我没把肉烧烂，爷现在不需要我了，我还留着干啥？"只好让她走了。

＊　　　　＊　　　　＊

有人要便宜转让青华南路的四间门面预售房，皮凯动了心，给呈红说："这次是个机会，我跟你也做做生意，将来出租了，可以月月坐享其成。购房款四百万，咱每人出二百万。"呈红说："你老说没积蓄，咋还有那么多存款，一下能拿出二百万？"皮凯说："我不是有那套旧房吗，把它卖了，再向我姐借借。"呈红说："你卖了你的房就住我的房？也行，但投资得谨慎，二百万也不是小数字，我要考察考察。"呈红去了现场，发现青华南路在那儿就到头，再南还都是庄稼地，人流量不足，商业氛围不浓，将来门面房不知能否租出去，就是能租出去，租金也低。她和皮凯又见了房地产老板，老板说政府有规划，青华路要延伸，那片庄稼地也要建个建材批发市场。呈红不相信老板的话，拜托罗山打问一下市规划局。罗山给打问了，确实如此，就建议能买就买，而且多买些。呈红说："罗董有眼光！那你把那些门面房全买了，给我们分出四间多好！"罗山却说他正投标秦岭环山路东段的工程，别的顾不上呀。呈红还是不放心，开车把兰久奎带去，要兰久奎给她出主意。兰久奎也觉得可以买，但周围环境改变那不是三年五年的事，他建议不要多买，买四间即可。呈红说："兰总说得对！罗董让多买，那他是大老板，指头伸出来比我们腿粗啊。"兰久奎说："呈红你这是哭穷吧。"呈红说："我哪有什么钱呀，就是有一些积蓄，全投进去，短期不能收益,那喝西北风呀!"兰久奎说:"罗董的话也没错,他是从长远考虑的。"呈红说:"罗董是不是又在投标环山路东段的工程?"兰久奎说:"是在投标。还拉我一块儿,我没能力也没胆量了。"呈红说:"哦,罗董就是个赚钱机器!"呈红和皮凯就决定了买四间门面房。

国家的反腐力度日益加大,接二连三的官员被"双规",在他们的家里都抄出了大量的金条、现钞、珠宝、玉器,以及名家书画。名家书画被列为受贿物品,书画市场骤然萧条。两来风茶舍的二楼已关闭了很久,一楼的茶叶也生意冷清。呈红找罗山让商会的老板都来光顾呀,罗山是鼓动了一些老板来买了,但已经不送礼了,自己喝,也最多买个上万元。罗山倒主张再举办些书画家、企业家联谊活动。呈红说:"现在这形势,官员不敢来呀,官员不来老板就不来,老板不来书画家也就不来!"罗山说:"世上的事,高之后是低,低之后还会是高,请客送礼不会消绝的。现在书画价格大幅度降落,市上的那些也急于要变现,你去叫他们,他们肯定能来的。而老板们我去煽火,做生意哪能不和政府官员打交道,一时不好送,趁机囤些以后还会再送的。即使老板们买不了多少,你也可以自己攒些么。"呈红说:"我才掏了二百万买了门面房,哪有多少钱还能攒书画呀!"罗山说:"你可以不用掏钱呀,让书画家把作品留在茶舍,压低价位,给他们销售,销售了给他们钱,你抽成,销售不了作品还是他们的么。"呈红对罗山佩服不已,就连续举办了三场联谊活动。

画家里有个姓虞的,每次活动都来。他原籍广西贺州,喜欢喝老家的一种油茶。这油茶不是炒面做的,而是把生姜、大蒜、葱须和茶叶一块儿炒了,加水捣成糊状,用火煮沸,然后过滤了放上盐和炒米喝,味道可口,能除湿去邪,健胃提神。呈红在虞家喝了一次,建议虞在茶舍指导着做。书画家和企业家都喝得兴奋,能多书画的多书画,能多买的多买,呈红殷勤,三方各有所得,满载而归。

呈红再回花房子,把油茶给洗河带了一罐,也给兰久奎、杨姨带了一

239

罐。杨姨嫌辛辣，没觉得多好，而兰久奎却赞不绝口。当时兰俊波正好也在，喝了一碗，还要喝第二碗。呈红说："广西贺州是长寿之乡，当地人就是早晚都喝这油茶。"兰俊波说："在西安没有这油茶店吧？"呈红说："曾有人开过，但房租贵，油茶又卖不出价，没有开成。"兰俊波说："可以高价卖呀，比如一碗卖二十元呢？"呈红说："一般人喝不起呀！你要爱喝，我让我茶舍的人来做，每周给你送两次。"兰俊波说："那好！你让做，我来买，一碗就按二十元。"呈红说："这咋能让你出钱？"兰俊波说："这原料，这人工，怎能不出钱？你们做吧，每次多做些，我给你提供个名单，都是我的朋友，我想他们都会喜欢的。你们只管送，钱我统一结。"

此后，呈红就让茶舍员工做了油茶分送给兰俊波的几十个朋友，一周做两次，兰俊波付一万元。呈红见兰俊波出手大方，曾给说让皮凯到他们公司去任个副总什么的，兰俊波没有同意，却也参加了几次联谊活动，买去了许多书画。

*　　　　*　　　　*

罗山给洗河说："你去城里接梅青吧，顺路到银行给你嫂子汇上六十万。"洗河说："这次咋汇这么多？"罗山说："他们到加拿大呀，还得在那里租房买车啊。"洗河说："转学啦？"罗山骂了一句，说："凭罗洋那成绩，澳大利亚的大学能录取上吗？！"洗河不多嘴了，在城里先汇了钱，再把梅青接到花房子。

罗山在这一年终于中标了秦岭环山路东段的工程。但他并没有施工，而是把工程的一部分转包给了秦川公司的戚老板，一部分转包给了老板王立仓，从中获取了一千三百万的转包费。

环山路的修建任务重，工期长，涉及土地征用、住户拆迁、材料供应、质量检查的方方面面，大事罗山帮着解决，但那些小神小鬼们难缠，戚老板和王立仓就每次要请客，都选择到花房子。因麦果走了，梅青陪鸽子在城里，罗山便让他们多在周末或周日里。而但凡梅青回来做饭，鸽子就留在城里，她嫌打麻将太吵，屋子里烟雾腾腾的呛得眼睛都疼，再是一吃饭就喝酒，一喝酒就醉，没意思得很，不如她在城里逛商场，喝咖啡，或者去电影院里看美国片。

梅青在做饭的时候，需要葱和蒜苗了，常常还系着围裙就跑出来去菜地里现拔，等跑出东院，才意识到菜地里已经没人种菜了。戚老板和王立仓之所以在花房子请客，一是这里能避人耳目，再是梅青能做十三花蒸碗肉，而梅青一做出了蒸碗肉，又想起了老爷子，把八凉八热、四荤四素的端上桌，她就去了老爷子的房间，坐在床前抹眼泪。

呈红见东院里来了客人，知道梅青在做饭，她就来了。来了给梅青说皮凯的不是："当处长这么多年了，没出息的，仍然是个副的。唉，往世上瞅瞅，凡是能当大官的，都是在一个单位待一年或两年要不停地调着，他竟然八年纹丝不动。啥原因，社会上没朋友么。罗董是企业家，也是社会活动家，我那人一下班就会回家，回家了四门不出，没人脉，哪有赚钱门路？还死犟死犟呀，你让他往东他偏往西，你让他往西他偏又往东，要么就一声不吭。和你打冷战。"梅青说："谁能十全十美啊，图了这头就图不了那头。"呈红说："他就是年轻，长得帅么。可妥妥的一个窝囊废，再养眼也都不养眼了。"

罗山在屉柜里又取酒，看见了呈红，问皮凯在不，在了来一块儿喝酒，呈红说他上不了台面，却又说："罗董呀，我让给你送的油茶喝了没，爱喝吧？"罗山说："喝了，不错。"呈红说："你要多喝哩！你眼睛有些肿，鼻头发红，是不是口老干，腿上没劲，那都是湿气重的缘故。湿气重的人要多喝油茶哩。"罗山说："这几天我没睡好，但还行的。皮凯不来，你来喝几盅，也见见来的领导和老板。"呈红说："好，我给敬敬酒。"

呈红就和客人见面，递上名片，敬酒寒暄。客人中有个姓王的科长，说："哦，两来风茶舍，是经营茶的？"王立仓说："我已经给大家备了茶叶了，福建的白茶，一人一盒的。"呈红说："两来风茶舍除了卖茶，主要的业务还是经营书画。"王科长说："是吗，我就喜欢个书画。"戚老板说："王科长喜欢书画呀！呈总，你家里有于右任的字、齐白石的画？"呈红说："这倒没有。有咱市上名家的。"戚老板说："是不是都在城里茶舍？"呈红说："这边家里倒有些三尺小斗方的，都是'寿'字。"王立仓说："'寿'字好！呈总，多少钱一张，便宜点，我给我这些朋友一人赠送一幅。"呈红说："哎呀，罗董，你说多少钱？在茶舍里卖的是一张三万元的。"罗山说："戚老板、王老板都是十几年的朋友，虽然他们不缺钱，但还有个体面么，算两万吧。"呈红说："我收来就两万元的，好吧，我也不赚钱了，交个朋友！"所有人都鼓掌。呈红去中院拿了五张"寿"字，戚老板、王立仓当场各付了五万元。

饭后，客人们打麻将，呈红又到厨房来，问梅青："我是不是酒上脸了？"梅青说："你皮肤白，一喝酒倒粉红粉红的好看。"呈红说："嘿嘿，酒也是化妆品了！我给罗董陪客了，皮凯还没吃哩，有剩菜剩饭了给他装一碗。"梅青给盛了一碗米饭，又盛了一盘菜，多夹上几片肉。呈红说："看么，我贱吧，还得操心喂人家肚子哩。"

洗河在麻将室里续茶水，递纸烟，谁要是手气不好了，要倒下手，也让他打一圈儿，或者说："洗河，你来摸张牌！"梅青就坐在庭堂里随时听从洗河喊着再烧水呀，来换个痰盂呀。麻将室里一直是有人和了，大呼小叫；有人输了，责怪上家不顶牌，又怨下家胡碰。时不时有的出来去厕所，上完厕所回来，见梅青在那里坐着，给梅青笑，梅青说："手气咋样？"那人说："上完厕的尿（妙）手回春了！"王立仓也出来上厕所，回来时推开老爷子房间的门，梅青忙说："错了，麻将室是第三个门。"王立仓说："那房间睡的老爷子吧？事情我听说了，罗董也真是个孝子，要是别人，早就拔氧气管了，他还让老爷子这么睡着！老爷子也不亏，毕竟是吃肉吃死的。"梅青说："老爷子没有死！他会创造奇迹的！"王立仓说："没死，没死。"赶紧进了麻将室。梅青反感了王立仓，也不在厅堂坐了，回到自己房间。

到了半夜，梅青听到大铁门口的"我来"叫了几下就安静了，南梁上的松涛起来，瀑布声也越来越大。麻将室里突然争吵，麻将牌好像被摔在了地上，哐啦啦响，也有了椅子踢倒声和茶杯破碎声，接着有人气冲冲地走出来，罗山也跟出来在劝说。梅青便问洗河："咋啦？咋啦？"洗河说："王科长生气了。"梅青说："什么科的科长？"洗河来不及说，跑出去，再跑回来，到麻将室劝说别的人。而东院门外罗山喊洗河，洗河又跑出去。接着有汽车响。梅青这时到麻将室，满地麻将牌，椅子倒了两把，茶杯碎了一个，水流在麻将桌上。她赶紧在地上捡麻将牌，拿抹布擦桌子。这时候罗山进来了，那个姓毕的倒发牢骚，罗山说："本来联络联络感情的，现在弄成这样。"姓毕的说："牌桌上看人品哩，我和他就坐不到一起，啥人么，给谁扮难看啊？！"罗山说："好啦，不说了，我让洗河送他回去了。"便给梅青说："你去下些挂面。"姓毕的说："我也回呀！"罗山说："你就是回，喝了酒咋能开车，等洗河回来了再送你。"

洗河开车送了王科长和戚老板，又开车送王立仓和姓毕的，再回来已经是早晨。罗山让梅青给他做一碗面条，吃了面条他也得回城去，梅青在厨房里和面，洗河帮着洗菜，问起夜里的事，梅青才知道是那位王科长多次已经把牌抓到手都看了，又放下说要吃上家的牌，姓毕的也是输了，说了几句，没想王科长倒生气了，两人争执起来，后来王科长把桌上的牌一抹，说不打了，打不成了，站起来就走。梅青说："唉，打啥牌的，酒越喝越近，牌越打越远。"洗河说："都是些副处科级的，一级是一级水平。"

罗山吃了一大碗油泼面，出了东院门，又遇上呈红，低声说："今日下午，我和兰总去探望郑副书记，你也去吧？"呈红说："你们去吧，大前天他生日，我去探过监了，手机拍了张'寿'字给他看，说是专门请几个大书法家给他写的五幅'寿'字，他挺高兴的。"罗山说："哦，今天你就把'寿'字全卖了。"呈红说："我得生活呀！"罗山看着中院，中院门口卧着那只黑猫，他没再说话。

＊　　　＊　　　＊

二〇一七年，半坡村发生泥石流，当地人称之为"出蛟"。这次出蛟，死了三人，受伤十人，冲毁了五家二十一间房屋，完全壅没了十八亩菜地和一个鱼塘。灾情之后，罗山捐款一百万，兰俊波捐款一百万。花房子的帮工再次轮换，何村长特意安排了倒坍房屋的赵守灯和损害鱼塘的刘水芹，其余三人都曾先后来过花房子，是米天勤、米其统、霍存。

呈红在四月份和皮凯分手，是呈红自己提出来的，但呈红抱怨她住到花房子后运气一直不顺，经人指点，要在中院门里改建一个玄关。洗河将这事汇报给了罗山，罗山一听生气了，说："她敢？！她和谁搭伙还是散伙，咱管不着，这园子是我和兰总打造的，一定要保持它的完整性！"洗河说："如果她真要改动呢？"罗山说："那你是干啥的？！"

当呈红请了工匠，拉来了一车木材和石材，洗河就把他们挡在了大铁门外。呈红和洗河吵闹，说中院是她的，她有权利改造，洗河躺在门口，说："你去找罗董、兰总，他们不发话，要进，车从我身上碾过去！"呈红没有找罗山、兰久奎，说了句："郑副书记若还在，你们敢这样待我吗？"辞退了工匠。一时间再没住中院，而在两来风茶舍开办了微信公众号。

五月，罗山被评为省劳动模范。

六月二十日进行中考，鸽子没有考上。洗河主张补习，来年再考，无论如何总得有个高中文凭吧。梅青陪读了三年，清楚鸽子不是读书的料，认为补习了也是白搭，不如去读职业学校，比如学个美容化妆，将来了到一些美容院寻份工作，收入倒比公务员还要高，或者去上卫校吧，以后做个护士。可是，鸽子不愿再补习，也不去上职业学校，自己报名了一家模特培训班。洗河和梅青都反对，认为鸽子纯粹是图玩的，虽然个头已经一米七，但当模特还是太低，不会有前途的，即使毕业后成为专业的，那又是吃青春饭的，以后怎么生活？意见不统一，一家人闹腾了半个月，洗河和梅青拗不过鸽子，只好顺从。

培训班开学那天，洗河去送鸽子，鸽子向洗河要钱。洗河说："你妈不是给了你钱吗？"鸽子说："给的是生活费。我去了没两件好衣服，没化妆品，给你们丢人呀？"洗河说："我家鸽子天生丽质，用不着化妆，穿啥都好看。"鸽子说："哼，这阵不说我傻大个了？"却问："爸，你和我妈是不是只我一个女儿？"洗河说："那还有谁？"鸽子又问："你们的存款是不是最后都是我的？"洗河说："那还有谁？"鸽子说："对喽！你们现在都花的是我的钱？！"洗河倒笑了，说："我只说我会给人挖坑，没想你给我还挖这么大个坑！"就给鸽子掏了三千元。

送走了鸽子，洗河进了一家理发店，理发的人多，他坐在那里等候。旁边两个人在说话，都说的是孩子的事。一个在说现在的孩子看是不是孝顺，就看能不能考上大学。一个在说，他那孩子在学习上没让人操心，现在毕业了，先在一家外企上班，工资蛮高的，却觉得没有充分发挥自己特长，后又去电视台了，承包了一个栏目，那栏目第一年就被评为优秀栏目了。他们越说得得意，洗河就越觉得难受，他不理发了，出来在街上走，不料便碰上了皮凯。皮凯是在一家小酒馆里喝酒。皮凯还在花房子住的时候，洗河并没有和皮凯多说过话，有时皮凯风度翩翩地从大铁门口进来，或者在健身器材上锻炼，洗河就故意避开。现在，洗河主动地去打招呼："怎么一个人在这儿喝酒了？"皮凯说："人生苦短，婚姻苦长么，喝酒喝酒。"他们一块儿喝起来，洗河问起什么原因和呈红分手了，皮凯却只给洗河讲他和呈红合伙买门面房的事，两人已经分手了，协议好的是把门面房归他，过户到他的名下，他把二百万元汇给呈红，而呈红竟然不要改户主名字也不退还钱，打电话不接，发信息不回，好像再没有啥事似的。皮凯说："洗河，她害怕你的，你能警告警告他吗？"洗河说："她哪里怕我！你们两个人的事情我不好说，但我会把你的话给她捎到。"皮凯给洗河敬酒，手抖着，两鬓竟然也白了，洗河先还是有些幸灾乐祸，便又觉得可怜，喝了几盅，起身结了酒钱，自己就离开了。

呈红再次回到花房子，洗河是给她说了门面房过户的事，呈红破口骂皮凯是个吃软饭的东西，还有脸对外唠叨她的坏话。骂着骂着，声音一变，问："近期你见过那个文丑良吗？"洗河就愣住了，说："你怎么问起他，有事吗？"呈红说："他不是能写吗，写过农民工现状吗，想约他给我们公众号上也写写。"洗河说："哦，你关心起农民工了！你调查了没有，他写农民工的文章农民工看到了吗，他们咋反应的？"呈红说："反腐的文章哪里是给腐败人看的，写农民工的文章农民工才不看哩。"洗河说："那这类文章能起啥作用？"呈红说："别的人看呀！只要是奇怪的人奇怪的事，点击量可大啦。文丑良有名气，你们熟，你约他给我们写些。"洗河没有约文丑良，但把文丑良的联系电话给了呈红。

在十月的一天，洗河陪罗山在公司里接见那些被资助的贫困大学生，梅青在东院里给老爷子擦洗身子，呈红和她的两个员工突然来了。呈红拿相机要给老爷子拍照，梅青问："咋给老爷子照相呀？"呈红说："给老爷子写了篇文章，配些照片。"梅青说："老爷子病成这样子，能写什么文章？"呈红说："老爷子是吃肉卡住了，成了植物人，这样的事编都编不出来的，阅读者肯定有兴趣。"梅青说："你拿老爷子赚钱啊？！"坚决不让给老爷子拍照。呈红正难堪着，一个员工手机微信上传来一篇稿件，员工看了，认为是好稿件，激动地给呈红报告。呈红说："念一段我听听。"那个员工就念道："我们不是造物主，草民，百姓，芸芸众生中的一个，一口风就会呛住嘴，一片叶就会遮住眼。麦熟时节，或许收获了那么多的麦粒，但麦场上堆起了那么高的麦草垛。当河流滚滚而下，或许滋润了千里大地供万物生长，但也堤垮岸塌，汪洋恣肆，淹没了山弯处大片的农田和村舍。改革开放是强国富民的必由之路，但现在出现分配不公，贫富差距拉大，各类矛盾激化，人性之恶暴发。农民进城，向往着美好的生活，一代一代，几十年过去了，农村在毁坏，城市在腐败，农民成了农民工，自己将自己沦为更底层、更卑微、更贫困。鸡下蛋为了繁殖，蛋成了人的口食，鸡成了为人的口食而存在的动物。有病才有医生，如今则是有了医生而有了各种各样的病。历史转折时期，原本会光明、正大、发生新的变革，但我们看到的是那样的慌乱，蛊惑，暴戾，极大的邪气所侵。"呈红说："作者是谁？"那个员工说："文丑良。"呈红说："好呀，他给咱写稿了！不是约他写些农民工的纪实文章吗？"那个员工说："就是篇纪实文章，这是其中的一段议论。写得痛快吧？"另一个员工说："痛快是痛快，但言辞偏激啊，咱能发吗？"呈红说："发呀！人群里你突然发一怪声才都注意你哩！"

三天后，呈红他们的公众号上推出了文丑良的文章，果然社会反响大，点击量成百倍地激增，呈红流着眼泪感谢自己。

*　　　　*　　　　*

鸽子自立性强，又住在了培训班，梅青就回到花房子，而花房子在这个冬季比过去有更多的贵客。常务副市长来过，发改委主任来过，国土资源和房产管理局局长，城市规划局、税务局局长，工商局局长，工信局局长都来过。梅青疑惑，往年多是罗山请着他们来，怎么今年是他们来了才通知罗山。洗河说："知道罗董的实力了吧，以前罗董离不开政府，现在是政府需要罗董么。"这些重要的客人一来，先还是兰久奎要陪着，后来兰久奎就借故去了半坡村或祥峪镇。贵客在花房子里吃喝玩乐后，要走时，罗山依然是让洗河分别送上金条、劳力士手表、翡翠玉镯、茅台年份酒。洗河说："咱送这好不好，'双规'了那么多人，他们还敢收？"罗山说："不可靠的人当然不敢收。"洗河说："但有些送了东西并没给咱们办什么事，要么调走了要么退休了，而有些送得太贵太多了！"罗山笑着说："是不是？"却又问："你知道路井村吗？"洗河说："知道，全市里最大的一个城中村呀！今年改造吗？"罗山说："都在争取这个项目哩。"

洗河在这一天接待了发改委主任的一个亲戚，天黑时把人家送走，突然左眼左边闪了一道白光，以为是谁在照手电，四下看了，并没有人，而左眼左边又接连闪了两道白光。这并不是那种眼前冒金星，洗河就觉得奇怪，揉了揉眼睛，还做了一会儿深呼吸，左眼左边仍不经意间有白光闪动。进大铁门时，洗河说："霍存，要有好事啊！"霍存说："咋就有好事啦？"洗河说："眼前唰唰地闪白光！"霍存说："是左眼左边吗？"洗河说："是左眼左边。"霍存说："我去年也闪过，去看了医生，医生说要么是用眼过度，要么是角膜炎了。你有眼药水吗，眼睛病了得点眼药水哩。"洗河说："我眼睛不疼不痒的，有什么病！！"他讨厌霍存不会说话，坚信有好事将要降临。

三天后，洗河去了公司，公司给每个中层量体定制一身西服。大家都高兴，洗河倒平平静静，沙武说："这西服两万元的！"洗河说："这不算什么。"量完了尺码，罗山说要带大家去吃烤肉，却一辆商务车把他们拉到了路井村。白庆、桂小六、武西康、康有祥，连同沙武都不明白吃烤肉怎么到路井村，洗河只是面带微笑。

路井村确实是市里最大的也是最后的一个城中村，有三道横巷、四道竖巷，私建的民房都是四层五层，楼与楼间距狭窄，上空的电线错综复杂如蛛网一般，下边是菜市场、水产市场、宠物市场，再就是各种各样的小店铺，做什么的都有，卖什么的都有。他们在村里把巷巷道道走遍，出了村又围绕着整个村子走了一圈，最后就坐在村东口的一家小摊上吃烤肉。

洗河还在和白庆感慨这里到底有多少原住户，又租住了多少流动的外来人，恐怕谁也说不清吧。这里除了火葬场，啥都有，但敢有一场地震吗？如果发生了战争，一颗炸弹落下来，楼房坍塌，即便楼房不坍塌，人挤人能跑得出去吗？罗山却给洗河说："你算算，一步是一尺，东边我走了是四千步，南边走了是两千步，西边走了是五千步，北边走了是三千三百步，大概是多少亩？"大家都惊讶了，说："啊？你走路还记着步子！"但洗河算不来。周兴智从随身带的小皮包里取出了计算器，在那里计算，说："应该有五百亩吧。"洗河问罗山："项目拿到啦？"他顿时兴奋起来，说："啊罗董，已经好多天了，我左眼左边就闪白光啊！"白庆、桂小六、武西康、康有祥恍然大悟，哇的一声，都举了啤酒瓶相碰恭贺，罗山说："都别嚣张。一切都有程序的，按程序走。"

吃毕了烤肉，大家拥簇着罗山离开摊子。洗河是跟在后边的，他没有擦嘴上的油，却走出了六亲不认的步子。

果然是一切都按程序进行着，市政府先是宣传路井村改造的宏伟规划和美好前景，再是登记村里的住户，丈量各家房屋面积，搬撤店铺，清理外来人员，再是公开项目招标。正热热闹闹着，没想到，关于文丑良，网络上爆发了一场狂欢，冲淡和淹没了政府改造路井村的声势。

呈红他们公众号推出了文丑良的文章，网络上竟疯狂炒作，有赞同的有反对的，赞成的把文丑良说成是敢说真话的英雄，是这个城市的良心，反对的则说他把农民身上的垢甲搓下来给农民看，用城市垃圾来垃圾城市，心理阴暗、异端邪说。而呈红他们的公众号没有站出来澄清事实，反倒推波助澜，趁热打铁，除了大肆转发那些攻击谩骂的文章，又爆料文丑良的照片、编撰文丑良"黑历史"：如何性格偏执，上大学时就组织同学罢课受到处分，才被分配到偏僻乡下小学任教。如何道德败坏，和学生的家长私通，导致妻子离婚。如何面由心生，长得丑陋。

洗河不上网，这些事都不知道，文丑良给他打了电话，向他诉说着愤怒、委屈和无奈，洗河就在呈红再回花房子时去质问呈红。呈红说："这事与你无关啊！"洗河说："你让我联系文丑良给你们写文章，怎能与我无关？"呈红说："网络是个奇怪的谁也说不清的东西，山洪暴发，烈火燎原，一旦势起来，谁也控制不了啊！"洗河说："别的我不懂，那你们为什么还要编造他的'黑历史'？画一个魔鬼像了就再架大炮来轰？！"洗河脖子上额头上的青筋暴起，吼叫着，唾沫星子溅到了呈红脸上。呈红说："洗河！你凶成这样想咋，哎，是想咋？"洗河说："我想扇你！"呈红说："你来！你来！"洗河真的往前扑，梅青赶紧抱住他，他扑不过去，用脚去踢，鞋飞起来打中呈红身边的黑猫，而他的右脚六个脚趾就暴露了。梅青对呈红喊："你快回去！"呈红进了中院，洗河还在生气，拿脚在地上跺，跺碎了一块瓦片，脚没有出血。

*　　　*　　　*

罗山住医院了。

也就在第二天一早，洗河得到沙武传来的消息，他第一反应肯定是罗山也知道了呈红伤害文丑良的事而气出病的。他开车和兰久奎、杨姨一块去医院的路上不停地痛骂呈红。但到了医院，才知道罗山是眩晕，与呈红和文丑良的事毫无关系。

一个月里，罗山去了溪口煤窑，去了运输车队，去了印刷厂和快捷酒店，又不停地见这样人那样人，一直都觉得头晕。先以为没休息好，中午在办公室的沙发上睡了一觉，只说睡起来就好了，没想一站起来。竟天旋地转，便倒在了地板上。周兴智发现后送到医院，经检查是颈脉血管狭窄，脑供血不足，就住院治疗。已经治疗三天，是可以下床行走了，但头还是木木的，感觉像捂了个棉帽子。

杨姨说："以前没听你说过头晕呀，怎么一下子能晕倒，是不是中邪啦？"兰久奎说："神神道道！供血不足，吃药打针扩充扩充血管就好的。"杨姨说："那三天了咋还没好？！"她便给呈红打电话，要呈红把那个风水先生请到医院来。洗河说："不要给她打！"杨姨说："你闭嘴！这事一码归一码。呈红后来和风水先生来往得多，不让她请，你知道人家的电话还是居住地址？"洗河没再吭声。杨姨就给罗山说这风水先生除了会看风水还会禳治一些怪事难症，她举起她的例子，以前她是啥样子，现在又是啥样子，要信哩！

三个小时后，呈红是来了，但是她一个人。呈红见了罗山就哭，罗山说："这有啥哭的？"呈红就不哭了。杨姨问："你请的先生呢？"呈红说："一接到你电话，急得我头也没梳，眉也没画，这没画眉就感觉没长眉毛似的，开车就往先生家去。但路上我和别的车追了尾，只是把那车后挡碰得掉了些漆皮，最多赔一二百元的，那人须要叫交警来处理，叫交警那得多长时间呀，让他占便宜就占便宜吧，我给了三百元。"洗河的鼻子哼了一下，又哼了一下，杨姨拿眼睛看他，他提了保温瓶出去打开水。杨姨说："你说先生。"呈红说："我去先生家，他人不在。"杨姨："你说了这么多，他人不在？"呈红说："我也是生气！他是到外县给人看坟地了，我就给他打电话，让他回来，他回不来，倒推荐一个按摩师来，说这按摩师能治头晕，多少患者被抬着去的，一按摩就自己走回去了。"杨姨说："那按摩师呢？"呈红说："先生给我了按摩师电话，这出诊一次费用比一般按摩师高，我先来问问是叫来呀还是不来？"杨姨说："让来呀，来呀！"兰久奎说："按摩还能治血管狭窄？"杨姨说："你不治咋能知道不能治？！"周兴智就说："反正按摩和打针吃药不冲突。那就来试试。"呈红联系按摩师，按摩师应允了，说他家离医院三站路，能很快赶来，但得有人在医院接他。

按摩师来了，人慌慌张张的，不喝水，也不肯坐下，自称是姓石名圣。沙武说："是'圣'还是'胜'？"回复是："圣。"洗河瞧他皮肤黝黑，倒觉

251

得自己也白净了许多。石圣看了罗山的状态，说："这我能治！"周兴智说："你只看了一下，就敢说你能治？"石圣说："把门关了，我现在就给治！"杨姨说："咋还要关门？"石圣说："西医院是不准我们这些人进来的。"关了病房门，石圣要罗山躺在床上，就在耳后的部位按摩，按摩得重，罗山都痛得叫起来。洗河说："你知道这是谁吗？"石圣说："这我不管，我按摩的都是病人。"兰久奎把洗河拉到了一边。石圣手还是不轻，推拿一下，罗山就叫一下，石圣说："疼者不通，通者不疼。你眩晕是耳后的肌肉僵硬，压迫了血管。如果仅仅靠吃药打针扩充血管，是解决不了的。瞧瞧，这肌肉都快成铁板了，得把它拨松揉软。"兰久奎说："这说的有道理。"石圣说："还疼吗？"罗山说："疼。"石圣说："按摩一次不行，起码得三次。你坐起来，感觉怎样？"罗山坐起来，竟然脑袋不沉重，眼前也清亮。杨姨高兴了，抓起石圣的手让兰久奎看，让周兴智、洗河、沙武看，"瞧这手，瞧这手！"石圣的手又大又厚，大拇指像个勺子，满是茧。

　　石圣连续来医院三次，罗山就出院了。罗山把石圣高薪留在了公司，每天给他按摩头部颈部、脊背和腰腿，按摩时龇牙咧嘴地喊疼，按摩完了舒服得飘飘欲仙。罗山就带着石圣去他熟悉的领导家，熟悉的领导又介绍不熟悉的领导，以至于十多位领导和领导的家人，身体觉得这儿那儿难受了，来一个电话，罗山就带着石圣上门服务。

　　这天，沙武开车，罗山回花房子，车上就有石圣。洗河问沙武："姓石的来干啥？"沙武说："他现在就像你当年么。"洗河不屑一顾。他搬动了两个藤椅，让罗山歇着，也让沙武歇着，却对石圣说："哟，那里还有个凳子，你去拿来坐。"石圣说："我转转。"新奇地看厅堂里的家具，再仰头看屋顶中央悬隔架科斗拱。

　　罗山每次回来，都要去看望老爷子。这次他进了老爷子房间，没让任何人跟着。洗河就和沙武、石圣在厅堂喝茶。石圣还是不坐，走来走去地观看，洗河说："石圣你是不是属猴的？"石圣说："我属羊。"洗河说："我还以为你属猴，坐不住。"石圣说："我是能走就不站，能站就不坐，这样对身体好。"就问这园子建于哪一年，这是谁设计的，又是谁施工的。问了十句，洗河回答一句，一会儿呈红家的黑猫进来，他呵斥着黑猫，一会儿又叫唤"我来"，狗来了，给狗扔一个骨头又让狗出去。沙武只是微笑，就问石圣按摩的事，石圣倒来劲了，排说着按摩史上的光辉事例，洗河冷不丁说一句："那你咋没给老爷子按摩？"石圣说："我不按摩死人。"洗河说："老爷子不是死了是睡着了！"石圣说："是睡着了，他只要醒了我能按摩他站起来。"沙武起身去厕所，在厕所里喊怎么没手纸了，洗河把手纸拿去。沙武低声说："你咋那样说他？"洗河说："他是个妖人。"沙武说："人家咋成妖人啦？"洗河说："按摩是越按摩越离不开按摩。"沙武说："你吃醋了。"洗河说："我吃他醋？！"

罗山回来了，梅青当然要擀面条，她先和了面团，用湿布盖了，开始做臊子，去后边杂物间取香菇、木耳，经过老爷子房间，听见里边有说话声，觉得奇怪，一推门，罗山坐在老爷子床前，再没别的人。罗山说："你去吧，我陪着坐一会儿。"梅青就掩门出来。

梅青在厨房里做好了臊子，再把一案面推开，擀薄，切好，等着罗山从老爷子房间出来了，说："罗董，你洗洗手，那我下面啊！"罗山说："下！"却又说："不急不急，让我按摩了再下。"就坐在藤椅上，让石圣在背上又是提皮，又是推拿，拍拍打打，揉揉搓搓。洗河拿了一碗蒜剥皮。按摩完了，罗山说："洗河，给你也按摩？"洗河说："我才不寻打哩！"罗山笑起来，说："也是，这打也上瘾了，不打一顿就浑身难受啥也干不成。"却瞧见了洗河脚上的鞋前边裂开了，说："我回来了你就穿这鞋？"洗河说："近期不是忙吗，没去鞋厂定制新鞋么。"罗山当下掏下五万元给洗河，说："明日就去鞋厂！"洗河高兴了，说："今日你咋这大方！"罗山说："我啥时小气了？明年让医院给你做个手术割了那根指头。"洗河说："哎呀，这我不割，割了跑不了路！"沙武说："是不要割，咱公司现在是洗河的脚、石圣的手，应该都买上保险！"洗河说："给你舌头也买上！"瞪了一眼，把剥好的蒜瓣拿去了厨房。厨房里，梅青说："你知道罗董为啥要给你买鞋？"洗河说："为啥？"梅青说："他高兴啊！"洗河说："咋就高兴了？"梅青说："刚才我听到罗董给老爷子说话，他说路井村改造项目拿到手了，路井村是城里最大的也是最后一个村子，是他将完全消灭城市中的农村，他要建一座最高的楼呀！"洗河啊了一下，说："这么大的事咋没给我说？"梅青说："你以为你是谁呀？"洗河说："我是谁，老板给我买鞋哩，你说我是谁？！"

这顿饭，罗山吃得特别多，一碗油泼面，一碗臊子面，八瓣生蒜，还喝了半碗面汤。整个饭程，罗山没有提说路井村改造的事。洗河特意汇报了电视台《城市之光》栏目组来拉赞助，问赞助不赞助，又汇报了他想在园子里再移栽两棵梧桐树呀，罗山说："你明天就去做鞋。"洗河说："不急。"罗山说："急！做了鞋去见一下文丑良，让他这时候保持沉默。"洗河说："你知道文丑良的事啦？"罗山说："我之所以回来，一是来看看老爷子，恐怕路井村改造一开工，我就忙得回不来了。"洗河说："路井村改造工程咱拿到手啦？"罗山说："沙武和石圣没告诉你？"洗河就责怪沙武："你怎么不给我说？"沙武说："你没有问呀！"罗山说："二是开工前重要的就是拆迁，估摸二三个亿的拆迁啊，呈红让我把拆迁的事给她干，她干不了，这事得你来负责。你现在就要考虑建个什么样的拆迁队，文丑良认识的年轻农民工多，让他帮你出出主意。"洗河看着罗山，张着嘴，往外出气，身子都软下来，坐在凳子上。罗山说："不能啊？"洗河说："能，我能！"就嘿嘿地笑，说："你应该喝喝酒呀。"就连声喊叫着梅青拿酒。一瓶酒，罗山没喝几口，洗河倒喝醉了，罗山、沙武、石圣要走的时候，他还没醒来。

　　　　　　*　　　　*　　　　*

　　运输队为陕南的一个桥梁工地运送钢材，发生了恶性事故。

　　一位姓刘的师傅拉的是一车钢板，半路上碰着有人要捎脚，他也是图了十元钱，让坐在了钢板上。车行驶到秦岭西南段石峁坪，风刮得紧，那人见车厢左后角空着，跳过去站在那里。车拐弯时，猛地一晃，原本固定得很好的钢板却一滑，竟然就切断了那人脖子。刘师傅在车镜里似乎看到有什么东西从车上掉了下去，刹闸下来检查，路边是一颗人头。他当下吓得瘫坐在地上。事故报告了运输队桂小六经理，桂小六经理报告了罗山。罗山正吃热豆腐，一口豆腐咽下去，烫得半天说不成话。周兴智连夜赶去处理，刘师傅被依法拘捕，公司赔偿了死者家属三十万元。

　　洗河去见了文丑良，约文丑良到花房子来住几天，共商大事，文丑良还要上课走不了，他也不愿意在花房子碰到呈红，说："这号女人我死都不再见！"但文丑良建议要组建拆迁队，就召集从崖底村一带来的那些年轻民工，这些人他都知根知底，容易管理，再就是让他们就业了，不至于在城里混油混懒混坏了。他通知了二十人，有八人不肯来，其中就有成四娃、张二顺，还有那个被拘留过的左光明。洗河见了十二个，却都是穿着花衫子，烫了头，有两个胳膊上有刺青。洗河第一眼看到这些人，觉得不行，但其中一个怀里揣了个布卷儿，展开来，上面写着"去见洗河，城里落脚"，说："叔，我们都知道你大名，你是成功人士，前辈典型。进西安找过你，但无缘能找到。今日见了，我们听你的！"洗河便想到自己当年，感慨万千，分别留了他们电话，让等着他的通知。

　　洗河终于回一次老家。二十多年没回去了，院子的三面石墙都倒了，三间上房东西檐已坍，中间一间的顶上没有了瓦，露着光椽，而屋脊上长了瓦松，其中有三棵松茎很长，还结了穗。巷道里碰着了马西来，中风了，嘴抽眼斜，拄着拐杖，一条腿艰难地挪步，洗河上前扶住。说："西来伯！"马西来说："你是谁？你是洗腾空！"马西来说的是洗河爹的名字。洗河说："我是洗腾空的儿子，你不记得啦？我是洗河！"马西来说："哦，哦，我以为是腾空，腾空来叫我走呀。"洗河说："伯你是哪一年得了病？"马西来说："五年了，罪没受够阎王爷不收么，还让我每天锻炼走哩，锻炼着饭能吃到嘴里么。"洗河问起曾五，马西来说："死了。"问起刘长为，也是死了，问起邓家先，邓家先还是死了。洗河就问万林，他一直是给万林寄钱的，马西来说："他在哩，背炕面子哩。"洗河还记得万林家就在那棵老药树下，但寻不着老药树了，而且那条巷子被乱石堆着成了半截巷。转出来从另一巷道进，寻碾盘子，碾盘子往右就是万林家。万林的儿子儿媳都在，万林却躺在炕上，人瘦得像骷髅，见了洗河就喊叫，口里没牙了，不知道喊叫什么。洗河越是听不真，他越是急，就哇哇地哭。万林的儿子告诉了洗河，他爹一直跟着爷爷学医，学不好，直到爷爷奶奶去世时才掌握了针灸和熬制烫伤膏药的技术，行医了三年，却患上了类风湿。现在全身关节变形，肌肉萎缩，已经瘫了六年，脑子还清白，只是话说不清楚。洗河问刚才都说的啥，儿子说："他在说你每次汇回来的钱，他换买成阴币给你爹你娘的坟上烧了。他瘫痪后，再没去过坟上，但你汇来的钱，他一分也没动，他知道你一定会回来的，等着你回来了再给你。"万林在炕上点头，手指了东墙架板上的瓷罐。他的儿子搭凳子去取下瓷罐，从瓷罐里拿出一个塑料袋，里边是钱，一万元一沓，共是五沓半。洗河顿时怔住，没有想到万林瘫痪后自己还寄回了五万五千元，更没有想到万林现在都这样了，一家人还一分没花等着给他。洗河抱住了万林，从身上掏了一万元给万林，万林不要，洗河说："五万五千元我收回了，这一万元你一定得拿上！"眼泪也就流出来。

黄昏里，洗河把五万五千元全部在村小卖部买成了香、烛、烧纸和阴币。阴币的面额有十亿的、五亿的、一千万的、一百万的，也有一百元和五元的。他去父母的坟前烧了，跪在那里给父母说着二十多年里他的经历，最后了，他说："爹！娘！你儿子现在是城里人了，是个经理，拆迁队的经理。你们可能不知道拆迁队的经理是个啥，就是公司的中层，最有权力、责任重大的中层领导！"纸灰像黑蝴蝶一样漫空飞舞，他扑哧又笑了，说："爹！娘！你们生前不是老缺钱吗，这下这么多钱，我都不知道你们怎么花呀？！"

从坟上回来，洗河让万林的儿子领着，去看了各家各户还有什么人，大多是老年人和妇女儿童，有劳力在家的都是没本事没技术在城里寻不到活干又回来的。这样的劳力差不多十人，洗河把他们叫到万林家开会，他讲了他去城里要组建拆迁队，这拆迁队如何重要，工作量如何大，当然，去了同吃同住，有三金保险，不受欺负，工资也非常非常高。他说："你们都把家里早早安排好，多则三个月，少则一个月，我通知了你们就来。我也作想了，干上半年一年，赚到一笔资金了，愿意在公司干的继续在公司干，不愿在公司干了，就在那里开小饭馆、洗脚屋，做些小买卖，吸引更多咱村里、镇上的人去，占领它一条新巷，就叫'崖底巷'。"

洗河说这话的时候，万林的儿子说他要去，儿媳说她要去，小两口争起来，炕上的万林说都去，他也去，把他抬着去了，儿子儿媳没有后顾之忧了就安心在城里过活。院子里的树上却有乌鸦叫。大家都觉得乌鸦不该这时在树上叫，拿了扫帚去赶，乌鸦在树梢上赶不走，万林说："洗河，你还会打弹弓吗？"洗河掏出了皮筋，一颗石子射上去，乌鸦飞走了，掉下来一根羽毛。

257

* * *

为了集中财力准备着路井村改造，建一座全城最高楼，罗山把印刷厂卖了，把快捷酒店卖了，运输队出了事故，也决意转让。经兰久奎介绍，一位姓凌的老板有心接盘，双方接触了几次，又约好这个星期三罗山再去凌老板的公司商谈具体条款。

星期三一早起来天上红云一片，罗山和周兴智上了车，却下起了雨。沙武还说："贵人出门自带雨！水是财，预兆着这笔买卖要成功！"凌老板的公司在北城开发区，车行驶半小时，经过永青路，向西到西二环，再向北，突然停住了。罗山问："咋啦？"沙武说："熄火了。"下车检查，一切都好好的，回坐到车上再发动，就是发动不了。再下车检查，折腾了半天，寻不出毛病，还是发动不了。沙武落汤鸡似的站在那里，看到路边的商场写着"哑镇"的字样，心里咯噔一下，说："哑镇？！"哑镇原是小村镇，城市扩张后，这里仍是较大型的社区。周兴智也从车上下来，在训斥："你开这么多年的车了，连啥毛病都检查不出来？"沙武说："周总，这事有些怪。"周兴智说："有啥怪的？咋学你杨姨啊！"沙武就建议这车趴窝了，一时半会儿走不了，让周兴智领罗山到前边寻个茶社什么的去避避雨，他打电话从公司再调车来。没办法，罗山和周兴智冒雨去了哑镇一家茶社喝茶。沙武打通了电话，调来的车还得半个小时，他又试着再发动车，竟然车发动了。沙武去了茶社，却没有说车能走了，给罗山说："罗董，你是不是真要卖运输队呀？"罗山说："银行是给贷款了，资金缺口还是大呀，你想说啥？"沙武说："早晨天好好的，咱来见凌老板就下起雨，半路上车又出麻达，这地方还叫作'哑镇'。你姓罗，锣是大轰大嗡地响，到哑镇……"罗山怔了一下，看着沙武。周兴智说："胡联系啥的！要联系，哑镇的意思是让你少说话。"沙武就不说话了。罗山却说："让沙武把话说完。"沙武说："你再考虑考虑，如果一定要卖，缓上几日再去见凌老板，不在乎三天五天的。"罗山说："好喽，今日听沙武的，咱不去见凌老板了！"周兴智说："听沙武的？做生意就是抓机会哩，当年你带我去溪口买煤窑，那天还下冰雹哩，咱们就是比朱小玉早去了一天，把煤窑的事拿下了。"沙武说："小钱是靠挣哩，大钱是靠命哩。"罗山说："不，沙武！你记住，一时之功在于力，一世之功在于德。"

调来的车到了，司机是小冉，却不再送罗山和周兴智去凌老板公司了，小冉就说哑镇有家店的卤猪蹄有名，问罗山想吃不想吃。周兴智说："买去！"小冉就跑去买卤猪蹄，罗山、周兴智、沙武就站在茶社门口吸纸烟说话。不大一会儿，小冉从一座高楼下跑了来，提着一纸包的卤猪蹄，罗山在说："把猪蹄给我，你去再买些矿泉水。"罗山迎过去，好像察觉了什么，才要抬头看。咚的一声，倒在地上，他身上就有了另一个女人。小冉完全被吓呆了，站在那里，瞬间里叫了一声："罗董！"周兴智、沙武赶紧扑过来要扶罗山，血在水泥地上溅成了扇面，雨又晕成一片红水，周兴智把罗山身上的女人往开掀，那女人已经不是人，没有了一只胳膊，也没有双腿，是一截血淋淋的肉块。掀开了，罗山平躺着，却不见了头，头裂开了三瓣，红的白的都流了出来。

罗山的死亡，市里的报纸、电视台、各个自媒体都报道了。从高楼二十八层掉下来的女人姓骆，和罗山的姓竟然谐音，只有二十三岁。

两年前，姓骆的女子和男朋友合租楼上两室一厅同居，半年前，两人闹别扭，各住了一间。就在前一天，女的从一家餐馆下班后回来，在楼下遇见房东，房东又催缴租金，她是已经欠了一个月的租金了，乞求能再宽限十天，房东说："你没钱就不要在城里混了么，还穿高跟鞋，染指甲，把嘴抹得那么红？！"房东的话难听，她就窝了一肚子水，上了楼，却见男的竟然带了一个女子在吃泡面。她问女子是谁，男的说是他的女朋友，她夺过了泡面碗摔在了地上。男的说你没权干涉我的私生活，和那女子进了他的屋里倒做起爱来。她在客厅里骂了一阵："我干涉你的私生活？这客厅是有我一半的，她坐我的沙发，穿我的拖鞋，坐我的马桶，照我的电灯，喝我的开水！这些都是用钱买的，你给我掏钱，掏钱！"骂完了却哭，哭着叫她娘，叫她爹，叫她爷爷奶奶。哭过了再骂，骂那男的是死流氓，骂那女的是臭婊子，你叫得声那么大是杀你呀，梅毒等着你的，艾滋病在等着你的。再骂洗脚屋的老板，骂医院护士长，骂餐馆的领班，凡是她打工认识的人都骂，又骂起了菜市场的菜贵，超市里的酱油、牙膏、洗衣粉贵，骂警察，骂楼高，骂街上的汽车，骂晚上的霓虹灯不灭，骂房东那么丑的还凶。然后又是哭。这一夜，她哭哭骂骂，骂骂哭哭，一直折腾到了早上，不哭不骂了。那男的以为她洗脸化妆去上班了，开了他的屋门出来，发现她坐在客厅用剪刀在剪衣服，把她所有的衣服都剪了，把他挂在客厅的衣服、鞋子、帽子、雨伞也全剪了，被剪过的布絮堆了一大堆，又拿剪子剪沙发。他说："你没睡？"她说："我睡你娘的×！"他说："你疯啦？"她说："我就疯了！"他说："你要剪你剪你的，你剪我的东西？！"她说："我就剪你的东西，你的东西都曾经是我的，你过来，我把你的那××也剪下来！"男的也愤怒了，大声咆哮："骆晓婷，你死去吧！"她站在窗子前，外边又下起了雨，一股子雨就打在她的身上，那是泥雨，她的白衫子上满是点子。一弯腰，就从窗子翻下去了。

这个不想活了的骆晓婷从高楼的二十八层掉下来死了，却也砸死了活得正好的罗山。这实在是偶然，太巧合，却如计算了似的分秒不差，只能解释这是鬼使神差，是前世的孽障。

沙武打电话给洗河说罗山死了，洗河说："这不可能！他要改造路井村呀，要建最高的楼呀，他不会死！"但沙武在电话里都哭起来，说："罗董是死了，是真的死了！"洗河从崖底村开车回花房子，车在沙河桥上掉转了方向，又往公司去。一路上都在想，罗董死了，罗董真的丢下我死了。可罗董，你就是死，也是轰轰烈烈地死，怎么这么突然，这么简单，这么毫无意义？！当洗河在公司看到了才运回来的罗山，看到罗山裂为三瓣的脑袋，人就昏倒了。醒来时他是在公司会议室的沙发上，而会议室里正布置着罗山的灵堂。有人在喊："洗河醒过来了！"他醒过来睁着眼睛，不会了说话，身子在不停地抽搐，舌头在动着，就是说不出话。周兴智在拍他的脸，又拍他的前胸后背，大声地说："洗河！你傻啦？这个时候你得干多少事的，你给我哑啦傻啦？！"洗河这时候从腔子里有吭嘟响，哇的一声哭开了，眼泪也同时流下来。

周兴智在把罗山的尸体搬回公司的路上，就给罗山的远在加拿大的妻子和儿子打去了电话，但他们赶回来至少也得三天。罗山的遗体已移送到殡仪馆，灵堂还设在公司，亲朋好友们都来吊唁，花圈堆满了公司的大院。洗河也是当天晚上开车去花房子接来了梅青、兰久奎、杨姨和呈红。梅青、杨姨、呈红哭成一片，兰久奎没有哭，立在那里看着罗山的遗像也没说一句话，转身坐在会议室外过道里的长椅上坐了一夜，第二天又坐到中午。待到何村长带着应毛、关胜、米来娃、韦涛、季济等十多人也来过了，兰久奎给要返回的何村长说："带上我，我也回去。"到了下午，接到梅青的电话，鸽子也赶来了。晚上洗河、梅青、杨姨要给罗山守夜，鸽子也加入，靠着灵堂桌子腿迷迷糊糊坐了一宿。第三天中午，洗河得送梅青赶回花房子照料老爷子，杨姨、呈红去街上购置寿衣，而从加拿大飞回来的罗洋母子又是四点到，沙武要去机场接，洗河就让鸽子也去接。鸽子说："我还没见过罗洋，我该叫他啥？"洗河说："我把罗董当叔待哩。"鸽子说："我不能把他也当叔待吧？"洗河说："你随便。"

鸽子和罗洋是第一次见面，罗洋身高一米七八，鸽子身高一米七二，相见了都吃了一惊。鸽子去机场的时候，梅青给鸽子拿了两身白衫子白帽子，是呈红从医院弄来的医护服当的寿衣，交代一接到罗洋和他娘，就让他们穿上。鸽子说："我也穿上吧。"梅青想了想，就多给了一身。鸽子先到机场，就去厕所里换上白衫子白帽子，站在壁镜前照，旁边有人说："男要俏一身皂，女要俏一身孝。"鸽子又把白帽子往下按了按，帽檐压在眉上方，自己也觉得自己真的穿这一身好，多看了几眼。

罗洋和他妈跪在灵堂上哭，罗洋他妈就哭虚脱，被人抬到隔壁房间里打吊液。而不断地还来人吊唁，有市上各部门的领导，有商会的大小老板，有分公司的员工，以及被资助过的单位负责人、学生、农民工。按规程凡是来吊唁的上香、鞠躬，亡者子女就要跪在灵堂边磕头致谢，罗洋跪在灵堂左边了，鸽子见罗洋跪，她也跪，跪在灵堂右边。来的人多，跪在地板上膝盖疼痛，鸽子从椅子上解下坐垫，自己用一个，给了罗洋一个。

灵堂前是放着一个瓦盆，一早一晚，在盆子里烧那么几张纸，就不再烧，而吊唁的人来，也只是上香鞠躬。吊唁人一走，洗河就跪在那里自己烧，瓦盆小，一会儿纸灰就满了。周兴智说："洗河，不烧了，烟把屋里都罩了！"洗河说："农村里都是大量地烧纸哩。"周兴智说："那是农村！城里都是象征性烧点就行了。"屋子里确实烟雾大，差不多的人都咳嗽，洗河就不烧了。走出来，在过道见着从花房子又赶来的梅青，他憋屈地说："他们不让我给罗董多烧纸！"梅青说："屋子里烧纸是烟火，城里也是不兴这个。"洗河说："我回老家上坟，烧了五万五千元的纸哩。这生前是城里人有钱，死了到另一个世界，农村人倒都是富豪?！"

＊　　　　＊　　　　＊

七七之后，罗山的骨灰并没有下葬到城东的公墓园，依罗洋母子的主意，罗山是突然死的，是在筹备着路井村改造项目时死的，壮志未酬啊，就把骨灰分成几包，一包要撒到公司大楼，一包要撒到溪口煤窑，一包要撒到酒厂，一包要撒到路井村，剩下的，罗洋妈要装在骨灰盒，留在她的房间。洗河说："还没分我一包，我撒到花房子。"罗洋妈又分给了洗河一包。

在兰久奎的主持下，广汇公司召开了全体中层人员会议，确立了罗洋是公司董事长。周兴智、白庆、桂小六、康有祥、武西康都表了态，辅助罗洋，尽职尽责，把公司要办好，比罗山在时还要更好。旧的业务继续巩固，路井村改造项目加紧推进，而罗洋还得再去加拿大一次。

罗洋去加拿大处理一些遗留问题，罗洋妈肯定要陪着儿子，罗洋却说："妈！能不能让鸽子也去？"一个半月来和鸽子相处，罗洋妈对鸽子很有好感，倒问鸽子："你还在学校呀，能走得开吗？"鸽子说："谁还能把我腿绑住？"罗洋妈说："那你跟我和罗洋去一趟加拿大？"鸽子说："罗洋已经是董事长了，他在公司主持工作，我陪你去。"罗洋妈笑了一下，说："罗洋他得去。"事情定下来，梅青知道了，问鸽子："你要去加拿大？"鸽子说："他妈要陪他，他让我陪他妈。"梅青说："这我不同意。"鸽子说："你就是给我戴头箍！我没去过加拿大，也想出去看看嘛！"梅青说："你想过没有，你和人家去方便吗，那是去办理事情不是游山玩水。"鸽子说："念咒了，念咒了，你一念咒这头箍紧得我头疼！有啥不方便的，是他们请我，我这是工作！"梅青一时噎住。鸽子却说："你不说话了，你就是同意！"跑去帮罗洋收拾行李。

洗河和梅青回到花房子，他们顺着园子的四周，再绕着院落、花坛、草地、池塘、亭台廊榭、奇石异木，叫着罗董的名字，把骨灰一捏儿一捏儿地撒着。梅青说："唉，就这样把骨灰撒了，罗董也没个墓呀。"洗河说："要墓干啥呀！"梅青说："毕竟入土为安么。"洗河说："罗董的骨灰不就撒在地上吗？我要是死了，你让火化工多烧些时间，不留骨灰，就全从烟囱飞出去。"梅青说："住你的嘴！"杨姨没有跟着，就站在罗汉松下看着他们把骨灰撒完。一阵风突然吹来，所有树上的花都落下来，一群鸟在空中聚集，那么多的，像一块被单，飘移过来，又飘移过去。杨姨在喃喃地说："罗董回来了！"天渐渐就黑暗，鸟和夜色成了一个颜色，再分辨不出来了。洗河从东院抱出了一大捆麻纸，在水池的亭子里烧。这些麻纸是回花房子的路上买的，他把那家商店里的麻纸买光了，足足有一千张。在水池的亭子里烧，全园子都能照亮。所有的人都出来观看，呈红也从中院的台阶上下来，走到了梅青身边，说："烧这么多的纸呀！那都是钱，罗董在阴

263

间会不会也要盖别墅？"梅青没接话。呈红又说："咦，咋不见鸽子？"梅青说："罗洋和他妈去加拿大处理房子、车子，让鸽子也去了。"呈红说："鸽子也去加拿大啦？是不是罗洋对鸽子有那个意思？"梅青说："说啥哩，这个时候能说这话？！"呈红说："这有啥呀！谁不为孩子着想，如果真会那样，罗董地下有灵，他也乐意的。"梅青说："夜深了。"转身回了东院。

洗河烧完了纸，他的脸被火烧得通红，能感觉到流下的泪水也是烫的。火苗慢慢地熄灭了，偌大的一堆纸灰如同一块熔浆。他用树棍儿轻轻地挑动，要让里边未燃尽的残纸再燃，又怕挑动着使纸灰破碎，那一片一片的金星闪烁。等一切都消失了，他趴下磕头，往起站的时候，却发现就在大水晶石旁坐着兰久奎。

洗河说："兰总？！"他不知兰久奎是什么时候坐在了大水晶石旁的，他就移步过去靠着兰久奎也坐下来。

兰久奎和洗河长时间地就坐在亭子里，睁着眼看着黑暗，听南梁上瀑布跌荡的声音，听东西梁上的风行和鸟啼。"我来"从牌楼下跑过来，也要上亭子来，但终没来，趴在水池边的草地上叫了一阵，然后是水池里有鱼偶尔跃出水面，山高月小，满天的星星。洗河终于在向兰久奎请教着一个问题：罗董去世了，他的使命也该完成了，他打算离开花房子，离开广汇公司。他说："兰总，这些日子大家都在忙着罗董的后事，也都在悲痛中，我没有提出来，等罗洋从加拿大回来了，我就辞职，你帮帮我，看这话怎么给他说着好？"兰久奎说："你就直话直说，但你辞不了职。"洗河说："为什么？"兰久奎说："你不是在组建拆迁队吗？"洗河说："那是罗董在世时安排的，罗董不了，公司以后怎么发展我不知道，即使还组建拆迁队，公司的能人多的是，我只是经管花房子，当初罗董也是让我兼顾着。"兰久奎说："不说组建拆迁的事，而老爷子还在，梅青能走得了吗？梅青走不了，你就是辞职了也离不开花房子。"洗河说："这怎么能行啊，我们一家人这么多年都住在这里，受恩受大了，我的工作该结束了，往后我还离不开？！"

兰久奎说："那天我从殡仪馆回来就估摸到你会要离开花房子呀，可我想了这几十天了，就等着你给我讨主意的，你肯听我的话？"洗河说："听呀，就听你的主意。"兰久奎说："你可以辞职。但我想，罗洋不会让你辞职。就算他同意辞职，你得继续留下，花房子离不得你。你那份工资以后我来出。梅青要照看老爷子，老爷子要是也不在了，梅青也不要走，就到我家当保姆，你们全家都住到西院来。"洗河没想到兰久奎是这样的主意，他闷了好长一会儿，说："谢谢兰总照顾我，可……"兰久奎说："这是我的决定，我想，也是罗董的决定吧。罗董人是不在了，罗董的魂还在，你就舍得离开花房子，离开罗董吗？"洗河呜呜呜地哭起来。兰久奎说："甭哭，你看天上。"洗河抬头往天上看，四山黑黝，只是点点星光，说："哦，月亮已经落了。"兰久奎说："月亮落了，月亮仍还在天上啊！"

六　后话

　　花房子的夏天，站在太阳底下就热，站在树荫底下就凉。吃过午饭。西边梁的阴影铺了园子的一半，呈红在园子里转悠，突然尖锥锥地喊叫梅青。梅青以为呈红碰见了蛇，提了个竹棍从东院跑出来，却是呈红看到了原先菜地边的那棵梨树的股干上有一个洞，洞口露着一只鸟头。呈红说："吓死我啦，我先觉得那是树疤，再看那疤在动哩！那是什么鸟？"新来的花木工章端阳说："我前天就发现了，那是啄木鸟。"梅青说："怪不得前一阵夜里总听到有啄木声。啄木鸟啄树只说是啄虫吃，它还啄了洞就住在里边。这头把洞口堵严了，它是倒着身子进去的？"章端阳说："洞口小，里边掏得大哩。"呈红就拿手机拍照，说："有趣！我发到网上去。"

　　洗河从城里回来，进了园子，脖脸黑红，褂子湿漉在身上。

　　呈红说："回来啦，洗总！"洗河说："谁是洗总，我算哪门子总！"呈红说："你现在是公司顾问呀，顾问叫起来不顺口，顾问也相当于总么。"洗河说："扯淡！"呈红说："进了一回城，说话饯饯的，受谁气啦？"洗河说："受你的气！"梅青忙过来拉洗河，洗河把梅青推开了。

　　"网上那段子是不是你写的？"

　　"什么段子？"

"说我在花房子打工，打着打着成了花房子的主人！"

"是呀，是我写的，点击的已经有三百万啊！这不是为你高兴吗，给你宣传吗？"

"我不需要！"

"我们需要啊，社会需要啊，需要一个典型和榜样！"

"你是在骂我！我小人，我无耻，我攫取上位，我鸠占鹊巢？！"

"我并不是这意思呀，是歌颂呀！这个年代就是分切旧格局的蛋糕么，平民起来，哪管是啥门路啥方式，即便要阴谋，搞钻营，强夺还是巧取，只要把人变成人物，换个词也就是奋斗啊！"

"你说的该是罗董他们，我是什么，人家的随从、跟班、护院和答应，吆鸡撵狗，支桌子关后门！"

"罗董他们吃肉你喝汤，是一体呀，你不就成了东院主人吗？"

"那是儿女自由恋爱，又不是我设的局下的套！"

"这就是天意！你我本是生物链下端，可天护基层人么，生物链头尾相接，上端的吃下端，下端的吃天，天吃上端，我就是这么写的。"

"可你知道不，现在我和文丑良一样，快要被唾沫星子淹死了！"

"那是羡慕嫉妒恨，你成了传奇呀！"

"我才不要这传奇！"

"时代所赋啊！"

洗河说不过呈红，他急了，要骂娘，这时候一阵巨响，整个园子都晃了一下。

那是花房子往西三里地的龙爪沟，罗闻涛和老板李铭义联合要建造康养山庄，正在炸崖。

二〇二三年五月五日

后　记

　　屋外一棵大树，从窗子里望出去，就是一堆绿。这绿浑厚，有疏有密，或浓或淡，每股枝条的伸出，枝条上每片叶子生成，都组织得那么合理，风怀其中。

　　从二○二二年春季到二○二三年的夏天，我就在这窗子里进行着《河山传》的写作。

　　写作着，我是尊贵的，蓬勃的，可以祈祷天赐，真的得以神授，那文思如草在疯长，莺在闲飞。不写作，我就是卑微、胆怯、慌乱，烦恼多多，无所适从。我曾经学习躲闪，学习回避，学习以茶障世，但终未学会，到头来还是去写作。这就是我写作和一部作品能接着一部作品地写作的秘密。

　　《河山传》依然是现时的故事，我写不了过去和未来。故事里写到了西安，那只是一个标签，我的老家有个叫"孝义"的镇子柿饼有名，十里八乡的柿饼都以"孝义"贴牌。我出门背着一个篓，捡柴火，采花摘果，归来，不知了花果是哪棵树上的，柴火又来自哪个山头。藏污纳垢的土地上，鸡往后刨，猪往前拱，一切生命，经过后，都是垃圾，文学使现实进入了历史，它更真实而有了意义。

　　因出生于乡下，就关心着从乡下到城市的农民工，这种关心竟然几十

269

年了，才明白自己还不是城市人，最起码不纯粹。

理性和感性如何结合，决定了人的命运。《河山传》中的角色如此，我也如此。写作中纵然有庞大的材料，详尽的提纲，常常这一切都作废了，角色倔强，顺着它的命运行进，我只有叹息。深陷于泥淤中难以拔脚，时代的洪流无法把握，使我疑惑：我选题材的时候，是题材选我？我写《河山传》，是《河山传》写我？

这样写行吗？这是我早晨醒来最多的自问。如果五十年，甚至百年后还有人读，他们会怎么读，读得懂还是读不懂，能理解能会心还是看作笑话，视为废物呢？这使我警惕着，越发惊恐。

写作的乐趣在于自在，更在于折磨。这如同按摩，拍打疼痛后的舒服。《河山传》的进度并不快，每日写几千字或几百字，或写了几百字几千字后，又在第二日否决了，拿去烧毁，眼看着灰飞烟灭。除却焦虑是坐在马桶上的时候，要么，去睡吧，闭上眼，看到更多更清晰的山川人物，鱼虫花鸟。

《河山传》写完了，我给我的孩子说："作品署了我的名字，那是假象。人民币是流通的，钱在我手里，是钱经过了我。"

就在立夏的这个早晨，窗外大树上众叶摇曳，极尽温柔，传来鸟鸣，而我却想象了那个苏轼，为了心绪，为了生计，在东坡上开垦的一块地里的身影。

贾平凹

二〇二三年五月七日于西安

秋涛阁书房